os

tijolos

nas

paredes

das

casas

KATE

os tijolos nas paredes das casas

TEMPEST

Tradução
Daniela P. B. Dias

Casa da Palavra

Copyright *The bricks that built the houses* © 2016 by Kate Tempest.
Publicado mediante acordo com a Bloomsbury Publishing Plc
Tradução para a Língua Portuguesa © 2016 LeYa Editora Ltda., Daniela P. B. Dias

Todos os direitos reservados e protegidos pela Lei 9.610, de 19.2.1998.
É proibida a reprodução total ou parcial sem a expressa anuência da editora.

Este livro foi revisado segundo o Novo Acordo Ortográfico da Língua Portuguesa.

Título original: *The Bricks that Built the Houses*

Preparação de texto: Breno Barreto

Revisão: Pedro Staite

Diagramação: Filigrana

Capa: Greg Heinimann

Adaptação de capa: Leandro Dittz

DADOS INTERNACIONAIS DE CATALOGAÇÃO NA PUBLICAÇÃO (CIP)
ANGÉLICA ILACQUA CRB-8/7057

Tempest, Kate
 Os tijolos nas paredes das casas / Kate Tempest; tradução de Daniela P. B. Dias. — São Paulo: LeYa, 2016.
 336 p.

 ISBN: 978-85-441-0432-3
 Título original: The bricks that built the houses

 1. Literatura inglesa I. Título II. Dias, Daniela P. B.

16-0471   CDD: 823

CASA DA PALAVRA EDITORIAL
Av. Calógeras, 6, sala 701 - Rio de Janeiro
21.2222-3167 21.2224-7461
editorial@casadapalavra.com.br

Para a minha família, a de sangue e a outra
Para Dan Carey
Para India Banks
E para o sudeste de Londres

Disseram-me que o dia e a noite eram tudo o que me seria permitido ver;
Disseram-me que haveria cinco sentidos a me enclausurar;
E meu cérebro infinito foi enclausurado num aro estreito,
E no abismo mergulharam meu coração, o seu rotundo globo de incandescente vermelho.
William Blake, *Visões das filhas de Albion*

PARTIR

...

A coisa vai dando nos nervos. E você nem nota nada até que se pega dirigindo através dela, olhando para tudo o que sempre fez parte da sua vida e que agora está ficando para trás.

Eles estão passando pelas ruas, pelas lojas, pelas esquinas onde se tornaram quem são. E todos os fantasmas lá, encarando. A pele estragada e os olhos fundos, os sorrisos insanos abertos diretamente das entranhas do passado.

Para eles, já deu. O pão e a bebida e o concreto. A beleza da coisa toda. Todos os ínfimos momentos gloriosos. Pastores, pais, operários. Românticos de olhos vidrados andando para lugar nenhum. Sinais de trânsito e carros engarrafados e corpos para enterrar e bebês para fazer. Um emprego. Só um emprego.

As pessoas voltaram a matar em nome de deuses. O dinheiro está acabando com a gente. Elas vivem numa solidão tão completa que se transformou no tecido das suas amizades. Os dias passados olhando a vida. Elas existem no meio da massa e se sentem parte do cenário geral. Confiam somente nas tendências. O máximo que podem sonhar é com uma noite de *acabação*, encher a cara de álcool e de drogas que mostram a que vieram na manhã seguinte.

Mas aqui estão elas agora, deixando para trás o estresse e a comida de merda e os desentendimentos sem fim. Largando. A agência de empregos, a sala de aula, o bar, a academia, o estacionamento, o apê, a imundície, a televisão, o rolar eterno dos *feeds* de notícias, o aspirador de pó, a escova de dentes, a bolsa para o laptop, o produto de cabelo caríssimo que faz você se sentir uma pessoa melhor, a fila do caixa eletrônico, o cinema, o boliche, a loja de celulares, a culpa, o nada absoluto sempre mordendo os calcanhares, a dor de ver uma pessoa virar sombra. O rosto de todos se contorcendo de novo em caretas, entranhas derramadas pelas sarjetas, apertando seus amantes até a respiração falhar e o amor estar morto, cimento fresco e tinta spray, a garotada só vendo pornô e bebendo energético. Assista à ascensão e queda da cidade em meio à neblina e ao sangue que escorre das mãos. Agarre-se às baladinhas rock mais cotadas dos caraoquês. Corra atrás do seu talento. Encurrale-o, tranque-o numa jaula, entregue a chave para alguém rico e diga a si mesmo que está aguentando firme. Recoste a cadeira para trás, olhe nos olhos daquele alguém detestável que vai acabar a noite na sua casa mesmo assim. Diga ao mundo que tem foco e fé. Tudo está à venda, mas nada é para o seu bico, vá dando de si até quase não ter mais forças e, quando chegar ao limite, jogue mais um tanto de mágoa e de segredos para engrossar a mistura. Está tudo ao seu redor gritando de euforia até não sobrar mais nada para sentir. Engula o choro, cuspa de volta, viva a vida na versão remix. Espete fundo na veia e passe o resto do tempo tentando largar o vício. Agora feche os olhos e deixe parar.

Mas não para nunca.

Eles vão embora num Ford Cortina de quarta mão. É noite, a cidade está impregnada de si. Um trovão ecoa no céu. Aquele tipo de nuvem que faz a gente curvar a cabeça.

Seguem rumo à autoestrada. Leon está dirigindo. A camisa molhada de suor, os pulsos doloridos de agarrar o volante. Ele se acomodou bem fundo no banco do motorista, mas mesmo assim o topo da cabeça roça o teto do carro. Leon é cheio de músculos, o corpo como o de um cachorro de briga. Um metro e oitenta e cinco, e asas nos pés. Movimentos mais que suaves. O rosto está amassado de preocupação ao passo que ele vai virando à esquerda nas ruas que sempre conheceu e forçando o motor cansado pela Blackheath Hill até chegar à rotatória da A2, costurando pelo meio da sucção barulhenta dos caminhões de carga pesada.

Harry viaja atrás, um braço estendido por cima dos encostos dos bancos, os dedos tamborilantes, o corpo inquieto. Ela é *mignon* e fica menor a cada segundo. O corpo pequeno encravado no fundo do carro, braços e pernas espalhados feito hastes de um guarda-chuva quebrado, nervosos. Ela vai agarrada à valise marrom que leva no colo; os dedos segurando a alça com tanta força que deixaram o desenho do pesponto gravado na pele. O medo retesou os ombros e os juntou formando pontas que lembram asas dobradas às suas costas. No banco da frente, Becky, as pernas cruzadas com força, cotovelos perto dos quadris, roendo a unha do dedão. O corpo mais teso que um cabo de detonação. O rosto de traços suaves e afáveis se parece com aqueles entalhados nas pedras dos templos. A pedrinha do piercing brilhando no nariz. A boca com os cantos virados para cima. Alta e empertigada, tem uma presença imponente. Os olhos escuros pregados na estrada escura enquanto o carro escuro sacoleja. Becky está atenta aos retrovisores e registra cada movimento, cada relance violento de farol. Harry monitora os carros que vêm atrás. Leon mantém os olhos na pista; se alguém tiver vindo atrás deles, não haverá muito a fazer exceto seguir em frente.

    O carro para num sinal vermelho e Becky vê o brilho das telas de TV nas janelas de alguns apartamentos. Um homem ajeitando o colarinho de outro homem mais jovem. Alisando as pontas das golas, sorrindo orgulhoso. *Como eu vou fazer com o aluguel? Trabalhar?* Os pensamentos dela estão retorcendo as mãos e arrancando os cabelos. Slides caleidoscópicos repetidos. O rosto de Pete, furioso. O quarto do hotel onde ele armou a coisa toda. Ela segura os joelhos. Harry olha tudo no banco de trás. Ela põe o corpo para a frente e estende a mão e encontra a de Becky para segurá-la. Becky baixa a cabeça e olha para o colo. Seus dedos parecem muito mais roliços e maiores que os de Harry. Ela tem a pele áspera e cheia de calos por causa do trabalho. As unhas são roídas até o sabugo; um resto de esmalte azul cintilante continua em duas unhas da mão esquerda e uma da direita. Ela nota a maciez da pele de Harry. A teia intrincada de linhas nas costas das mãos dela. Becky faz um carinho nelas, aperta as pontas dos dedos. Explorando cada caminho desde a unha até os nós dos dedos, até os punhos, até os seus pensamentos desacelerarem.

    A mala lotada de dinheiro está gorda e contente feito um bebê sentado no seu colo. Harry não consegue deixar de olhar para ela. De reparar nas formas. Ninguém fala nada há dez minutos. O silêncio grita cada vez mais alto.

Até que a voz de Leon manca peito acima e sai gaguejante pela boca:

— Sair da cidade? É isso? Do país? — Ele se debruça por cima do volante, ninguém responde, os segundos pulsam. — Que merda — diz, amargo.

Harry pensa com força e toma cuidado ao respirar.

— Os seus tios estavam falando sério mesmo, Becky?

Becky vê a imagem dos dois na sua tela mental, sorridentes e banhados de sangue. E diz bem calma, sem cerimônia:

— Depende do que você fez. — As palavras atravessam o chão do carro, arrebentam o chassi em mil pedaços e deixam os pés deles expostos, roçando o asfalto quente.

Instantes antes da fuga, ela dera de cara com seu tio Ron debruçado por cima do rosto de Harry do lado de fora do bar, e ele estava com uma aparência sinistra demais — a boca retorcida num esgar, o dedo arrancando as palavras uma a uma, os olhos com um brilho estranhamente alegre.

Becky só vira aquela expressão nele uma vez até então. No dia em que o tio estava nos fundos do café, na salinha perto do depósito, e ela voltara para buscar o carregador do celular esquecido numa tomada do canto. Depois de ter destrancado a porta e ido se agachar perto do carregador, ela avistou o tio pela porta aberta com um garoto desconhecido que aparentava ter uns 17 anos. Tio Ron agarrava os ombros do moleque, cuspindo as palavras bem perto da cara dele. Becky não ouviu o que era dito, mas pôde ver o medo no rosto do rapaz; ela ficou olhando seu tio agarrar e apertar a garganta dele; depois viu que as cores iam sumindo do rosto, que primeiro ficou branco, depois vermelho, depois um tom mais escuro, e roxo. Ela se perguntou se o garoto iria morrer. Esse pensamento a deixou paralisada por um instante, fascinada e cheia de medo, e Becky já estava prestes a se levantar com um pulo para impedir o ato quando o tio afrouxou as mãos. O garoto tossiu, esfregou o pomo de adão e saiu, meio mancando, meio correndo, pela porta dos fundos, enquanto o tio sumia do seu campo de visão e ela ficava ali, agachada ao lado da tomada debaixo da mesinha lateral, apavorada, sem muita certeza do que tinha acabado de testemunhar.

Becky tenta mandar essa lembrança de volta para o lugar onde morava enquanto estava esquecida, mas os ecos da cena continuam reverberando na sua cabeça.

— Será que eles sabem que você veio com a gente? — Leon pergunta a ela.

— Pode ser que o Pete consiga resolver isso — responde Becky, e o nome de Pete se congela no ar feito um pássaro alvejado prestes a despencar do céu até que, muito concretamente, mergulha de maneira suave até pousar no colo deles e ficar lá, quente e ensanguentado.

Pete.

— Aquele sacana — diz Leon, carinhoso.

O silêncio volta ao carro. Cada um sozinho às voltas com o próprio pânico, que cresce, torna a diminuir e a crescer outra vez. A tensão se embola nas bocas. Becky se vira no banco para encarar Harry. O rosto dela iluminado pelas luzes passando lá fora.

— Nós vamos ficar bem. — Becky abre um sorriso e todas as ruas do coração de Harry se incendeiam, todas as janelas de todas as casas estouram ao mesmo tempo. Um tsunami chega para apagar o fogo, e todas as casas são inundadas, e a água escorre através das vidraças quebradas, carregando destroços nas suas ondas. Becky se vira de volta para a sua janela, os olhos no branco intermitente das luzes das lojas por onde eles passam. Surgindo e sumindo. Surgindo e sumindo. Clarões repentinos violentos, como alguém gritando palavrões bem na sua cara.

A pista que fica para trás é mais escura do que a que vem adiante, e a rua está cravejada de lembranças. A rotina, o trabalho, a paciência do treinamento, o tempo passado junto com as pessoas sem dizer coisa nenhuma. Os testes de elenco e palcos iluminados, os seus músculos repuxando. Seu próprio rosto a encarando do outro lado das lentes. A maquiagem, os pós. A náusea como um corredor vazio e sem fim dentro do peito, as mãos nos joelhos, respirar fundo no camarim. Ajeitar o cabelo e esperar o ônibus e limpar as mesas. O som dos aplausos. O cansaço infinito. Ela pode ver isso tudo, lá fora na rua, ficando menor à medida que eles se afastam. Ela abre o vidro e aspira o cheiro de tempestade que sobe do asfalto e cospe um riso engasgado.

As ruas vão ficando mais largas, as casas, maiores, agora há menos lanchonetes de frango frito e mais bares gourmets. A cidade deles afrouxa as garras. O carro segue para a via expressa. No rádio, Billy Bragg canta "A New England".

I

I

MARSHALL LAW

...

um ano antes

São quase dez e meia, e Becky está do lado errado do rio; uma parte da cidade cheia de profissionais da economia criativa que alimentam sonhos de vida mais simples – aspirações radicais e secretas que envolvem casas modestas no campo e famílias nucleares.

Centenas de corpos circundam uns aos outros no andar de cima de um bar da moda. Todo mundo só falando de si. *Estou fazendo tal coisa,* dizem todos. *Meu projeto está indo muito bem. Você por acaso já ouviu falar dessa coisa que eu tenho feito? E daquela outra também, você soube?* Posturas questionadoras e respostas enfáticas. No ar, pesam o suor de cocaína, as fragilidades ocultas e as perspectivas de um bom networking.

Becky tem 26 anos, mas sente que está nas últimas. Ela está encostada no balcão do bar; cercada por monstros e babacas e dançarinas por todos os lados, gritando e uivando para provar a sua existência. Seus ombros empertigados estão puxados para trás. Ela parece pronta para a briga, embora não seja esta a intenção. Esse é só o seu jeito de estar nos lugares. Ela é dotada do tipo de postura ereta e da tranquilidade dentro do próprio corpo que resultam num amor pelo movimento, numa fluidez física que faz da dança uma alegria primal. O seu humor tem tintas escuras, é sarcástico e pode tender à crueldade. Uma faca em meio a tanta carne mole. O tipo de mulher que anda pela vida despertando o caos em desconhecidos o dia inteiro.

Ela apoiou o corpo com muita força, o cotovelo está dolorido. Ao seu lado, no salão cheio, uma garota chamada Aisha está vasculhando o ambiente atrás de rostos importantes. Aisha transpira confiança. Aquela confiança sem rodeios e enervante de quando se tem 21 anos. Ela, por alguma razão, se apegou a Becky, e as duas estão ali de pé lado a lado há meia hora. Elas já dançaram juntas em duas ocasiões antes disso, mas Becky está surpresa por Aisha ter parado por tanto tempo para ficar com ela. Aisha faz Becky se sentir velha.

Becky sorri do jeito mais aberto possível para os rostos que mergulham de volta na massa de gente depois que passam pela dupla. Algo vem martelando dentro da sua cabeça há dias. Um latejar fundo e agudo que começou na têmpora esquerda e avançou para tomar conta de toda a extensão do seu crânio.

Ela se entrega a fantasias de um desastre natural. Olha para as pessoas que se movimentam pelo bar como se elas fossem sobreviventes de uma era extinta. Como se aquilo fosse a transmissão ao vivo de uma terrível invasão alienígena. Ela encara rosto por rosto, buscando desesperadamente um relance de presença humana, mas só enxerga máscaras.

Do outro lado de Becky, uma mulher mais velha conversa com um cara jovem. Ele, de cara fechada, escuta com desinteresse metido no seu uniforme clichê composto por camiseta de uma banda desconhecida, jeans desbotados e coturnos de couro do tipo eu-toco-guitarra.

— As suas músicas são *o máximo,* meu querido — a mulher está dizendo a ele. Alta, ela sublinha cada palavra com um florear das mãos, tem o cabelo num penteado em espiral, que lembra o formato de uma concha, e está vestindo alguma coisa cara e preta. — O único problema é serem *curtas* demais. Se eu fosse você, encaixaria um solo de guitarra no final, e daria um jeito de repetir o refrão até terminar num *fade*. — O rapaz hesita, até que os seus olhos começam a brilhar quando ele decide se deixar persuadir. — *Ninguém* está fazendo solos de guitarra hoje em dia — continua a mulher, enquanto o sujeito passa os dedos cheios de anéis pelos cabelos num gesto que, para Becky, parece estudado demais. Ela se pergunta se pode estar assistindo ao nascimento de um astro. A mulher escorrega a mão pelo rosto dele, arrematando com um soquinho no ombro. — Se me arranjar dez faixas assim eu lhe consigo uma reunião com executivos de uma gravadora badalada e vamos ver o que sai daí, combinado?

Esta é a noite do lançamento do novo single da Cool New Band With The Retro Feel.[1] Que coincide com o lançamento da nova coleção da grife Fashion Stroke Art, do vocalista. Os membros da banda estão empenhados em ignorar uns aos outros em partes diferentes do salão. Os agentes deles estão enfiando risadinhas pelas narinas uns dos outros nos banheiros.

Na parede dos fundos do lugar, três telões que cobrem a sua extensão de ponta a ponta exibem o clipe em loop. Becky olha para eles sem prestar atenção, incomodada com a expressão do próprio rosto, com o jeito como é preciso fazer bico para que alguém note você. A impressão é de que ela está vendo os movimentos do corpo de outra pessoa. Os muitos anos que investiu na dança ficam aparentes, ali no meio da fauna de fashionistas e superblogueiros. Todos os corpos presentes são apenas pele e osso ou então gordos demais para conseguirem se mexer, e estão bêbados além da conta, socando o rosto uns dos outros com as mãos trêmulas. E ela, que sonhava com muito mais do que isso.

— Ele é o máximo, não é? — Aisha está vestida em cores vibrantes. Ela é esbelta e alta, e tem uma boca que toma dois terços do seu rosto. No corpo, traz peças de pelo menos três conjuntos diferentes. As feições são marcantes, e cada detalhe da sua silhueta impressiona. — Você é uma sortuda por já terem trabalhado juntos — solta ela. A voz sai cheia de altos e baixos, como o efeito sonoro de um programa infantil projetado para denotar surpresa.

— É, eu sei. Isso é, tipo, incrível mesmo. — Becky se pega imitando o jeito de falar da outra. Ela consegue antever o futuro de Aisha: o *hype,* o empurrão, a subida, o ressentimento retumbante dos colegas, a pressão crescente, a lenta decadência, a angústia inevitável de ser trocada por alguém mais flexível, com cartilagens mais jovens e um par de peitos melhor.

— Como era ele? — Aisha balança o canudo preso entre os lábios. Becky sente o tom de sondagem, um bolo transbordante travando sua garganta.

A filmagem com Marshall Law tinha sido um desastre. Ele se atrasava todas as vezes, e depois de enfim chegar ao set, passava o tempo todo postando fotos dele mesmo nos seus vários geradores de identidade espalhados pela internet. Becky acabara tendo que criar oitenta por cento da coreografia, porque as pessoas estavam lá sem saber o que fazer, e havia

---

[1] Banda Nova Cool Com Uma Pegada Retrô (N. da T.).

uma equipe de filmagem que precisava ter alguma coisa para filmar, mesmo sabendo que ela nunca receberia o crédito pelo seu trabalho.

– É, ele é demais mesmo – diz ela. Morrendo por dentro. – Um sujeito inspirador. – Becky tinha aprendido que, uma vez que um diretor esteja em voga, qualquer ideia que ocorra em qualquer recinto onde esse sujeito esteja presente, mesmo que não tenha saído da sua imaginação, passa a ser vista como ideia dele, por osmose. Ainda que o diretor em questão não tenha criado coisa nenhuma, apenas feito a "curadoria" do trabalho.

– Tem um estilo tão original! – Aisha suspira.

Becky assente com a cabeça. – É verdade. Tem, sim. – Falar mal do cara só faria com que ela passasse por ressentida. Fora que ninguém lhe daria ouvidos mesmo, e fora que não valeria a pena gastar saliva com isso.

Becky havia frequentado a London Contemporary Dance School. Ela se formara com honras seis anos antes. Da sua turma de 25 dançarinos formados, só quatro estavam empregados no momento, e, apesar de ter sido a melhor entre todos os alunos, Becky não estava entre os quatro. Ela havia procurado trabalho por um ano inteiro sem resultado. Era difícil não se sentir esmagada pelo julgamento constante.

Um dos seus amigos mais antigos, Sasha, era um produtor musical que tirara a sorte grande depois de lançar um dubstep datado, cheio de vocais exagerados e outras tiradas previsíveis. A faixa foi um sucesso. E Sasha fizera a ela o convite para ser dançarina no clipe da música, que teria a direção de Marshall Law. A gravadora se mostrou meio reticente no início, mas Becky provou a sua capacidade. Ela estava aliviada por ter achado um trabalho, mesmo não sendo do tipo que queria.

O vídeo bateu a marca do primeiro milhão de visualizações em duas semanas on-line. Becky viu as ofertas de trabalho começarem a chegar, embora todas fossem para projetos muito comerciais. Ela foi topando uma depois da outra, e assim escoaram os anos. Ali estava ela, portanto. Atrelada a Marshall Law, atrelada à função de ser a reboladinha sensual que servia de pano de fundo para rappers meia-boca, repetindo coreografias clichê.

– Faz SÉCULOS que eu peço para a minha agente conseguir lugar numa filmagem com ele, mas, cara, você não imagina o que é tentar um lugar nesse mercado… – lamenta Aisha, e Becky sente um buraco se abrir no estômago.

— Sua agente? — ecoa ela, tentando soar desencanada, mas sentindo a dinâmica de poder entre as duas mudar irreversivelmente.

Aisha se incha toda.

— É. Você conhece a Glenda Marlowe, não conhece? Ela está comigo desde o mês passado, depois daquele lance no Opera House.

Becky sente o fígado pulsar. As bochechas ficam coradas.

— E tem aparecido trabalho depois disso?

— À beça. Muita coisa, hmm, para cinema. É legal. — Elas assentem uma para a outra. Becky se sente minúscula, atarracada e sem representação. — Olha ela ali – diz Aisha. Apontando. O sorriso de Becky pesa cada vez mais no rosto. — Mas não rola de a Glenda trabalhar, você sabe, com quem ela não...

— Tudo bem, eu entendo — concorda Becky, séria. — Claro. — De repente velha demais e com o corpo dolorido demais por ter passado tantos anos sendo desdenhado.

— Mas já que nós estamos aqui, eu posso apresentar vocês duas. Quem sabe, né? – Aisha dobra a cabeça de lado, girando o canudo com a língua.

— Você faria isso?

A outra se debruça devagar para passar o corpo pela frente de Becky e dar um tapinha no braço da agente. Becky nota que Glenda é a mulher de preto que ela estava xingando mentalmente enquanto ouvia a sua conversa.

— Glenda? – sussurra Aisha. Os corpos das duas estão colados, e Becky se sente suja.

— Diga, linda! – Glenda se desvencilha do músico com quem ainda falava e se posta diante de Becky agora, as pernas afastadas, balançando o corpo apoiado nos saltos.

— Essa aqui é a Becky. Formada em dança.

— É claro que é – retruca Glenda. Sorriso falso, monocórdia.

— Que fez o clipe. Ela trabalha com Marshall. — Glenda assente a essa menção, agora um pouco mais interessada.

— Oi! – faz Becky. – Muito prazer em conhecê-la. – Ela se debruça para beijar o rosto da agente, mas Glenda estala bitocas no ar em volta das suas bochechas. Com o impulso do movimento, o beijo de Becky acaba indo parar no pescoço da agente. Ela faz uma careta de constrangimento. Glenda continua impassível.

— Becky está procurando quem a represente — explica Aisha.

Glenda lança um olhar avaliador.

— Verdade? — retruca.

Becky vira a cabeça para exibir o seu perfil, planta uma das mãos no quadril, ombros-pra-trás peitos-pra-cima lábios-úmidos barriga-pra-dentro.

— É, eu tenho pensado nisso. A minha agenda até anda cheia, sabe, mas poderia ficar mais.

— E quais são exatamente os seus objetivos? — Glenda estreita os olhos feito uma cobra armando o bote.

— Eu quero fazer mais clipes, até, quem sabe, conseguir lugar numa turnê completa de algum artista importante.

Glenda ergue as sobrancelhas.

— Entendo — diz.

— E também tenho interesse por dança contemporânea. Adoraria fazer parte de uma companhia. — Glenda pigarreia, um rastro de irritação passando pelo seu olhar. — Porque, tipo, o meu objetivo de verdade é coreografar meu próprio trabalho. A ideia é que eu possa ganhar a vida como bailarina independente dançando coreografias próprias. — Os dedos dos pés de Becky se encolhem.

Glenda passa os olhos para algum ponto atrás de Becky a fim de dar uma vasculhada no restante do salão. Aisha assente para o nada, muda e linda.

— Ah, *sim*. Então você é uma artista. — O sarcasmo escorre como se fosse cera derretida do canto da boca zombeteira da mulher. — Não sobra muito para uma agente fazer, se esse seu plano já está mesmo traçado — diz Glenda, a voz num tom condescendente, o tédio aparente nos olhos.

Becky perde meio metro de altura nesse mesmo instante. Ela tem o rosto emparelhado com os joelhos da outra quando ergue os olhos para encará-la.

A atenção de Glenda é captada por alguém mais importante atrás do seu ombro esquerdo.

— Quer que eu a apresente ao Marshall? — oferece Becky, tentando não soar desesperada. — Ele está bem ali.

O sorriso da agente é uma mancha úmida e escura. Um borrão de vinho ou de sangue espalhado na cara.

— É claro — diz ela. — Vamos lá.

Harry está caminhando pelo meio da chuva fina, vendo a garotada baladeira e bêbada com roupas caras, todos rindo como se estivessem diante de câmeras. A água escorre pelas sarjetas, e o trânsito começa a engarrafar. Os edifícios pontudos do centro financeiro se erguem como presas dentro da boca aberta num grito da cidade. A visão de Harry é limitada por prédios de escritórios e outdoors e arranha-céus novos em folha que a fazem manter os olhos para baixo, vasculhando o corpo dos passantes enquanto garotas lançam a cabeça para trás e relincham risadas para o nada. Ela cospe na sarjeta e odeia o mundo. Ela vê um homem na esquina para onde está indo, parado debaixo da marquise de uma loja fechada. Um sujeito alto, vestindo um jeans largo, um par de Air Force Ones edição limitada, um casacão tipo parca. A massa grossa e suja do cabelo está enfiada debaixo de um boné com a aba virada para cima, quase na vertical. Vendendo suas *balinhas*, o sujeito fala em voz alta.

– Quem vai querer? – diz ele. – Vamos, seus pestinhas, venham aqui buscar.

Cacete, Harry pensa. É o Reggie. Um farol na vastidão do deserto.

– Reg! – Ela para ao lado dele. A chuva cai mais grossa de cima da marquise. – Está tudo certo contigo?

Reggie olha para ela, primeiro bravo por ter ouvido seu nome verdadeiro, depois com o rosto se abrindo ao reconhecê-la.

– Harry! Puta que paroles! E aí, menina? Belê? – Ele joga os braços por cima de Harry e a puxa em direção ao peito, dando tapões nas suas costas.

Harry fala com a axila do sujeito até o abraço afrouxar.

– Tranquilo, cara. Você sabe. Tudo na mesma.

Reggie olha bem para ela, segurando-a pelos cotovelos. – Puta que paroles!!! Quanto tempo faz? – As palavras saem cantadas. Como sempre.

– Um tempão mesmo. O que você tá fazendo aqui?

– Tô na pista, mina. Mas vou te contar um lance. Minha cabeça tá meio ferrada. Um mês todo nessa de passar ácido, vai ver que a parada acabou entrando pela pele da minha mão ou sei lá. Agorinha mesmo eu tô vendo um rastro em cada movimento seu.

Ele segura Harry à distância de um braço e mexe a cabeça de um lado para o outro atrás do rastro.

— Tá sinistro. — Seus olhos ficam imensos como bocas vazias de túneis quando ele encara Harry. A cabeça mexendo devagar para os dois lados, vendo os rastros brotarem nas bordas da imagem. Harry acompanha o movimento com a cabeça.

— E onde você tá morando agora? Ainda com a sua mãe? — pergunta ela.

Reggie para de mexer a cabeça, os braços desabam.

— A minha mãe faleceu, cara, que Deus a tenha. — Ele olha para a calçada, depois para o céu. Segura com a mão esquerda um anel que está usando no indicador direito. Leva até os lábios e dá um beijo nele.

— Meus pêsames, Reg. — A voz de Harry sai miúda e inútil. Ela queria poder dizer mais. Os dois ficam parados sem falar nada um bom tempo.

— Ela foi guerreira. Disso não tenho dúvida.

— Era uma mulher incrível, a sua mãe. — Pela rua toda, garotos gritam e tombam uns por cima dos outros. Harry sente um nó no estômago por causa do amigo.

— Eu agora tô ficando na casa do meu pai, sabe, só que ele tá doente. Bem mal mesmo. Tá com os tornozelos tão inchados que eu preciso levar o velho na garupa até o banheiro e segurar ele na privada pra não cair, depois limpar tudo, pegar de volta e carregar pra droga da... cadeira, ou sei lá. Da cama. O que seja. — Reg meneia a cabeça. Endurece o queixo e ergue as sobrancelhas. Solta um suspiro fundo e encolhe os ombros, as mãos estendidas com as palmas para cima.

— Puta que paroles, Reggie. — Harry balança com tristeza a cabeça. Sem outra coisa para fazer, ela acende um cigarro, oferece um a Reg, que aceita. Ele pega um maço quase cheio que tem no bolso e guarda o cigarro que Harry lhe deu para mais tarde. Harry faz que não repara.

— Não dá nem... — Ele para, outra vez de olho nos rastros. — Não dá nem pra ter uma namorada, Harry.

— Sem novidade nessa parte também, então.

— Tô começando a achar que tem a ver com a porra da minha higiene. — Ele levanta um braço, dá uma fungada com força. — Eu tô fedendo demais, cara? Você ia me dizer se estivesse, não ia? — Ele chega mais perto, para deixar a axila perto do rosto dela.

Harry dá um empurrão.

– Sai fora! – guincha. – Esquiva o corpo. Ergue os punhos fechados. – Tira esse sovaco daqui!

– Vai, Harry, me ajuda. – Reggie pega a amiga pelos ombros e força o rosto dela na sua axila. Harry se desvencilha e ele volta a agarrá-la, rindo, com o braço erguido, a axila de fora. Harry se livra com um safanão e finge lhe dar uns socos na barriga. Reggie reage, dobra o corpo como se estivesse com dor. – Você me matou – diz, todo curvado.

– Levanta daí, seu palhaço – retruca Harry, dando um chute de leve na perna dele.

Os dois estão de pé lado a lado de novo, sorrindo. Harry arruma o cabelo do melhor jeito que consegue. Solto, ele cai até os ombros, fazendo volume dos lados. É bem cacheado. Ela costuma usá-lo preso para trás, mas tem sempre uma mecha que se solta e pula em direções diferentes.

– Relaxa, mina, o seu cabelo tá ótimo.

– Cala essa boca – diz Harry, enquanto continua ajeitando as mechas.

Reggie olha para a chuva caindo, fala com a voz engrolada.

– Ela me largou de novo, sabia? E agiu certo. Porque o que pega são os meus horários. Ela não quer me ver saindo de casa direto desse jeito. Mas um sujeito tem que ganhar a vida, você me entende?

– E como entendo, cara. – Harry envolve o próprio corpo com um dos braços, baixa a cabeça e traga forte o cigarro, olhando os seus sapatos de trabalhar. Gastos, sem graça, marrons.

– E você, tá com namorada?

O letreiro de néon acima deles, iluminado com a inscrição *Minimercado Casablanca*, dá uma piscada. O rugido de fundo da rua parece crescer por um instante nos ouvidos de Harry. O motor de uma motocicleta ronca ao passar.

– Eu? Não – diz ela, franzindo o cenho. – Não.

– Namorado, então?

– Vai sonhando, Reg.

Reggie dá uma risada. Alonga as costas, o pescoço.

– Mas que merda, né? Ficar assim sozinho.

Harry se vira para ele, estreitando de leve os olhos.

– Mas você tá com uma cara boa, Reg. Tá parecendo feliz.

– Feliz, eu sempre tô, mina. Precisa de mais do que isso pra derrubar o cachorro velho aqui. Não precisa? – Ele grita para a rua: – NÃO PRECI-

SA? – A rua o ignora. Ele ri. – Que se foda. Mas e você, o que tá fazendo por estas bandas?

– Ah, coisa de trabalho. Um lance aí.

– Você trabalha com o que mesmo? – A figura corpulenta de Reggie é uma torre ao lado de Harry. Os dois parecem uma dupla improvável de amigos de desenho animado, o urso e o camundongo. As pessoas passam por eles sem parar, numa pegajosa onda tagarela.

– Recrutamento.

– Isso mesmo, recrutamento. E tá indo bem?

– Tranquilo. É uma área que dá estabilidade. – O rugido do trânsito engolfa os dois. Eles olham a chuva cair. Harry fuma o cigarro aos trancos.

– Olha, Reg – ela fala numa voz mansa –, eu lamento mesmo pela sua mãe.

– Tá de boa, mina. O anel dela anda sempre comigo. – O queixo dele está cheio de fiapos de barba crescendo, algumas mechas do cabelo comprido ficaram grudadas na testa por baixo do boné. Ele ergue a aba com uma das mãos e empurra o cabelo para trás com a outra, depois ajeita o conjunto, dobrando a aba no ângulo exato, para cima na direção da chuva que cai. Os dois olham para o anel, dançando no azul triste da noite. – Ele ficou comigo, e ela sempre me dizia para não desistir de lutar, e esse tipo de coisa. – É um anel parrudo, feito com sete ou oito placas de ouro soldadas uma na outra, e brilha à luz dos postes.

Harry oscila sob o peso das coisas que está sentindo, de repente pequena para o tamanho da sua dor, e da culpa por saber que a vida segue adiante. Ela estende a mão e dá um tapinha carinhoso nas costas de Reggie. E deixa a mão lá por um instante antes de recolhê-la.

– E com as crianças, tudo certo? – pergunta, numa voz leve.

– Não, com elas tá tudo bem. Estão ótimas, cheias de saúde, dois anjinhos. Foram morar com a mãe. – Reggie abre um sorriso, mostrando o ouro dos dentes. Quando o sorriso se alarga, Harry vê a cobra rosada da cicatriz que vai da bochecha até o pescoço se alargar junto e esticar antes de voltar a se acomodar nas sombras da barba por fazer. Ela se lembra da noite em que tudo aconteceu, sente o corpo ser puxado na direção da cicatriz.

– Com que idade eles estão mesmo?

– Michael está com 7, e Rochelle faz 14 agora em maio.

— Puta que paroles – assovia Harry.
— Pois é.
— Passa voando.
— Isso é verdade mesmo, Harry – concorda Reggie, triste.
E ficam os dois parados, sentindo o tempo passar voando.
— Ei – fala Reggie, voltando a se animar. – Vai um Mandy, uma balinha?
— Não, cara, tô de boa. – Harry endireita o corpo. Dá uma baforada no cigarro.
— Tem certeza? Eu separo uma parada caprichada. Você sabe que eu só trabalho com coisa fina, não sabe?
— Tô de boa mesmo. Mas valeu.
Reggie chuta a calçada.
— Você é quem sabe. – A rua está apinhada de gente a caminho dos bares, saindo dos bares. Sendo despejada da estação de trem. Entupida feito uma artéria doente. – Nitrato, cara. A garotada se amarra. Isto aqui não para nunca. Dá só uma olhada. Os caras saindo pra zoar com essa chuva, vê se pode. É o sonho de qualquer negociante. Eu quase sempre faço ponto aqui, depois volto pra casa pra cuidar do velho, ver se está tudo bem com ele.
Como se tivesse ouvido a deixa, um garoto se aproxima já trincado.
— Quanto tá a bala, parceiro?
— Uma por cinco, três é dez.
— Beleza. Passa seis então.
Reggie ergue as sobrancelhas para Harry.
— Então, Reg, eu acho que vou indo nessa.
— Tá certo. Foi bom ver você. Cuidado com a visão borrada. E vê se não bebe água da torneira.
Harry faz que sim.
— A gente se vê, cara. E você, trate de se cuidar, entendeu? – Ela abre um sorriso carinhoso enquanto puxa a gola do casaco para cima e se afasta. A chuva se acumula nos cachos do seu cabelo, a outra mão em concha protegendo o cigarro aceso.
Ela está com o seu uniforme de trabalho. Um terno azul-marinho que tem um caimento esquisito no seu corpo, como qualquer roupa costuma ter. A camisa branca é usada para dentro da calça, que tem a

cintura um pouco folgada demais. Sua silhueta miúda vai costurando pelo meio da multidão na calçada, as abas do casaco sopradas pelos ônibus que passam. Ela as ajeita e fecha os botões. Parece segura. Segue num caminhar confiante. Pés ágeis, dando passadas compridas. Londrina até a raiz do cabelo: cheia de si, alerta a qualquer sinal de perigo, charmosa – e com a cidade fluindo através de si. O rosto de Reggie se replica nos desconhecidos que passam, os seus olhos ardem, e ela pisca com força. Vê uma mendiga sentada com a cabeça enterrada nos joelhos dentro da cabine do caixa eletrônico em frente ao Tesco Express; as mãos voltadas para cima são vermelhas, cheias de feridas. A mulher levanta o rosto quando Harry reduz o passo, a mão apalpando o bolso. Os olhares das duas se cruzam. Harry vê que a mulher é bem mais jovem do que ela tinha pensado. Uma adolescente. Mas tem o rosto todo marcado. Cicatrizes e manchas e sujeiras cobrem toda a pele, mas os olhos são fortes e límpidos. Não há nenhum medo neles, repara Harry, só cansaço.

– Está tudo bem? – pergunta ela.

– Tá frio. – A voz da outra é baixa. – Tô com fome.

Harry corre os olhos rua acima e abaixo vendo a vida que se desenrola ao redor, com o coração aos pulos.

– De quanto precisa pra pagar um albergue?

– Doze libras. – Harry protege os olhos da chuva. – Me dá um trago? – indaga a garota, a cabeça acenando para a ponta do cigarro acesa entre os dedos de Harry.

Harry lhe entrega um cigarro e enfia umas notas de 20 libras na sua mão.

– Não gasta pra se picar, tá? – A garota se encolhe de leve. – Isso dá pra pagar uma ou duas noites de albergue. E alguma coisa pra comer. Promete que vai gastar só nisso? – é a pergunta desesperada de Harry. A garota não responde, só olha para as notas na sua mão, e alguns instantes depois Harry se afasta, tonta. Sentindo a culpa se desenrolar dentro do seu peito. Sacudida pela tristeza. *Se pudesse fazer mais, eu faria.*

Os pés pisam de leve enquanto ela vai gingando como um boxeador rua abaixo. Cheia da empáfia de saber que há um trabalho a ser feito. A cidade não vai abatê-la como fez com os outros. Ela sabe disso. Ela assente com a cabeça ao ter esse pensamento. Esquivando o corpo e costurando, abre caminho pelo meio da multidão. Ela corre, cruzando a pista no meio do trânsito, a chuva caindo na cara, com a música berrando dentro dos bares e as pessoas gritando para se fazerem ouvir por quem está bem ao lado. Ela se desvia de kebabs vomitados e batatas chips caídas no chão e segue o seu caminho, invisível.

Harry entra num bar onde nunca esteve antes. Ela inspeciona o ambiente, vendo as pessoas espremerem alguma diversão de dentro do seu coração partido e exausto. Sente um olhar sobre si e gira o corpo para avistar Leon no meio da multidão, subindo uma escada que há nos fundos.

Leon é seu melhor amigo, e também seu sócio. Ele vive de olho em tudo; pode enxergar um movimento antes que seja feito, começando a se eriçar num canto escondido de alguma pessoa qualquer. O acordo entre eles é que Harry cuida das vendas, e Leon, de todo o resto. Eles nunca se desentendem. É um sistema bom. Os dois sócios conhecem bem seus papéis e respeitam os talentos um do outro. E, quase o tempo todo, eles amam o que fazem.

Essa porrada de gente cheirando todo esse pó só pra se fingir de interessada no que os outros têm a dizer.

Um sujeito urra em euforia exagerada. Harry reage com uma careta. Ela pensa em Reggie, vendendo seu ácido na rua para moleques de 16 anos. Na garota mendiga sentada em sacos plásticos debaixo da chuva.

Ela se livra do casaco, uma capa azul-marinho impermeável e de bom corte. Um casaco de grife, apesar de todo amassado e molhado da chuva. Ela entrega o casaco ao sujeito sorridente da chapelaria, junto com o paletó do seu terno. Ele lhe entrega um tíquete, e ela lê: 111. É claro, pensa. Embora o número não tenha qualquer relevância em especial.

Ela ruma para o banheiro. Ao entrar, é recebida pelos olhares desconfiados de sempre enquanto as mulheres que lavam as mãos tentam determinar se a figura recém-chegada é masculina ou feminina. A coisa dura só um instante, mas acontece todas as vezes. Harry é uma mulher com jeito de moleque e andar arrogante. O corpo é anguloso, e ela veste roupas masculinas. O rosto é suave, feminino, mas ela mantém uma expressão carrancuda quando está trabalhando. Harry sorri para as mulheres do banheiro; elas baixam os olhos para as próprias mãos ou se concentram nos seus cílios refletidos no espelho. Ela dá uma checada nas roupas, encara o próprio rosto. As pupilas se retraíram sob a luz forte do banheiro. *Eu não devo satisfação a ninguém.* Toda a violência que presenciou ricocheteia no seu peito e a atira contra as portas das cabines. Aquela noite em que Reggie ganhou a cicatriz. A noite em que Tony caiu do telhado daquela festa e morreu no meio da rua, todo quebrado. O sangue nas suas roupas depois que Leon terminou de dar um trato no sujeito que a seguiu uma vez na saída da boate. A violência está apertando as mãos em volta do rosto dela. Sua cabeça está espremida no vão entre a privada e a parede da cabine, e a violência está por cima do seu corpo, já pegando impulso com a mão. É você que está fazendo isso, ela diz para si mesma. *Você está fazendo isso, Harry.* Ela ajeita o colarinho da camisa, fecha o botão de cima. Pronta para outra.

Um fogo brando as atrai para perto uma da outra, chegando por baixo das tábuas do assoalho. Ele traça uma rota e faz os pés das duas atravessarem a festa.

Becky, Aisha e a agente estão se encaminhando para um canto do salão; o lugar que tem as cortinas com debrum dourado. E as luminárias antigas. Carpete vermelho-escuro. As pessoas sapateiam no chão como touros. Becky encara cuidadosamente rosto por rosto, lembrando-se de sorrir. É beijada nas bochechas, o pescoço estendido para o alto, por homens de quem não se lembra.

— Oi — diz, mostrando os dentes. — Tudo bem?

Harry vasculha o salão atrás dos seus clientes; os baladeiros afáveis que gostam de ter mais do que o que necessitam. Um figurão e três criaturas de menor calibre solicitaram sua presença esta noite. Isso, fora os gêmeos da aristocracia que se vestem com trapos e usam mais drogas do que deveriam. Será uma noite lucrativa, portanto. Sem avistar nenhum rosto conhecido, ela percorre a extensão do lugar e se deixa misturar a um grupo reunido em círculo ao redor de um sujeito que diz alguma coisa. Entregam-lhe um drinque que não faz sentido, preparado com bebidas

das quais ela nunca ouviu falar e servido num copo que não sabe bem como segurar, e Harry bebe depressa, o gelo batendo nos dentes a cada gole acelerado.

Becky segue olhando por cima do ombro para acenar com a cabeça e sorrir para Glenda até que ela para, triunfante, perto de um grupo reunido com a respiração suspensa ao redor de um sujeito vestido dos pés à cabeça em veludo amarelo.

– Marshall Law – sussurra Becky, orgulhosa, ao ouvido de Glenda. Glenda rói os próprios cotovelos com mordidas vorazes, vomita a si mesma pelo chão aos pés de Marshall e ergue os olhos para fitar a parte de baixo do queixo dele.

– Ah, mas é claro. É claro que sim – assente Marshall profundamente, para ninguém em especial. – Digo, eu estava na Indonésia quando vi o sujeito tirando um barco de pesca da água, os pés descalços, o short molhado, o próprio Mogli mesmo, e pensei comigo "uau, mas que *lindo*!" Porque ele é bonito mesmo, não é verdade? E não só nas fotos. Nesse caso, pelo menos, é a figura *dele* que tem todo o brilho. E é algo tão *verdadeiro*!

O coração de Becky abre caminho aos socos para fora do peito e corre gritando pelo salão, deixando manchas de sangue espalhadas nas paredes. Ela baixa os olhos, perplexa, para fitar o rombo recente no próprio peito. Durante anos, sorriu em todas as festas certas e manteve uma postura neutra nos testes de seleção para os trabalhos, ouvindo atentamente as palavras de diretores como esse que está na sua frente agora. E ela está cheia disso. A sua garganta está rascante de tão seca, e as garras de uma toupeira cavoucam a terra dentro da sua cabeça.

Ela corre os olhos pelo grupo, fitando os outros rostos no círculo, até que batem numa mulher do outro lado e ficam presos a ela como um pé usando meia se prende num prego com a cabeça saltada do assoalho. Enganchados. Ela desvia o olhar, mas se pega sendo atraída de volta para a mulher. É alguma coisa primal que cutuca e dói e agrada a Becky. Ela não consegue recolher o olhar. Ele insiste em ficar. A mulher é doce, mas tem uma postura durona. Muito digna e desmazelada, com um ar superior. Becky tem uma queda irresistível por mulheres com o ar *queer* e deslocado que essa tem. Ela repara nos dentes tortos. As molas que são os cachos do cabelo. O cenho franzido. Todos os seus traços são como linhas cantantes separadas que decolam em uníssono, os malares altos e delicados, o narizinho aquilino, os olhos pequenos, vivos, fundos e bem fortes. Certa aura ao seu redor. Serena e precisa como a de alguém que sabe muito de si. Há uma ruga de confusão na testa dela. Os olhos estão apertados para fitar Marshall, como se estivesse com a visão fraca.

 Harry se sente cutucar pela atenção alheia, procura com o olhar e percebe que uma mulher desconhecida a observa. Um mero relance já ofuscou tudo. A mulher brilha com força aos olhos de Harry. Explode para fora de si mesma como uma bola de fogo. Brilhando sem parar. Elétrica e ondulante, seus contornos rasgando a festa como um raio bifurcado, abrasador e flamejante, brilhando como a luz do sol que se reflete na água e vira calor. Uma energia feroz. Brilhando com um dourado extremo, amarelo-fogo, uma chama negra ardendo com o azul bem no centro. Um novo sol explodindo luz. Harry pisca os olhos, recolhe seus pedaços que foram espalhados pelos cantos do salão e os monta de volta no lugar. Ergue as sobrancelhas em direção a Marshall, deixando escapar um suspiro teatral. Becky ri com a mão na boca e não desvia o olhar. Os movimentos de Harry ficam duros e esquisitos. Ela cola os olhos ao chão pelo máximo de tempo que consegue, depois volta a erguê-los para constatar que a mulher continua encarando. Que ficou parada lá, tenaz e impassível. Morena, com a pele brilhante e macia. Harry enxerga tudo, como feridas repentinas se abrindo no seu peito. Queimada por inteiro. Ela ergue a cabeça e observa a outra pelos cantos dos olhos e, enquanto as duas se olham, o calor brando que as aproximou passa de uma para a outra. Harry se sente aprumar sobre as próprias pernas, os ouvidos retumbando, os olhos ardendo por causa do brilho súbito.

 Um homenzinho rabugento com flores no cabelo surge ao lado de Becky e guia Marshall para longe, cruzando o salão. Todos os que estavam no círculo seguem a dupla como damas de honra hipnotizadas, Aisha e a agente inclusive, até que restam apenas Becky e Harry, ainda anestesiadas pelo choque do encontro, olhando ao redor com os olhos arregalados, como numa rave em que o dia acaba de amanhecer. A vontade de Harry é estender o braço e pegar a mão da outra e ver o que acontece. Mas nenhuma parte do seu corpo parece de fato disposta a permitir que isso aconteça, e então ela seca o seu copo com uma golada rápida e pega outro drinque da bandeja da criatura sorridente que surge ao seu lado.

– Sujeito interessante – diz Becky, acompanhando Marshall e o seu séquito com o olhar.

Harry observa o alto da cabeça de Marshall enquanto ele resvala pelo salão.

– Eu fiquei interessada – fala –, com toda certeza. – Becky escuta a melodia familiar do seu sotaque natal: as vogais sinuosas do sudeste de Londres e as pausas glóticas. – Você toca na banda?

– Não, sou dançarina. Participei do clipe dele.

Harry fica impressionada. Fita Becky com os olhos arregalados.

– Dançarina, hein? De qual estilo?

– Um pouco de tudo. – Ela faz um ar casual.

– E faz parte de alguma companhia ou coisa parecida?

Becky encara Harry de um jeito estranho.

– Não, não no momento. Só tenho feito clipes e coisas para a TV.

– E você curte? – Harry observa o rosto da outra. O toque de algo solitário e distante que há por trás do sorriso dela.

Becky faz que sim.

– É, é bem legal... – Ela solta um suspiro profundo. Uma das mãos sobe até a ponta do cabelo, passa pela testa algumas vezes e volta a descer. – E você? – Becky bebe e observa Harry por cima da borda do seu copo. – Trabalha com esse povo também?

Elas olham em volta, para todos os monstros tarados e risonhos. Jogando a cabeça para trás.

– É – assente Harry. – Eu trabalho com recrutamento de pessoal, então cruzo com alguns caras de gravadoras, sim.

– Mas que sorte a sua. – É um sarcasmo estudado. Alojado bem nas profundezas do seu linguajar.

Harry conhece o código também.

– Pois é – diz com um ar cansado –, uma sorte mesmo.

Uma mão gorda pousa no ombro de Harry e fica ali, pulsando feito uma lesma.

– Harry! – diz um homem. – Que bom te ver, querida.

Harry vira a cabeça para olhar.

– Julian – diz, e um silêncio desconfortável cai sobre os três. Julian força um riso, começa a guiar Harry para um canto do salão, Harry olha de Julian para Becky e finca os pés no chão, puxando-o de volta. Firme no lugar.

Julian, confuso, sorri para ela e ergue a mão.

– Harry?

– Está tudo bem – responde Harry, com a boca seca. – Ela é uma amiga.

Becky sente o orgulho nadando dentro dela, parando na parte rasa para sacudir o cabelo e alongar os músculos.

Permitindo-se um desvio raro da rotina que sempre segue, Harry corre um olhar ligeiro ao redor enquanto tira quatro pacotinhos estufados da bolsa que tem presa por dentro da cintura da calça e, num movimento discreto, passa todos para a mão gorda do sujeito. Tão depressa que é quase imperceptível. Eles trocam um aperto de mão. Vigoroso. Amigável. A grana da mão de Julian vai parar na bolsinha de Harry. O homem passa os olhos de sapo pelo corpo de Harry, depois espia Becky. O coração de Harry bate forte como se fosse uma tropa marchando.

Becky observa a transação como faria numa cena de teatro de imersão. Perguntando a si mesma o que deveria concluir.

– Amiga da Harry? – indaga Julian, o rosto bolachudo pairando no ar.

– É – diz Becky, desviando o olhar.

– Que beleza, só digo isso. Uma imagem e tanto. – Ele sorri. Uma lâmpada pisca. Ele assente com a cabeça, empolgado. Fungando, deglutindo, entortando o rosto todo. A voz sai num bramido. Como se nunca tivesse ouvido falar em discrição. Ele ruge: MAS MAS MAS E VOCÊ, HARRY? COMO VÃO AS COISAS? ESTÁ COM UMA CARA ÓTIMA, HEIN? MUITO BOA MESMO. – Ele olha para ela de cima a baixo, fungando alto, os imensos olhos inquietos, os lábios se mexendo mais depressa do que as palavras que tentam articular, o cérebro pulsando quase visivelmente dentro do crânio.

Harry sorri pacientemente para ele, e fala devagar.

– Eu estou bem, Julian, obrigada por perguntar. Vou levando a vida, sabe como é.

– Ah, que bom. Está sossegado então. – Ele cospe ao falar, farelinhos quebradiços explodindo a cada "S". – Bom, mas meu drinque está esfriando. – Ele arranca dois jorros de riso da própria goela e então acena, dá uma piscadela e cambaleia o corpo gordo para longe.

— Tchau — diz Becky numa voz monocórdia, olhando ele se afastar. Ela olha para Harry, que engole em seco, nervosa. As costas de Julian avançam ruidosamente em direção aos banheiros.

Harry sente os olhos de Becky sobre ela, ergue o rosto e depois desvia o olhar.

— O seu nome é Harry? — pergunta Becky.

— Aham. — Sirenes uivam nos ouvidos de Harry. Ela acabou mesmo de fazer o que fez? Seus olhos procuram por Leon: nenhum sinal dele. Ela ergue a mão até a têmpora, o polegar pressionando com força.

— Tipo, de Harriet?

— Negativo. — Harry sacode a cabeça, sorrindo para a outra apesar de tudo. — Tipo de Harry mesmo.

— Está certo. — Becky a estuda com atenção, como uma criança que pegou um besouro. — E você fuma, Harry?

— Positivo.

— Vamos dar um trago?

As duas caminham para o pátio que serve de fumódromo, saindo pelas portas duplas no fundo do salão. O ar está gelado. A cidade não para de cintilar ao redor. Becky acende um cigarro. Aspira fundo. Ela adora soprar a fumaça no ar frio da noite. Dá mais uma tragada, mas já não é igual.

— Você não tem cara de traficante — diz ela simplesmente, com um sorriso no canto da boca.

Os olhos de Harry estalam ao ouvir isso. Ela esfrega o queixo e solta um riso ligeiro e aspirado. Ela vai para bem perto da outra e fala baixo, olhando à sua volta. Ela fala com uma voz despreocupada. Age naturalmente, mas as palmas das mãos estão suadas, e as pernas, trêmulas.

— E como é uma cara de traficante?

— Você entendeu.

Elas se sentam bem junto uma da outra num banco de cimento perto de uma jardineira grande. A lâmpada do aquecedor acima das duas se desliga automaticamente a cada cinco ou seis minutos e alguém precisa chegar perto para ligar o botão de novo. Privacidade zero. Harry repara nos grupos de pessoas rindo alto umas para as outras; ela escuta as conversas delas, e fica pensando se a sua estará sendo ouvida também.

— Mas o trabalho é difícil? Para uma mulher, quero dizer?

Harry conclui que ninguém está escutando nada. Correntes elétricas passam trepidantes através do seu rosto e por suas mãos.

– É difícil como qualquer outro. – Ela olha para a ponta do seu cigarro. – Não mais difícil do que viver de dança.

– Há quanto tempo você está nessa? – Harry espreme o rosto numa máscara de desconforto. Becky dá um empurrão na perna dela. – Qual o problema? – pergunta. – Eu não sou da polícia!

Harry traga o cigarro, segura a fumaça, volta a soprar.

– Séculos – responde. – Desde que me lembro, acho.

– E como entrou no negócio?

Harry bate os pés algumas vezes, inclina o corpo para trás. Em tantos anos circulando por festas como essa, ela nunca tinha trocado olhares com uma mulher que a fizesse sentar para discutir os prós e contras do seu ramo. Nunca. Nem uma única vez. Em geral, ela aparece no momento necessário, faz o que tem que fazer e vai embora sem falar com ninguém. Convidada por clientes, entra com um sorriso no rosto, faz as suas transações e parte para o compromisso seguinte. Às vezes, fica um tempo a mais, quando gosta do cliente em questão. Mas nunca conversa com *desconhecidos* sobre o que faz. Por que então entregou a mercadoria a Julian daquele jeito, bem na frente dessa mulher? Seu coração oscila como um pêndulo. Ela sente que há alguém observando. Ergue os olhos e nota Leon estreitando os olhos para encarar as duas. Ela o manda embora com uma sacudida da cabeça. Ele continua olhando, intrigado. Ela desvia acintosamente o olhar, e quando volta a fitar o lugar onde ele estava, constata com algum alívio que não há mais ninguém.

Olhando para Harry, Becky pensa que ela tem o jeito de alguém que está desesperado para escapar de si mesmo; ela passa o tempo todo arrumando cachos soltos do cabelo ou puxando a barra das roupas, e exala o ar timidamente desafiador de uma mulher que nasceu com todas as parcelas perfazendo uma soma errada. Becky pode reconhecer isso. Ela observa a outra com interesse, ponderando sobre como deve ser viver de tráfico sendo tão miúda de corpo. Pensa nos riscos. Imagina Harry correndo; ela tem um jeito de quem corre depressa.

Harry sente um vórtice de tensão se acumulando entre as duas. Se ela fosse mais desencanada ou mais confiante ou um homem, talvez tivesse coragem para se aproximar e dar um beijo nessa garota. Mas o que faz é esfregar o rosto com um gesto desajeitado e esticar as pernas e cruzá-las na altura dos tornozelos. Ela nunca sabe se as garotas estão dando em cima dela ou só sendo simpáticas. Nunca. E sempre se sente mal por achar que é flerte. Seu olhar volta a vasculhar a área aberta do bar atrás de Leon ou de algum cliente desgarrado, mas, sem ver nenhum rosto conhecido, ela se remexe no banco e mergulha o olhar no de Becky pelo máximo de tempo que consegue sem ficar cega. O que significa mais ou menos um quarto de segundo.

— Eu tenho um plano — diz. — Um lance que estou me preparando para fazer.

Becky espera pelo resto.

— Diga lá — encoraja ela, brandindo o cigarro no ar como se fosse a batuta de um maestro.

— "Diga lá" o quê? — pergunta Harry, rindo.

Becky revira os olhos, depois vira a cara.

— Não teve graça.

— Qual o seu nome? — pergunta Harry.

— Becky.

— Becky — Harry repete para si mesma. Registrando bem. Alguém estende o braço para ligar o botão do aquecedor. Elas jogam o corpo para frente juntas, se esquivando do braço da pessoa, depois voltam à posição anterior. — E você? Há quanto tempo está na dança?

— Desde sempre também.

Harry termina o cigarro, apaga a guimba com cuidado e a coloca no chão, ao lado do pé do banco. Becky dá um peteleco na sua, arremessando-a em direção à quina do pátio; a brasinha ganhando fôlego enquanto voa. E as duas ficam em silêncio, escutando o alarido da festa.

— Mas então, é sempre em festas como esta?

Harry meneia o corpo no banco, nocauteada pela confiança da outra.

— Eu nem devia estar falando com você — diz baixinho, desviando o olhar. — Nem te conheço, afinal. Pode ser polícia disfarçada. Ou uma porra de uma... Sei lá, você pode estar trabalhando pra qualquer um. — Harry segura os joelhos. Os seus olhos não param.

— É, mas eu não sou nada disso — diz Becky. — É claro que não. — Harry a observa, atenta. — Tudo bem, não precisa surtar. Você não tem que me dizer coisa nenhuma. Eu só quis puxar assunto. Não vou ser tão intrometida da próxima vez. – Becky olha para o lado, fitando as pessoas ao redor. O cabelo dela, quase preto, guarda os restos de um tom tingido de ruivo, e o reflexo vermelho fica aparente quando ela se mexe, e Harry se sente atraída na direção dele. Ela se inclina para trás, cruza as pernas.

– Eu tenho uma ideia. – O coração de Harry começou a arregaçar as mangas.

– Que ideia?

– Vou lhe contar tudo. – Ela faz uma pausa, saboreia o momento, fica olhando as mechas do cabelo de Becky tremularem com o vento. – Mas antes você vai ter que me contar alguma coisa também.

– Que coisa? – Becky se recosta, apoiando o corpo nas mãos.

– Sei lá. Alguma coisa que nunca contou pra mais ninguém?

– Tudo bem – responde simplesmente.

– Sério?

– Por que não? – Ela joga o cabelo e olha em volta, mantendo o olhar distante enquanto fala. – Viver de dança não dá muita grana. Não tem salário fixo e os horários são sempre malucos, e então… – Ela bebe. Harry vê a sua garganta ondular ao engolir a bebida. – Eu trabalho de massagista. – A palavra fica um tempão na boca de Becky. – Você sabe, *massagista*. – Ela dá de ombros. – É como o que você faz, na verdade, tipo um segredo. Só que eu não carrego a tonelada de culpa que você parece carregar por causa disso.

As palavras atingem Harry como um tijolo. Ela fica sem ar por um instante e dá um soluço ao tragar a fumaça. Mas faz de conta que não foi nada.

– Um segredo?

– É. Bom, tem umas pessoas que sabem, é claro. Mas eu não saio falando do assunto. É mais prático desse jeito. – Harry a encara, as sobrancelhas erguidas; Becky devolve o olhar, sem se deixar intimidar. – Então você pode ficar tranquila. Eu sei guardar segredo. – O sangue de Harry começa a ser bombeado na direção oposta dentro do corpo. – Agora é sua vez – diz Becky suavemente.

Harry procura Leon com o olhar, não avista ninguém, observa rapidamente as outras pessoas que estão pelo pátio e começa a falar baixinho, o que faz Becky chegar mais para perto dela.

— Tá, tudo bem — diz ela. — Tá bom. — Ela toma fôlego para começar. — Eu faço a ronda pelos escritórios chiques, tudo... Você sabe, tudo combinado com antecedência. — Ela vai medindo as palavras ao falar, a voz bem baixa, lenta e gradual. Um ceceio ligeiro se desprende do fim das últimas sílabas. Becky observa o corpo ao lado do qual está sentada. Pernas afastadas, ombros para trás, mas, de certa maneira, ainda com um quê de menina. — Agências de comunicação, escritórios de agentes literários, essas porras — eu tenho uma *agenda*. Com *reuniões* marcadas, você acredita? Porque é assim que a coisa funciona.

Elas estão viradas uma para a outra. Os joelhos de Harry se tocam bem no meio das rótulas, como dois remos. Ela se sente como se estivesse na beira de um barranco, o corpo começando a tombar. Sopra o ar por entre um sorriso débil.

— Quer dizer, quem liga pra mim são as secretárias da diretoria das firmas. Eu vou lá, a gente toma café, fala um pouco sobre o tempo, e aí eu passo a parada para eles. Às onze e meia da manhã, em pleno centro da cidade! E daí eu sigo para o escritório seguinte. Só falta eu começar a aceitar transferência bancária, fazer tudo às claras mesmo. Tipo com um registro de autônoma, impostos pagos e o cacete. Porque a demanda para um negócio regularizado já rola mesmo. Se rola, *pode acreditar!*

Ela faz uma pausa, encarando Becky.

— Dizem que tem uma recessão por aí, não é isso? Pois eu nunca vendi tanto! Nunca, na vida inteira! — Harry joga as mãos para o alto, descrente. Deixa que elas voltem a pousar suavemente no colo. Dá uma olhada ao redor. Baixa a voz. — Eu não ameaço ninguém, a verdade é essa. Você sabe, *sexo frágil*. É isso. Sem risco. Eles me recomendam para os seus contadores, e aí os contadores recomendam para os *marchands,* e os *marchands* recomendam para os diretores de cinema. E é assim que eu venho parar aqui.

Becky mexe no brinco, debruçando o corpo para perto da sua nova amiga, concentrada na sua boca, vendo as palavras saírem. Harry já falou tudo.

— E você pode me arrumar um pouco, então? — pergunta Becky.

— Um pouco do quê?

— Qual é — diz ela.

— Você está querendo pó? — Harry franze o cenho.

— É, pode ser? Eu pago.

— Pagar? De jeito nenhum. — Harry sacode a cabeça, ergue disfarçadamente a camisa e pega um pacotinho da bolsa que traz por dentro da calça. Becky vê de relance a pele macia da barriga, o beijo saltado do osso do quadril, o estirar dos músculos quando ela estende a mão. Harry deposita um bom grama na concha da mão de Becky, que arregala os olhos em agradecimento, abre a porção na palma da mão como uma usuária experiente, tira um tequinho com a ponta do isqueiro. E cheira.

Harry fica observando. *Cacete,* pensa consigo. Ela acabou de tomar vários drinques, não foi? O que estava falando mesmo? Becky franze os lábios, concentrada, preparando o teco seguinte. E cheira, como se nada fosse. Ajeita um para Harry. Ninguém em volta repara. Coisa de especialista. Harry se aproxima, cheira de uma vez só. *Beija.* A curva do pescoço dela. *Todinha. Beija ela toda.* A cocaína é da boa. Clareia a mente no ato. Ela joga a cabeça para trás. Inspira, expira. Agora não vai demorar para voltar ao normal.

— Eu estou juntando grana para comprar um lugar e abrir um negócio, sabe? — Harry assente com a cabeça, sublinhando a seriedade da declaração.

— Que tipo de negócio?

— Vai ser um restaurante com café e bar, daquele tipo de coisa que se paga sozinha. Mas também, tipo, um centro comunitário. Com espaço para aulas. Você sabe, um lugar para as pessoas se reunirem. Para se encontrarem e aprenderem coisas. — Os olhos vasculham o pátio enquanto ela fala, o corpo quica um pouco no assento, bem ereto, vendo tudo. — Vai ter um monte de aulas, tipo pra gente jovem, ensinando a preparar comida saudável sem gastar muito, oficinas pra fazer refeições pros velhinhos...
— Ela vai pinçando as palavras no ar com os dedos. — Pra depois todos comerem juntos, saca? Jovens e velhos, tipo resgatando os laços dentro da própria comunidade. E vai ter espaço pra shows, também, e estúdio de gravação. Tipo... — A sua bateria fraqueja e acaba. Ela desacelera. — É um plano ambicioso.

Becky começa a rir.

— E é por isso que você vende pó? Para abrir um centro comunitário?

Harry fica sem jeito.

— O que foi? — A voz sai num fiapo. — Do que você tá rindo?

— Não, não tô rindo de você. Mas. É engraçado. — Becky para de rir, sacode a cabeça. Corre os olhos pelo terraço vendo a garotada descolada com seus cabelos descolados, todos puro estrelismo e tédio, e depois volta a encarar Harry, o corpo miúdo amontoado como um monte de garranchos, as mãos juntas, o cenho franzido, os olhos como dois diamantes esmagados. — Muito bem — diz ela. — Estou aqui com Robin Hood em pessoa.

— Você tá me zoando?

— O que você acha?

— Não dá pra saber.

— Mas como vai ser esse seu lugar? — indaga Becky.

Harry inclina o corpo para a frente, enxergando tudo na tela da sua cabeça quando começa a descrever.

— Bom, na minha cabeça... Eu vejo como um lugar meio Nova York na década de 40, sabe, com uma pista de dança e um palco, muito espaço e iluminação maneira, com mesas de frente para o palco. Sei lá, você viu um filme chamado *Os bons companheiros*?

— Não.

— Bom, eu vi um monte de vezes quando era mais nova. Tem um bar aonde um dos caras leva a namorada no filme, que, sei lá. Acho que a minha ideia começou daí.

— Eu nunca vi. — Becky funga duas vezes. A cabeça viajando.

Harry seria capaz de levitar para longe do banco, de tão leve que está. Ela usa as mãos para pontuar cada palavra que explode na boca.

— Vou te dizer qual o lance. É que eu já estou de saco cheio desse papo de, dependendo de onde você tiver nascido, não poder querer um ambiente legal com gente legal e um bom papo. Como se pra gente só pudesse ter cerveja ruim e silêncio, batata chips e máquinas de vender raspadinhas. Não que isso seja ruim. Eu mesma curto comprar uma raspadinha, comer batata chips e ficar em silêncio, mas tô falando é de um lugar que fosse legal pros casais, pras famílias, pra ir com os amigos, sei lá, um lugar para todo tipo de gente. Você tá me entendendo? Um lugar legal que não seja uma merda de uma comedoria gourmet onde um café da manhã custe doze libras. Um lugar acolhedor, que faça você se sentir bem. Pras pessoas se encontrarem. A gente vive sozinho. É todo mundo muito sozinho nesta cidade. Faltam lugares pra ir, sabe, só que... – Harry se interrompe, procura por Leon, mas nunca há nenhum sinal dele a menos que ele queira ser visto. Ela volta a encarar Becky, séria. Tá saindo tudo de uma vez só, *cacete*. Esse pó é bom mesmo.

Mesmo com o jeito durão da outra, Becky pode ver que Harry é da paz à sua maneira, e que é gente boa demais para o trabalho que tem.

– Você tem que abrir esse lugar – diz Becky, olhando nos olhos dela.

O rosto de Harry se inunda de gratidão.

– É o meu sonho mesmo.

Elas contemplam a vista da cidade. Alguém estende a mão para ligar o botão do aquecedor outra vez. Elas se esquivam e depois voltam ao mesmo lugar. Harry olha para trás, em direção à portas duplas, para o bar que é o sonho de alguma outra pessoa. Com seus atendentes todos lindos e com cara de quem queria estar em outro lugar, tudo muito escuro e vermelho e com pinta de que foi garimpado em antiquários, mas sem alma nenhuma. Tudo não passando de uma boa ideia saída da cabeça de um grupo de empreendedores espertos que detectaram uma tendência de mercado e injetaram seu dinheiro nela. Tudo, desde os drinques do cardápio até a cor das paredes dos banheiros, projetado engenhosamente para manter um certo tipo de gente do lado de fora e outro tipo de gente dentro. Harry fica com o estômago embrulhado. Por causa da maneira como Londres está mudando. E não é só deste lado do rio. A Zona Sul também. Ela mal reconhece as coisas. É um horror. Ela deixa a mente enveredar pelo seu devaneio preferido: o Harry's Place. Os detalhes dos azulejos nos banheiros, o sorriso dos *barmen*, as cores das luzes contra os címbalos a postos no palco, o corpo ondulante da cantora, de olhos fechados, sentindo cada nota que emite ao cantar. Tirando cada nota lá do fundo da alma mesmo. Sem essa besteirada *trendy* vazia. Sem esses fantoches esnobes saídos dos anos 1960 se achando super-revolucionários porque ganharam um boquete num camarim qualquer dia desses. Não. Não no seu bar. Ela pode ver o lugar. Um casal numa das mesas todo arrepiado vendo a cantora mandar tão bem. Uma imagem dela mesma, mais velha, se inclinando sorridente por cima do balcão para abraçar um amigo. *Que bom ver você aqui.* Cheio de cores e de luz e de gente, gente de verdade, curtindo uma comida boa, dançando e rindo, e bebendo e sendo feliz. Tendo aulas, aprendendo outros idiomas, e com um pátio nos fundos para plantar uma horta. O Harry's Place.

— Eu nunca contei isso pra ninguém – diz ela, esticando o braço para coçar o tornozelo, as palavras saindo grudadas umas nas outras. — Não de verdade, não assim desse jeito. – Ela inclina a cabeça, busca nos bolsos algo com que ocupar os dedos. Encontra o maço de cigarros. Começa a girá-lo na mão.

De volta ao lado de dentro, as pessoas ao redor estão histéricas, achando tudo hilário, o ar sendo cuspido para fora dos pulmões como se fossem pneus furados. Todas lindas reunidas em grupinhos, ou tendo papos sinceros em duplas ou fazendo pose de bem-sucedidas. Elas dão passagem a um sujeito miúdo de traços marcantes, soterrado sob uma floresta densa de taças de champanhe. O cabelo dele é uma nuvem fofa moldada com o secador. Becky pensa que o sujeito se parece com uma apresentadora de telejornal do início dos anos 1990. Os olhos estão debruados de vermelho, e o paletó de boneco de brinquedo está grande demais no seu corpo. Ele oferece o champanhe sem olhar as pessoas nos olhos. Elas agradecem e pegam duas taças cada uma, mas ele não dá sinal de perceber nenhuma parte dessa interação, deixando-se engolfar de volta na massa humana.

Becky gira o copo que tem na mão, o corpo virado de frente para Harry.

— Eu vou no meio da noite para esses hotéis esquisitos que eles constroem meio fora da cidade para gente que viaja a trabalho. Em Slough ou a porra de New Malden.

— Erith.

— Isso.

— Pra lá de Reading.

Becky ri.

— Isso aí. Quase sempre são caras estranhos que trabalham em gráficas ou com vendas ou em coisas tão chatas que eles nem sabem explicar direito o que são, e que passam a vida entre aeroportos e hotéis e salas de reunião e há semanas que não tocam na pele de ninguém, ou meses, ou anos, sei lá. Caras que não *encostam* na pele de outro ser humano há meses. Ou que se sentem tão distantes das próprias esposas que acaba ficando mais fácil pagar uma desconhecida para tocar neles. – Ela para de falar, gira o copo outra vez, olha para Harry. – E aí eu vou lá, e faço massagem nos sujeitos. E para mim também é bom, porque...

Harry não está entendendo. Confusa, ela interrompe.

– Mas peraí, como é que funciona isso? O que exatamente você *faz* nos caras?

Becky pensa um pouco, os dedos remexendo o brinco.

– Eu toco neles – diz simplesmente –, com o meu corpo e as minhas mãos. – Ela olha para Harry, sorri de leve. – E isso pode ser uma coisa emocionante – diz, mexendo o corpo no banco. – Tudo bem que tem vezes que os caras te olham como se você fosse um pedaço de carne, e... – Ela amassa o rosto numa careta, franze o cenho e sacode a cabeça. Faz uma mímica de um calafrio. – Sabe como é? – Harry assente, mostra que está acompanhando. – É difícil isso acontecer, mas às vezes rola, geralmente se é um cara cheio da grana. Os ricos muitas vezes agem feito babacas e tratam mal você. Mas a maioria é gente boa, e trata com todo o respeito. – Ela encolhe os ombros no silêncio que marca o final das suas palavras. Harry engole o champanhe depressa demais; ela não está acostumada, e as bolhas ardem no seu nariz. – Eu não vejo problema nenhum nisso, mas tem gente que vem cheia de moralismo, você sabe como são as pessoas.

– Sei. – A cabeça de Harry está girando. Bêbada. Ela tenta impedir que o corpo oscile sem ter recebido ordens para isso.

– É um trabalho honesto – diz Becky, os olhos atentos atrás de algum sinal de escárnio em Harry. Ao não detectar, ela prossegue. – Obviamente, eu faço por causa do dinheiro. Mas também adoro. E, se o meu plano é ter que trabalhar cada vez menos com *este* tipo de coisa... – Ela faz um gesto que abarca o lugar todo. Harry acompanha a mão, percebendo o ar de desesperança afetada. – Não daria nem para cogitar essa ideia se não fosse pela grana das massagens. – Harry escuta com atenção. Murmura, sinalizando que compreende. – Mas, mesmo assim, eu não falo para ninguém o que faço. – Becky a encara, e Harry se contorce sob o foco do seu olhar. – Não conversava com ninguém sobre esse assunto, para falar a verdade, há séculos. Só uns poucos amigos já sabem desde sempre, e é isso. – Harry assente, sem soltar uma palavra, o coração mais acelerado do que uma batida techno. – E agora, você. – A boca de Becky está repuxando por causa do pó. Ela vira o queixo para o teto enquanto está falando. – Às vezes parece que é uma pessoa diferente fazendo aquilo, sabe. Ainda *você mesma,* só que... diferente.

– Tipo, como se você tivesse duas vidas. Só que qual delas é a de verdade? Qual é a vida que você tá vivendo pra valer? – A voz de Harry vai num crescendo, os olhos arregalados. Becky a encara, sem sorrir, mais como se estivesse examinando seu rosto. Atenta. – Isso funde minha cabeça às vezes, você me entende? – Becky estende uma mão decidida e toca o lóbulo da orelha de Harry. Ela segura nele, faz carinho algumas vezes, depois tira a mão tão abruptamente quanto a pôs ali, a sua atenção capturada por um sujeito vestindo uma calça justa de brim branco que passa por elas nas pontas dos pés segurando um manequim contra o peito. O manequim tem um desenho de dois olhos azuis estalados, e os olhos encaram as duas ao passar.

A música toca alto, o bar está ainda mais cheio, e isso empurra uma ainda mais para perto da outra; logo atrás delas, Marshall Law está lançando a cabeça para trás com um grito.

– Meu bem! Se você nunca bolinou uma colegial na estação do trem, não sabe o que é viver. Falando sério. A boquinha delas, a linguinha quente. É como se pensassem que você nasceu só para lhes dar prazer, as sacaninhas. É um absurdo, bebê, um absurdo completo, mas esse é o lance do momento! Garotas colegiais de verdade, estações de trem de verdade. Com no mínimo 16 anos, é claro. Imagine a cena: uma estação de trem no meio do nada, deserta. Ela com rodelas de lama nos joelhos. Fala sério, cara, tem coisa mais sensual? Só de pensar...

Harry sente que cortaram o clima. Ela está acelerada, a garganta rascante, sem conseguir respirar depressa o suficiente. Dentro da sua cabeça, tudo é calor e tensão. Fazia um tempo que não cheirava, e ela ainda não entendeu como foi revelar tanta coisa para essa garota. A cabeça começa a dar defeito, o último teco já perdendo força, o brilho desaparecendo e a festa se revelando em todo o seu tédio mortal. Ela gira a cabeça num tranco quando duas mulheres chegam abrindo caminho pela multidão. Harry acha que elas vão passar direto, mas a dupla para bem ao lado delas.

— Becky! Esta festa já deu! – cantam em uníssono. Uma é delicada e cheia de risadinhas, o cabelo liso na altura do ombro no mesmo tom claro da sua pele. A roupa que veste é perfeitamente certa e arrumada, uma calça com a barra na altura dos tornozelos, um par de Nike Air em tons pastel nos pés e as argolas grandes nas orelhas cintilando no mesmo tom do esmalte dos seus dentes sob as luzes fortes. A companheira tem um rosto menos duro, o corpo mais cheio, e também é mais alta. Ela se mexe com um certo menear do corpo a cada passo, segura de si e por isso mesmo inquietante. Está com uma calça preta justa e uma camiseta larga também preta. Adidas Superstars pretos com dourado. Anéis dourados arrematam os nós de cada um dos dedos. Uma folha dourada de Cannabis está pendurada num cordão no pescoço, e os brincos são dois "W" de ouro do Wu-Tang. Harry sente o olhar avaliador das duas e se encolhe diante da sua feminilidade flagrante e da proximidade óbvia da amizade que as une.

Ela leva a mão até a cicatriz que tem na testa, duas linhas finas que se cruzam e formam um diamante perto da raiz dos cabelos mais para a esquerda, resultado de um acidente com um taco quando estava com 12 anos. A cicatriz lhe diz para manter o foco em meio a todos os rostos macios que guincham, se mexem e tremulam ao redor.

A menor das duas é Charlotte, a mais profunda é Gloria. Elas parecem ter surgido do nada e jogam os braços em volta dos ombros de Becky, falando ao mesmo tempo. Charlotte exala o tipo de confiança que as pessoas tímidas adquirem quando estão bêbadas.

— Tá uma merda isto aqui – diz ela. – Vamos?

Gloria faz coro.

— É, eu acho que já deu. Podemos ir?

Becky tira os olhos de Harry e encara as duas com um sorriso carinhoso.

— Oi! É, é melhor a gente ir mesmo. Está tudo certo com vocês?

— Tudo. – Charlotte inclina o corpo para perto de Becky e solta suas palavras como um passarinho bicando migalhas do chão. – Eu já bebi demais, e todos os caras aqui são gays mesmo. Ou então psicopatas. Então...

Gloria olha para Harry e a vê parada ali repleta de timidez, processando a enxurrada de confissões que ouviu.

— Oi – diz ela. Olhando de cima.

— Beleza? – Harry sorri para as duas, a boca seca.

— Foi legal conhecer você. — Becky fala a um palmo do seu rosto, os olhos brilhantes, com Charlotte pendurada ao seu lado.

Harry faz que sim com a cabeça. Becky se aproxima e beija devagar o rosto de Harry, perto da boca. Metade dos seus lábios roça nos de Becky como se fosse algo casual. O rosto de Harry está pegando fogo, as chamas crescendo e tapando sua visão. Ela tenta agir naturalmente.

— A gente se vê, então — diz, lutando para manter a voz o mais leve e efervescente possível, sentindo o olhar de esfinge de Gloria, pensando se de alguma maneira Gloria consegue enxergar o fogaréu que está engolfando a sua cabeça neste momento.

— É — fala Becky, olhando para trás por cima do ombro, já começando a se afastar. — Tchau, Harry... — E Harry tem certeza de que viu um olho piscar. Um relance escuro de um par de lábios e do olho piscando. Ela se põe de pé, em choque, olhando até perder o trio no meio da massa de corpos. Um pulso fino se estende para pegar uma garrafa de vinho no bar, a pulseira cintilante criando um clarão sob o facho de luz, e então elas não estão mais lá.

Harry respira curto e rápido. Acalma o fogo com batidinhas rápidas das mãos. As brasas estalam. A mão sobe para tocar o lugar da orelha onde Becky tocou, mas Harry nota que ela se derreteu e só restam os brincos, duas argolinhas contornando o nada. Ela ergue o rosto e repara que Leon a está encarando do outro lado do salão, surgido de repente, sacudindo a cabeça e sorrindo para si mesmo. Harry ajeita a camisa, encontra o olhar de Leon e dá um gole do seu drinque. *Muito bem.* Suas pernas parecem estar a quilômetros do chão. As paredes se fecham mais a cada segundo. Cada golfada de ar é um dardo atirado que precisa ser arrancado do alvo antes que ela possa respirar outra vez. Ela dá as costas para o bar e vai em direção às mesas que ficam no canto, caminhando até o homem que está parado com as pernas bem afastadas, balançando o corpo para a frente e para trás.

— Morris, oi. — Harry usa uma voz suave, profissional. — É bom ver você outra vez.

— Harry! Que bom que você veio! — Morris abre um sorriso vazio para o rosto dela e pousa a mão grande na base das suas costas, segurando-lhe o quadril. — Venha comigo.

A VERDADE

...

O apartamento que Becky divide com Charlotte fica num edifício bem ajeitadinho atrás da Deptford Street, onde todo mundo tem floreiras nas janelas e transbordam tulipas e campânulas nos canteiros cuidados pelos moradores. Para além deles, entretanto, já na rua, a paleta de cores empobrece drasticamente. Tudo é cinza-pombo salpicado com manchas de cuspe e chiclete mascado seco.

Em algum lugar por perto, duas mulheres gritam uma com a outra, e suas vozes quicam pelas ruas desertas. Mais acima, um trem de carga castiga o esqueleto de uma ponte enquanto, no fundo de becos escuros e por trás de portas fechadas, adesões adolescentes estão sendo arrancadas a tapas molhados por fluidos corporais.

As garotas cambaleiam para fora do táxi. A briga das mulheres chegou ao ápice agora, e nenhuma palavra pode ser discernida na torrente ondulante dos seus agudos. A rua está forrada de ossos roídos de costeletas, e um leve fedor de mijo alcoolizado se mistura ao resto adocicado da fumaça do skunk.

Enquanto elas sobem as escadas, suas vozes ricocheteiam pelas paredes de concreto e enchem o bloco de apartamentos com a sua presença, fazendo o velho do andar de baixo ir até a sua porta e lançar um olhar desaprovador em sua direção.

Na sala da frente, um sofá amarelo minúsculo se espreme contra a parede do fundo, com uma mesinha de centro quadrada à frente; encostado na parede oposta, um par de estantes guarda um aparelho de som, alguns livros e a TV. Se há mais de duas pessoas no cômodo, a sensação é de estar preso dentro de uma boca com dentes demais.

As duas sentam no sofá amarelo para ouvir R&B da década de 1990. Cheiram o que restou do grama que Becky trouxe e falam as mesmas merdas que sempre dizem quando a noite termina dessa maneira.

Pouco antes das quatro, Becky vai para o seu quarto. Ela se deita na cama, o cérebro parecendo um saco de furadeiras elétricas, todas ligadas e rugindo. A imagem de Harry volta sem parar à sua tela mental: a postura engraçada dela, os braços compridos demais, o jeito como ela passava o tempo todo ajeitando as molas do cabelo que sempre escapavam para voltar exatamente à posição em que estavam originalmente. A mente de Becky é selvagem feito um mar escuro, espumando, arrastando coisas perdidas para as suas profundezas. Qual delas é a verdadeira? A dançarina profissional que não reclama de nada? A garota da Zona Sul de Londres cheirando pó? A sobrinha obediente lavando os pratos no café do tio? A especialista em massagem erótica, a bordo dos seus saltos altos e com seu batom vermelho, atravessando a cidade para ganhar a vida?

Ela podia ter trazido a outra para casa.

Sem compromisso, para uma noite e acabou. Ela não quer mesmo nada mais do que isso. Prefere simplificar as coisas. Ela gosta de garotas e gosta de garotos. Se algo a excita, ela se deixa excitar. Mas, no instante em que sente as pessoas começarem a ficar muito ávidas, dá um corte. Não tem cabeça para nada além de sexo casual. Acaba doendo além da conta. Você se entrega demais, as pessoas sugam demais, elas querem demais, ou não querem o suficiente, e, quando se dá conta, você se pega esvaziado de tudo e ainda com a mão estendida, querendo mais.

Mesmo não gostando de pensar na mãe, às vezes isso acontece tarde da noite quando ela está sozinha e chapada desse jeito, quando a cabeça acelera e fica embotada e as suas defesas fraquejam. O assunto de que Becky mais tenta escapar e que se repete sempre, a tensão, a velha e conhecida sensação da onda começando a se formar dentro de si. Até que, em meio à escuridão remexida do mar, espreitando das profundezas, ela sente o pensamento ruim se aproximar. E tenta escapar dele, nadando com força contra a corrente, mas é jogada de volta para onde estava e não consegue mais escapar – e pode sentir o pensamento chegando mais perto, pode ouvir o passo pesado do terror sem forma.

— Não enche, pai — diz ela, e as palavras caem suavemente. A voz soa pegajosa no escuro, a garganta arranhando por causa da fumaça. Ela se permite pensar nele pela primeira vez em meses, talvez anos. Tenta se lembrar do seu rosto. Se pensa com bastante força, se obriga o cérebro a recordar uma imagem, há uma que espreita de trás dos seus pulmões ou de algum lugar perto dali. O pai, jovem e sorridente, bonito com seu cabelo cacheado, o corpo parrudo preenchendo a moldura da porta, sentado na poltrona da sala do apartamento onde eles moravam, sorrindo talvez para ela ou talvez para a câmera de sua mãe.

Ela se vira na cama, agoniada, inquieta, insone. O corpo exausto mas a cabeça cheia, a cabeça doendo demais e aguçada demais e zumbindo demais.

Ela se levanta, arrasta os membros macilentos até a prateleira do canto onde guarda a caixinha de remédios e vasculha entre bolinhos de haxixe e comprimidos cortados pela metade atrás da sua cartela de Diazepam. Ela destaca um e o mantém na boca, acha um gole de água num copo ao lado da cama e espera a hora de apagar.

No espaço entre a cocaína e o álcool e o Diazepam, seu cérebro se expande, inundando-a de passado.

A mãe de Becky era uma mulher chamada Paula — que se pronunciava à italiana com os "As" todos abertos — e trabalhava como fotógrafa profissional. O pai, John — que se pronunciava do mesmo jeito que o de Elton —, lecionava uma cadeira de política na Universidade de Londres.

John Darke era um estudante de doutorado jovem e brilhante, que estava trabalhando num livro que, segundo todos diziam, iria mudar a maneira de se pensar política no país. A mãe dele era uma tocadora de cítara de Jaipur, e o pai, um contrabaixista de Bromley. Eles tinham se conhecido no verão de 1952, tocando juntos graças a um programa de intercâmbio para jovens músicos de orquestra organizado pela Sinfônica de Londres.

John fora criado em Catford na década de 1960. Era o único aluno mestiço da sua turma na escola. Garotos brancos magrelos usando balaclavas verde-exército enfiavam sacos com cocô de cachorro na caixa de correio da mãe dele. Eles tacavam fogo na sua pasta escolar no ponto do ônibus e o empurravam dos brinquedos quando ele estava no parquinho.

Quando estava com 13 anos, ele conquistou o respeito permanente nos corredores da escola por ter socado à queima-roupa um dos valentões. Algo mudou nas suas entranhas depois desse episódio. Ele se postou em frente ao valentão enquanto ele se recuperava do golpe, vendo como o outro garoto choramingava caído feito um cachorrinho cego, e compreendeu que, para sua própria surpresa, não estava experimentando nenhuma sensação de triunfo. Só tristeza. Depois disso, John Darke ficou conhecido por defender todos os meninos pequenos da escola. Ele se transformou em um herói. E, com o recém-conquistado respeito, construiu a sua aliança. Todo sofrimento o atingia, não só o seu próprio. Mas ele também queria a adesão dos valentões. Queria que todas as crianças da escola se unissem.

Eles deram uma surra corretiva nele. Franziram a testa, tensos, e trincaram os dentes. As narinas se dilataram e a carne flácida ao redor do pescoço caiu por cima dos colarinhos quando os braços foram erguidos. John Darke sentiu sua raiva se acumulando e sorveu toda a vermelhidão dela. Ele não derramou uma lágrima nem deixou uma reclamação sair da sua boca. O estoicismo não passou despercebido. Na semana seguinte, eles o expulsaram da escola sob alegação de *bullying*.

John foi mandado para uma escola para "garotos-problema", tidos como "atrasados" do ponto de vista educacional. À exceção de um dos tais garotos – Jamie, um piromaníaco gago de quem se podia contar as costelas através da camiseta –, nenhum deles era branco. Ele via os meninos chegarem à aula mancando nas segundas-feiras, com as bochechas inchadas por obra de cassetetes ou botas. E ali estava, jogado para o degrau mais baixo da sociedade. Ele e os colegas eram vistos como criminosos. John rejeitava a ideia de que os "garotos-problema" eram os culpados dos seus problemas. Se certos meninos davam para roubar, esfaquear uns aos outros por causa de dívidas ou se sentiam inclinados a andarem armados pelas ruas, em nenhum momento se chegava a cogitar que a culpa talvez estivesse na estrutura social dentro da qual viviam. Ao contrário, os próprios meninos eram sempre apontados como os únicos culpados da situação. *Cabe a nós, as pessoas relegadas ao degrau mais baixo da sociedade,* concluiu John, *conser-*

tarmos as coisas por nós mesmos, *mesmo sendo nós os que mais sofremos com as decisões de quem está no topo.*

O melhor amigo dele nessa época era Duane, um garoto mais esperto que qualquer outro ser humano que John conhecesse, que escrevia poemas rimados e sabia equações de cor. Os dois jogavam futebol, comiam batatas chips e se sentavam juntos nos pontos de ônibus. Um dia, Duane não apareceu. Meses se passaram até John saber que o amigo tinha sido parado e revistado pela polícia, e que os policiais haviam forjado um flagrante de drogas. Duane agora estava cumprindo uma pena longa numa casa de correção juvenil em Surrey. Nessa mesma tarde, a caminho de casa e ainda sufocado pela notícia sobre o amigo, John foi perseguido por três garotos que cuspiram nele e o chamaram de "paquistanês de merda". Eles o alcançaram no cruzamento da Lewisham High Street com a Bromley Road e o derrubaram. Ele perdeu o ar. Teve ânsias de vômito enquanto os garotos chutavam suas costas e sua barriga. Foi só quando o vômito veio que o trio começou a rir e caiu fora. E ele ficou caído na rua; eram cinco da tarde, o dia ainda estava claro e havia movimento. Ninguém parou para perguntar se estava tudo bem. Ele ficou lá deitado por dez, talvez quinze minutos, recuperando o fôlego, até que por fim recolheu o seu esqueleto moído e caminhou para casa, secando o sangue dos lábios no punho da camisa do uniforme escolar.

Na sala dos professores do colégio, discutia-se a inclinação cada vez mais militante de John. Eles molhavam as gengivas fedidas com goles de chá morno e bufavam nos seus bigodes amarelados enquanto marcavam em seus formulários um ponto preto ao lado do nome dele: *Agitador em Potencial.*

No dia 13 de agosto de 1977, John Darke estava com 23 anos e já havia saído há tempos da Escola Park Hill Para Meninos Atrasados. Ele se uniu a um grupo de jovens socialistas que se postou na New Cross para enfrentar a Frente Nacional e a sua tentativa de marchar de lá até a Lewisham High Street, endereço de uma das maiores comunidades das chamadas Índias Ocidentais existentes em Londres. O pessoal da vizinhança se uniu à gente vinda da cidade inteira para impedir a marcha. Eles se envolveram em confrontos com a polícia que mais tarde ficariam conhecidos como o Levante de Lewisham. A Frente Nacional sofreu uma humilhação. Pessoas com peles de todas as cores lutaram juntas. John viu brancos ao lado de negros e de asiáticos, ele os viu cair diante das patas empinadas dos cavalos, viu quando aguentaram o peso dos escudos pesados, os viu em luta, milhares deles juntos, unidos contra o racismo e o fascismo e a brutalidade policial. Num relance estranho, fugidio, John se viu recostar rapidamente na fachada de uma loja, limpando o suor e a fumaça que toldava seus os olhos. Ele fitou a cena, as ruas e as pessoas todas de braços dados, e sentiu a onda de esperança tomá-lo por dentro. *Até que enfim*, foi o que pensou.

E, nesse momento, ele jurou que dedicaria sua vida à política.

John se tornou um homem seguro das suas opiniões, ainda que humilde o suficiente para ouvir com atenção seus detratores e debater de forma justa com seus pares. Era um orador marcante e um homem bonito. Suas palavras costumavam atrair jovens de fora da universidade. Ele podia ser visto fazendo palestras inflamadas nos fundos de pubs lotados, ou em cafés onde se apoiava sobre duas cadeiras, um pé em cada uma, e balançar ligeiramente o corpo enquanto falava, ou discursando para multidões de jovens mães em bibliotecas públicas que geralmente estariam desertas em tardes de inverno como aquelas. Era um defensor da firmeza de crenças e da positividade. Ele tinha determinação e irradiava isso, e assim se tornava alguém de quem todos queriam estar perto.

Mas tinha seus detratores. Não pareciam faltar os rostos amargurados que – John imaginava – nunca haviam se apaixonado por nada na vida e que empenhavam todas as suas forças para odiar tudo o que ele fazia e pensava. Eles sempre o olhavam com profunda desconfiança. Eles debatiam a sua vida sexual. Eles escreviam artigos para as revistas universitárias encontrando defeitos no tom da sua voz, na sua barba e até mesmo na maneira como bebia seu café. Eles não gostavam da sua popularidade, ou do fato de que ela não aparentava estar reduzindo em nada sua capacidade de trabalho. Tinham inveja dele, e o seu sucesso os deixava incomodados por fazê-los se lembrarem de todas as vezes que não tinham ido atrás dos próprios sonhos ou cultivado princípios que valessem o investimento de energia. O mundo da universidade, parecia a John, estava lotado de estagnação e de antipatia. Ele tentava se desvencilhar disso, mas continuava sendo afetado.

Ao longo dos meses e anos que levou trabalhando na versão final do seu livro, *How We Can Take Power Without Power Taking Us*,[2] John se deixou consumir pelo projeto, sem conseguir relaxar. A mente vivia tão apinhada de ideias que o corpo começou a ter espasmos e tiques. Ele se pegava esfregando as mãos e assentindo freneticamente com a cabeça quando estava sozinho. O corpo inteiro tremia de maneira violenta, e ele trincava os dentes e não tinha alternativa senão se entregar à coisa. Os ataques aconteciam silenciosamente em cabines dos banheiros das estações de trem por cinco minutos inteiros. Depois, ele se recompunha, alongava a boca retesada, sacudia os dedos como se estivessem molhados, ajeitava as roupas e voltava para o caos da plataforma. Zonzo.

Numa noite clara de setembro, depois de uma longa viagem pelo interior do país no verão e de ter tido uma semana dura na volta à universidade, John foi ao concerto de um amigo, o famoso violoncelista Marco Abbadelli, e experimentou uma calma que não sentia há meses. Marco e John costumavam passar horas discutindo sobre a vida e o sentido da inclinação artística. O significado da beleza. A linguagem da música. Certa vez, tinham feito amor num encontro maravilhoso e sincero, mas que só aconteceu nessa única ocasião e nunca mais foi mencionado. Os dois nutriam um carinho imenso um pelo outro, e todas as vezes que Marco ia a Londres eles davam um jeito de se encontrarem para beberem juntos até o dia clarear.

Paula Shogovitch havia se apaixonado pela ideia de capturar momentos de vida quando estava com 5 anos e brincava no quintal da casa dos avós. Já era fim de tarde, as luzes estavam acesas dentro de casa. Ela caminhava para voltar para dentro, quando avistou pelo vidro da janela os dois irmãos, Ron e Rags, roubando doces do armário da cozinha da avó. Havia uma perfeição tão grande na postura do corpo dos dois, tensos e prontos para a fuga, alertas a qualquer sinal de sons de passos! E ao mesmo tempo algo de muito familiar em estar ali na posição da irmã caçula, observando enquanto os mais velhos faziam coisas que imaginavam que ela não fosse

---

[2] Como podemos tomar o poder sem nos deixar ser tomados por ele. (N. da T.)

capaz de compreender. Paula começou a caçar instantes assim. Momentos breves e ao mesmo tempo tão relevadores. E começou a encontrá-los por todos os lados. Aprendeu a capturá-los. Um casal brigando no vagão do trem, uma mulher casada caminhando ao lado do marido rabugento e o olhar que viria a lançar para o rapaz lindo que cruza com eles na esquina seguinte, um garoto sorrindo no meio de uma briga, duas mulheres dividindo goles roubados de uma garrafa na plateia do teatro. As fotos de Paula exalavam um ar de intimidade. E um cuidado muito grande na maneira como registravam as pessoas de Londres. Sabendo ou não disso, Paula estava fazendo algo que nunca havia sido feito antes. As suas fotografias eram tiradas com um amor tão grande pelo assunto que quem passava os olhos pelos seus álbuns sentia como se estivesse vendo retratos de família.

Paula estava em plena ascensão. Londres fervilhava de ação, beleza, talento. E ela era jovem e tinha uma visão. Ela conquistou seu lugar. Sem ter que deixar ninguém apalpar seus peitos. Sem ter que se fazer de burra para não parecer ameaçadora. Ela se permitia ser autêntica, e as pessoas ficavam cativadas e impressionadas. Paula Shogovitch tinha um trabalho, e o seu trabalho era a sua vocação, e sua vocação era o seu amor, e o seu amor era o seu trabalho, e havia dinheiro para pagar em dia o aluguel.

O assunto favorito de Paula era Marco Abbadelli. Possivelmente, a melhor fotografia de sua carreira fora o famoso retrato que fizera de Marco, nu com seu violoncelo. Muita gente havia tentado produzir cenas parecidas desde então, mas o motivo que fazia a sua foto ser tão especial era o fato de que ela capturava um momento autêntico. Os dois tinham estado na cama juntos, e, nos momentos finais do seu desejo, Marco dera a impressão de estar cantando. Depois que os corpos se separaram e ficaram deitados lado a lado, descansando, ele prosseguira com a melodia, cantarolando baixinho. Paula buscou a sua câmera com a mão. Ela era fascinada por registros fotográficos de homens logo após terem feito sexo. Estava brincando com os ajustes do diafragma quando Marco, numa calma deliberada, se levantou da cama e atravessou nu a extensão de assoalho até onde estava o seu violoncelo. Abrindo o estojo, ele começou a tocar sem ter tempo de buscar uma cadeira, meio de pé, meio agachado. Emoldurado com perfeição pela janela ligeiramente entreaberta e as cortinas sopradas ferozmente ao redor. Paula fez a foto. E alcançou o estrelato com ela.

No inverno de 1985, Marco Abbadelli estava chegando à etapa final de uma demorada turnê europeia que culminaria no maior show londrino da sua carreira, no Royal Festival Hall. Para comemorar, ele marcou um jantar pós-show no El Gran Toro, seu restaurante favorito, que ficava próximo ao local da apresentação, convidando seu empresário e um grupo de amigos próximos que moravam na cidade. Eles foram acomodados numa mesa comprida no salão privativo do porão do restaurante. A parede do fundo era coberta de barris de vinho e tonéis do melhor xerez espanhol. Os garçons se mostraram reverentes e trouxeram provas de cada um dos barris para Marco, que os chamava para perto e lhes falava com a voz macia, permitindo que tocassem sua mão quando lhe passavam as taças.

Entre os amigos de Marco presentes nessa noite, estavam o badalado analista político John Darke e a famosa jovem fotógrafa Paula Shogovitch.

No instante em que pôs os olhos em John, Paula sentiu a sua garganta se apertar; o sangue correu mais espesso por suas veias. Ele, por sua vez, sentiu a coisa na raiz do cabelo e na base das unhas. Havia algo nela que fazia doer tudo. O ar entre os dois se tornou pesado. Eles se sentaram em cantos opostos da mesa, evitando os olhos um do outro.

Depois que a comida havia sido saboreada e os convidados estavam tomando seus cafés, Paula se levantou e levou a sua cadeira para o canto oposto da mesa, pousou-a ao lado de John e se sentou. Eles não disseram nada, não se olharam. Ficaram sentados lado a lado, as peles quase encostadas, ignorando um ao outro.

Os cafés e os conhaques foram tomados. Os convidados estavam recostados nas suas cadeiras, dando tapas nas coxas ao ouvirem as histórias engraçadas que Marco contava. Paula se levantou, e, sem parar sequer para pensar no que fazia, John a seguiu até o toalete feminino. O silêncio deixava o ar espesso, dando aos dois a sensação de que o mundo havia parado só para eles. Flores muito brancas se derramavam de jarros de vidro vermelho presos às colunas ao lado de paredes espelhadas do chão ao teto. Quadros com retratos de mulheres em trajes flamencos enfrentando touros bravos estavam pendurados ao lado dos secadores de mãos. John e Paula viram tudo e não viram nada. Eles despiram um ao outro em silêncio atrás da porta trancada de uma das cabines pretas e fizeram sexo pela primeira vez no toalete do El Gran Toro.

Paula e John estavam apaixonados. Um achava o trabalho do outro inspirador, eles gostavam das suas estranhezas mútuas. Viviam num prédio de apartamentos com fachada de tijolos amarelos por trás da Lewisham Way. Seu edifício imponente tinha cinco andares e dava para outros três prédios idênticos, separados por um gramado onde havia uma gangorra que rangia e uma trave com balanços no canto mais distante. O seu apartamento, de número 17, tinha uma sacadinha onde plantavam madressilva e boca-de-dragão, e eles cultivavam maconha em vasos grandes, onde também guiavam as gavinhas de uma variedade trepadeira de jasmim para que elas se enroscassem na treliça.

Quando o livro de John enfim foi publicado, algo estava azedando na política do país. O ano era 1989, sob o governo de Thatcher. John sentia que o mundo estava agonizante, e que os corações dos britânicos estavam sendo pressionados e prestes a chegar ao limite das suas forças.

No início da primavera desse ano, Paula Shogovitch engravidou. No princípio, ela estava convencida de que iria continuar trabalhando ao longo da gravidez, e acreditava que ter um bebê não significava necessariamente ter de abandonar a câmera. John garantiu que apoiaria qualquer decisão que ela tomasse, mas, com o passar dos meses, ficou claro para Paula que ele – consciente disso ou não – não possuía qualquer intenção de sacrificar a própria agenda de compromissos. Paula sentia, em alguma parte incômoda das suas entranhas, que ele via o seu próprio trabalho como um propósito e o dela como um hobby. Ela começou a recusar propostas aqui e ali, pegando menos ofertas até que a novidade se espalhou, e, à medida que foi ficando mais pesada e exausta, ela parou de andar nas ruas atrás dos momentos fugazes com os quais tinha construído uma carreira. Paula achava que agora sua figura estava em evidência demais para lhe permitir que fizesse isso. Chegou a começar a fotografar o próprio corpo, em casa, mas isso não a inspirou. Uma barriga crescente no espelho do quarto não lhe falava tão alto quanto soldados da polícia montada perseguindo uma dupla de torcedores de futebol pré-adolescentes num beco, os garotos com a cabeça coberta por lenços, as mãos agarrando rojões.

Foi um processo gradual, aprender o que significava ser uma mulher. O namorado na verdade não tinha tempo para o seu desânimo. Ele tentava jogá-la para cima, garantindo que certamente os trabalhos voltariam a aparecer depois da chegada do bebê.

– Você vai poder fazer muitas fotos enquanto empurra o carrinho. – Não era a intenção dele soar condescendente, mas John não tinha como entender o que estava resvalando para longe do alcance de Paula naquele momento. Ela passava horas sentada com a barriga estufada, resignando-se a uma nova vida. Ela se sentia culpada por cada pontada de inveja que sentia diante da carreira em ascensão dele; afinal, sabia que John estava tentando transformar o mundo num lugar melhor, e que ele sofria terrivelmente por causa disso. Mas essas coisas não fizeram diferença durante o tempo que passou presa em casa naquele verão comprido e quente; desconfortável, entediada e solitária enquanto ele se entregava freneticamente ao trabalho e chegava bêbado em casa todas as noites.

O inverno pousou suas mãos solenes sobre a cidade e roubou todas as cores do céu. A calçada estava molhada e fria na saída da maternidade. Ela deu à filha o nome de Rebecca, em homenagem à sua tia favorita, que tinha sido poeta e jogadora de tênis, e também a primeira serralheira mulher da Inglaterra.

Paula tomou sua bebê nos braços e compreendeu o sentido da vida. Rebecca tinha os mesmos olhos sérios cor de carvalho de John, e Paula viu a sua mãe no formato dos lábios da menina. Ela passou a bebê para John, que a pegou no colo e fitou o rosto rechonchudo, percebendo que acabara de encontrar algo que não sabia que estava faltando na sua vida. O amor foi imediato, e mais profundo do que qualquer outro que ele experimentara. Naquele instante, exausta do parto e olhando o namorado com a bebê dos dois no colo, Paula viu estourarem na sua cabeça como fogos de artifício mil cenas instantâneas de como seria a vida dos três dali em diante. John, enquanto isso, observava as minúsculas mãos da filha, sentindo apenas a urgência de se jogar com ainda mais afinco no trabalho para que as coisas ficassem melhores para a menina. As fantasias dele giravam em torno do sucesso na política e da construção de um futuro melhor.

A carreira de John estava desabrochando. O livro foi bem recebido pela imprensa e alcançou uma popularidade espantosa, vendendo dezenas de milhares de cópias nos primeiros meses depois do lançamento – uma façanha e tanto para um tratado sobre ciência política. John foi celebrado pela esquerda, ridicularizado pela direita e visto com escárnio por políticos que consideraram a sua abordagem pouco ortodoxa, afirmando que tendia a fazer uma tempestade em copo d'água. John era um sujeito solteiro que vivia com a namorada e a filha dos dois. Era visto como um homem de moral questionável. Ele estava determinado a garantir que o seu sucesso tivesse base nas suas ideias e atitudes políticas, não na sua vida pessoal – ou na versão de si mesmo que se esperava que fosse querer vender para a imprensa –, mas essa determinação o transformou num alvo fácil. Ele se recusava a entrar na linha, podar as arestas ou se integrar à massa, e não refreava os seus comentários corrosivos sobre Westminster. A mensagem era clara: as coisas precisam mudar, estamos num estado de emergência! John não tinha a intenção de se transformar em mais um fantoche de boca mole disputando a atenção da massa, perfilado contra a parede diante da imprensa como um condenado em dia de execução.

E portanto seguia adiante com seu trabalho, viajando o país num furgão surrado, dormindo num colchão semicongelado estendido na parte de trás do veículo, parado em estacionamentos de supermercados pelo caminho. Dirigindo noite adentro, com o estômago detonado por sanduíches de beira de estrada e doses turvas de uísque barato. Ele queria fazer diferença. Não conseguia suportar o que estava acontecendo com o mundo. Com seu país. Era só uma questão de informação, disso ele tinha certeza. As pessoas simplesmente precisavam saber, e isso já seria um começo. Em vez de atacar estádios de futebol, poderíamos estar atacando as instituições que nos mantinham na miséria. Seria bom que as pessoas pudessem *saber* que a sua situação não era a única alternativa que tinham, ou que, ainda que fosse, aquilo não estava *certo*.

John estava cansado de ver as pessoas sendo incitadas umas contra as outras, pretos contra brancos e o Norte contra o Sul, tantos morrendo na pobreza, espancados, demonizados e mantidos numa frustração permanente. Ele não podia relaxar, nem por um instante. Porque estava claro diante dos seus olhos aquilo que o governo e as multinacionais estavam fazendo: escravizando o país em nome da liberdade, e se safando disso sem qualquer punição. Ele agora dava aulas para os alunos mais brilhantes que já tivera; e que passaram a acorrer para as aulas de política aos montes. Era uma época de enorme agitação e incertezas e caos e dor.

    E ele estava lidando com tudo isso da única maneira que considerava confiável. Partindo da base para o topo. Dirigindo o dia inteiro para conversar com uma centena de rapazes famintos que não conseguiam achar trabalho, depois dirigindo a noite toda para estar de volta a Londres e dar sua aula pela manhã. Ele ia até as pessoas, sem câmeras e sem histórias para vender. Ele se postava diante de mães solteiras, funcionários de escritórios, imigrantes e presidiários para falar e para ouvir, e isso lhe dava esperança.

Enquanto John percorria o interior do país e desmaiava de exaustão para conseguir algumas horas de sono no chão do seu gabinete na universidade, Paula e Becky viviam no apartamento e passavam os dias juntas. Os vasos com maconha não estavam mais na sacada. Eles tinham precisado cortar os preciosos pés da planta por medo da imprensa ou de acabarem presos. Havia muitas coisas que Paula não podia mais fazer – ela não podia mais fofocar de roupão com as vizinhas, nem sair com as amigas para dançar. Não podia mais sentar sem sutiã para tomar sol na sacada do seu apartamento. As suas vidas não eram mais suas vidas, elas pertenciam ao trabalho de John e à sombra ameaçadora de uma potencial rejeição da opinião pública.

    Mas ela podia observar a filha, e podia sentir o turbilhão e a paz da maternidade. Ela via os seus dedinhos crescerem, nas mãos e nos pés, as pernas, os cílios minúsculos. *Minha bebê está crescendo.* Todas as coisas repetiam essa mesma frase. *Eu tenho uma filha. Uma menina.* Às vezes, Paula pegava sua câmera, brincava com ela nas mãos, trocava a velocidade do obturador, erguia até o rosto para olhar pelo visor, mas em todas essas vezes, antes que pudesse decidir fazer uma foto, a bebê reclamava de fome ou precisava de atenção, e a câmera lhe parecia um excesso de autoindulgência. A ideia de "chegar lá" passou a soar banal. O importante era manter Becky ocupada, feliz, aquecida. Becky aprendendo palavras. Becky pintando. A fome da Becky, a sede. Becky dormindo bem. A fúria dos seus impulsos criativos pertencia a outra pessoa. Paula muitas vezes pensava nesse assunto, intensamente, enquanto cuidava da lista interminável de coisas para limpar, roupas para lavar, fraldas para serem trocadas e comida para ser preparada. E será que sentia falta daqueles impulsos? Paula não seria capaz de responder sinceramente que sim.

John chegava à noite em casa com uma ruga funda na testa. Parecendo esvaziado de alguma coisa. E mal dava atenção às coisas que Paula fazia. Pequenos detalhes em casa para que o lugar parecesse mais alegre quando ele chegasse. Ele comia e sorria e tocava nela, mas não estava ali.

Em 1992, John Darke estava com 38 anos e tinha se tornado uma força impressionante para a opinião pública. A negatividade que lhe era lançada sem dó pelo *establishment* só serviu para provar aos seus seguidores o comprometimento de John com a mudança. Universidades formaram núcleos para discutir o seu modo de pensar, grupos de seguidores se reuniam em pubs e cafés por todo o país e, com a aproximação da data das eleições locais, ele foi para a porta de um shopping sem placas nem panfletos, mas sentado à frente de uma mesa, pronto para responder às perguntas que lhe fizessem. A mídia o detestava, o governo o detestava, mas o amor do povo o tornava um homem perigoso. E John, o perigoso, seguia sua luta. Ele se expressava com a clareza daqueles que estão dizendo a verdade. O consenso era que John Darke estava prestes a fazer algo que jamais se vira. E esse sentimento estava por toda parte.

Em casa, a comunicação era inexistente. Ele não dormia bem, muitas vezes só ia para a cama bem depois de Paula ter pegado no sono e levantava antes que ela estivesse acordada. Não demonstrava qualquer interesse em preparar as refeições, nem em se sentar com ela para conversar à noite. Ele era uma concha fechada sobre si mesma, muitas vezes desmaiando no vestíbulo assim que passava pela porta de casa. Paula o via debatendo nas ruas e respondendo a perguntas dos repórteres e ficava morta de inveja daquelas pessoas que o tinham com os olhos tão brilhantes quando ele mal era capaz de abrir um sorriso para ela. Uma solidão caíra sobre John, de um tipo que ele jamais conhecera. Nada era capaz de curá-la, nem a sua namorada, nem a filha, nem os amigos, nem os estudos. Esse estado só se dispersava momentaneamente enquanto ele fazia os seus discursos. Mas os discursos acabavam o deixando, em seus momentos de privacidade, mais esvaziado do que nunca.

O Dia Darke, como passaria a ser conhecido, veio em 22 de fevereiro de 1995. Becky tinha pouco mais de 5 anos e passava o tempo inteiro dançando. Paula se sentou para acompanhar a aula de jazz e sapateado de Becky no centro comunitário do bairro, e a sua filha era um prodígio. A professora de Becky era só sorrisos. Ela corou em resposta a eles, e ficou remexendo as dobras das suas meias.

Naquela noite, John havia prometido que iria preparar o jantar. Paula não iria entregá-lo de mão beijada para a política. Enquanto acompanhava os passos da dança de Becky, ela tinha certeza de que as coisas estavam mesmo para melhorar. Ele era o seu homem e o pai da sua filha, e ela havia decidido que naquela noite os dois iriam conversar. Porque não conseguia mais passar por cima do fato de que ele já não era o mesmo, e estava perdendo as duas.

Enquanto Becky contava as batidas da música e esticava a ponta dos pés, John Darke estava em seu escritório fazendo ajustes na abertura do discurso que daria no dia seguinte. Enquanto pensava consigo mesmo se seria melhor começar com uma saudação simpática ou com estatísticas incriminadoras, ele ouviu três batidas na porta. Foi abri-la e viu a costumeira aglomeração de estudantes, como vinha acontecendo sempre nos últimos meses, à espera de uma audiência com ele. Mas encabeçando essa aglomeração em especial, encarando-o com ar impassível, estavam três policiais grandalhões, de pernas afastadas e braços estendidos ao lado do corpo. Dois usavam uniforme, e um era claramente das Operações Especiais, a julgar por sua capa de chuva de um modelo ultrapassado, pelos sapatos surrados e pelo jeito como os lábios franzidos se abriam por baixo do bigode cansado.

– Sr. John Darke?

E les o crucificaram. Pintaram John como vilão. Ele foi retratado pela imprensa como um alcoólatra maníaco-depressivo e viciado em drogas. Um depravado insensível que andava com a mira apontada para a juventude do país. Escondendo-se pelas salas de aula das universidades onde lecionava, envenenando mentes e seduzindo corpos. Artigos publicados por gente conhecida da televisão o chamaram de pervertido insaciável. Colunistas, fofoqueiros e jornalistas políticos sérios, todos tinham algo a acrescentar sobre o tema do momento, e não só nos jornais de direita. Odiar John Darke virou a última moda. Amaldiçoá-lo era o mesmo que absolver a si mesmo. Suas tendências homossexuais passaram a ser discutidas nas páginas de cartas dos jornais. Sua reputação foi incinerada por completo.

John foi acusado de ter feito sexo com garotas menores de idade. Seis alegações de estupro. Todas negadas por ele. Durante semanas, não houve uma página de uma publicação da imprensa que não estivesse repleta de palavras sobre o caráter duvidoso de John Darke e suas inclinações para a perversão.

Ele nunca havia demonstrado interesse por garotas menores de idade, mas sempre fora um homem que gostava imensamente de sexo. Antes desses dias sinistros, se envolvia frequentemente em casos passageiros, mas as coisas haviam mudado desde que Paula entrara na sua vida. Não tinham? Os membros do júri não deveriam se esquecer de que aquele era um homem com planos de alcançar o poder, que percorria o país fazendo turnês como se fosse um astro do rock e interagia com garotas que deviam se impressionar com a sua imagem. Quem poderia garantir qualquer coisa? Não havia os testemunhos? Garotas chorosas, jovens, de 14 ou 15 anos, depondo aos prantos nos tribunais enquanto John ficava lá em silêncio, com os olhos fundos, acabado.

Paula se manteve ao lado do seu homem enquanto pôde, mas ele se mostrava sempre quieto e tenso durante as visitas que ela lhe fazia. E onde há fumaça, há fogo, e ela não podia suportar a ideia de que o homem que mais tinha amado no mundo, que aquelas mãos que segurava entre as suas e adorava eram as mãos de um homem capaz de fazer coisas como aquelas. Paula escolheu engolir a dúvida, mas o anzol se enganchou na carne da sua boca e a puxou para cima, para longe dele. *Foi uma armadilha que armaram,* ele lhe dizia, e ela concordava assentindo com a cabeça e falava que sabia que sim. Mas, se uma mentira consegue convencer um número suficiente de pessoas, a verdade já não faz diferença nenhuma.

Em 17 de novembro de 1995, John Darke foi considerado culpado por um júri formado por seus pares. Algumas pessoas chegaram a argumentar que a histeria da imprensa devia ter influenciado a opinião dos jurados, mas as reclamações começaram a rarear depois que aqueles que as levantavam passaram a ser acusados de incentivadores e cúmplices de pedofilia.

Paula e Becky jogaram suas roupas em sacos de lixo e foram embora do apartamento. Paula segurou a filha pela mão e levou os sacos na outra, e juntas elas caminharam sem rumo noite adentro. Becky viu a mãe dançar sob a chuva de flashes dos paparazzi.

Quem poderia saber ao certo se as acusações eram verdadeiras? John era mesmo um estuprador de menores? Teria sido capaz de fazer uma coisa daquelas? Houve gente que não acreditou na condenação. Que continuou lendo os artigos dele e se encontrando secretamente, numa tentativa de mobilização. Mas o estrago já estava feito. E eles não puderam reunir forças contra uma onda que se provou forte demais. Os seguidores de John estavam decepcionados, arrasados. Sentiam que tinham acabado de ter uma lição vinda das classes dominantes sobre o que acontece com aqueles que não seguem as regras. O fogo por trás do movimento se extinguiu. Os seguidores de John Darke se tornaram tão cabisbaixos quanto o seu líder deposto.

Depois de três semanas, sem saber mais a quem recorrer, Paula e Becky foram para a casa do irmão mais velho de Paula, Ron, da esposa dele, Linda, e do filho, Ted, que era mais ou menos um ano mais novo que Becky. Ron e Linda viviam num sobrado de três quartos numa rua sem saída tranquila e distante do burburinho da Lewisham Way, mais para os lados de Charlton. A casa dava para uma área verde comunitária disposta numa ladeira de onde quem ficasse nas pontas dos pés poderia avistar as águas turbulentas do rio correndo para Greenwich.

A titia de Becky, Linda, era uma mulher de aparência certinha com cabelos naturais e pele cor de barro cozido. Ela se vestia bem e tinha orgulho de sua capacidade de encontrar preciosidades em vendas de fundo de quintal. As suas origens eram jamaicana e irlandesa, e ela oscilava entre um sotaque e outro quando tinha algo importante a dizer, mas na maior parte do tempo falava com as vogais arredondadas da Zona Sul de Londres. Era uma mulher direta e de modos gentis. Não tinha tolerância para estupidez, e quando a encontrava pelo caminho dizia o seu nome com todas as letras. E vivia preocupada com o rumo das coisas: Linda se preocupava com a cidade, com sua família, seus negócios, o clima, a saúde do marido. Tinha o hábito de sustentar um olhar meio distante a cada vez que alguma coisa acontecia, num *tsc-tsc* vagaroso de quem tem certeza de que está vendo algum tipo de profecia se concretizando a cada dia que passa; e tudo no noticiário, nas ruas e em casa parecia alimentar a sua sensação crescente de horror. Mas ela mantinha por baixo disso tudo um senso de humor travesso. Linda era a pessoa preferida de Becky.

Ted era um menino metido a engraçado, com cachinhos miúdos no cabelo e sardas, e com um jeito meigo de ser. À medida que o tempo passou, ele foi se tornando como um irmão para Becky. Um irmão do tipo que a empurrava, dava beliscões e a trancava dentro de armários.

O tio Ron era baixo e gorducho e tinha uma risada de motor engasgado, gaguejante e gutural. Era um judeu da Zona Sul de Londres, e se orgulhava das suas origens. Tinha o coração mole, na verdade, mas em público falava grosso e se eriçava e olhava feio para qualquer um com quem não simpatizasse muito. Vestia as roupas que Linda lhe desse para vestir. O cabelo escuro era comprido em cima e mais curto dos lados, penteado para trás num topetinho. Tinha uma boca alegre cheia de dentes gastos pelo *speed* barato da adolescência e amarelados por causa do açúcar e do cigarro, um par de olhos fundos de um azul penetrante que brilhavam quando ele pensava com força em algo e uma testa que se projetava do rosto como uma manchete de jornal. Ele caminhava com as mãos entrelaçadas atrás das costas, o peito estufado, cumprimentando os conhecidos com um menear da cabeça.

Ron havia conhecido Linda no princípio dos anos 1980. Ele era um garoto fã de ska, e ela trabalhava de DJ nos lugares que Ron frequentava. O trâmite entre os dois não foi isento de alguns dramas, mas tudo acabou bem no final: ela ficou com o garoto, ele com a garota, e ainda se sentia derreter nos braços dela até hoje. Ron tinha os pulsos tatuados com símbolos que Becky sabia que significavam alguma coisa, mas nunca perguntou o que era, uma faceta sombria que pegava fogo depressa ao ser provocada, e mãos tão grandes que seriam capazes de quebrar caras.

Ron e Linda eram sócios de um café na Lewisham High Street chamado Giuseppe's. Nesse trecho da rua havia um mercado e um monte de gente, e de lojas e barulho. Becky gostava de ir para o Giuseppe's depois da aula, sentar junto do balcão e tomar os milk-shakes que Linda preparava especialmente para ela.

Paula disse a Becky que o pai dela estava na cadeia porque a polícia tinha medo dele. A família tirou todos os jornais de perto da menina nas primeiras semanas depois da prisão, e passou a tomar um cuidado extra com a TV.

O assunto nunca era discutido. Sempre que Becky tentava falar, a mãe ficava com um ar de pânico, puxando o cabelo com os olhos cheios de lágrimas, e então ela aprendeu que seria melhor parar de perguntar e não demorou para que o silêncio ao redor da ausência do pai começasse a parecer absoluto e doloroso demais para ser perturbado.

Nas lembranças mais antigas de Becky, a mãe aparecia sempre forte, linda e talentosa, e sempre muito prática. Fumando seus cigarros na janela da casa de Ron e de Linda. Gritando com a televisão quando estavam assistindo aos capítulos de *EastEnders*. Segurando Becky pela mão quando ela estava aprendendo a andar de patins, em voltas intermináveis regadas a sorvete ao redor da quadra de esportes. Mostrando para Becky os retratos de todos os famosos que tinha fotografado; os lindos momentos em preto e branco capturados em um tempo em que Becky ainda não havia aparecido. Saindo para tomarem chá com bolo juntas na cidade, folheando revistas chiques cheias de cores e de roupas. Ela se lembrava da mãe a levando para as aulas de dança e ficando lá enquanto todas as outras mães iam embora, sentada em silêncio vendo todos os passos que a filha aprendia.

Mas Becky ouvia o choro dela quando já era noite. E, quando não havia mais ninguém na casa, Paula aparecia na porta do quarto que dividia com Becky, bêbada, com os olhos caídos e a voz estridente, e começava o mesmo monólogo que Becky já tinha ouvido mais de cem vezes:

— Era para eu ter sido uma lenda, sabe. Era famosa quando conheci o seu pai. Eu estava destinada a conquistar um monte de coisas...

A mãe chorosa e a mãe alegre eram como duas pessoas diferentes, nunca encontradas no mesmo lugar e ao mesmo tempo, mas as duas viviam dentro de Paula, e você nunca sabia com qual delas iria se deparar. Com o tempo, Becky foi ficando com medo de voltar da escola para casa porque a mãe podia não ter se levantado da cama naquele dia, bêbada e chorosa. E, quando ela estava desse jeito, tudo podia acontecer, porque de repente emergia do quarto no seu robe de seda, com a maquiagem borrada e um cigarro aceso, gritando impropérios para pessoas que não estavam lá – e também para as que estavam.

Foi numa manhã de domingo, em meados de dezembro. Becky havia acabado de completar 13 anos e Paula queria que as duas fossem patinar no gelo, como sempre faziam, mas ela ficou com vergonha de que alguém a visse com a mãe temperamental do jeito como estava. Bêbada, Paula falava alto e geralmente paquerava acintosamente homens que ficavam sem saber como reagir. Becky estava sentada na sala vendo TV. Paula, encostada no vão da porta.

Paula havia sofrido um duro golpe nesse dia mais cedo. Nos três meses anteriores, ela tentara desesperadamente encontrar os contatos de antigos colegas de trabalho e editores para quem trabalhara, até que finalmente conseguira um número de celular de Katarina Raphael, que também tinha sido fotojornalista mas no momento trabalhava como editora de imagens da *Vogue* britânica. Paula teve Katarina como amiga uns quinze anos antes, mas havia pelo menos uma década que as duas não se falavam, embora a mãe de Becky acompanhasse os progressos dela à distância. As notícias sobre a promoção recente de Katarina haviam levado Paula a fazer sua mais nova tentativa de ressuscitar sua carreira. E aconteceu que Katarina não se lembrava de Paula. Ela não se lembrava do nome dela, da sua voz nem das suas fotografias. Ela lhe disse que lamentava, mas que Paula devia ter discado o número errado.

— Eu não quero ir patinar no gelo. — Becky não tirou os olhos da tela da TV; ela estava assistindo a um seriado americano passado num colégio.

— Você sempre adorou patinar. — Paula se segurou na parede, vendo a filha colada à tela.

— Eu estou bem sentada aqui, mãe. Tô meio cansada.

— E vai ficar vendo TV o dia todo?

— Vou, ué. — Becky encolheu os ombros. Incomodada com a interrupção.

— A gente mal tem se visto, Rebecca. — Paula caminhou até onde ela estava e se colocou diante do aparelho. — Vamos sair um pouco. — As palavras soando frouxas por causa da bebida. — Vamos dar uma olhada na exposição de fotos da Portrait Gallery.

Becky ergueu os olhos para a mãe e respondeu firme, numa voz cansada.

— Eu não quero ir.

Paula começou a zanzar de um lado para o outro na frente da TV. Sacudindo a cabeça. A respiração pesada. Com os dentes trincados por trás dos lábios franzidos.

— Será que você pode me dar licença, mãe? Eu gosto desse programa. — Becky balançava o corpo para um lado e para o outro, tentando enxergar para além da figura da mãe. Paula notou o que ela estava fazendo e parou bem na frente do aparelho, tentando interceptar o olhar da filha. Becky baixou os olhos para o carpete. — Ele só passa uma vez por semana.

— NÃO! – gritou Paula. Ela desligou a TV, postando-se com um ar triunfante na frente do aparelho, as mãos plantadas nos quadris. Ela encarou Becky com os olhos em chamas, mas Becky não ergueu o rosto. Ela ficou sentada imóvel no sofá e tentou contar os fios que formavam a trama do carpete.

Paula caminhou na sua direção e baixou o rosto até a altura dela.

— Nem olhar para mim você quer, Becky? — perguntou, a voz soando calma, mas com uma tensão que lhe quebrava a fluidez dos movimentos.

— Mãe — gemeu Becky. — Mããããão, dá um tempo. — E virou a cabeça para o outro lado.

Paula ergueu o indicador. A voz num volume dramático.

— Eu abri mão da minha vida por você — começou ela.

Becky revirou os olhos e afundou o corpo no sofá, bufando um tédio exagerado.

— O mesmo blá-blá-blá outra vez – cantarolou, cobrindo o rosto com uma almofada.

— Pelo seu pai e por você. Eu podia ter tido uma vida própria. Mas abri mão de tudo, e veja só no que deu... Você nem olha mais na minha cara. E *ele?* – As abas do robe voaram com o gesto enfático das mãos, a roupa íntima à mostra, as cortinas da janela abertas.

Becky ouviu a menção ao pai e lágrimas brotaram nos seus olhos. Ela respirou para contê-las antes que a mãe reparasse, e teve um calafrio por dentro ao pensar nos vizinhos. Diante dos seus olhos, o rosto de Paula se contorcia, se amassava e dilatava.

— A droga do seu pai querido. – Os cabelos de Paula estavam arrepiados de um jeito maluco no alto da cabeça; eles eram sempre rebeldes antes de serem domados com produtos, rolinhos e escovas especiais. A pele estava esticada e fina nas margens do rosto, com linhas azuladas aparecendo logo abaixo da superfície.

Becky olhou para a mãe e viu um monstro. Ela se encolheu no sofá, torcendo para que nunca acabasse daquele jeito. Paula continuava de pé, uma das mãos no quadril, a outra segurando a testa. O robe estava aberto, um dos seios escapando de dentro do baby-doll. O estômago de Becky se espremeu para fora do umbigo e saiu correndo porta afora. Fugiu pela rua com os pés descalços.

— Você por acaso acha que ele é melhor do que *eu?* Porque, sei lá, eu tomo um drinque de vez em quando para acalmar os nervos? De vez em quando?!

Becky respirou sem fazer barulho.

— Está escutando o que eu digo?

Becky encarou a ponta da almofada que tinha colada ao peito. Prometeu para si mesma que não iria chorar. Chorar não adiantava nada, só piorava as coisas.

— Pois trate de esperar aí – falou Paula, erguendo o dedo em riste e apontando para a filha. – Trate de esperar bem aí.

E saiu da sala. Becky ouviu seus passos correndo escada acima até o quarto das duas e batendo a porta e mexendo em coisas lá dentro. Ela ouviu a porta sendo aberta com um tranco, indo bater contra a parede, e depois passos martelando escada abaixo, derrapando nos degraus, e a porta da sala sendo empurrada com força. E depois a sua mãe, respirando aos trancos, com a mão espalmada por cima da boca, os olhos como duas garrafas abertas, caminhando de um jeito teatral sala adentro. Ela entregou um jornal antigo na mão da filha.

– Prontinho – falou. – Esse aí é o merda do seu pai. – Paula encarou Becky cheia de raiva e de mágoa. Carente de amor. Ela esperou que Becky olhasse para o jornal. Becky não se mexeu. Paula esperou o tempo que seus nervos permitiram, mas, percebendo que Becky não iria olhar, jogou o jornal aos pés da filha e o deixou escancarado no chão antes de dar as costas e voltar como um furacão escada acima. Becky ouviu a porta batendo e a música começando a tocar. *You don't have to say you love me...*[3]

Becky mergulhou em direção ao jornal, escorregando do assento para se sentar amontoada no chão diante dele. Ela enrodilhou o corpo, os joelhos apertados contra o peito, e leu o texto, chorando até sentir o rosto doer, de ponta a ponta, duas vezes.

Depois desse episódio, Becky passou a se mostrar retraída perto da mãe. Ela não conseguia parar de pensar no que lera. E via o pai por toda parte. Todo cartaz de loja onde batia os olhos tinha *John* escrito, todos os programas da TV falavam sobre pais e filhos. Todas as aulas da escola eram sobre pessoas punidas por causa das suas crenças. Até que algumas colegas da turma, com quem ela costumava dividir cigarros, começaram a contar vantagens sobre os caras mais velhos com quem tinham ido para a cama e Becky não conseguiu deixar de imaginar as tais garotas. Aquelas com quem ele aparentemente tinha feito sexo. Tinham sido seis. Como será que era a aparência delas? Não era possível que parecessem tão mais velhas do que ela própria. Becky passou a ter pesadelos. Tinha nojo de si mesma por causa da saudade que sentia do pai. Foi para a frente dos computadores da biblioteca buscar os livros dele e descobriu que todos tinham sido recolhidos do mercado. Na hora do almoço, ia para a sala de computação do colégio e se conectava usando as máquinas velhas de lá para vasculhar tudo o que conseguisse encontrar on-line. Cada minuto

---

[3] "Você não precisa dizer que me ama." (N. da T.)

livre era passado lá, entrando na internet e buscando e depois detestando tudo o que havia acabado de ler e desejando ser capaz de esquecer as palavras. Ela se fechou em si mesma, perdeu peso. Começou a faltar as aulas de dança, a punir a si mesma.

Uma tarde, em vez de ter ido dançar, Becky estava sentada sozinha na mureta da área de brinquedos do parque vendo uma chuva gelada de fevereiro cair. Ela encarou a parede abrupta e inclinada de chuva por três horas direto, e acabou encharcada até os ossos. Ficou de cama e com febre por uma semana inteira, perdida nos pesadelos ferventes de monstros e celas de prisão e salas de chat na internet e a sua professora de dança chorando. E foi nesse tempo doente, quando estava se sentindo mal demais para ver TV ou pegar um livro, que Becky prometeu a si mesma que não se deixaria atropelar por essa história. Ela nunca mais iria perder uma aula de dança, e também não faria mais buscas pelo nome do pai na internet – por mais que se sentisse tentada – porque o único resultado das buscas era se sentir péssima. Ela decidiu que iria focar naquilo que mais amava, e, pouco a pouco, foi sentindo a saudade do pai se transformar numa mancha opaca e moribunda de indiferença. Becky disse para si mesma que não tinha um pai. Ela se obrigou a esquecê-lo. Ela iria se formar em dança e tratar de ficar o mais longe possível dos pais.

Paula não suportou o distanciamento que tinha provocado na filha. Mas, a cada vez em que tentava se desculpar, era como se estivesse olhando para si mesma do alto e ela acabava afundada em autodepreciação. Paula começou a frequentar um grupo de discussões na igreja do bairro, um que se anunciava como sendo um bom lugar para encontrar respostas, e, quando Becky completou 14 anos, sua mãe era oficialmente uma cristã renascida.

De uma hora para outra, ela passou a estar sempre ali, pegando no seu pé, carente e cheia de dedos, nostálgica do passado e apavorada com o presente, agarrada a Becky com todas as suas forças. E, portanto, Becky começou a fazer o que adolescentes fazem quando o universo inteiro parece ser formado exclusivamente por adultos sem noção: ela se mantinha o máximo possível fora de casa, e deixou de ir à escola também.

Ela começou a passar seu tempo nos bancos da entrada do shopping de Lewisham. Ali havia um trecho de gramado meio careca e frequentado por bêbados onde ela gostava de ficar porque dava vista para as pessoas entrando e saindo dos trens. Outros jovens perambulavam pelo lugar também. O parque ia dar num arco de ferrovia à frente de um pequeno conjunto residencial. A garotada que não ia à aula ficava enrolando baseados debaixo do arco ou se sentava nos bancos à espera de que algo acontecesse para que eles pudessem assistir.

Becky estava ocupando o seu banco de sempre; era perto do meio-dia, e o céu estava puro cimento. Duas garotas se aproximaram. Uma era miúda e loira, tossia o tempo todo e tinha um jeito de passarinho, jogando a cabeça de lado ao falar e saltitando de um pé para o outro. A outra era grande e de cabelo preto, a pele exibindo um dourado de avelã e os olhos formados por anéis intermináveis de âmbar, preto e castanho. Ela bebericava uma caixinha de suco de morango e tinha os movimentos de um gato, lentos e deliberados, alongando o corpo todo a cada passo que dava.

A garota maior olhou para Becky por um instante, depois se sentou ao lado dela no banco. A menor ficou de pé perto da beirada do assento, olhando ao redor. Becky se sentiu tensa; aquilo parecia sinal de problema. A garota maior bebericou o seu suco. Ela soprou umas bolhas para dentro da caixinha. A menor riu. Becky não esboçou reação.

– Eu tenho visto você por aqui direto. Não tem nada melhor para fazer, não? – quis saber a morena, olhando para a lateral do rosto de Becky.

Ela não se mexeu, manteve os olhos fixos na lama cinza e dura que havia embaixo dos seus sapatos escolares.

– Eu não tenho que sair daqui. Nós estamos num país livre.

A garota do suco riu alto, balançando o corpo no banco, para a frente e para trás. Jogando a cabeça. A outra sorriu suavemente para Becky e tossiu fundo na mão em concha, transferindo o peso de um pé para o outro.

Becky começou a se sentir quente, as bochechas ganhando um tom de vermelho.

– Do que vocês estão rindo? – Ela encarou a garota maior com o cenho franzido, pronta para se irritar.

– De nada. – A garota parou de rir e o som foi como o de um aspirador de pó puxado para fora da tomada. – Relaxa.

Becky não se mexeu. Ficou totalmente parada. Torcendo para as duas cansarem daquilo e se mandarem logo.

– Mas onde é que você mora, afinal? – perguntou a garota grande, chutando um saco vazio de batatas fritas e olhando enquanto a embalagem voava pra longe.

– Em lugar nenhum.

– Você não mora em lugar nenhum? – A que tinha o jeito de passarinho falava numa voz baixa com um ceceio de leve.

– Por que vocês querem saber? Me deixem em paz.

A dos movimentos de gato jogou a cabeça para trás mais uma vez e começou a gargalhar.

– Você é engraçada – disse ela. – Qual é o seu nome?

As mãos de Becky se crisparam contra as bordas do banco. Ela se sentou sobre os polegares, inclinou o corpo para a frente e esticou os braços.

– Eu sou a Gloria – falou a garota maior –, e essa aí é a minha amiga Charlotte, mas a gente chama ela de Chips. Por que você não tá na escola?

– E por que é que *vocês* não tão? – Becky se virou para as garotas. Encarou as duas. O rosto de Charlotte era coberto de sardas, feito uma pera madura demais. Gloria tinha o cabelo dividido em um monte de rabinhos pela cabeça toda, presos com elásticos coloridos. As mechas que não estavam presas nos elásticos formavam elaborados cachos untados de gel na frente das orelhas e cobrindo a nuca. Becky ficou impressionada.

– A gente não gosta da escola – disse Charlotte. – Que tipo de música você ouve?

Becky olhou para as duas ali a encarando, espanou a franja de cima dos olhos.

– Garage, e essas coisas – disse.

O sol brilhava entre as folhas esparsas dos arbustos dos lados da alameda. Um raio bateu em cheio em Becky. Ela estreitou os olhos para fitar as garotas.

– A gente também curte garage, né, Glory? – Enquanto falava, Charlotte se sentou no espaço minúsculo que havia entre o corpo de Gloria e a ponta do banco. Ela empurrou a amiga com uma remexida do traseiro e do ombro e debruçou o corpo todo para a frente a fim de olhar para Becky. As pontas dos pés mal roçando no chão. – Qual é o seu colégio? – foi a pergunta dela, toda piscante e sardenta.

– É o St. Saviour's, lá no alto. – Becky apontou para trás de si mostrando a rua que subia até a escola.

– Conhece um garoto chamado Reece? – Gloria balançou os pés. Raspando as solas dos tênis no chão. Ela estava usando um par de Kickers pretos com cadarços azul-bebê. Becky gostou muito deles.

– Que Reece? – retrucou ela.

– Reece McKenzie? – Gloria tinha um ar seriíssimo ao pronunciar o nome dele.

– Sei quem é, por quê?

– A gente sai junto. Ele mora perto de casa – disse Gloria, num tom de constatação.

– E *eu* não gosto dele. – Charlotte sacudiu a cabeça. – Nem um pouco.

– Você ficou sabendo de alguma história envolvendo o nome dele ultimamente na escola? – Gloria baixou os olhos para os seus Kickers, que ainda continuavam balançando.

– Que tipo de história? – perguntou Becky.

– Disseram pra mim que ele fez uma coisa. Eu queria saber se foi verdade mesmo.

Becky olhou para o chão por um bom tempo. Sem saber o que dizer. Charlotte pescou dois cigarros na sua bolsa. A bolsa era uma mochila da Nike minúscula, provavelmente do tamanho de uma folha de papel A5, com duas alças bem compridas. Os cigarros vieram do fundo, e estavam amassados e moles. Ela os desamassou com cuidado. Ofereceu um para a nova amiga.

– Racha comigo? – falou, entregando o outro para Gloria, rasgou o cigarro em dois, pôs uma metade atrás da orelha e devolveu a segunda.

– Você fuma maconha? – indagou a Becky.

Becky fez que sim com a cabeça. Mas só tinha fumado uma vez na vida.

Gloria pôs a mão por dentro da blusa e pegou um pedacinho de skunk embrulhado numa seda de dentro do seu sutiã. Becky fingiu desinteresse, mas sentiu o coração disparar. Charlotte deu um isqueiro a ela e Becky acendeu o cigarro e espiou o pacotinho minúsculo. Ela viu uma jovem mãe passar puxando um filho aos berros com uma das mãos e levando seis sacolas de compras na outra; o menino estava segurando um sorvete, mas perdera a parte de cima em algum ponto do caminho, então só sobrara uma casquinha seca. Ela colou os olhos nos dois até cambalearem para fora do seu campo de visão. Ela viu um garoto de bicicleta fazendo manobras ao passar por um quarteto de garotas sentadas num muro sem que elas dessem bola para ele. Ela viu um homem de terno num banco junto do ponto do ônibus debruçar o corpo para oferecer o seu sanduíche para dois pombos gordos enquanto, atrás dele, havia um mendigo estirado no chão ao lado de um cartaz dizendo COM FOME. UMA AJUDA POR FAVOR. Por todos os lados para onde olhava, ela via as fotografias da mãe.

Becky pensou em Reece McKenzie. Ele era uma peste com ela e com todas as garotas da sua turma. Vivia mexendo na mochila delas para pegar absorventes e enchê-los de catchup e atirá-los na cabeça das pessoas.

— O Reece deu um teco de skunk para a Kirsty do oitavo ano e depois obrigou ela a chupar o pau dele — declarou ela, num tom solene.

— Então é verdade. — Gloria secou os lábios com as costas da mão e segurou de leve o skunk com a boca. Ela abriu a seda nas palmas das mãos, alisando as partes amassadas. Sacudindo a cabeça.

— Sei lá se é verdade, foi só o que me disseram. — Becky remexeu o punho do seu uniforme. Beliscou os joelhos da meia-calça.

— Ele é um nojento, Gloria. Larga desse cara. — Charlotte cuspiu no chão.

— Ele é um babaca. — Gloria começou a desfazer o bolo da erva. Por um instante, ninguém se mexeu. — Mas qual é o seu nome mesmo? — Gloria não levantou os olhos da seda.

— Becky.

— Becky. — Gloria lançou um olhar avaliador. Uma lâmina rápida de sol caiu por entre os joelhos dela. — Você quer ser nossa amiga, Becky?

Charlotte assentiu energicamente com a cabeça, debruçando tanto o corpo que Becky achou que fosse cair do banco. Estava gostando dessas duas. Ela fez que sim.

— Tá, eu quero.

Elas passaram a ir juntas ouvir garage em raves liberadas para menores de 18 anos, beijaram garotos e tomaram bala pela primeira vez. Formaram uma galera numerosa com quem se encontravam para beber, falar besteiras e praticar contravenções leves. Viraram melhores amigas, e tomavam conta umas das outras. Os outros adolescentes que conheciam tinham medo do trio e adoravam o trio e lhes davam coisas porque não sabiam o que mais fazer com a mistura de sentimentos que os engolfava.

Mas, não importando que outras coisas estivessem acontecendo na sua vida, Becky continuou indo às suas aulas de dança. Ela praticava hip hop e street dance no centro comunitário com as garotas da vizinhança. Assistia a *Moonwalker*, do Michael Jackson, no vídeo todas as noites. E aprendeu os passos de todas as músicas do filme. Michael e as aulas de dança do centro comunitário continuaram sendo as influências mais fortes na sua vida até bem depois da virada para a idade adulta. À medida que ficava mais velha e ia se interessando por dança contemporânea, foi através desse prisma que se dedicou a ela, e era essa a base onde ela ancorava os seus movimentos. Eram o *Moonwalker* e as aulas do centro comunitário que mantinham tudo enraizado e forte e apontado para baixo, sem membros retos ou rígidos demais.

Becky ficava com Gloria ou Charlotte quase todas as noites. Não conseguia suportar as conversas sobre Céu e perdão em casa. Essa ausência só deixava a mãe mais propensa a cercá-la quando não havia ninguém por perto para implorar que passassem algum tempo juntas. Becky não tinha estômago para os olhos cuidadosos cheios de preocupação, seguidos sempre pela menção ao seu pai.

Mas então, quando ela completou 15 anos, Paula se mudou. Enlouquecida de paixão por um Deus no qual ela podia acreditar. Paula foi para um convento evangélico que prescrevia aos fiéis renascidos um programa à base do trabalho na horta, oração, sobriedade e cânticos, um refúgio para convertidos nas montanhas do Meio Oeste americano, e, vendo acená-la o seu adeus no aeroporto, Becky suspirou de alívio.

A vida seguiu. Ron e Linda assumiram um papel mais central nos cuidados com ela. Teddy e Becky riam para a TV e trocavam safanões e roubavam as coisas um do outro. Eram tão próximos e distantes quanto qualquer par de irmãos. Becky ficou com um quarto só para ela pela primeira vez em anos.

No Natal, nos aniversários ou depois que alguma coisa marcante acontecia, Becky pensava no pai e onde ele devia estar e fazendo o quê. Quando isso acontecia, escrevia cartas para ele; cartas compridas, complicadas, que nunca tinham começo ou fim, cartas que simplesmente partiam do que quer que ela estivesse com vontade de contar a ele e enveredavam para qualquer lugar e para todos os lados. Becky escrevia cartas parecidas para a mãe. Ocasionalmente, endereçava o texto aos dois juntos. As cartas ficavam numa caixa de sapatos no seu guarda-roupa, e, a cada dois anos, quando a caixa começava a ficar pesada, ela tirava as cartas de lá e lia para si mesma, sentada sozinha no chão do quarto, deixando o choro correr. E então, depois de todas as lágrimas brotarem e irem embora, ela levava as cartas até o parque à noite e ateava fogo a elas.

No seu apartamento de Deptford, Becky dá chutes enlouquecidos no ar. Ela geme meias palavras e se remexe, enroscando as cobertas no punho. Depois de um último chute trêmulo, o corpo se aquieta e ela passa para um sonho mais tranquilo; a fronte está salpicada de suor, as persianas chocalham ao sabor da brisa.

ATORDOAMENTO SOLITÁRIO

A marca das oito horas chega depressa demais. Pete é arrancado para o mundo desperto, saindo de repente de um sonho ruim. Ele está no sofá da sala, a cabeça latejando, a respiração acelerada por causa do pesadelo. Depois de gemer alto, ele vasculha atrás das almofadas procurando o seu telefone. Encontra, vê a hora, geme outra vez. Depois se levanta, as mãos na cabeça, corre até o banheiro, joga água no rosto, escova os dentes e tenta não vomitar. Ele tem hora marcada na agência pública de empregos, e se não estiver lá no horário vai ser jubilado do programa de busca de vagas, e, se for jubilado do programa, fodeu.

Becky desliga o alarme, se levanta, esfrega o rosto. Um cansaço crescente por trás das pálpebras. Nauseada da bebida, as narinas com uma crosta branca na borda, ela assoa maçarocas vermelhas num lenço de papel, empurra um par de analgésicos para fora da cartela plástica e engole calmamente, para depois ir se postar debaixo da água do chuveiro até se sentir um ser humano outra vez.

Harry está parada, a cara branca como um fantasma, diante da porta de casa esperando Leon encontrar as chaves. Fumando depressa. Engolindo sem parar, franzindo o nariz. A mão agarrada a um jornal.

— Só pode ser coisa tramada de dentro para fora. Eu já disse antes, vou dizer outra vez. Parece conveniente demais, não parece? Eles querem que a gente fique com medo para poderem tirar as nossas liberdades. É disso que se trata, meu amigo. É isso que eles estão fazendo. A questão toda tem a ver com controle.

Leon não responde, encontra finalmente as chaves ao voltar a verificar o primeiro bolso onde tinha procurado. Abre a porta.

— Tem uma caixa de Valium no armário do banheiro — diz ele.

Harry fica parada no vão da porta aberta terminando o seu cigarro, sacudindo a cabeça.

— Que tempos sinistros, estes, Leon. São tempos sinistros mesmo.

— Boa noite, Harry — diz Leon, empurrando-a para a cama. — É melhor descansar um pouco. Já está claro.

Pete é alto, tem braços e pernas compridas. Ele caminha sempre na ponta dos pés, com um passo vacilante que o faz parecer a ponto de cair a qualquer momento. O cabelo é tão grosso que cresce para fora da cabeça em vez de para baixo, então ele trata de mantê-lo rente num corte feito com máquina. Encontrando uma calça de moletom, ele se enfia nela ainda sonolento, cambaleando ao fazer isso; ele esfrega os olhos para tentar despertar e, bocejando, veste uma camiseta branca largona com o símbolo da sua equipe de som favorita, a Valve, estampado no peito — uma remanescente do passado glorioso em que ele passava o tempo nas raves e a vida ainda não tinha forçado uma redução no ritmo.

Becky espera o ônibus arrancar, depois atravessa a pista até o Giuseppe's. A rua está movimentada, cheia das coisas que ela conhece desde sempre. Velhinhas perturbando os vendedores de frutas e legumes. Gente com roupas de trabalho e cabeça colada aos telefones, caminhando em passos sincronizados rumo à estação onde bêbados ancestrais se amontoam nos bancos, os olhos injetados e tristes, sacudindo a cabeça suja com os dedos em riste.

— Não — dizem eles —, eu nunca falei isso. Nunca. O que eu disse foi que... Não... Nunca falei.

A mobília do Giuseppe's já viu dias melhores, mas é aconchegante, e a comida costuma ser gostosa. Becky adentra o salão amplo. As mesas e as cadeiras são separadas por um corredor livre no meio. Ao final desse corredor fica um balcão grande com áreas para comidas quentes e frias, e, de um dos lados do balcão, a caixa registradora. Do outro lado, uma área de bar minúscula, com espaço para um ocupante só, é formada por um tampo de madeira que pode ser dobrado para baixo. Ali ficam alguns dosadores de bebida e uma torneira de chope. Atrás do balcão, os dois cantos do fundo são ocupados pelo fogão e o refrigerador. Entre os dos eletrodomésticos, contra toda a extensão da parede, ficam a pia e a bancada de trabalho.

As paredes são claras, os frisos de madeira escuros, com as toalhas das mesas em verde-folha com debrum dourado. Em cada uma, vê-se uma tigela com sal, um moedor pequeno de pimenta e uma vela espetada num casco de cerveja. Na parede da direita fica o grande quadro-negro onde o cardápio é escrito. E, na da esquerda, o orgulho da casa: uma foto enorme e emoldurada de Giuseppe em pessoa, com o seu nome gravado numa placa. Na fotografia ele aparece vestindo seu uniforme, com o cabelo cheio e escuro bem esticado para trás. O bigode está penteado e comprido na medida certa. Os olhos, com os cantos virados para cima, são bem separados um do outro, e as bochechas e as têmporas mostram as linhas das marcas de expressão. Um homem bonito. A mandíbula larga e bem barbeada se afina para formar o bulbo ligeiro do queixo. Os olhos, profundos, brilhantes e bem-humorados, fitam algo engraçado logo atrás de quem observa o retrato.

– Bom dia, Giuseppe – diz Becky, desligando o alarme do estabelecimento e abrindo as cortinas para deixar a luz entrar.

Pete chega à agência de empregos. O segurança está contraindo os músculos para olhar seu reflexo nas portas de vidro. O lugar, lotado. Lâmpadas fluorescentes e bebês chorando e cartões de feliz aniversário espetados em quadros de cortiça.

Pete se senta a fica olhando um cara mais velho – com alguns dentes faltando, a cara suja, o cabelo comprido, um monte de cicatrizes riscando do a pele feito linhas de mijo numa caixa de areia. Ele tem um boné na cabeça, uma lata no bolso. Murmura coisas para si mesmo. Pete sente um ligeiro calafrio de pavor. *Eu sou você?* Ele desvia o olhar e enxerga um rapaz bem-vestido que tenta manter a voz baixa e não destratar a assistente da agência que fala como se ele fosse um menino retardado. O tom horroroso de falsa paciência que eles usam. Pete se arrepia.

– Eu entendo – a assistente está dizendo –, mas você sabe que regras são regras. Lamento. Devia ter nos avisado com antecedência, se precisava ir ao hospital.

Pete encara o teto. Seu estômago resmunga e faz um barulho esquisito de chapinhar. Ele tenta ignorar o sujeito arrogante com o distintivo do *Jobcentre Plus* que está jogando sua autoridade para cima de todo mundo que encontra pela frente para ir à forra por não ter tido nenhum amigo durante os seus anos de escola. Desfiando platitudes e slogans caricaturais como se fossem seus pensamentos genuínos. Fórmulas decoradas para lidar com clientes-problema.

Pete baixa os olhos para o seu formulário de busca de vagas. O tipo de trabalho que está procurando está impresso no campo apropriado: *Biblioteconomia e Indústria do Lazer. Hotelaria e Alimentação. Serviços Postais.*

– Olá, Peter, tudo bem com você esta manhã? – Pete ainda está com a vista latejante e úmida por causa das balas que tomou no pub na véspera, e sente como se tudo acontecesse num lugar muito distante. – Então deve ter trazido todos os formulários preenchidos corretamente esta semana, não é?

Ela usa um corte de cabelo funcional e a blusa branca tem três botões abertos na gola, revelando um pescoço com mais dobras do que uma sanfona e um eczema gritando escondido atrás delas. Ela respira e ele pode escutar a sua sinusite protestando. Ela usa óculos, tem os lábios franzidos e gestos que denotam reprovação, e está muito claro que ama o que faz. Ele reage assentindo de modo obediente com a cabeça e se odeia por causa do gesto.

– Ótimo – diz a assistente. – Porque eu acabei de receber isto aqui, e acho que você vai adorar. Pelo que vejo aqui uma das suas áreas de interesse é "Hotelaria e Alimentação", não é? Você gosta de cozinhar? Estamos com uma oferta de emprego numa empresa de equipamentos de cozinha, como demonstrador. Profissional de vendas, entende? Que tenha "habilidades interpessoais", diz aqui. E você é *bom* para lidar com pessoas, não é?

Estou vendo que marcamos isso no seu formulário de competências. Quer ver os detalhes da vaga?

Três anos de perda de tempo na universidade nas costas, jaqueta de couro, colarinho dobrado para cima, fumando por pura rebeldia. *Vocês não estão à altura do meu talento.* Ele escuta as sugestões da assistente e espera até aquilo tudo acabar.

Uma mulher está de pé no balcão com o filho que se esgoela de chorar; o menino bate na barriga da mãe com o punho fechado porque quer um donut recheado com geleia.

– Mas, Jasper, meu amor – diz ela –, lembra que você comeu um bolinho de chocolate mais cedo? Não é possível que queira mais a rosquinha com geleia agora.

Ela dá um sorriso fraco para Becky. Becky não diz nada. Só espera.

Jasper berra.

– Mas eu QUERO a rosquinha.

A mãe agarra os punhos dele antes que venha mais um soco e abre um sorriso tremido para Becky.

– Vamos parar com isso, está bem? – diz para o garoto. – Eu estou dizendo para parar agora mesmo.

A sua tentativa é de manter a voz calma, mas dá para ouvir o tremor na sua fala.

– NÃÃÃÃOOOOOOOO! – grita Jasper, se atirando no chão.

Ela volta o olhar para Becky. Ergue as sobrancelhas.

– E mais um donut com recheio de geleia, por favor.

Becky leva o pedido até a mesa deles.

– Certo – diz ela. – O seu cappuccino está aqui, e o *babyccino*[4] dele. E os sanduíches de iscas de peixe, o dele no pão sem casca, e o donut de geleia.

A mulher não agradece a Becky. Nem dá sinal de notar sua presença.

– Jasper – diz ela –, nós já podemos comer o sanduíche agora?

Becky volta para trás do balcão para servir um homem que passou dez longos segundos esperando. Ele está de terno, com uma bolsa de lap-

---

[4] Leite vaporizado, servido como se fosse um cappuccino, para crianças. (N. da T.)

top no ombro e um relógio que checa o tempo todo – e não para quieto no lugar.

– Quanto tempo ainda vai demorar? – pergunta. Ela o encara. – Quer dizer, não tem como ir mais depressa?

Ela diz para si mesma que o homem não está fazendo aquilo por mal. Provavelmente, ele está atrasado para um compromisso importante. Estressado com alguma coisa. Ela o imagina tentando achar um presente de aniversário para um filho que mal conhece.

– Porque eu tenho uma reunião bem importante para ir e *estou* com pressa, então se der para… er… – Ele olha outra vez para o relógio. – Pode ser? – diz.

Vai se foder, ela pensa. *Vai se foder.*

Becky consegue ver os próximos vinte anos se desenrolando no espaço entre o balcão do café e o apartamento e as ligações de diretores de elenco e os testes a que ela não consegue comparecer e as oportunidades perdidas e a torta com purê e o pub e as lesões musculares e seu corpo no espelho. Atualizando o perfil on-line, feliz nas fotografias, sorridente no top justo de paetês, semana da diva no *The X Factor,* doses pedidas para viagem e filas e braços agarrando os amigos como se estivesse tudo bem, tudo bem. Mas os seus músculos têm um prazo de validade, e ela sente inveja de cada dançarino que neste momento dá duro para ganhar a vida em alguma companhia. Vinte anos e ela vai estar aqui, limpando mesas do café, ainda tentando provar para titia Linda que ela pode confiar nos seus dotes culinários. Vinte anos sem que nada mude além do preço do seu aluguel. Vai ver que ela não tem talento para a coisa, afinal. Becky se força a não enveredar por esse caminho, mas os rompantes bêbados da mãe ecoam na sua cabeça enquanto uma pontada de dor a espeta por dentro, em algum lugar perto do fígado.

Pete emerge da agência de empregos. O segurança continua admirando o próprio reflexo, percorrendo de tempos em tempos o espaço do salão com seus olhos entediados e estreitos, torcendo para alguma coisa acontecer.

O carinha mais velho dos dentes podres está do lado de fora tendo uma discussão com um lojista, fumando e bebericando uma lata de sidra escura. Um bando de garotas colegiais que atiram ossos de frango frito umas nas outras grita no meio da rua e não se afasta para dar passagem aos carros. Alguns fundamentalistas religiosos estão bradando coisas em frente ao McDonald's observados por um grupo de adolescentes raivosos, enquanto patrulheiros da guarda comunitária vigiam o entorno, atrás de menores para salvar ou dar parte na polícia. Pete observa um casal mais velho caminhar tranquilamente pelo meio do caos de braços dados, e se sente mais calmo.

Ele pega um cigarro pela metade no maço que tem no bolso, acende, sente o estômago se revirar. Dá uma tragada e depois joga fora. Ele entra no café da esquina e fecha a porta atrás de si. Tem uma garota recolhendo os pratos sujos. Ele olha enquanto ela se move pelo salão. Usando jeans azul-claro e um suéter preto comprido. Os cordões e brincos criam um clarão dourado na sua visão; ela meneia o corpo ao caminhar, como um leão ao sol. Ele espera que ela volte para trás do balcão, sorrindo educadamente quando os seus olhares se encontram.

Esse foi o primeiro cliente do dia que se lembrou de fechar a porta atrás de si. Becky lhe envia a sua gratidão mais profunda.

– Oi – diz. – O que você vai querer?

Ele mete as mãos nos bolsos da jaqueta e vira o corpo para ler o quadro-negro. Ela fica olhando o perfil, o contorno dos ombros. Ele tem as bochechas encovadas. Está usando uma calça de moletom preta, uma jaqueta Fred Perry surrada, com a gola levantada. Um boné preto. As roupas frouxas no corpo como velas de um barco num dia sem vento. O rosto é comprido e magro, manchado pela barba por fazer. Não é exatamente um homem bonito. Os olhos são fundos e redondos e lacrimejantes, olhos como os de um golfinho. Ele fala devagar, mastigando as palavras uma a uma.

– Você pode me fazer um café bem forte, puro, com um sanduíche de ovo com bacon no pão preto, por favor?

Ela assente. O tempo está se arrastando hoje. Ela vê as letras se desenroscando no seu bloquinho. *Bacon. Ovo.* Ergue os olhos para ele outra vez.

– Onde você vai se sentar?

– Ali. – Ele aponta. – Perto da janela.

– Tudo bem. Eu levo até lá – diz ela.

— Valeu. — Ele sorri e um sol explode na desolação que é a paisagem do seu rosto, de repente revestido de uma perfeição cinematográfica.

Ela se surpreende com a transformação. Mas logo o sorriso se desfaz e as faces voltam a encovar, irritadas. Os olhos redondos esquisitos piscam lentos para ela. Ela espera que ele diga alguma coisa. Ele não diz. Ele deixa a cabeça cair no meio dos seus ombros curvados. Caminhando meio bambo como se estivesse surpreso com o comprimento das pernas, ele ocupa a mesa junto da janela. Há um livro no bolso da sua jaqueta que parece estar tentando se esgueirar para fora. Ela ouve o baque da brochura batendo na mesa. Ele tira o boné e esfrega as duas mãos no rosto e na cabeça. A impressão é que passou a noite inteira em claro, o coitado.

Uma náusea passa as mãos pelo estômago de Pete. Ele repara na vela espetada na garrafa de cerveja que há no meio da mesa e leva os dedos até a cera derretida, acompanhando os caminhos deixados no vidro. Sempre leva um tempo até ele conseguir se recuperar da ida à agência de empregos. Tudo naquele lugar o faz ter vontade de cuspir e gritar e matar pessoas. Ele estica as pernas por baixo da mesa e dá uma olhada no Facebook pelo seu celular. Que lhe diz coisas que Pete não precisa saber sobre gente que faz anos que não vê. Ele absorve as opiniões agressivamente articuladas e o discurso de ódio pseudopolítico. Ele vê uma foto da ex--namorada com o seu novo namorado toda sorridente num piquenique e se dá conta, em meio a um cascatear esquisito de vazio, de que ela está grávida e usando um anel de noivado. Os comentários deixados na foto são todos eufóricos. Ele lê palavra por palavra antes de se obrigar a deixar o telefone de lado.

Uma solidão se abate sobre ele. Pete sente as suas garras conhecidas o arrancarem violentamente da cadeira e o levarem, balançando, até perto do teto.

Ele teve o seu coração partido um ano e meio antes e ainda não conseguiu remendá-lo. Pode sentir o órgão sentado dentro do seu peito com os braços cruzados, lívido. Ele deixa a cabeça cair na dobra do cotovelo e olha de lado para fora da janela. Sente que está velho e de ressaca e de saco cheio de si mesmo. Uma enxurrada de tosse abre aos socos o caminho desde o pulmão. Ele a abafa com o punho fechado, deixando a mão brilhante com o cuspe amarelo. Limpando a mão num lenço de papel, devolve-a para dentro do bolso. Seu peito arde.

Ele ergue os olhos para a garçonete. Ela borra de brilho a sua visão como um raio súbito de sol numa sala escura, e o faz sentir um solavanco apavorante na boca do estômago. Ele nada na direção dela cheio de rosas levadas entre os dentes.

Ela olha de relance, o flagra olhando e sorri, confirmando o contato. É o que basta para ele. O sorriso é o que falta para transformar por completo o seu nauseante mar turbulento de vazio. A perspectiva de ir para a cama com ela troveja no céu e chove pesadamente contra as janelas. Pete trata de deixar a postos a postura mais galante que conhece, mas percebe com um sacolejo de vergonha que a garota não está mais olhando na sua direção.

Pratos e garfos e pão e catchup. Intermináveis peças de louça manchadas de chá. A espátula de Becky paira experiente por cima das tiras fritas de porco. Ela serve o café, o combustível espesso fumegando na porcelana branca, e parte, segura de si como sempre, para a mesa dele.

Hoje mais cedo já houve os dois operários de construção que latiram seus pedidos, ignoraram a presença dela e saíram sem dizer "obrigado". Depois, o casal que entrou discutindo. Que escavou seus ovos em meio a uma nuvem de estresse e fúria e foi embora num silêncio pesado. Os homens em quem ela faz massagem pelo menos se dão ao trabalho de olhar nos seus olhos. E esse cara que chegou agora fechou a porta atrás de si. E esperou pacientemente que ela voltasse para trás do balcão antes de fazer seu pedido.

– Prontinho, moço – diz Becky, pousando o prato e a xícara cuidadosamente na mesa. Ele endireita depressa o corpo caído e esfrega as mãos, alegre.

– Obrigado – diz, transbordando gratidão. – Está com uma cara ótima. – Ele estende a mão para o café. – Como está sendo o seu dia?

Um sorriso chocado abre as asas e se espraia no rosto dela.

– Tranquilo – Becky fala numa voz feliz. A resposta-padrão. – E o seu?

Ele revira os olhos, solta um suspiro exagerado.

– Ah, você sabe. Podia ser pior.

Ela repara no livro virado com a capa para cima no tampo da mesa. É uma edição de encadernação simples e capa amarelo-clara. Sem ilustrações, só com um título vermelho-escuro em negrito. Becky lê em câmera lenta depois relê em *fast forward*, quinze vezes num único segundo, os seus olhos gaguejando a cada letra que captam. *How Can We Take Power Without Power Taking Us*. E, no alto, como se nada fosse: *John Darke*.

Becky não sabe para onde olhar. Ela corre de volta para o balcão, se agacha desajeitada na área do estoque, a cabeça zonza. Ela apoia a testa contra a parede, a garganta seca, a respiração difícil.

O sininho que fica acima da porta da entrada se agita e Becky se ocupa com uma onda súbita de novos clientes, mas mesmo atendendo a todos eles a sua atenção não se desgruda dele nem por um momento. Ela o vê dar a última mordida no sanduíche, limpar a boca e ficar sentado num estado silencioso de contemplação por um longo momento, vasculhando com a língua as migalhas presas nos dentes. Ele dá uma olhada para a sua xícara e acaba com os últimos goles do café, segurando-a no ar enquanto dá voltas com o líquido dentro da boca. O tempo das coisas está alterado. Ela o vê se levantar e dar passos largos em sua direção, espiando pelo canto do olho. O seu corpo é uma frequência sonora. Um ribombar grave, sem forma. O mundo está em câmera lenta e Becky se sente mareada.

– Podemos fechar? – Ele está de pé, o corpo oscilando de leve, na frente da fotografia de Giuseppe.

– Claro – diz ela. A voz pula para fora da sua boca de um jeito esquisito. Ela trata de acalmá-la e agora fala mais baixo, de maneira estudada. Fixando os olhos num ponto à meia distância. – São três e noventa, por favor. – Ele remexe o bolso atrás de uma nota de cinco. Entrega. Fica olhando com cara de bobo para as saladas do balcão enquanto ela faz tilintar a registradora.

– Aqui está. – Becky lhe entrega o troco.

Ele guarda devagar o dinheiro e fica parado onde está por tempo demais, pensando no que dizer. Com a certeza de que ela o olhou com segundas intenções.

A pressão dentro da cabeça dela é insuportável. Becky acha que está a ponto de desmaiar ou morrer ou sei lá. Tem vontade de rasgar a pele e se revelar, toda sangue e tendões e pulmões pulsantes manchados de nicotina e o seu pobre coração exausto. John Darke. John Darke. John Darke. As unhas dela repetem sem parar. Becky pigarreia.

– Até a próxima, então. – Ela segura o volume da sua voz, mantendo um tom calmo e simpático.

– Até – diz ele, por cima do ombro, fechando a porta atrás de si.

Ela fica observando pela vidraça enquanto ele desce pela High Street.

Sozinha quando seu turno termina, Becky se senta com uma cerveja a uma mesa de frente para o retrato de Giuseppe. E o encara. Tem algo na postura do cara que lembra a sua mãe. Ela pressiona a garrafa fria na testa, desce arrastando o vidro pelo nariz e pela boca.

– Qual o sentido disso tudo, Giuseppe? – A sua voz é uma presença estranha invadindo o salão vazio. Apavorada com seus próprios contornos.

Becky vem de uma comprida linhagem de pessoas que lutaram como cães de briga por tudo o que tiveram na vida. Que empurraram a si mesmas para chegarem a lugares impossíveis.

O pai dela dera a vida pelas palavras daquele livro. E agora conta os seus dias isolado numa cela de prisão. Becky se pergunta se ele continua vivo. Ela tem certeza de que iria sentir, se por acaso ele não estivesse.

Imagens passam bruxuleantes pelo salão, instantâneos de portões de presídios, refeitórios pintados de azul-claro, arame farpado enroscado ameaçadoramente por cima dos muros altos, a luz branca do sol num pátio de tijolos, a brecha exígua da janela, um braço de homem enfiado ali, pendente, mal conseguindo deixar os pulsos tomarem um pouco de vento. Imagens herdadas da internet. Ela detesta tanto o pai que mal consegue suportar o que sente.

A mãe tinha o sonho impossível de ser uma fotógrafa à sua própria maneira. Ela não chegou lá, mas passou perto. Passou muito perto.

E Becky deve aos dois o compromisso de não cambalear cegamente pela vida, mas escolher um caminho e tratar de segui-lo.

Os músculos do seu rosto estão retesados e ela esfrega a mandíbula e as têmporas. Queimando por dentro. Com essa certeza tão pesada que faz doer sua garganta. Quando dança, a sua dança tem que ser tudo o que ela já precisou dizer na vida. E ela andou por tanto tempo perdida puxando sacos de pessoas, fazendo carão e batalhando papéis, posando de cool por trás de astros pop vulneráveis. As garotas com quem ela divide as coreografias são todas umas fofas e todas se dão muito bem e dizem que são como uma grande família até o trabalho terminar, mas, depois disso, passam por cima de você para ficarem com o seu próximo papel. A coisa tem que ser mais verdadeira. Tem que ser mais ousada e ter o peso dessa sensação que Becky traz na garganta e no vazio das suas entranhas. Tem que abrir a sua cara aos chutes para inundar o seu crânio de luz. Ela quer criar uma coreografia para alguma companhia dançar e apavorar a plateia e sacudir a todos para fora da sua apatia habitual. Mas de que jeito vai conseguir isso? Ninguém nem olha para a sua cara nos testes. Ela perambula pela academia depois da aula, batendo papo com os bailarinos sobre os trechos que andam martelando na sua cabeça, repassando algumas coisas. Conversando com os professores. Os bailarinos de lá vivem exaustos e têm os olhos escuros e a pele ruim e os pés doloridos e machucados, mas trazem uma fibra que falta a Becky. Uma fibra cheia de certeza, sorridente, que só conquistaram porque nunca abriram mão dela. São muito diferentes das garotas com quem ela trabalha nos clipes, com seus cabelos sedosos e lábios com ar sexy e olhos tranquilos, saciados.

Becky quer entrar para uma companhia de dança. Ser parte de verdade de alguma coisa. Dançar orientada por um coreógrafo que ela respeite. Dar esse passo antes que seja tarde demais. Em nome de cada um dos membros da sua família que já viveu e já morreu.

Ela passou um tempo vomitando tudo o que comia. O esmalte dos seus dentes de trás foi destruído pelos ácidos do suco gástrico. Era tudo uma questão de controle, Becky sabe agora. Ela estava sendo assombrada pelo seu próprio corpo. Os fantasmas do pai e da mãe moravam dentro dele e de alguma maneira eram mais do que ela própria, e também menos do que ela, e os olhos de todo mundo viviam colados à cena. As professoras de balé beliscavam seus braços, e ela apertava porções inteiras de si mesma, parada em estado de choque dentro do chuveiro, olhando as partes que detestava. Este corpo. Ele era tudo o que havia. Becky precisava que ele trabalhasse a seu favor. Faminto e empanturrado. As portas dos banheiros. Tudo tão triste e tão solitário ali dentro. Mas era dela. Todo dela.

Ela iria ser mais do que a soma das suas partes.

Becky dá um gole na cerveja e dois filetes de espuma escorrem pelo queixo. Ela deixa que escorram até o pescoço, engolindo o líquido em goles rápidos, duros, até secar a garrafa.

Giuseppe era o pai do tio Ron. O nome de verdade dele era Louis, mas por um tempo todo mundo o conheceu só como Giuseppe.

Em 1939, Louis era um rapaz que morava em Manchester, filho de um casal de imigrantes judeus pobres. O pai havia adoecido e morrido, deixando Louis, a mãe e mais sete irmãos e irmãs entregues à própria sorte. As meninas mais novas chegaram a ter que ir à sinagoga pelo menos uma vez na semana para mendigar comida. Louis estava aprendendo o ofício de alfaiate. Ele era um jovem carismático, querido por todos, e um aprendiz esforçado.

Quando a guerra começou, Louis tinha acabado de pedir a sua namorada, Joyce, em casamento, mas a mãe da moça se opôs.

— Ele tem jeito de homem que vai para não voltar mais! — vaticinava ela, batendo dramaticamente com a mão no próprio rosto enquanto cuidava da roupa lavada. — Ela é minha filha mais nova, e vai querer acabar viúva antes dos 17 anos? — E, sendo assim, o que Joyce disse a Louis foi que ele tratasse de voltar vivo para casa e que, se isso acontecesse, ela aceitaria se casar.

Louis prometeu que iria voltar, e partiu para a guerra.

Ele estava nas praias de Dunquerque. Soldados morreram e foram mortos e morreram e foram mortos e a areia ficou podre de tantas entranhas humanas. Sangue e merda e suor, o fedor rançoso da guerra. Ele recebeu ordens para ficar onde estava e proteger a base enquanto o resto do batalhão iria buscar ajuda. Foi deixado com 29 outros e eles aguentaram o máximo que conseguiram, mas os companheiros não voltaram para buscá-los. Mais tarde, Louis repetiria muitas vezes que aprendeu mais sobre a vida naquelas horas passadas ali do que em qualquer ocasião que já tivesse passado ou ainda fosse passar. Sete dos trinta homens acabaram mortos, e os 23 que permaneceram respirando foram capturados. Incluindo ele próprio.

Nos dias que se seguiram, mais de 200 mil soldados britânicos seriam evacuados da praia ensanguentada, mas Louis não estaria entre eles.

O melhor amigo dele na tropa era um sujeito alto, meio cambeta e magrelo chamado Joseph. Que tinha um cabelo preto de ônix e um sorriso que cativava qualquer um que o visse. O seu riso constante era como o de quem tivesse engolido uma sirene, e ele não parava quieto nunca, quicando por todos os lados feito uma bola de borracha, o tempo todo. Todos o chamavam de Giuseppe, porque ele havia se apaixonado por uma garota italiana e era dado a explosões de cantoria num italiano capenga sempre que tinha bebido e enlouquecia de saudades da amada.

Quando Louis foi deixado na praia, Giuseppe era um dos outros 29 homens que haviam ficado para trás também. Os dois já tinham passado por muita coisa no curto período da sua amizade, e, quando viu Giuseppe agonizante depois de ter sido atingido por um tiro na barriga e com o sangue se derramando todo pela areia, Louis se agachou ao lado dele e sussurrou nos seus ouvidos moribundos:

— Você está caminhando junto com todas as pessoas que ama, e está fazendo um dia de sol. Vocês estão num lugar aonde você não ia há um tempo, um lugar lindo, com árvores balançando na brisa, a sua família toda lá. E a sua garota também, de mãos dadas com você. Todo mundo sorrindo e alegre e há um céu azul azul azul. Vocês vão fazer um piquenique, com todas as suas comidas preferidas, e umas garrafas de cerveja bem gelada. A sua garota está beijando você agora. O sol bate quente no alto da sua cabeça. Está um dia muito lindo, bem bonito mesmo.

Com os alemães avançando para buscar os prisioneiros a qualquer momento, Louis teve que pensar depressa. Ele sabia que Hitler estava matando os judeus. Não tinha ideia da dimensão do que vinha acontecendo nos campos de concentração, mas o que ouvira dizer já era suficiente para não querer que os alemães ficassem sabendo da sua identidade. Depois ter beijado a testa de Giuseppe, ele trocou as placas de identificação dos dois.

Deixou Louis Shogovitch morto na praia e foi se juntar aos outros companheiros como Joseph Jones, ou "Giuseppe" para os íntimos.

Eles tiveram as armas confiscadas e foram organizados em fila para marcharem até o campo de prisioneiros de guerra. A fileira triste de soldados capturados, esfarrapados e feridos era encabeçada e encerrada por alemães bem barbeados, marchando com suas armas e seus cachorros e sua dignidade. Além dos soldados no começo e no fim da fila, havia outros dois que patrulhavam sua extensão o tempo todo, cada um segurando um pastor-alemão assustador pela coleira. Eles passavam um de cada lado dos prisioneiros, começando por extremidades opostas da fila, de modo que se cruzavam no meio dela.

O terreno era plano e os prisioneiros caminhavam, cada um com seus próprios pensamentos ou sem pensamento nenhum, com os olhos pregados à nuca do homem à sua frente. Eles entraram numa floresta. Ela era bem densa e as árvores tinham um cheiro fresco depois do fedor da batalha. O ar ficou mais suave, com a luz do sol brincando nas folhas e respingando pelo meio dos galhos que se agarravam uns aos outros como mãos postas em prece.

Louis observou os soldados que passavam do seu lado direito e do lado esquerdo. Ele reparou que caminhavam com passos sincronizados, e que a cada vez que percorriam a extensão da fila os dois levavam exatamente o mesmo tempo para chegarem à extremidade oposta, dar meia-volta e fazer o percurso de volta.

Quando os dois passavam, ele começou a contar os segundos até que passassem outra vez. O intervalo era exatamente o mesmo. Ele contou quarenta segundos entre a passagem do soldado da esquerda e do soldado da direita. E a cada um desses segundos foi sentindo a pele se retesar mais e mais.

Louis pensou nos cachorros e nos dentes deles, e pensou nas armas. Ele vira o sangue e a fumaça das batalhas que tinha lutado dias sem parar. E depois pensou na extremidade oposta da sua fila de prisioneiros em marcha. Quando chegassem ao seu destino, eles iriam descobrir sua identidade e ele jamais voltaria com vida para casa. Eles o matariam. Louis pensou na mãe, viu o rosto dela na sua mente. Ele foi invocando o rosto dos sete irmãos e irmãs. Sussurrando o nome dele. Pensou na sua Joyce, na promessa que havia feito a ela. Não havia outra saída, ele precisava voltar para casa.

E a chance era aquela.

Louis continuou contando, e, a cada vez, o intervalo entre o momento em que os dois guardas se cruzavam parecia mais grávido de expectativa, mais carregado. Ele respirou fundo, esperou que o guarda da direita passasse. Ele passou. Louis contou dez segundos para dar tempo que o guarda avançasse um pouco, relanceou os olhos para trás para ver o outro guarda a trinta segundos de distância, e então o tempo parou. Ele deu um salto. Lançou o corpo com toda força que conseguiu para a floresta que havia ao lado da trilha. Densa e verde e generosa depois da aridez do mar e da areia e do sangue. Ele se sentiu envolver pela mata e sentiu a sua respiração mudar. Começou a correr. E podia ouvir os tiros, os latidos dos cachorros, os homens gritando. Podia sentir o chão tremendo com o peso dos coturnos alemães, mas estava correndo com a floresta e não pelo meio dela, esquivando o corpo dos galhos antes mesmo de vê-los, pulando por cima dos buracos antes de cair neles, e continuou correndo até que, com os membros dilacerados por espinhos e arbustos, os tornozelos torcidos, o peito e a garganta tapados de sangue, ele viu que estava escuro, e que havia silêncio, e que ninguém mais o perseguia.

Louis começou então a sua jornada para casa. A sua missão era rumar para Paris e depois seguir para o Sul em direção à Espanha e chegar ao estreito de Gibraltar, onde sabia que conseguiria pegar um barco de volta para Manchester.

Ele vivia do que conseguia encontrar e da hospitalidade das pessoas das casas por onde passava. Principalmente das crianças, que costumavam ser bondosas e lhe dar toda a comida que conseguissem pegar sem que os pais percebessem. E chegou mesmo a Paris. Vivendo como Giuseppe todos os dias. Na sua cabeça, com a pele que tinha, ele estaria mais seguro sendo um italiano escapando de Mussolini do que um soldado judeu britânico fugindo de Hitler.

Apesar da ocupação alemã, Paris o tratou bem. Ele conseguiu um quarto num bordel para descansar um pouco. Arrumou trabalho de pianista num cabaré tocando para as dançarinas do lugar e passou alguns meses felizes agradecendo a Deus por estar vivo e se recuperando dos terrores da guerra. Mas havia o chamado de casa, e, portanto, ele logo voltou a partir.

Em Manchester, havia circulado a notícia da morte corajosa de Louis Shogovitch na praia sitiada. Ele havia lutado com bravura e resistira até o fim. Era um herói que morrera batalhando pela segurança da sua pátria. Os familiares baixaram a cabeça e a balançaram, enlutados.

Quando Giuseppe finalmente chegou de volta em casa chovia e seus coturnos estavam cheios de buracos.
Ele passou pela porta dos fundos que ficava sempre destrancada, mas não encontrou ninguém lá. De boca aberta, correu os olhos ao redor. Deixando-se encharcar com os cheiros da cozinha da sua mãe. Ele admirou o papel de parede salpicado de mofo e desbotado nas bordas, uma visão tão familiar que lhe deu uma pontada surda de dor na boca do estômago. Ele passou as mãos sobre todas as superfícies. Os olhos cheios de lágrimas. Ele tirou os coturnos e os deixou pousados no capacho. Caminhou só de meias até a sala e se sentou na sua poltrona favorita, enfiou a cara bem fundo nas almofadas e adormeceu, mergulhando no primeiro sonho feliz desde a sua partida.
Quando alguém de uma família judia morre, o corpo é enterrado e só um ano depois a lápide é colocada no túmulo. Quando a mãe de Giuseppe chegou em casa depois de ter feito isso e viu os coturnos do filho no capacho, ela desmaiou na mesma hora.
Ele acordou do seu sono com o susto do baque do corpo da mãe caindo no chão da cozinha. Abriu os olhos num estalo esperando ver explosões, carne exposta, fumaça preta e um caos de gritos, mas em vez disso notou, para seu alívio irrefreável, que estava em casa na sua poltrona favorita. Levantando com um salto, ele correu até a porta dos fundos, onde encontrou a mãe. Levantando-a do chão com cuidado, ele a encarou com os olhos cheios d'água, o primeiro terra-à-vista depois de um ano à deriva no mar. E a embalou nos braços até que ela voltou a si e viu seu filho mais novo retornado dos mortos, murmurando palavras de carinho na luz suave

da cozinha da casa deles. Seis meses mais tarde, Louis se casou com Joyce e os dois passaram o resto de suas vidas juntos.

Depois de ter visto a morte tão de perto, ele quis levar uma vida egoísta pelo tempo que lhe pareceu certo fazer isso. Tanto ele quanto Joyce trabalharam duro. Os dois economizaram dinheiro e viajaram o mundo juntos. E foi só muito tempo depois de casados que foram ter filhos. Joyce estava com 35 anos quando seu mais velho, Ron, nasceu. Nos cinco seguintes, vieram Rags e depois Paula. E, embora a essa altura Louis já tivesse voltado a ser quase Louis outra vez mesmo, o espírito de Giuseppe acompanharia a família para sempre.

Quando Ron assumiu o aluguel do café, ele sabia que só havia um nome para dar ao lugar.

Becky tranca a porta. A High Street continua movimentada, os homens da feira gritando suas árias. O vento está cortante e claro. Ela pode sentir a presença de todos os membros da sua família amontoados ao redor, dizendo para conhecer a si mesma e parar de desperdiçar o tempo.

Ela nunca tinha visto o livro do pai antes. Com certeza a mãe devia ter alguma cópia guardada em algum lugar, mas ela nunca tinha visto nenhum exemplar, não de perto daquele jeito. Não de verdade. Ela segue caminhando rumo à estação. Sorrindo "tudo bens" para os rostos que conhece da vida toda.

Nessa mesma noite, Becky está no Hanging Basket, esperando a hora de Gloria largar o serviço. Charlotte tem uma pilha de deveres de casa do nono ano na sua frente. Ela já devia ter corrigido todos, mas há três horas que não olha para eles. O pub está fechado. Charlotte está fumando um baseado e jogando paciência com um baralho pornô dos anos 1970 que mora atrás do balcão.

Becky beberica um gim-tônica.

— Teve um cara que apareceu no café hoje — diz ela.

— *Esse* cara aqui? — pergunta Charlotte, estendendo o Valete de Copas, que no caso mostra duas loiras com permanente no cabelo e sapatos altos de vinil vermelho chupando um cara loiro com permanente no cabelo e botas de caubói de vinil vermelho.

— Não exatamente esse. Mas pode ser que um dia acabe virando ele.

— Qualquer um pode ser ele, é só se esforçar bastante. — Charlotte volta a olhar para o seu jogo. Espera que Becky continue falando, mas ela não faz isso.

— Mas e aí? — diz. — O cara apareceu no café hoje, e...?

Becky apoia a cabeça na mão, apalpa a parte de trás do crânio.

— Não, era só isso mesmo. Era só isso que eu ia dizer. — Ela joga o cabelo para a frente do rosto, penteia as mechas com os dedos, brinca com as pontas.

Charlotte observa as cartas. Fala num tom monocórdio. — Que história incrível. Quero ouvir de novo.

— Não enche. — Becky empurra o ombro da amiga com um gesto carinhoso.

— Não, falando sério — diz Charlotte, empolgadamente impassível. — Eu achei interessante *mesmo*.

— Vambora — chama Gloria, passando por elas para pegar o casaco e a bolsa no gancho atrás da registradora. — Eu já acabei, a gente pode ir.

— A gente precisa ir mesmo? — Charlotte pergunta a ela.

— Eu não quero ir — diz Becky.

— Você nunca quer ir a lugar nenhum. — Gloria toma o baseado de Charlotte, dá as últimas tragadas nele.

— Eu trabalho muito — retruca Becky.

— É o aniversário dela. A gente tem que ir. — Gloria apaga a ponta do baseado no cinzeiro, esvazia o cinzeiro na lixeira e olha para as duas amigas. — Vambora.

Ela caminha até a porta, abre e segura aberta até elas pegarem os seus casacos.

— Cacete, faz só três horas que a gente está esperando você acabar — fala Charlotte.

Becky termina o drinque, passa o braço por cima do bar para deixar o copo na pia e segue as outras porta afora.

É por volta de uma da manhã. Pete está na porta do Mess, a postos para a festa que um amigo organiza chamada *Shitstorm*[5] e que em geral acaba sendo uma merda mesmo. Está congelando e morto de tédio.

Um grupo de garotas se aproxima pela calçada e Neville, um dos seguranças do lugar, o cutuca, esfregando as mãos.

– Olha só pra isso.

Sete ou oito garotas, todas bêbadas, avançam em direção aos dois. Olhando com mais atenção, Pete percebe que na verdade só uma ou duas estão bêbadas de verdade; parece que as outras estão gostando de fazer de conta que beberam. Exceto por um trio que caminha um pouco atrás e mais devagar, conversando entre si. Ele observa. Deve ser um aniversário ou coisa parecida. A garota mais de trás é magra, tem o cabelo escuro e ele gosta do jeito como ela vem andando, com a cabeça baixa e um balançar dos quadris. *Essa aí deve dar trabalho.* Ele olha melhor. O mundo inteiro para. Abre a boca, grita. Volta a funcionar. *Não seja um babaca.* O corpo dela é uma cachoeira, o queixo apontando para baixo, ela fala com as amigas usando a mão que segura o cigarro para pontuar as frases. Ela se desloca pela calçada completamente destacada do entorno. Atraindo tudo para si. E está caminhando bem na direção dele.

Becky está parada na porta do Mess, terminando o seu cigarro.

– A gente vai entrar mesmo? – pergunta às amigas. Jemma, a aniversariante, está cantando a música-tema de *Home And Away* aos berros. E dedica alguns versos diretamente para Becky.

Ela está com uma das mãos sobre o coração e a outra levantada apontando para o céu.

Becky revira os olhos.

– A gente se vê lá dentro – fala, caminhando para a entrada. – Beleza? – ela cumprimenta o *doorman*. Procura a carteira na bolsa. – Eu vou pagar a minha e a da garota ali, pode ser? – E aponta para Jemma, que está sentada no chão, agarrada às próprias roupas de tanta emoção.

– Claro que pode – responde o *doorman*.

---

[5] Tempestade de merda. (N. da T.)

Ela ergue os olhos para pagar a ele e a mão para no meio do caminho.
— Foi você que esteve no meu café hoje?
— É, fui eu mesmo. — Ele abre o seu melhor sorriso, o peito estufado.
— Tudo bem com você?
O coração dela está martelando, uma dor subindo desde a sola dos pés.
— Tudo certo. Tranquilo. — Ela olha para ele. Olho no olho.
Ele tenta segurar a onda, manda uma mensagem urgente para o nariz, os olhos, lábios, queixo. *Calma. Nada de pânico.*
— Alguma data especial? — Ele aponta para as outras com o olhar. A excitação crescendo por dentro. Essa garota crava uma esperança dolorida em cheio no seu peito.
— É aniversário da Jemma. — Ela aponta para a mais bêbada de todas; Jemma está abraçando Gloria e a arrasta pela calçada dizendo: "Eu amo você, Gloria. De verdade." Fumando dois cigarros ao mesmo tempo.
— E a comemoração está boa? — pergunta ele, as mãos nos bolsos, os ombros bem retos contra a noite fria, baixando os olhos para encarar os dela.
— Ela parece estar se divertindo — fala Becky, dobrando a cabeça em direção a Jemma antes de voltar a estender a mão que pegou a nota de dez para entregar a ele. Ele dispensa o dinheiro com um aceno.
— Não, não precisa — recusa Pete. *Anda logo,* o seu instinto cutuca, *diga mais alguma coisa.* — Pode guardar — continua. — Mais tarde você me paga uma bebida? — Mas Becky não responde. Ela está só olhando para ele, os olhos brilhando. Pete se pergunta se deveria repetir a frase outra vez, mas ela já está caminhando, indo para dentro da boate.

Lá dentro, um caos. Tudo tão familiar. Tudo puro néon e desolação. Garotos vomitam discretamente pelos cantos enquanto voltam das suas viagens lisérgicas. Homens com cara de velho abrem sorrisos de vilão de desenho animado para garotas com baixa autoestima e segredos terríveis guardados nas mangas. Gloria ruma para o bar.
— Traz um pra mim! Bebida! — grita Becky. Gloria faz que sim.
— A gente tá ali! — Charlotte aponta para os alto-falantes.
— Tá! — Gloria concorda, fazendo um sinal de positivo com a mão.

Charlotte agarra o braço de Becky com uma das mãos e o de Jemma com a outra e o trio abre caminho entre os corpos e o barulho. Elas tiram os casacos, enfiam por trás das pilhas de alto-falantes e ficam lá com o rosto a poucos centímetros das caixas. O DJ está tocando drum'n'bass. Technical Itch.

Charlotte faz sinal para ela se aproximar.

– Mexe essa buuunda, menina! – grita bem no seu ouvido, retorcendo o rosto todo. Becky sacode a cabeça numa reprovação fingida. Elas começam a dançar.

A mente de Becky se acalma quando o corpo começa a se mexer. Mas ela não consegue se desligar totalmente. *A gente só veio para cá porque no outro clube tinha fila de espera para entrar.*

Pete fica lá fora parado no frio por um tempo. Tremendo de excitação. Indócil. Arrepiando o cabelo curto com a mão para depois ajeitá-lo de novo.

– Neville, dá pra segurar a onda aqui para mim por dez minutinhos?

Neville assente, Pete atira o carimbo que tem na mão para ele e entra. Tem gente por todo lado. Corpos e costas e cabelo. De que cor era a roupa dela? A garota estava de casaco. Ele zanza. Empurra as pessoas pelo caminho. Vasculha por todos os cantos. Nada. *Aquela ali, quem sabe?* Ele caminha em sua direção. *Não, não é.* Na ponta dos pés, ele olha por cima das cabeças da multidão. E junto das paredes, olhando vulto por vulto. Checando cada rosto nos nichos reservados dos fundos do lugar. Nada. Merda. Ele vai para o bar. Decidido. Sentindo tudo fazer pressão.

O DJ passa para um blip-core pasteurizado.

Becky dá um tapinha no braço de Charlotte.

– Eu vou atrás da G. para ajudar com a bebida – grita.

Charlotte concorda. Becky abre caminho pelo meio dos corpos e para junto do bar procurando por Gloria. Sem achar a amiga.

Ela sente um tapinha no ombro. Vira para olhar e seu corpo afunda num buraco que se abre no chão. É ele. Dizendo alguma coisa. Debruçando para ficar mais perto dela. Ela sente o seu cheiro. Suor e loção de barba, cigarro, ar frio. Ele puxa a cabeça para trás, olha para ela à espera de uma resposta. Ela leva a mão à orelha e sacode a cabeça. *NÃO DÁ PRA OUVIR,* articula sem som. Ele bate na testa com a palma da mão. *CELULAR.* Ela faz a mímica, com a mão como se segurasse um telefone, e aponta. Ele saca o celular, entrega para ela. Os dois estão juntos no meio da massa de corpos quentes. As têmporas dele latejam. Ela abre o aplicativo de mensagens e digita *BECKY;* os dois juntam as cabeças para olhar a tela. Os ombros se roçando. Ela vê que os lábios dele são macios. Ele pega o aparelho e digita: *PETE.* Ela sorri, toma o telefone de volta. É UM PRAZER PEET. Eles estão frente a frente, mas ambos com a cabeça baixa, sem se encarar. Dentro da cabeça dela o cérebro está pegando fogo, as imagens vêm de um tempo distante, o pai escrevendo sentado à mesa da cozinha, os pés descalços, a jaqueta surrada nas costas da cadeira, ela se esgueirando para se sentar entre os pés dele, brincando com blocos coloridos. O parquinho que havia perto do apartamento antigo e a mãe dela lá, tão linda e sorridente, o rosto cor-de-rosa de frio, os colares balançando, o trepa-trepa em forma de aranha, um degrau de cada vez para subir as pernas que eram escadas, os braços dele ao redor dela, as mãos grandes feito o mundo.

Ela digita o número, devolve o celular para ele. Ele sente o cheiro das roupas dela, da pele, um quê de amêndoas moídas ou coisa parecida. Só que mais encorpado, talvez, como cheiro de terra depois da chuva, ou defumado, como a parte de dentro de uma muda de planta. O olhar dela mergulha fundo no seu rosto. Ele desvia os olhos, não consegue sustentá-lo.

São 4h18 da manhã. Harry chegou em casa depois de mais uma festa, de horas dançando conforme a música, sorrindo para os babacas.

Ela administra bem a sua agenda, mas certas noites acabam sendo mais cansativas do que as outras. Depois de um dia interminável de reuniões com diretores de empresas no Soho, Harry e Leon jantaram no Alberto's da Greek Street. Assim que entrou ela foi cumprimentada com beijos alegres nas bochechas. Alberto saiu pessoalmente de trás do balcão para abraçar a dupla.

– *Ciao,* pombinhos! *Ciao*! – Ele os levou até a mesa de sempre e falou sobre as últimas dores de cabeça causadas pelo sobrinho rebelde. Eles pediram o prato do dia e cada um tomou uma taça de vinho para acompanhar a refeição. Depois, bebericaram xícaras de espresso e saborearam balinhas de menta. Pagaram a conta em dinheiro vivo, deixaram uma bela gorjeta e foram embora, voltando até o seu estoque para repor a carga do dia. Harry sempre sai levando só o que vai precisar, e prefere ter que atravessar a cidade três vezes no mesmo dia para reabastecer do que trabalhar dois turnos com os bolsos carregados.

O trabalho dessa noite começaria numa festa particular num armazém reformado para virar moradia em Hoxton. Harry chegou e cumprimentou calorosamente o seu cliente, um produtor de teatro chamado Raj. A lojinha dela foi armada no quarto do filho mais novo dele. O menino estava na casa da mãe. Depois de fechar as primeiras vendas, ela perambulou pela festa por algumas horas, bebericando água com gás, sorrindo de volta para quem lhe sorria e voltando até o quarto vez por outra para vender um grama ou dois aos amigos mais próximos de Raj. Ela dançou discretamente. Reencontrou uma dupla de atores para quem vendia quando os dois estavam trabalhando. Eles contaram que estavam na entressafra, e pediram com sussurros desesperados se ela podia mencionar os seus nomes para Raj. Harry fez hora alegremente até o momento inevitável em que Raj decidiu comprar mais um peso. Depois disso, ela se despediu de todos e entrou num táxi rumo à festa seguinte.

Ela está sentada na mesa da sua cozinha olhando imóveis comerciais na internet, tomando uma sopa vietnamita. Uma casa ampla com a porta ladeada por janelas em Peckham chama a sua atenção. Com apartamentos independentes nos andares de cima. O local abrigava um salão de cabeleireiro. Seria perfeito. Mas Peckham está diferente agora. Ficou irreconhecível. Ela ouviu quando começaram os boatos, cinco, seis anos antes, de que o bairro estava entrando na moda. Mas não acreditou neles. Ela achava que a Zona Sul da cidade reinaria soberana para sempre. Mas a sua Londres está morrendo, já está meio morta, até. Tudo o que Harry conhecia como verdade de repente se mostrou falso. Comunidades inteiras vindo abaixo para dar lugar aos novos condomínios.

Ela fecha a tampa do seu laptop e vai até a geladeira. Nenhuma cerveja. Ela calça os sapatos, pega as chaves, corre até a loja de bebidas do outro lado da rua. Faz frio do lado de fora.

Ela paga a cerveja, abre e se senta na mureta do jardim de alguém, olhando a lua. Tentando dissipar o replay mental em câmera lenta da maneira como se abriu toda derretida aos pés daquela garota na festa e que não a deixa em paz desde a hora em que ela que acordou. Ela solta o ar com força. Sacode a cabeça. Tem um calafrio.

– Idiota – diz, triste.

Um casal passa perto dela, os corpos andando colados um ao outro na altura dos quadris. Essa visão é uma dor profunda. Ela coça a parte de trás da cabeça, amassa os cabelos. Suspira e ergue os olhos para a luz dos postes da rua. Diz para si mesma que está tudo bem. Que ela está arrebentando. Que está chegando à sua meta. E, sentada ali, ela sente o zumbido de todas as intermináveis vizinhanças onde morou desde que nasceu. Ela se apega ao conforto dessa rua, dessa mureta, dessa esquina. São dela. Harry olha ao redor. As casas estão cheias de pessoas. As pessoas estão cheias de casas.

A cidade boceja e estala os ossos das juntas. Cospe algumas almas perdidas girando sem controle; uma garota remexe a caçamba de entulho com as mãos geladas, procurando por canos de cobre, enquanto outra está em casa lendo. Uma outra garota dorme um sono profundo. Outra dá risada no apartamento da amiga enquanto lhe penteiam o cabelo, e outra está apaixonada pela amiga e sentindo a respiração dela enquanto fica deitada ao seu lado. Outra garota está passeando com o cachorro no parque, jogando a cabeça para trás a fim de ouvir o grito do vento contra as árvores. Becky está dançando com Charlotte e Gloria. Pete está no porão do clube examinando o pó amarelo que Neville acaba de tomar da mão de um adolescente. Leon está na cama com uma garota chamada Delilah. Harry bebe a sua cerveja na mureta. Todos procurando pela sua migalha ínfima de sentido. Por alguma coisa perfeita e fugaz que seja capaz de tornar cada um deles mais vivo.

FRANGO

O sol nasce e não resta nada da noite. As pessoas acordam e bebem água, espantam suas ressacas e rumam para o shopping. É sábado. Pais buscam seus filhos para a visita semanal e casais fazem planos para suas cerimônias de casamento e uma dupla de velhos amigos conversa sobre o mercado financeiro num campo de golfe.

Pete e Harry caminham lado a lado por uma rua tranquila indo para casa nova da sua mãe. A sujeira gordurosa nas paredes é a mesma sujeira das paredes que conviveram com eles a vida toda. Eles passam por tijolos manchados, pilares imponentes de portões antigos, telhados de ardósia cinza-escuro com antenas de TV eriçadas como mechas rebeldes de cabelo. Passam por postes de luz grafitados e um pôster do UKIP colado numa vidraça e letreiros em polonês na fachada das lojas e um grupo de homens trajando *thobes*[6] passando em frente a um café.

Eles entram numa rua residencial sem saída. O céu está cinza e abafado. Querendo chover. Árvores esquálidas crescem em jaulas espalhadas pela calçadas, pedaços de lixo tremulam enganchados em cercas vivas capengas. Duas meninas jogam futebol na rua, o pai delas lavando o carro. A bola passa um pouco perto demais do para-brisa e ele larga a esponja para gritar:

– SE VOCÊS FIZEREM ISSO DE NOVO EU ESFOLO AS DUAS VIVAS! – As filhas dão gritinhos e risos, pegam a bola e correm rua abaixo. – NÃO VÃO PARA MUITO LONGE! – berra ele. – ESTÃO ME OUVINDO, MENINAS? – Elas reduzem o passo e ficam matando tempo perto da sarjeta.

---

[6] Vestimenta típica do Oriente Médio, espécie de túnica árabe. (N. da T.)

– Como o papai está? – Harry pergunta ao irmão.

– Bem. – A resposta de Pete soa sem cor como o céu. Ele é alto e Harry é miúda, mas os dois têm a mesma postura, o mesmo jeito relaxado de andar. Os mesmos braços ossudos que balançam no ritmo dos seus passos.

– Mesmo? – indaga ela. Pete chuta uma pedra em direção à calota da roda de um carro estacionado. Acerta. – Gol. – Harry admira a pontaria.

– Voltou a trocar de roupa pela manhã. Está indo para o trabalho outra vez – diz Pete, encolhendo os ombros de modo insípido.

– Mas você está tomando conta dele?

– Por que você não passa lá para ver, se está tão preocupada assim?

– Eu não tenho tempo, você sabe. Vivo ocupada. – Harry repete a ladainha conhecida.

Pete sacode a cabeça.

– Ocupado, eu também sou.

Harry o encara. Ele não parece estar bem. Tem umas olheiras enormes e a pele ressecada e não para de fungar e tossir. O que ela quer é que ele dê um jeito na vida. Que saia da casa do pai deles e vá viver por conta própria. Mas, se o cara resolveu que vai se sabotar assim, que seja.

– Não dá pra arrumar nem uma vaga com algum trabalho braçal, que seja?

A tensão enruga a testa de Pete. Ele dispensa a pergunta com um abano da mão, como se não quisesse se dar ao trabalho de respondê-la. Os dois voltam a ficar em silêncio e escutam as duas irmãs cantarolando juntas na beira da rua.

Pete vai olhando o número das casas por onde eles passam.

– Bem... – O sorriso dele é uma facada na barriga de si mesmo. – Foi bom você ter resolvido fazer pelo menos um esforço hoje. – Ele estala os ossos do pescoço, faz um movimento estremecido de rotação da cabeça.

– Você acha que eu não tenho me esforçado? – indaga Harry, num tom cuidadoso. Pete chuta mais uma pedra, erra o alvo. Ele não diz nada. – Pete? – A voz dela fica mais incisiva.

Pete suspira com força.

– É melhor a gente nem começar, tá bom?

– Não, mas o que foi que você quis dizer? Eu *já me esforcei*, Pete. Eu até já...– Ela é interrompida por um acesso de tosse que faz o irmão dobrar o corpo para a frente. A mão dele está tampando a boca, ela vê os seus músculos serem bombeados a cada tossida.

Harry mete as mãos nos bolsos, fica ouvindo as passadas dos dois.

– É aquela ali – diz Pete, apontando para a casa do canto.

A cozinha está brilhando. Toda cheia de si. Os balcões de madeira, os armários em fórmica azul. Reformada recentemente e equipada com todos os eletrodomésticos mais modernos. É a cozinha de David.

Ele está sentado numa cadeira junto à mesa olhando para as costas de Miriam enquanto ela prepara os legumes. Ela fala sem encará-lo.

– Vai dar tudo certo – diz. – Um almoço agradável, só isso. Não tem motivo para preocupação.

Ele está picando uma cebola. Nunca levou jeito para a coisa. A cebola escorrega na tábua. A cozinha toda brilha. Com o sol inundando as superfícies.

– Você acha que eles vão gostar de mim? – Ele se recosta na cadeira, levanta o olhar que estava pousado na cebola.

– É claro que vão. Para eles o que importa é se eu estou feliz. – A voz dela é melodiosa, suave. Com uma tendência a enrolar um pouco para cima as palavras no fim de cada frase. O estilo de fala que David associa à figura das cabeleireiras. O seu tipo de voz preferido para uma mulher.

– E você *está* feliz? – Ele espera pela confirmação dela, o rosto virado para cima para não perder nenhum detalhe.

– Estou sim, David. – Ela procura o olhar dele por cima do ombro. – Você sabe disso.

Ele volta para a sua tábua. Satisfeito. A cebola finalmente sucumbe. David pisca os olhos depressa e abre a boca para não lacrimejar. Faz careta em silêncio por alguns instantes, espera a ardência passar.

– Harriet é a mais velha? – pergunta ele, esfregando o nariz com as costas da mão que segura a faca.

– Não faça assim, David, por favor. Vai acabar arrancando o seu olho – diz ela, sem se virar para ele. Ele baixa a mão, obediente. – Isso, Harriet é a mais velha – fala Miriam.

– E então Pete é o caçula?

– Isso. – A voz dela soa equilibrada, o tom é carinhoso.

– Pete. Certo. – Ele guarda a informação. – E Harriet trabalha com recursos humanos. E Pete está procurando emprego.

– Isso mesmo.

– E Pete gosta... De ler, era isso mesmo? E de futebol? Ele por acaso gosta de futebol?

Miriam respira fundo, enxuga as mãos no avental.

– Fique calmo. – Ela se vira para encará-lo. – Vai dar tudo certo. Agora pegue para mim os cubos de caldo no armário.

Ele se levanta e caminha até o armário, procurando pela caixa do caldo. – Você acha que eles vão gostar da casa? – Ele não está achando. Nunca consegue encontrar coisa nenhuma.

– É uma casa boa. – Ela fica observando a dificuldade dele, parado diante do armário.

– Mas para eles vai ser estranho. Uma "casa da mãe" nova? Eu estranharia, se fosse com a minha mãe.

Ela vai até lá, põe a mão por trás de um vidro com macarrão e encontra os cubos de caldo sem ter que procurá-los.

– Nós já combinamos tudo e agora eles já devem estar a caminho. Então é melhor esperarmos para ver no que vai dar, não é mesmo? – O rosto dela está arrumado numa máscara impecável de calma, mas dá para ver o pânico na palidez dos seus olhos.

Ele se recosta na cadeira outra vez, estuda o massacre em que transformou a cebola. A luz do sol que entra pela janela é ofuscante; ele fecha os olhos e vê os desenhos que se formam por trás das suas pálpebras.

"Siri", era como seu pai chamava. "Garoto boca de siri".

Quando David estava com 15 anos, o pai foi embora de casa e os dois nunca mais se viram. Nunca mesmo, nem uma vez. Nem no funeral da mãe. Imagine só isso – você passa uma vida inteira vivendo com uma mulher, tem um filho com ela, e então um dia sai para trabalhar de manhã e não volta mais para casa. Nem mesmo quando chega a hora de enterrar a sua mulher.

Quando fez uma semana que o pai tinha sumido e não voltava, David saiu para procurar emprego. Ele foi até uma ótica na High Street, a

Bright Eyes. Entrou usando a sua melhor camisa e o cabelo penteado para o lado e com os óculos que tinham sido limpos no lenço de seda da mãe. A gerente se chamava Susan, e tinha uns olhos enormes lindos e ombros largos e um riso que subia dos seios e fazia o corpo dela tremer. Ela deu o emprego a ele. David nunca tinha tido um emprego antes. "Imprestável", era o que o pai dele dizia.

Imprestável, esse moleque não serve para nada, um inútil mesmo. Quinze anos e nunca pegou no pesado um dia que seja. Nem dá para acreditar que seja meu filho. Eu não acredito mesmo. Só pode ser do leiteiro.

– Você vai abrir a porta para os clientes, e varrer o chão e tirar a poeira da vitrine – Susan disse a ele.

E foi o que ele fez. Largou a escola e passou a trabalhar com orgulho e obstinação, e Susan se afeiçoou ao menino.

Ele trabalhou até o fim daquela primavera e enveredou verão afora até que veio o outono, e então Isaiah, o opticista, o levou para tomar sua primeira cerveja no Horse and Groom do outro lado da rua. David não tinha muitos amigos, mas Isaiah era bondoso com ele e não se importou com a sua lerdeza para beber aquela primeira cerveja, ou qualquer outra que veio depois. Ele lhe disse, nesse dia:

– Você não vai gostar no começo, mas depois acostuma. É melhor do que a gente pensa.

Sexta, sim, sexta, não, ele recebia o seu pagamento e o levava para casa e entregava para a mãe, e a mãe era uma mulher suave e orgulhosa. Vendo suas novelas ou preparando o jantar dos dois ou lendo suas histórias policiais ou romances. Sempre uns livrões de capa dura que ela pegava na biblioteca e com os quais passava o tempo inteiro. Ela deixava os volumes abertos ao lado da poltrona junto dos seus óculos enquanto tirava a poeira dos enfeites ou lavava a roupa, e David nunca mexia neles, mas lia a página onde a mãe tinha parado sempre que chegava em casa do trabalho. Debruçando o corpo por cima do livro. Sem nunca pegá-lo. Ele estava feliz com as coisas do jeito como eram. Não podia ser considerado um rapaz muito sociável. A única namorada que tivera na vida era uma moça nervosa de 22 anos chamada Joanne que almoçava sentada no mesmo banco que ele, na entrada do supermercado. Ela tinha três vezes o tamanho de David e uma pele seca e irritadiça ao redor da boca onde aplicava camadas sem fim de

ChapStick. Eles fizeram sexo no Honda Civic dela, escondido num canto mais escuro do estacionamento do Lewisham Centre. No terceiro andar do estacionamento. Ele se lembra até hoje da subida pela escada fedorenta sem dizer muita coisa, os dois caminhando a um braço de distância, ele olhando fixo para as rampas em curva e os tetos baixos, a cabeça meio zonza por causa da fumaça dos escapamentos. O ar quente no interior do carro trancado, a roupa de baixo interminável dela, a alavanca do câmbio, o volante, as dobras reconfortantes de carne do corpo dela.

Um ano havia se passado. Isaiah largou a Bright Eye para ir para o Canadá com a sua jovem esposa canadense e a irmã dela e o noivo da irmã. Eles iriam comprar uma casa e plantar uma horta e abrir a própria ótica e pensar em ter filhos. E então ficaram só David e Susan, até que chegou Hong, o novo opticista. Os anos escorreram sem parar. David fez 20 anos. Hong e Susan riam na salinha do estoque na hora do almoço. David, mais feliz do que nunca, lustrava meticulosamente os metais das vitrines e levava o salário para a mãe em casa.

David foi promovido. Ele agora não era só encarregado da limpeza, mas ajudava os clientes a escolherem as armações que melhor combinavam com seus rostos. Ficava observando enquanto experimentavam as armações que ele recomendava. Conversava sobre formatos de rosto com empresários que estavam ficando com a vista cansada, e mostrava seus modelos favoritos para mães levando filhos pequenos irrequietos que queriam armações coloridas enfeitadas com personagens de desenho animado.

As roupas das lojas de caridade começaram a ficar melhores, mais caras. Os cafés compraram talheres novos para substituir suas colheres ensebadas, e uma febre de bistrôs e butiques com nomes que David não conseguia pronunciar sem se sentir constrangido se alastrou naquele trecho da rua da noite para o dia. O aluguel subiu, e Susan já não ria com tanta frequência.

Tudo começou com uns esquecimentos, depois vieram os ataques de raiva repentinos e inexplicáveis. Um dia David chegou em casa e deu de cara com a mãe parada no jardim vestida com as suas roupas, gritando com os nastúrcios. Ela vinha reclamando de dores de cabeça. Manchas misteriosas surgiam e desapareciam dos seus braços. Muitas vezes, ela via coisas que não existiam. Gente minúscula sentada na borda dos seus copos. Dois cães galgos dormindo num canto do banheiro.

Os médicos pediram exames de sangue e colheram amostras e tomaram o pulso dela e não acharam nada de anormal. David ficou arrasado ao vê-la no hospital, atrelada a todas aquelas máquinas.

Ele a levou para casa e tratou de dar conforto a ela, preparou suas comidas preferidas, leu livros em voz alta e achou que estava vendo uma melhora, até que acordou numa manhã radiante e encontrou a mãe morta na sua cama.

Ela parecia estar dormindo. O sol que entrava pelas janelas entupiu os olhos dele como se fosse um líquido branco e brilhante.

A autópsia revelou um tumor cerebral.

David estava com 31 anos. Até essa altura da vida, nunca tinha ocorrido a ele que mais cedo ou mais tarde a mãe iria morrer.

Ela lhe deixou um dinheiro. Foi esquisito. Tantos anos lhe entregando tudo o que conseguia ganhar, e agora lá estava ela, devolvendo tudo. A mãe nunca gastara um xelim do salário de David. Ela recebia dinheiro do pai dele desde o dia em que ele havia ido embora de casa. Foi uma constatação estranha, perturbadora, descobrir que a mãe tinha coisas que mantinha escondidas dele. Depois de uma vida pisando numa realidade firme e confiável, de repente não havia mais certeza nenhuma. David imaginou as cartas, os telefonemas entre os dois. Por que não fora informado? Será que ela escrevia ao pai dele com saudades, implorando que voltasse para casa? Quando foi que os dois combinaram que o dinheiro seria enviado todos os meses? Então aquilo havia sido um acordo entre eles? Até onde David sabia, o pai simplesmente tinha sumido de casa. A ideia de que os dois tinham continuado a se falar sem dizer nada a ele abriu um talho de cima abaixo no seu corpo.

O funeral foi simples. Uma cremação. Uma cerimônia privativa à qual compareceram oito leais velhinhas que eram as amigas que ele nunca soubera que a mãe tinha e os três parentes de quem conseguiu encontrar os números de telefone. Um primo que vira duas vezes na vida. O seu tio-avô que chegou levando a nova esposa filipina e os dois filhos adolescentes dela, e a última prima viva da mãe, Irene, que levou seu cachorro, chamado Samuel. Depois, na recepção, nenhum deles trocou muitas palavras com os outros, exceto pelas oito velhinhas, que conversavam em voz baixa entre si.

David olhava para aqueles desconhecidos comendo canapés na sua casa e sentia como se a cena estivesse acontecendo na televisão. Ele se despediu de todos no fim, lavou os copos, guardou a louça, pôs o lixo para fora, ferveu a água para o chá e não conseguiu se livrar da sensação de que estava numa outra sala, assistindo a si mesmo de trás de um vidro.

Semanas se passaram. Um mês. Ele achou que estava superando bem. As pessoas garantiam que estava. Uma noite voltou do trabalho, sem que nada de diferente tivesse acontecido por lá, e ao entrar em casa se ouviu gritar "Sou só eu, mãe!", enquanto fechava a porta.

O silêncio que engolfou suas palavras foi tão absoluto que ele caiu no corredor mesmo e ficou lá com o rosto virado para o chão. Num choro repentino. Fungando e tremendo e socando o carpete, socando as paredes, erguendo o corpo por um instante para respirar, sacudindo a cabeça e esmurrando as próprias coxas. E passou horas assim. Chorando e se acalmando e chorando outra vez, uivando, gemendo, choramingando até que pegou no sono. David ficou dormindo lá por um instante, que pode ter durado um minuto ou um segundo ou uma hora, e acordou com a sensação de ter ouvido alguém chamar o seu nome de um lugar muito distante. Ele se viu naquele intervalo fugaz do acordar, antes que a realidade acabe de se firmar. Poderia estar em qualquer local, em qualquer ponto da vida. Até que piscou os olhos e viu o friso de madeira da parede. A casa escura. A noite lá fora. O corredor num silêncio cortante, ele estirado no chão com o rosto dolorido de tanto chorar, e o carpete que estava molhado de ranho e de lágrimas.

E então veio a reunião com o contador e a hora de voltar para a casa da mãe no fim de cada dia, com cada canto cheio da presença e da ausência dela. Ele se sentava no quarto lembrando a si mesmo que ela não estava lendo seus livros no andar de baixo. Foi a época mais desolada e confusa de toda a sua vida.

David vendeu a casa e alugou um lugar novo, só para si. Um apartamento de quarto e sala, por onde perambulou com um ar altivo decidindo o que iria pôr em qual lugar. Mais vivo a cada minuto. E se sentindo culpado por isso.

Alguns meses depois da mudança, Susan o chamou até o escritório. Estava quente do lado de fora, o ar cheio do suor das outras pessoas evaporando da pele delas assim que tinha a chance de brotar, e os seios de Susan pareceram mais caídos do que de costume. Havia alguns dias que Hong não aparecia na ótica.

– David, meu bem, a notícia que eu tenho hoje não é muito boa. Você sabe do carinho que tenho por você. Nós passamos a maior parte das duas últimas décadas trabalhando juntos. Dezesseis anos. Isso é mais tempo do que algumas pessoas passam com a própria família. – David assentiu com a cabeça, pegou alguns clipes do suporte que havia sobre a mesa, brincou com eles entre os dedos. Os olhos de Susan estavam úmidos. – E eu vi você crescer nesse tempo, David. Você se transformou num homem decente, e foi um prazer acompanhar esse processo. Mas os tempos são outros, como você com certeza já sabe. As pessoas não têm mais o que fazer numa velha ótica de rua que não pode, de jeito nenhum, competir com as grandes redes que têm verba para publicidade e armações de grife e máquinas modernas. Isso fora o aluguel que não para de subir, o que com certeza deve ser uma coisa muito boa para alguém envolvido no processo todo, mas para a gente não é nada bom. Não é mesmo, David?

E David quieto, escutando. Ele ficou do jeito como estava, esperando que ela terminasse de falar. Nada se mexeu, ele sentiu como se conseguisse perceber os próprios cabelos crescendo na cabeça.

– Eu não estou entendendo aonde você está querendo chegar, Susan. – O rosto dele tinha os traços suaves, atentos. Não havia um pingo de ironia no seu ser. Nenhum sarcasmo, tudo era dito exatamente como ele pensava, sem entrelinhas, sem sentidos ocultos, não havia nunca uma tensão subjacente, nunca um traço que fosse de insinceridade em David. Susan pigarreou e olhou para o próprio joelho.

– Bem, isso é tão difícil para mim quanto está sendo para você. – Uma pausa caiu sobre eles, como um edredom estendido sobre a cama. Ela estava muito atenta a ele. Ele não se esquivou.

– Desculpe, Susan, eu não estou entendendo – disse David outra vez, pacientemente.

– Ora, ora, David. – Susan se levantou da sua cadeira e caminhou até onde ele estava, e pela primeira vez em dezesseis anos ela envolveu os ombros dele com o braço, as bochechas dos dois bem próximas uma da outra. Ela cheirava a manteiga de cacau e pudim de arroz e ao produto que eles usavam para higienizar as mãos. – Acabou, David – disse, com tristeza. – Nós vamos ter que ir embora. A Bright Eye vai fechar as portas.

David ainda tinha todo o dinheiro da venda da casa, mas nada mais era estável, ele não conseguia reconhecer mais nada da vida que havia levado até ali. Estava aprendendo a cozinhar, aprendendo a lavar as próprias calças. Tinha sido demitido do único emprego que tivera na vida. Sentiu-se embriagado de terror e alegria.

Era uma terça-feira. Ele ligou para Susan no número residencial dela.
– Oi, Susan, aqui é o David. Eu quero comprar a Bright Eyes.
A negociação prosseguiu. A Bright Eyes passou para ele.
E ele se entregou por inteiro. Uma nova demão de tinta nas paredes. Um letreiro novo na entrada. Ele lustrou os metais das vitrines, arrumou as linhas novas de óculos de grife de acordo com o formato mais ou menos redondo das armações.

Na manhã da inauguração, David chegou à ótica logo antes do dia clarear. Não havia mais ninguém lá além dele e dos garis varrendo a rua, era cedo demais até para os vendedores da feira. Ele parou e sentiu o peso da chave na mão. Ele a enfiou na fechadura. E girou a chave, abriu a porta e entrou na sua loja.

Sua.

Loja.

A nossa loja, mãe, pensou consigo mesmo, saboreando o aroma no ar: aquela limpeza tão deliciosa, não uma limpeza daquele tipo químico e impessoal – mas de uma coisa que é limpa como um refúgio seguro. Como um lugar com o qual a gente se importa de verdade.

David pendurou o casaco e tirou o cachecol e ficou ali parado, com as mãos nos bolsos da calça, olhando para os suportes cheios de armações de óculos e pensando na mãe com um carinho infinito. Arrependido de cada prato de comida posto de lado, de cada xícara de chá que não havia preparado para lhe dar. E começou a conversar com ela.

– Ah, mãe, sei lá – falou. – Ontem foi um dia meio besta mesmo, não foi? Mas o que a gente pode fazer, não é? Com relação à coisa toda.

Ele não disse nada que fosse importante de verdade, só ficou tagarelando distraidamente para as molduras das vitrines enquanto passava a vassoura pelo chão impecável, varrendo o nada, sem parar.

As mãos de Miriam estão nas suas faces, frescas e cheirando a cozinha e sabão.
— Não se preocupe, Dave — diz ela. — Pense em como foi no outro dia, em como você estava nervoso quando eu fui conhecer o seu Dale. Porque no final acabou ficando tudo certo, não foi? Nós todos nos entendemos muito bem.

Ele assente. É verdade. David estava nervoso com a ideia de apresentar Miriam para o seu único filho porque Dale tem uma tendência a crescer para cima das pessoas e sair distribuindo grosserias. Mas Miriam está com a razão, como ela sempre parece estar. No final, todos se entenderam bem.

— É só relaxar — diz Miriam. — Eles vão te adorar. E você a eles.

E ela toca no seu rosto e David sente a melodia familiar da orquestra que começa a tocar dentro do peito.

Pete olha para a mãe e percebe nela uma quietude que não está acostumado a ver. Ninguém diz coisa nenhuma por alguns minutos. Pete lança um olhar cheio de subtexto para a irmã. Harry sente os olhos dele, mas não o encara. David está olhando para todos, sorrindo, tentando captar o olhar de alguém, empurrando para cima os óculos que escorregam do nariz.

— O frango ficou ótimo, mãe.

Miriam olha para Pete, grata por alguém ter quebrado o silêncio.

— Obrigada, querido. Eu só fiz do jeito como faço todas as vezes, é a mesma receita de sempre.

Pete sorri para ela. Harry estremece por dentro.

David vê a sua chance.

— Mas então, Peter, hum, você também costuma cozinhar?

— Eu queria poder fazer isso mais vezes, David — diz Pete. — Ultimamente parece que só consigo ficar no feijão com torrada e olhe lá.

— É mesmo? Eu sou muito bom em passar feijão nas torradas! — David empurra os óculos para cima mais uma vez. Ele pronuncia todas as frases como se elas levassem um ponto de exclamação no final. — E gosto de salpicar queijo ralado por cima! Ou às vezes até por baixo! Você sabe, antes do feijão. Para o queijo derreter melhor!

Harry olha para David, o seu cabelo já meio ralo penteado e fixado com gel, grisalho nas têmporas, a cara parecendo uma tigela vazia, o olhar estúpido, pensando no que mais pode arranjar para dizer sobre feijões. Ela consegue sentir a sua boca se franzindo num risinho de escárnio. A imagem do pai ocupa a mente de Harry. O pai e o seu jeito quieto, difícil de ser. Ele e a sua conversa arrogante.

Ela se sente como uma impostora sempre que está diante de Pete e da mãe juntos. Fica consciente demais de tudo o que herdou do seu pai. Encolhida e difícil ao lado da figura cintilante de lábios rosados que é o irmão.

— É verdade, eu já experimentei assim. Já joguei o queijo por cima também. Fica bem gostoso mesmo. — Pete podia estar falando qualquer coisa, só um monte de palavras. Desde que haja palavras sendo ditas, tudo vai ficar bem; a sua mãe vai se sentir melhor.

Cada segundo de nervosismo atropela o que vem em seguida. Os olhos cheios de urgência de David vasculham a sala atrás de algo sobre o que ele possa comentar. Miriam respira em silêncio, pensando em como fazer para acalmá-lo. Os olhos dela encontram os dele, mas David não consegue ler o que dizem.

— E como vai o seu trabalho, Harriet? É com recursos humanos, não é isso?

Ela se encolhe como sempre acontece quando é chamada de Harriet. Parece o nome de outra pessoa. Um lembrete constante de tudo o que a vida lhe deu de errado. Mas a mãe nunca diz Harry. *Eu escolhi o seu nome por uma razão*, ela tinha lhe dito uma vez. *Você é minha filha, afinal de contas*.

— É isso mesmo, David. E está tudo certo. Caminhando. É capaz de eu arrumar logo um cargo de gerência. Caí numa equipe legal, sabe, com um potencial bacana. — Ela tagarela os clichês de sempre.

— Ah, que maravilha. Foi assim mesmo que eu fiz, comecei de baixo para ir subindo. É a melhor maneira de chegar lá, se quer saber o que eu acho. – David saca um lenço grande do bolso e assoa o nariz sem tirar os olhos de Harry. Ela o encara, sem saber se o gesto era para ter algum sentido maior que ela não está conseguindo captar. David termina de assoar, deixa o lenço de lado e pressiona Harry a falar mais com um sorriso ávido e um ligeiro aceno de cabeça.

– É um emprego bom – diz ela, um pouco baqueada. – Estável. E eu não posso reclamar, sabe, do jeito como está difícil para arrumar trabalho hoje em dia.

– É verdade, você tem toda a razão. É isso aí. Parece que tem muita gente dando duro para achar qualquer coisa que seja, não é mesmo? O meu garoto, meu Dale, deu sorte, sabe, porque trabalha na empresa do companheiro da mãe dele. Está lá desde os 16 anos. Ele mexe com andaimes, sabe. E é bom mesmo no que faz. Mas você anda atrás de uma vaga, não é isso, Pete?

– É, estou querendo mesmo. Na procura, sabe como é – diz Pete.

– E que áreas interessam a você? Assim, como seria o seu trabalho ideal? Sua mãe sempre diz que você é um garoto muito inteligente.

– E ele é mesmo! – Miriam sorri para Pete. – Ele sempre adorou ler. Muito inteligente mesmo, não é, Pete?

Harry olha de relance para a mãe. A sensação é de ter o coração esmagado debaixo do pé da mesa, mantendo uma fachada tranquila.

– Para falar a verdade, Dave... – Pete deixa a faca e o garfo repousarem nas mãos. – Eu não faço ideia, cara. Quer dizer, antes eu achava que sabia o que queria. Só que agora... – Pete deixa a sua voz morrer, derrotado.

– Ora, ora, mas que pena! – diz David, alegremente.

– Há anos que ele não trabalha – explica Harry. – Pelo visto, ter um emprego é raso demais para alguém como Pete.

Pete estreita os olhos para Harry, faz seu protesto devagar, mas cheio de indignação.

– Não é questão de ser raso, é que simplesmente ficou impossível. Eu não consigo mais viver de salário mínimo e sem um contrato formal. Trabalhar o tempo todo e mesmo assim ver faltar grana para pagar o aluguel, e não conseguir guardar um tostão que seja. Eu quero ter uma carreira, como todo mundo.

— Claro! Um sujeito jovem como você precisa ter uma carreira!

— Eu já fiz de tudo. Fui assistente de manutenção em hotel, vendedor de sapataria, trabalhei no balcão de frios do Asda, já fui entregador e atendente de bar. Não fujo de trabalho, não. Só que eu tenho um *diploma*, David, sou formado em relações internacionais. Por um tempo achei que iria querer entrar para a política, mas isso já não quer dizer mais nada. É só, com o perdão da expressão, um grande *monte de merda*. E eu estou aqui sem perspectiva nenhuma nem segurança. Não tenho onde cair morto. Nenhum futuro para mim no mercado. Olhe só para minha cara. Quase 27 anos, vivendo na casa do pai, duro, preenchendo cadastros atrás de uma vaga. E essa vai ser a realidade da vida no meu caso, David, eu estou começando a achar. — Pete tem a respiração pesada, a fleuma rosnando dentro do peito. Surpreso consigo mesmo pela dimensão do seu desabafo.

— Bom — retruca David —, mas nunca se sabe o dia de amanhã!

Os talheres de Pete começam a tamborilar no prato. Ele pousa a faca e o garfo e crispa os punhos por cima do tampo da mesa.

— Eu poderia estudar mais, seguir com a vida universitária, mas teria que ter uma bolsa para fazer isso. E essa possibilidade está fora de cogitação, não tem como eu mostrar ideias que sejam tão brilhantes ou interessantes a ponto de alguém querer me dar uma bolsa acadêmica. E de que adiantaria ter uma, de qualquer maneira? Qual é o sentido de aprender alguma coisa se ela não vai servir para comprar comida ou me dar um lugar para morar? Quer dizer, professor é uma coisa que eu já pensei em ser.

— Com certeza você daria um ótimo professor! — Será que tinha soado muito sarcástico? Essa não era a sua intenção. David se mostra o mais atento que consegue.

— Quem sabe eu acabe virando professor mesmo um dia, mas, no momento, se fosse dar aulas, eu acabaria sendo tão ruim quanto os professores que eu tive e que sempre detestei a vida toda. Você tem que ter paixão para trabalhar numa sala de aula. Senão, vira mesmo um professor horrível.

— Quem sabe então você não vai trabalhar na Bright Eyes com a gente? — A frase pulou da sua boca antes que David se desse conta do que estava dizendo, e ele a viu rebolar pela mesa como um sapo no asfalto quente.

No primeiro dia em que Miriam entrou, David notou alguma coisa nela, um esperado relance de dignidade que não via desde que a mãe havia morrido. Ela era elegante de um jeito simples. Entrou sorrindo e correndo o olhar em volta como se deve mesmo fazer nessas ocasiões, reparando nas fileiras bem organizadas de armações, na cor dos carpetes, no gigante par de óculos pendurado por cima do caixa, na entrada para a sala de exame de vista com as cadeiras enfileiradas do lado de fora, no pôster em preto e branco mostrando figuras famosas que usam óculos, no bloquinho de papel pousado no balcão ao lado do caixa com o logotipo *Bright Eyes* e um desenho de uns óculos em miniatura com a lente do lado direito cintilando.

– Olá – disse ela. – Eu me chamo Miriam Chapel. Há vinte anos que não trabalho fora, mas garanto que pego o ritmo depressa. Sou responsável, e estou disposta a fazer o serviço que for preciso. E eu sou uma pessoa sociável, gosto de lidar com gente. Quer dizer, de ajudar as pessoas, eu gosto mesmo disso. E uso óculos desde que me entendo por gente, então eu sei como é importante escolher a armação certa. E eu estava pensando se vocês por acaso não estão precisando de alguém aqui na loja.

Ela vestia um pulôver cinza, casaco azul-marinho, uma calça escura e sapatos baixos. O cabelo, bem-arrumado e macio, formava cachos ao redor das orelhas, e havia um brilho no seu rosto, um tipo de brilho mesmo. Ele abriu um sorriso que veio bem lá do fundo e subiu desde as solas dos seus pés, ou nasceu mesmo de mais além, do carpete no chão da ótica, e estendeu a mão.

– David Fairview – disse ele. – Muito prazer. E, antes de mais nada, eu quero falar da coincidência incrível que foi você ter entrado aqui logo agora, Miriam, porque... – E ele levantou a folha de papel onde estava colando pedaços de fita adesiva na hora em que ela entrou. Era um cartaz de *Estamos Contratando*. – Olhe só para isso! – disse David. – E eu não acredito em coincidências. Não mesmo. Acredito é em sinais. – E voltou a erguer o cartaz que tinha na mão.

Ele olhou bem nos olhos dela, e sustentou o seu olhar e viu algo de tão familiar e tão inebriante na cor das suas íris que a corrente elétrica que o atravessou nessa hora fez David se esquecer de si mesmo. Ela estava sorrindo.

– Que coisa estranha! – falou Miriam. – Isso não é uma coisa muito estranha mesmo?

E David, ainda sorrindo e tomado pela eletricidade e olhando bem nos olhos dela, rasgou o cartaz de *Estamos Contratando* e o atirou na lixeira.

– Bem-vinda ao time, Miriam Chapel! – disse ele. – Eu gostei do seu jeito. Acho que vai ser ótimo para a ótica ter você por aqui. – Ele correu os olhos em volta, depois voltou a encará-la. – Que tal começarmos amanhã?

Miriam ajeitou os óculos. Ela se sentiu corar um pouco, o que não costumava ser comum no seu caso. Talvez fosse pela maneira que ele tinha de encará-la, olhando fundo nos seus olhos. E que a fazia se sentir olhada de um jeito como há muito tempo não acontecia. Anos, talvez.

– Claro – disse ela. – Amanhã está ótimo! – Miriam jogou as mãos para o ar, bateu as palmas uma contra a outra e levou as duas mãos juntas para baixo do queixo. – A que horas eu tenho que chegar?

– Nós abrimos às nove e meia. – Ele riu, afastando o cabelo para trás com os dedos, encolhendo a barriga.

– Perfeito! – falou ela. – Puxa, que coisa mais incrível! E foi logo na minha primeira tentativa. Dá para acreditar nisso? Muito obrigada, David. Vejo você amanhã, então?

Eles sorriram e cantarolaram seus "tchaus" e, depois que ela saiu pela porta, deixando para trás uma nuvem do seu perfume, David aspirou o frescor de pétalas, o aroma encorpado do almíscar.

Pete mastiga sua comida devagar.

– Obrigado, David, é muita gentileza sua, mas eu não quero ser inconveniente. E tenho certeza de que logo vai aparecer alguma outra oferta.

Um silêncio cai, espesso e pesado. Pete sente que está puxando camadas finas da pele que recobre a realidade e espiando a textura rosada que há debaixo dela. Tudo revelado na essência mais tenra da sua dor.

Drogas.

Ele engole. Disfarça um espasmo de ecstasy.

– Harriet. – Miriam tenta dar um tom interrogativo e simpático à voz, que, no entanto, sai sublinhada de desconfiança. – E você? – Harry fica muda de repente. Um branco total. Mãe e filha avaliam uma à outra, cautelosas. Harry franze os lábios num monossílabo tímido. – Como está...? – Miriam começa uma pergunta, mas não consegue pensar em nada para indagar em seguida. – Como vai o Leon? – é o que ela consegue improvisar.

– Tudo bem, está tudo certo. Nós dois estamos bem. – Harry fica pensando se deveria pegar o fio dessa meada e bordar uma tapeçaria com ele. Ela volta os olhos para o seu prato. Empurra um pouco do purê.

O cérebro de Harry ainda pisca com instantâneos da festa da noite da antevéspera; aqueles olhos aquele queixo aqueles lábios num sorriso o jeito como ela foi embora de repente e piscou o olho e foi embora e como teria sido a sensação se as duas ficassem juntas. Uma pessoa deslocada e cheia de sombras como ela própria. As coisas que tinham contado uma para a outra. Uma esperança idiota que pinicava e doía como se fossem unhas cravando na sua pele, um tapa na cara dado no momento mais crucial. Ela tosse algumas vezes. Miriam lhe passa a jarra de água sem olhar na sua cara. Harry bebe sem dizer obrigada.

Miriam gostaria de poder saber se está tudo bem com a filha. Se ela anda apaixonada ou se tem saído com amigos para ver algum show depois do trabalho, mas alguma coisa impede que as palavras se formem. O silêncio entre as duas se alargou desde que Harry era mais nova e Miriam havia lhe dito que era errado duas garotas ficarem juntas. Aquilo só podia ser uma fase, ela falara. Não era *de verdade,* foi a expressão que usou. Essas palavras, embora tenham ficado tatuadas na mente de Harry, se apagaram na de Miriam. Harry muitas vezes se pega pensando como alguém pode confiar nas lembranças que tem se duas pessoas se recordam de uma mesma situação de jeitos totalmente diferentes.

– Harriet? – Miriam tenta outra vez. Harry ergue os olhos. *Você não tem que educá-la,* diz para si mesma. *Ela não faz essas coisas para magoar você.*

– Essa sua camisa é bem bonita.

Um desfile de insultos do passado marcha pela alameda central do cérebro de Harry. O risinho de escárnio da mãe ao passar por ela ao sair de casa. "Está parecendo um mendigo", dizia Miriam. "Quer que as pessoas achem que você é um menino?", ou, a mais frequente de todas: "O seu rosto é tão bonito, por que precisa ficar se escondendo desse jeito?"

Harry não consegue esboçar reação, nem mesmo um sorriso. Pete sacode a cabeça com ar de reprovação; no seu entender, a irmã está sendo teimosa. A mãe pelo menos está se esforçando.

Miriam, com a cabeça inclinada para o lado, espera algum tipo de reconhecimento. Desconcertada, como sempre, diante do comportamento da filha. Ela volta a olhar para o seu prato, come delicadamente. A comida é cortada com precisão, de modo que ao final da refeição as proporções de cada coisa que havia no prato continuam as mesmas do início.

– Nada – Miriam diz para Pete. – Está vendo só? – As sobrancelhas se erguem, ela solta um suspiro teatral. Harry estrebucha mergulhada no seu próprio veneno.

Pete está sofrendo. A cabeça prestes a explodir. O cérebro murcho, espremido até a última gota, a mandíbula doendo por causa do ecstasy, um latejar martelando os malares e o estômago revirado pela lembrança da véspera, com ânsia de vômito por coisa nenhuma. Mas não interessa se ele está se sentindo um lixo; a garota deu a ele o seu número de telefone, e então está tudo bem. Ele manda embora o sorriso que ameaça brotar na sua boca, a lembrança dela, e ergue os olhos para a cena patética à sua frente: o coitado do David fazendo de tudo para que gostem dele. Harry e Miriam trocando silêncios. De repente, Pete tem vontade de dar risada, e não consegue se conter. Ele ri.

– Qual é a graça? – Miriam quer saber, rindo de leve um pouquinho.

Pete tem a mão tapando a boca, os olhos fechados, os ombros quicando nas articulações.

– Foi mal – diz ele. – Foi mal.

David sorri com vontade, mas o seu sorriso vem de um lugar diferente. O riso que solta parece uma buzina. Tocando uma única vez. *RÁ*. Assim. Pete quase se sufoca tentando pegar ar para rir ainda mais. Ele dobra o corpo na cadeira, os pés no ar, a cabeça abaixada. Rindo até doer a barriga. Miriam estende a mão para esfregar as costas de Pete e começa a rir também, balançando de leve o corpo numa risada muda; as bochechas ficando vermelhas, os olhos cheios de lágrimas. O corpo inteiro tremendo. Pete se aquieta e só então vê que a mãe está rindo, coisa que não havia reparado antes porque é um riso silencioso, e isso o faz achar graça de novo, ela se tremendo toda na cadeira, a boca pequena, o jeito como fica quando a risada explode, fazendo parecer que a mãe está chorando. Abanando o rosto. David observa a todos, radiante. Harry está sentada quieta na sua cadeira, brincando com as próprias mãos. Sem saber direito para onde olhar. Pete e Miriam se acalmam. Pete termina a sua garfada. Harry estende a mão para pegar sua cerveja.

Perfeito, pensa David. *Está tudo correndo às mil maravilhas.*

Quando Pete volta para casa está escurecendo, uma luz roxa puxa o céu em direção ao asfalto e todas as formas na rua são só silhuetas. Ele traz uma sacola plástica cheia das coisas da casa da mãe. Tupperwares com sobras e trecos para congelar, um pedaço de pão, um pouco de queijo, uma caixa de suco, pasta de dentes, desodorante e duas cuecas novas. Perto de casa, Pete nota um amontoado de caixas jogado com raiva contra o muro do jardim da frente; ao se aproximar ele vê que as caixas estão cheias de livros. Ele para diante dos livros e os examina, pega alguns e vira de um lado para o outro, folheia um pouco e devolve. São os livros da mãe. E o abajur dela. E as luvas de jardinagem.

Ele entra em casa e encontra o pai sentado no sofá, no escuro.

– Shhhhh – faz ele. – Venha cá. E trate de se abaixar, seu burro. Não vê que eu estou fazendo uma coisa? – Ele faz sinal chamando Pete até perto do sofá, e então puxa seu braço para fazê-lo sentar ao seu lado.

Graham é um sujeito troncudo e teimoso, mas a idade e o estresse o fizeram encolher. Os ombros são afastados como dois reinos em guerra, com o pescoço formando a vasta ponte que faz a ligação entre eles. Ele caminha com passos largos, pesados. Seguro de si e lento em seus movimentos, ele continua tendo forças para atacar sempre que for preciso. Quando está com gente que não conhece bem, ele tenta soar mais elegante enrolando os R's e borrando as vogais do seu inglês. Um traço de personalidade que faz os filhos passarem vergonha em restaurantes.

– O que estamos fazendo? – sussurra Pete.

– Shhhh. – Graham leva um dedo até os lábios. – Espere só para ver – articula ele sem soltar um som. Um minuto se passa. Nada acontece. Pete observa o pai. Ele tem o rosto alongado e nobre, um nariz reto e aprumado e os olhos castanhos enormes e redondos como os de uma vaca. São olhos fundos, que piscam envoltos em rugas cansadas. A pele é grossa e bronzeada com uma cor de couro, mesmo no inverno.

– Pai?

– Eu já disse! – sussurra o pai. – Shhh.

Pete faz cara feia.

– Que história é essa, pai?

– Escute. – Graham puxa o lóbulo da orelha de Pete. – Só trate de escutar. – Pete ouve passadas na rua. Elas vão ficando mais lentas. Param em frente à casa.

– Foi desta casa que eu falei para você! – diz uma voz feminina. Parece ter por volta de 30 anos, com sotaque da Zona Sul da cidade. – Olhe só! – diz ela. – Acho que pagam 20 pence por cada um desses se levarmos no brechó lá perto de casa.

– Hum, não sei, não. – Uma outra pessoa. Um homem. Um sujeito muito mais velho, talvez avô dela. – Não sei se vale a pena.

– Que tal este aqui então, hein? Dele eu já ouvi falar. – Pete escuta a mulher pegar os livros e largar de volta.

– É verdade, acho que *eu* ouvi falar desse aí também.

– *O morro dos ventos uivantes* – diz a mulher.

– *O livro conciso dos mitos de fertilidade da Europa Oriental* – fala o avô.

Pete olha para o seu pai.

– Você está jogando os livros fora? – sussurra ele.

Os olhos de Graham são duas chamas, e o sussurro dele sai áspero como uma escova.

– Ela não quer mais saber deles. Nem se dá ao trabalho de vir buscar. Já faz um ano. Isso faz parte do processo de cura, filho. Você não tem como entender. Não antes que a *sua* esposa largue *você* e vá embora. O que eu espero que não aconteça nunca. – Pete recosta a cabeça no sofá, curtindo o escuro da sala. – Baixe mais o corpo! Assim eles vão ver o topo da sua cabeça pela fresta das cortinas. – Pete rebola o corpo mais para o fundo do assento. Dobra a cabeça para o lado.

– *Guerra e Paz,* veja só! – diz o Avô. – Este é um que eu sempre quis ler.

– Eles não são para ler, são para vender no brechó.
– E *O chamado da natureza,* olhe.
– Oooown – diz a mulher. – *Yoga com seu bichinho de estimação.* – Eles escutam enquanto ela abre e folheia. – Este tem umas fotos bonitas.
– Venha. – Graham se levanta fazendo o mínimo de barulho possível, e, mantendo o corpo curvado para que não o vejam, vai até a cozinha. Pete se levanta devagar e vai atrás dele, também curvado. Os dois param um de cada lado da chaleira e ouvem água ferver. É esquisito pensar na quantidade de coisas que dá para escutar numa casa vazia. Pete fica olhando a fumaça, passa os dedos por dentro dela, brinca de cutucá-la.
– Mas como ele é, afinal de contas?
Pete se lembra do sorriso ávido por agradar de David.
– Gente boa – diz.
Gente boa. A resposta dá um puxão nas entranhas de Graham.
– Mas quem de nós dois ganharia uma briga?
– Eu não vou responder isso, pai.
– Nem precisa. Eu já sei a resposta.
– Você bebeu? – indaga Pete, sabendo que essa pergunta na verdade é desnecessária.
– Eu estou velho. Esse é o problema. É *nesta fase* que você tem que estar com a mulher que ama. *Agora.* Quando fica com a cara deste jeito, e se olha no espelho e se vê mais velho do que jamais imaginou que iria ficar. *Este* é o momento para o amor. E não, sei lá... – Ele joga a mão em direção ao armário acima dos dois, encontra duas xícaras, enrosca os dedos nas alças. *As xícaras dela. Foi ela que escolheu.* Ele põe as duas no balcão, soltando-as lado a lado. Elas bamboleiam e se aquietam em seus lugares. Ele pega os saquinhos de chá. – Imagine só, filho, daqui a cinco anos. Eu vou estar um velho grisalho, gordo e fraco, e, se o emprego que você está procurando aparecer mesmo, vou ficar sozinho nesta casa. Está entendendo o que eu digo, parceiro?
Graham encara o filho com os olhos úmidos, dá um tapa afetuoso nas costas dele, passa a mão no seu rosto. Pete fica imóvel. Não reage. Só observando.
Graham puxa o cós da calça por cima da barriga saltada e discursa, pintando as palavras no ar com gestos largos das mãos.

– Um casamento de tantos anos *tem* que terminar com as caras enrugadas e mãos dadas na frente da TV, peixe com fritas na beira da praia, toucas de lã e passe livre no metrô. Quem é que vai me amar agora? Hein?

– A gente pode fazer um perfil para o senhor num site de relacionamentos. Se está mesmo falando sério sobre isso.

– Site de relacionamentos, pff! – Ele cospe, não uma cusparada de verdade, só o gesto de cuspir. – Se já era uma dificuldade eu achar garotas com 20 anos, imagine... – Graham começa a servir a água nas xícaras. – Eu devia ter amado mais a sua mãe enquanto ainda podia fazer isso. – Ele para de servir e mantém a chaleira suspensa. – Que isso sirva de lição para você, Pete. – Vira o corpo para o filho. – Eu fui egoísta demais. – Ele ergue um dedo para sublinhar a importância do que vai declarar. – Que isto lhe sirva de lição, está bem? Você precisa se empenhar muito, entende? Tem que tratar bem a mulher enquanto ela ainda é sua. Porque depois elas vão embora, e aí já é tarde demais. – Os olhos de Graham estão em brasas quando ele encara o filho. – Trate de aprender a lição que eu não consegui aprender. – Ele sublinha as palavras. – *Você* vai ser a versão melhorada *de mim mesmo*. Entende? – O corpo balança para a frente e para trás. – Entende? – repete, apontando. – É assim que a evolução funciona.

– É melhor sentar um pouco, pai. – Pete puxa uma cadeira. – O senhor foi até o pub hoje?

– Devo ter passado por lá um pouco, acho que sim – responde Graham. – Hoje é sábado, não é?

– Sente aqui. – Pete pega o açúcar e mexe duas colheradas em cada uma das xícaras.

– Eu vou lhe dizer uma coisa, meu filho – diz Graham. – Tudo o que eu quis na vida foi ser bom o suficiente.

Graham Chapel tinha sido advogado a vida inteira. Ele acreditava que as pessoas eram boas por natureza, e, apesar de todos os horrores que testemunhou, sempre se apegou à convicção de que só saíam dos trilhos por causa de abusos cometidos contra elas, em alguma instância. Era a violência insuportável *da* vida que dava origem à violência insuportável *na* vida.

Para ele, era como um tipo de poesia. Uma poesia galopante e difícil que buscava oferecer paz a todas as pessoas. Graham sabia instintivamente que o certo era que as pessoas não matassem, roubassem, torturassem, subjugassem, fraudassem ou enganassem umas às outras. Mas, numa sociedade desigual, não havia ar suficiente para se respirar. E era por isso que ele tinha ido trabalhar como advogado de defesa e se via mergulhando nos detalhes mais sórdidos dos casos que pegava, tentando se agarrar desesperadamente à sua crença na bondade do ser humano.

Ele pedalava do Presídio de Brixton para o Wormwood Scrubs na sua bicicleta bamba, a papelada dos casos enfiada na sua mochila velha. Primeiro, trabalhou para um escritório decadente instalado na sobreloja de um pub em Elephand and Castle. Os arquivos eram de madeira desbotada, e as paredes tremiam a cada vez que passava o trem. A firma se chamava McCallum, Diamond and Strauss. Diamond e Strauss há muito eram falecidos. McCallum, o chefe de Graham, era um velhinho frágil fã de Tchaikovsky com cabelos brancos esvoaçantes que arrancava o couro de Graham no trabalho porque sabia que podia se dar a esse luxo.

Ele não tinha folga nos fins de semana nem feriados, e passava suas noites dopado de café nas salas de inquérito das delegacias de polícia. Prestava serviços de assessoria legal para pessoas exploradas por senhorios, patrões ou conselhos administrativos locais. Ele não conseguia deixar de assumir pessoalmente os casos. Cada fracasso era um fracasso seu, e a culpa que cutucava as suas entranhas depois de uma causa perdida o empurrava para noites de silêncio e bebedeira.

Até que um dia ele arrumou emprego num escritório maior do West End, que atendia a casos mais importantes. Estava com dois filhos pequenos em casa, mas embora tivesse fotos dos dois em sua mesa de trabalho, a cabeça vivia ocupada com as acusações que pesavam contra seus clientes. Ele sabia que Miriam não gostava de vê-lo envolvido daquele jeito — os dois tinham brigas frequentes por esse motivo —, mas, no seu modo de ver as coisas, aquela era a vocação que o escolhera e a liberdade das pessoas dependia dela.

— Mas e a minha liberdade, Graham? — Miriam indagava, mas ele não conseguia enxergar o que isso tinha a ver com o assunto e retrucava dizendo que não ia deixar que ela começasse mais uma discussão. Porque afinal ainda tinha trabalho para terminar, e estava muito cansado.

Ele pegara o hábito de usar sapatos com finas placas de metal pregadas aos saltos, de modo que quando marchava pelos corredores silenciosos dos tribunais de apelação, com seus pisos de mármore formando mosaicos, as suas passadas martelavam e reverberavam nas paredes como se houvesse um exército invisível marchando atrás. Se pisasse com bastante força, até saíam faíscas. Os juízes, nos seus gabinetes, mandavam assistentes de dedos magros verem o que era o barulho, e eles voltavam com a cara branca como fantasmas dizendo:

— Meritíssimo, tem um homem aí fora com fogo nos pés, um verdadeiro Daniel bíblico.

Mas tudo isso tinha sido no tempo da sua juventude. As crenças haviam perdido a força já fazia algum tempo, e agora tudo o que importava para Graham era chegar em casa no fim do dia para ficar sentado em paz. Ele era um homem de muitos projetos. Estava escrevendo uma peça de teatro. E trabalhando na invenção de um sintetizador. Ele tinha um barco em construção na garagem, que um dia pretendia levar para velejar de verdade. A embarcação fora aceita como pagamento, dada por um sujeito que não tinha como lhe quitar os honorários; o barco continuava a ser quase que só um casco apodrecido, mas mesmo assim era o seu projeto, e a alegria estava mais no trabalho da reforma em si do que na ideia de concluí-la um dia. Agora, Graham trabalhava com direito corporativo numa firma enorme em St. Pancras onde ninguém o levava a sério e ele podia passar os dias sem ter que fazer muita coisa.

O mundo e toda a sua injustiça frenética lhe pareciam ser problemas de alguma outra pessoa. Ele lutou o bom combate enquanto teve forças para isso. Criara dois filhos. Enterrara seus pais. Perdera o amor da sua mulher. Assistira impotente ao único irmão cair nas garras da loucura e do vício. Vira inocentes irem para a cadeia, e culpados saírem livres. Sentira suas mãos estremecerem todas as vezes que assassinos tinham voltado para as namoradas que os esperavam em casa porque ele estivera lá para defendê-los.

Desde menino, Graham sabia bem o que era certo e errado, e muitas vezes era chamado para apartar as brigas das crianças na pracinha. Mas agora, já a caminho do fim da meia-idade, não lhe restava mais ardor para combater injustiças. Ele estava exausto de tanto carregar o ódio do mundo nos ombros. Só queria mesmo construir seu barco e escrever sua peça e inventar seu sintetizador, e, desde que os filhos tivessem saúde, o seu mundo estaria bem. A dor das outras pessoas havia perdido a força. O mundo para além das paredes da sua garagem era um caos ardente e abominável, e os dias em que ele lutara para tentar fazer alguma diferença já tinham ficado bem no passado.

TONS DE BEGE

Pete fica olhando a fumaça azul se retorcer como dragões chineses voando em direção ao teto. Na sua mão a tela do celular brilha, mais vívida que o mundo real; ele encara a mensagem de texto que está redigindo faz uma hora.

oi é o Pete de ontem. quer sair hj? bj

Numa onda de autoconfiança, ele aperta o "enviar" e abre um sorriso firme. A onda dura cerca de dois minutos e depois disso quebra, feroz e espumosa, enchendo seu peito com uma dúvida carregada de desdém. Ele mata o tempo no lusco-fusco do quarto, apático, uma mão dentro da cueca, a outra contra os olhos fechados. Tremendo. Vinte minutos se passam sem nada. Esgotado e sem esperanças, ele fica lá se odiando até que sente o zumbido contra o colchão, a facada ligeira que o faz sentar num estalo e a mão sair tateando por baixo do edredom.

Legal. boa ideia. Eu vou trabalhar até as 10. Quer encontrar no Soho?

Ele pula da cama e dá um soco no ar. Cai em si. Segura a onda pelo máximo de tempo que consegue, mas acaba enviando a resposta poucos minutos depois.

Vou ver um bar e escrevo pra vc. 10:15? bj

Ele espera, trêmulo, dando tapinhas nas bochechas e tamborilando os dedos na barriga. Zanza pelo quarto, se distrai folheando um jornal que estava no chão. O tempo é uma porta giratória. À medida que vai passando, Pete se sente cada vez mais idiota por ter feito contato e começa a se odiar outra vez por todas as coisas que fez e disse. Lembranças de estar parado no café, fazendo hora no balcão sem nada para dizer, lhe dão um calafrio de vergonha.

O telefone treme na sua mão. Ele lê:

Muito assertivo. Até mais.

E Pete vira o deus de todas as coisas.

Becky põe o telefone de volta na bolsa e olha para o sinal de trânsito do outro lado. Ele tem uma parte quebrada no meio e derrama o seu laranja barato numa poça pelo asfalto. Uma sirene grita algumas ruas mais à frente. Um homem com um bigode imenso e um gorro de pele passa caminhando por ela, as suas passadas deixando um eco molhado. Há um toldo sobre uma vitrine do outro lado da rua com um dos cantos rasgados; os farrapos das bordas sacodem epiléticos com o sopro do vento.

Ela entra no saguão do hotel. O lugar é claro e amplo, o chão brilhante como um rinque de patinação no gelo, com os carrinhos de bagagem vazios parecendo gaiolas douradas. A mulher da recepção está empoleirada atrás de uma mesa imensa, usando um uniforme lilás e cinza. Becky passa pela mesa e dá um aceno de cabeça para a mulher, que a encara de passagem enquanto remexe a sua papelada – as unhas dela, lixadas formando triângulos, estão pintadas de uma cor de sangue seco. Há um grupo de hóspedes recém-chegados, estudantes de algum lugar da Europa continental, talvez, e eles estão todos rindo de alguma coisa. Um tem o cabelo comprido e o joga para todos os lados.

Ela ruma para o bar e se acomoda no banco da extremidade mais à esquerda do balcão. O lugar dá vista para a rua. Atrás do barman, há garrafas bem afastadas umas das outras sobre uma prateleira limpa. Tudo muito simétrico. Sem poeira. Todas as cadeiras são quadradas. Tudo em tons de lilás e branco e cinza. Linhas alongadas e formas oblongas. Ela pinça um fiapo solto no joelho dos seus jeans. Puxa até retesar a linha.

Ela diz para si mesma o nome dele, em pensamento. Pensa nos seus contornos no meio da multidão, os corpos dos dois bem próximos. Vê o cabelo dele e a orelha e a nuca. Só pode ser um sinal. Ela espalma as mãos no balcão do bar e estuda as linhas no dorso delas. Fica se perguntando sobre o cliente que está indo encontrar. Se perguntando onde a mãe deve estar neste momento. Do outro lado do oceano, na paisagem épica de algum cânion. Nas montanhas vermelhas da América. Ela fica pensando se os pais mantêm algum contato entre si. Se enviam cartões-postais um para o outro. Ela pode senti-los, a presença dos dois está mais forte hoje do que tem estado há anos. Eles são o que ela é. Mas Becky nem sequer os conhece. A sua mãe tinha o costume de lhe escrever. Todos os meses, mas ela pediu que parasse. Mudou para outro apartamento e não deu o endereço novo para Paula. Ela sabe que Linda guarda as cartas. Sabe que elas estão numa pasta dentro do armário que fica em cima das prateleiras de livros da sala da casa da tia. Talvez devesse ler as cartas.

Becky sai do banco e vai até o banheiro retocar a maquiagem. Ela passa perto da janela que dá para a rua. Não consegue tirar os olhos do toldo. Fica olhando enquanto as abas rasgadas ricocheteiam com o vento.

Enquanto deixa que a escada rolante o leve para as profundezas, Pete se sente cada vez mais inquieto. *Por baixo da cidade existem túneis, e nesses túneis há pessoas que entram em tubos de metal que as levam para onde elas precisam ir.* Ele desce um nível de cada vez, mais e mais para o fundo, sentindo o ar ficar diferente, o calor subindo pela face. Ele tira o casaco e o segura pendurado no braço; sente um calafrio ao ficar só com a camisa, mas o suor já está arfando nos seus poros como corredores na linha da largada, só esperando pelo tiro que faz a prova começar.

Ele embarca no metrô pisando com cuidado, e vai se sentar no meio dos imigrantes e se sente morrer a cada segundo, mas concentra o pensamento no lugar para onde está indo e o que está indo fazer e, quando sobe para o ar fresco de Oxford Circus, ele já está triunfante outra vez. Apavorado, mas felizmente já não mais a ponto de ter um surto. Não por enquanto, pelo menos.

Ele entra e sai de sete bares diferentes tentando encontrar algum que pareça certo.

Até que por fim acha o lugar, um restaurante descolado que tem um bar no porão. Ele desce as escadas até um salão de teto baixo, com um bar de madeira antiga ocupando a parede do fundo. Os assentos são poltronas de cinema antigas, estofadas em veludo roxo-escuro com pontos gastos nos braços. A iluminação é suave, e há grupos de amigos bebendo e conversando nas mesas, batendo nas costas uns dos outros de tempos em tempos, e uma ou duas pessoas bebendo sozinhas. No som, está rolando Joy Division. Ele caminha até o bar para pegar uma cerveja.

Ela o avista do outro lado do salão. Ainda não esteve com ele vezes o suficiente para saber como é a sua aparência de verdade. O formato das pernas, levemente arqueadas. A parte de trás da cabeça, no ponto onde o cabelo termina. Os olhos dela vão captando fragmentos no caminho até o balcão do bar, a textura do veludo surrado das poltronas que parecem tão cansadas quanto ela está se sentindo. As pessoas bebendo, o sujeito de ar solitário tentando não olhar para o casal que se beija na mesa ao lado.

Pete se vira e vê Becky caminhando para ele. Esguia e ágil como uma serpente, puro movimento. Ela está usando uma camisa larga e uns jeans surrados, caminha balançando os quadris, e por baixo da roupa ele percebe os contornos do seu corpo. Neste momento, é a mulher mais linda que ele já viu na vida. O cabelo está preso e tem mechas solitárias caindo por cima do rosto, num marrom preto escuro profundo. Ele tenta sorrir, mas os traços do seu rosto são como água fugindo pelo ralo da pia. Ela para ao seu lado. Ele beija o seu rosto.

– Quer beber?
– Quero, mas deixa que eu pego.

Ela exala uma seriedade que não é habitual para Pete. Becky tem uma intensidade na sua maneira de ocupar o próprio corpo e o espaço que é cortante feito uma lâmina, mas a conversa entre os dois flui facilmente, passando de um assunto para outro sem pressa e sem constrangimentos. Eles bebem cerveja depois vinho depois uísque depois gim. Estão quase bêbados quando, finalmente, ela decide que está na hora de encontrar as palavras.

O salão borra e escurece. Não existem contornos nem formas. Tudo é matéria orgânica e vácuo. Becky nada até o lugar do seu discurso. A sua boca é o funil de um gramofone, o peito, um disco de vinil que não para de girar. As palavras estão lentas; elas saem empapadas de lama.

– Sabe o livro que você estava lendo ontem no café? – Ela está nadando do leito marinho para cima, quase rompendo a superfície para voltar à vida.

– Sim? – Pete não percebe a agonia de Becky.

– Qual era ele, mesmo? – diz ela, o tempo volta e a sensação é de estar desorientada. Um estalo nos ouvidos e no pescoço e as coisas se mexem de novo do jeito como deveriam. O contorno dos objetos volta a se pintar no seu lugar.

Pete faz um esforço para se lembrar, a bebida deixando tudo mais exagerado.

– O autor se chama John Darke, acho que é esse o nome. Um livro de política. Por quê?

– Você já tinha lido ele antes? – indaga ela, com cuidado. A respiração, uma asa quebrada.

– Não, comprei agora. Ele estava na minha lista há séculos. Você sabe alguma coisa sobre o John Darke? – Eles estão sentados em lados opostos de uma mesinha perto da parede. Ele tem o corpo debruçado para a frente e apoiado sobre os cotovelos; ela está recostada na sua poltrona, os pés apoiados na cadeira em frente.

– Onde você o arrumou?

– Na internet.

– Mas como, foi só fazer uma busca comum? – A voz dela está um pouco trêmula.

– Não, é que tem… Eu assino um serviço que reúne livros proibidos, autores censurados, esse tipo de coisa. Você sabe. E recebo, hum, uns alertas quando eles encontram exemplares de papel das obras e tal. – Ele observa Becky. Ela fica sentada pensando por um instante, o olhar pousado a meia distância. Ele espera, bebendo o seu gim. – Por que a pergunta?

Ela tira os pés da outra cadeira e gira para ficar de frente para ele, e então o examina com o olhar. Ele não sorri para os olhos dela, só fica parado onde está; os olhos dela cozinham a sua carne até ela ficar macia. O coração de Becky escorrega, lambuzado de óleo. Ela é uma pintura de Francis Bacon, gritando em silêncio, de olhos arregalados, para os passantes. O rosto dele é inocente. Com um nariz, duas orelhas, um par de lábios como o de um ser humano, mas tem em si algo de mítico – é o rosto que vem trazer o pai até ela.

– Você disse John Darke?

– Isso.

– Mas quem ele é?

Pete franze os lábios, uma ruga na testa.

– Bom... – O tom da voz sai animado, ele está se sentindo quente por dentro. – Ele é tipo uma lenda viva. Darke é "o" cara.

– Por quê? O que foi que ele fez?

– Ah, essa é a pergunta de um milhão de dólares! Ele era... Era um político, eu acho, e também escritor. E professor. Uma, hum, uma mente brilhante. Isso com toda a certeza. Quer dizer, eu estou amando o livro até agora, ele fala da sua ideia para ter uma democracia que possa prestar contas de seu funcionamento, de um projeto para reinstalar o sistema democrático no Ocidente tomando o poder das grandes corporações para que ele seja entregue ao povo outra vez. Só que... O que foi mesmo que aconteceu com ele? Uma coisa terrível. Armaram para o cara, ele acabou acusado judicialmente. De assassinato, eu acho? Alguma coisa assim. Estupro? E aí a reputação foi pelo ralo, não sobrou nada. Ele foi para a cadeia, mas a sua obra continua aí. As ideias do cara, digo. Porque ele mesmo está lá na cadeia até hoje.

O coração dela está martelando. Seu corpo ficou muito imóvel na poltrona, a boca entreaberta, a mão agarrada ao copo.

Pete abre os braços.

– Que homem! – Ele sacode a cabeça. – Mas é que eu curto essas coisas todas, sabe. Você pode procurar o nome dele. Na Wikipedia e tudo. –

Ela sustenta o olhar por mais tempo do que Pete consegue suportar. Com olhos que ele não consegue decifrar. E se levanta de repente.

– Eu preciso dar um pulo no banheiro, Pete – diz, as pernas tremendo dentro dos jeans. Ela caminha cuidadosamente até o toalete feminino, se posta diante do espelho e fica um minuto inteiro olhando os traços do próprio rosto.

Eles estão na rua, enevoados de álcool, fumando. Falando em vozes simpáticas sobre os colégios onde estudaram, os trabalhos que já tiveram. Estão caminhando para o ponto do ônibus, Becky de braço dado com Pete segurando a manga da sua roupa, sentindo a lateral do corpo dele contra o seu.

Quando o ônibus atravessa a ponte, voltando para a Zona Sul, os dois sentem a mesma fisgada, o rodar de engrenagens que diz "casa".

Ela quer levar Pete para a cama. Ele exala autoconfiança movida a álcool e balança o braço ao redor dos ombros dela enquanto caminham com os corpos bem juntos pelo caos da rua principal. Os dois se embolam escada acima, saem no corredor do quarto andar e se debruçam na balaustrada olhando para a rua. Para as gengivas sangrando de Londres. Ele vai atrás dela para dentro do apartamento e espera ao seu lado na cozinha enquanto Becky abre o uísque e procura por alguma coisa limpa onde possa servi-lo. Ela roça o corpo no dele procurando copos e ele sente o choque elétrico da proximidade, estende a mão e ela reage ao seu toque. Parando muito lentamente, girando o corpo para ficar a um centímetro do seu rosto, o nariz pairando junto da sua pele. Ele, paralisado, só a observa. Eles começam a se beijar, puxam um ao outro para baixo e tiram as roupas com mãos pesadas, os joelhos batendo contra os ladrilhos duros e a cabeça nos armários da cozinha. Rindo, escorregando para longe um do outro e voltando a colarem os corpos outra vez.

De manhã ela dá um beijo de despedida nele na rua principal. Um beijo na boca desses de fazer o mundo encolher e as entranhas darem vários nós. E se afasta, seu corpo como uma máquina perfeita: ele repara na simetria exata de cada bombear e cada empuxo, fisgado pela eficiência do movimento. Becky não olha para trás nem uma vez. Ele observa seu corpo rasgar a rua até sumir de vista. E, mesmo depois disso, fica encarando o último espaço ocupado por ele até sentir os olhos doloridos.

A cabeça dela já está em outras coisas. Becky caminha para o café do tio. Ela se pergunta se os tios tratavam sua mãe bem quando os três eram pequenos. E se a mãe se lembra dos dias antes de as duas terem ido morar com o tio Ron, quando elas passaram as noites numa cabine telefônica.

Ela pensa num grupo de bailarinos com quem estudou e que está apresentando um espetáculo na cidade. No *flyer* eles aparecem todos vestidos de preto sob fachos de uma iluminação muito séria. Ela tinha rido da foto quando a viu na internet, mas a imagem volta agora e causa uma pontada de dor. Pensar neles se encontrando, ensaiando juntos. Becky sempre tinha achado as ideias deles simplórias e as coreografias pouco criativas. Nas aulas, todos eram espalhafatosos com suas personalidades dominadoras sem qualquer originalidade. Era mais fácil rir da foto do que reconhecer o fato de que havia passado anos se sentindo superior a todos eles, mas agora eram eles que estavam lá no palco e ela não.

Becky pensa em Kemi Racine, com a sua *monocelha* escura e baixa como a de uma Frida Khalo e o seu amor pela dança, no jeito como ela fala que as pessoas chegam para os testes mais querendo o status de ser bailarinas do que de fato com vontade de dançar. Racine é a coreógrafa ainda em atividade preferida de Becky. Ela nunca está nos projetos de maior destaque. Só é conhecida mesmo pelas pessoas que acompanham seu trabalho. Não é famosa nem especialmente respeitada no meio da dança. O seu trabalho muitas vezes é roubado e creditado a colegas homens mais bem-sucedidos. Ela dá aulas numa escola desconhecida em Copenhagen. Becky lera o artigo de Racine no jornal na semana anterior. Era um chamado para que as mulheres seguissem suas vocações como coreógrafas, sem se deixarem intimidar pela falta de oportunidades, orçamento ou incentivos. Construam suas próprias redes, dizia ela. Alimentem seus próprios motores.

Becky observa as pessoas, a rua, escuta o barulho e sente a calçada e se atreve a pensar no que gostaria de dizer a respeito disso tudo algum dia, com o próprio corpo, numa peça composta por ela mesma.

Pete se põe a caminhar. A cidade aderna ao seu redor. As pessoas abrem caminho e o xingam e ele se sente perdido no meio de tudo. Relances dos corpos dos dois o inundam com uma euforia secreta, mas ele já sente o medo chegando. Trata de dispensá-lo depressa, mas pode sentir a sua pressão. Pete nunca sabe quando vai cair na emboscada dele.

Ele decide ir bater na porta de Nathan e Mo. Eles são dois dos amigos que conhece há mais tempo, e faz meses que não se veem. Moram a uns quinze minutos de caminhada, perto do Parque Honor Oak. Ele sai da rua principal e segue pela transversal larga margeada de árvores com os casarões antigos machucados pelo tempo, erguendo os olhos para olhar os ornamentos nos beirais dos telhados e as janelonas imponentes. Depois de passar pela igreja, dobra à esquerda e volta ao granito sujo dos prédios atarracados de tijolos, janelas com molduras quebradas e fachadas enegrecidas com a fuligem da rua. Crianças briguentas. Cachorros sorridentes. Ele passa devagar pela lanchonete que vende peixe com fritas, pela banca de jornal e a loja de bebida, umas garotas de bicicleta que gritam umas com as outras, a casa de frango frito, o barbeiro, três sujeitos com trajes religiosos encostados no bicicletário em frente ao Co-op, a casa de carnes na brasa, a Padaria Good News, a funerária, o bloco de apartamentos, um sujeito carregando uma geladeira em cima de dois skates, a oficina com a atendente idiota, o lava jato, a lanchonete dos kebabs, as casas de paredes caiadas com cascalho na entrada de carros, o pub, o outro pub. O restaurante simpático de comida caribenha. Pete se esgueira pelo portão de ferro e corta caminho por dentro do cemitério, com seu capim alto transbordando verde. As árvores por todos os lados. Ele fica observando; elas dançam à luz do sol, em meio às lápides decrépitas, os anjos e os monumentos, o triturar do cascalho da alameda sob seus passos rápidos. O cheiro no ar da primavera.

Nathan é um cara grandalhão. Barbado. Ele toca baixo e trabalha com mixagens e tem uma voz de subwoofer. Mo é tão magro que parece que vai quebrar, caminha com passadas longas e tem um rosto que é só sorrisos. Ele trabalha no atendimento ao cliente de uma companhia de eletricidade. Os dois estão sentados no sofá vendo reprises na TV. Está passando um programa de namoros, já pela metade. Pete se senta entre os dois, estica as pernas e começa a enrolar um baseado.

– O que você tem feito? – pergunta Mo, erguendo os olhos vermelhos para ele.

– Nada de mais – responde Pete. Mo assente com a cabeça.

– Legal – comenta Nathan, e os três voltam para a TV.

Pete encara as cores da tela plana de plasma à sua frente. Ele olha os pixels surgirem e se misturarem. Tudo começa a ficar acelerado e ele sente o pavor espreitando num canto da sala, uma sombra com a boca aberta, a cabeça jogada para trás, soltando um riso alucinado. Ele pisca os olhos. Volta a olhar para a TV. Mas o mundo deu uma acelerada e agora tudo em que ele concentra o seu foco desacelera no mesmo instante. Ele olha as próprias mãos, muito distantes. Pode sentir coisas acontecendo sem que consiga vê-las. A pele começa a pinicar, o suor já está se preparando por trás dos poros. A visão está rápida, entrecortada, violenta. *Respire*. Mas a respiração acontece de forma pixelada, acelerada demais. *Calma*. Batimentos duros. Dores no peito. *Fique calmo*. Olhos na TV, depois baixando para a Rizla.

– Esse cara é um babaca – fala Nathan. – Onde eles acham esses candidatos?

– TV é assim mesmo – retruca Mo. – Essa gente é inventada para isso.

Todos assistem em silêncio, os rostos retorcidos de desdém.

– Você devia participar desse troço, Mo. Ia arrasar – comenta Nathan.

Pete abre um sorriso amplo ao pensar na ideia. Pisca algumas vezes. Sente os músculos do rosto começando a voltar para os seus domínios.

– Você acha? – O olhar de Mo atravessa o lugar onde ele está, procurando por Nathan.

– Claro, todo mundo ia adorar você – confirma Nathan. – Imagine só. Você ia mandar bem mesmo.

Os três olham para a tela. Um sujeito usando um paletó aberto sobre o peito untado com óleo e uma calça cáqui larga desce por um mastro para um estúdio de TV onde trinta mulheres atrás de palanques indicam se sairiam ou não com ele acendendo ou apagando luzinhas. Pete olha para as próprias mãos, continua respirando. Sentado entre os dois, lembrando a si mesmo sobre onde está e quem são eles e pensando que foi até ali querendo dizer alguma coisa, mas o silêncio na sua boca é uma maçã enorme que as palavras não conseguem contornar, atravessada em cheio na sua garganta. Ele tem certeza de que algo terrível está espreitando os três. O pavor incha de algum ponto do seu baixo-ventre. Tudo o que poderia dar errado realmente dá, repetidamente e em detalhes sórdidos. O corpo dela volta sem parar à sua memória. A maneira como ela o fez girar e montou por cima dele. Como agarrou o seu pescoço daquele jeito. Ele funga, seca o nariz com a manga da camisa.

Pete estava com 12 anos quando começou a fumar skunk. Ele deu para andar com uma garotada do bairro que o levava para pichar muros.

Os novos amigos eram apaixonados por teorias da conspiração. Eles ficavam doidões e passavam horas falando das organizações secretas que controlavam o mundo. E aquilo tudo fazia todo o sentido para Pete. Havia motivações e provas, profecias antigas e evidências irrefutáveis, e a história era sempre que o Fim estava próximo. Tudo começaria com a unificação das nações. Todos juntos sob uma moeda única. Haveria uma força policial única mundial. Um sistema jurídico global. Um único exército comandado pela Besta. E depois que isso tudo estivesse estabelecido nós entraríamos nos últimos tempos, e esses últimos tempos se arrastariam até que só restassem duas pessoas boas sobre a Terra – as últimas duas pessoas que se recusassem a carregar a marca da Besta, um chip de computador que o governo único iria mandar implantar na nossa mão. Esses chips, dizia a história, teriam a sua implantação justificada em nome da segurança pública e da conveniência. Uma economia sem dinheiro físico. Um único chip e nós não precisaríamos mais de papel-moeda. Ninguém poderia ser roubado. O chip seria a sua carteira de identidade, o seu cartão de crédito. Ele seria o seu novo smartphone, o seu bilhete de viagem. O que você poderia ter a esconder? Ele seria o seu passaporte. Sem o chip, você não poderia cruzar fronteiras, comprar comida nem pagar a conta de água. Não teria como sobreviver. Eles fariam tudo gradativamente, para acharmos que era tudo escolha nossa. Não iríamos perceber que a coisa estaria sendo imposta, acharíamos a ideia muito conveniente, o chip viraria a nova moda. A solução para todos os nossos medos pré-fabricados. Por que alguém *não desejaria* ter um?

À medida que foi crescendo, Pete assistiu à onda cada vez mais dominante da computação móvel com um pavor terrível. Ele também acompanhava os avanços da chamada Guerra ao Terror com um aperto no coração; aos seus olhos, ela era o início da aniquilação de todas as nações que poderiam se opor ao domínio global do Ocidente desenvolvido.

As histórias contavam que, uma vez que os chips começassem a ser implantados, o mundo unificado ficaria dividido entre aqueles que aceitariam ter o chip e os que não o aceitariam. Nada mais de racismo, luta de classes, desigualdades de gênero. Seria só gente com chip e gente sem chip. E todo mundo que não aceitasse ter o chip seria tachado de terrorista e inimigo do progresso, e seria sujeito a tortura e vigilância constante até por fim acabar sucumbindo. Essas pessoas teriam que viver em bandos escondidos fora das cidades, sendo perseguidas por soldados com armas dotadas de rastreamento por calor. E quando só restassem mais duas delas, as duas únicas pessoas no mundo que não teriam aceitado implantar o chip, as almas de todas aquelas que haviam morrido iriam voltar à Terra para a batalha do Bem contra o Mal. Dos marcados contra os não marcados.

Pete se sentava com os amigos nos quartos escuros deles cheios de pôsteres de bandas de metal e de rappers hardcore nas paredes, em apartamentos sujos em Catford, e brincava com os seus cachorros enquanto eles assentiam com a cabeça e sussurravam e fechavam as cortinas para assistirem a documentários enquanto ainda estava de dia. E ele se convenceu de que tudo aquilo era verdade. E teve certeza de que ele seria um dos dois únicos restantes.

À medida que foi ficando mais velho, Pete deixou essas ideias de lado, mas elas nunca foram para muito longe dele. Não mesmo. Ele entrou na universidade e não teve jeito: tudo o que aprendia acabava passando pelo filtro das tais histórias pesadas, assustadoras e intermináveis da sua adolescência. Elas eram como uma religião secreta da qual ele não podia falar a ninguém. Ele lia os textos, ia às aulas, e, quanto mais aprendia sobre a maneira como o mundo funcionava, mais se convencia a respeito das histórias que ouvira.

Ele evitou fazer o cartão Oyster o quanto pôde, por não gostar da maneira como ele estava se tornando compulsório para circular pela cidade. O fato de ele não querer que rastreassem seus movimentos parecia não fazer diferença. Se quisesse andar de ônibus em Londres, seria obrigado a fazer isso à maneira deles. Com o tempo, entretanto, Pete acabou cedendo, mas todas as vezes que usava o cartão para fazer um trajeto ou baldeação, ele sentia uma fisgada de vergonha.

Porque ele sabia que era desse jeito que a coisa iria acontecer. O chip seria lançado e ele iria resistir mais ou menos pelo tempo em que havia lutado contra o cartão Oyster da rede de transportes, até que um dia aceitaria ser *chipado* como todas as pessoas, sem pensar mais no assunto.

Pete dá uma baforada no baseado. Com a cabeça enterrada o máximo que conseguiu nas almofadas do sofá. Ele fuma com tragadas fundas. A TV está passando os comerciais, e Mo abaixa o volume.

Nathan remexe o corpo, inclina a cabeça em direção a Pete.

— Não está bom? — pergunta, acenando para o beque com uns olhos de cachorrinho carente.

— Esse é do bom, sim. Valeu, Nathan — diz Pete.

— É claro — retruca Nathan, contemplativo por um instante. — E eu aposto que ficaria melhor ainda com uma bela xícara de chá. O que você me diz?

Pete olha para ele, os olhos duas fendas estreitas, e sacode com firmeza a cabeça.

— Qual é, Pete? Faz um chá para a gente. Por favor!

— Eu estou na casa *de vocês*, seu palhaço. Vá lá preparar o chá.

Nathan se faz de chocado.

— Qual é a necessidade disso?

Eles assistem aos comerciais, a TV ainda com o som baixo.

Nathan se contém por mais ou menos um minuto.

— Vai, Pete — diz ele. — Ninguém faz um chá bom como o seu. — Ele dá um sorriso doce para o amigo. Fala num tom de admiração exagerada. — *Perfeito*, essa é a palavra. O seu chá é perfeito. Você sabe o tempo exato de deixar o saquinho na água, e a quantidade exata de açúcar. Com a pitada certa de leite… — Nathan traga o seu baseado, segura a fumaça, sopra tudo, as pálpebras semicerradas. — Porra, Pete — fala. — O seu chá é uma *obra de arte*. — Ele estende o baseado para o amigo e acena com a cabeça, muito sério. — E o meu? — continua. — Eu não tenho o menor jeito para a coisa. Não é mesmo a minha onda. – Ele pesca um fiapo de fumo que estava grudado no lábio. – Mas você? – diz. – O seu chá é... *uau!*

– Pô, cara, é só uma questão de treino. Você vai conseguir, Nathan, escute o que eu estou dizendo – fala Pete, dando um tapinha sarcástico no joelho do outro.

– Não! – protesta Nathan. – Não mesmo. – Ele encaixa o baseado entre os lábios e gesticula com as mãos. – Não tem treino que possa fazer o meu chá chegar aos pés do feito por quem tem um talento natural como o seu.

Pete revira os olhos, sacode a cabeça, passa o beque para o Mo e se levanta.

– Poxa, cara, valeu – fala Nathan. – Eu sabia que podia contar com você. Nathan sorri para ele, os olhos brilhantes e sonolentos transbordando gratidão.

Pete vai até a ponta oposta do carpete, onde a cozinha se emenda com a sala.

– Você é demais, Pete, falando sério – diz Nathan enquanto ele caminha. – Eu cansei de pedir pro Mo fazer, já tem mais de uma hora.

Mo volta a aumentar o volume da TV agora que os comerciais terminaram, estica as pernas e dá uma tragada no baseado de Pete. – Você é bem grandinho para preparar o seu próprio chá, seu preguiçoso.

Eles não enxergaram o vulto se aproximando, mas logo a coisa estava sobre a cabeça deles. Imensa e lenta e carregada de sangue. E eles caíram uns sobre os outros.

Ela ainda hesitou. Dizia para ele o tempo todo que não estava querendo nada sério, e ele concordava, claro, também não estava atrás de compromisso. Mas começou a aparecer no café quase todos os dias.

Beijar Becky era como abrir a porta de uma fornalha.

Ela repetia para si mesma que aquilo não era nada de mais. Eles estavam vendo no que ia dar. Sem cobranças. Sem compromisso. Ela já tinha compromissos demais na vida. Não queria um namorado. Tratou de deixar claro que iria continuar disposta a sair com outras pessoas. E ele disse que tudo certo, que era isso que iria fazer também.

A cidade se abriu para eles. Tudo era dos dois. Eles enroscavam o corpo um no outro, sentindo as manhãs romperem contra as peles nuas coladas em cima da cama, o vermelho-escuro sem fim e os raios do lado de fora, nuvens de chuva carregadas, enquanto no quarto a descoberta não tinha mais fim. Perto e ainda mais perto.

– Me dê a sua boca – dizia ela, metendo os dedos, puxando o queixo para perto do seu com as duas mãos.

Ela fez dele um homem, uma mulher, uma criança. Ele nunca tinha vivido nada como aquilo. Pete se viu sentando no colo dela nas festas, querendo ficar bonito para ela ver. Gostando do que os olhos dela faziam com o seu rosto. Bastava um olhar para ele ficar cheio de risadinhas nervosas e inquieto, todo aceso por causa dela. Mais um olhar e vinha uma seriedade ardente, pura paixão densa detonada por um piscar daqueles cílios. E as coisas que ela o fez viver. Becky era como um corpo estranho invadindo o seu corpo. Metal alojado num órgão vital. Um estilhaço de bomba que se cravou certeiro quando ele a viu pela primeira vez e sentiu o impacto da explosão.

A coisa já durava semanas. Quatro da manhã no apartamento dela em Deptford. Os corpos esgotados do sexo. Largados nos lençóis úmidos de suor. E eles sabiam que estava lá, naquele momento, uma embriaguez nova, escura e sem contorno, mas ali muito presente na noite do quarto na maneira como ele ansiava pelo perfil dela no escuro, pelas linhas das suas formas.

Ela contou a ele quem era o seu pai. Contou que a mãe tinha feito com que mudasse o seu nome. Que ela passara quinze anos achando que nunca havia tido um pai. Ele não conseguiu acreditar na história.

Eles tinham sentado de mãos dadas em cinemas, dividido cervejas em bares, caminhado pela beira de rios e feito todas as coisas que os casais apaixonados fazem.

Ela contou a ele quem era a sua mãe. Como ela tinha aberto mão da própria vida e sofrido por causa disso. Contou que jamais seria capaz de fazer a mesma coisa. Que nunca iria sacrificar seu sonho por causa de ninguém. E ele concordou de todo o coração que não, ela nunca deveria fazer isso. Becky falou de como a mãe acabou indo embora sem lágrimas nem sentimentalismo; ele ficou impressionado pensando nas coisas que ela já havia passado na vida.

– Por que você não vai visitá-lo, Becky?

– Eu nunca tenho vontade de estar com ele. – E ela disse isso de um jeito tão delicado e tão simples que não havia mais nada que pudesse ser falado. Os pais de Pete não estavam na cadeia nem tinham se escondido em conventos. A mãe trabalhava na ótica perto de casa, o pai no escritório no centro da cidade. Por toda a vida, ele confiara completamente nos dois. Nunca tinha tido que se questionar se era seguro amar alguém.

Quando ela lhe contou o que fazia para ganhar dinheiro, ele teve dificuldade para compreender. Mas, tendo em vista o passado dela, ele precisou entender que os dois tinham parâmetros diferentes. Ele examinou o próprio senso de moral naquela noite, questionou de onde vinham as suas crenças afinal de contas. Podia sentir a presença do pai dentro de si, a obsessão dele por investigar o que comandava o julgamento moral das pessoas. Remoendo sem parar o trabalho dela dentro da sua cabeça. Sob a orientação cuidadosa da própria Becky. Ela não se cansava de explicar por que nem todas as opiniões dele a esse respeito eram necessariamente verdadeiras.

– É como a minha tia Linda costuma dizer – falou. – O que para uns é um raio rasgando o céu inteiro para outros não passa de relâmpago. Chega e vai embora quase sem se fazer notar.

Eles estão no parque, com um último vento de primavera passando pelas árvores. Poderoso. Como címbalos, como oceanos se chocando. Todas as árvores juntas, dançando ao sabor desse vento. De um lado para o outro, oscilando como se estivessem bêbadas.

– Para mim é muito importante, Pete, garantir meu próprio sustento. E você vive de seguro-desemprego. Eu não quero fazer piada sobre isso. Mas é verdade. – Pete e Becky olham para as folhas tremulantes. Libertados pela visão delas. O vento joga o cabelo dela para trás. Becky está segurando um copo de isopor com chá, e a superfície líquida ondula e se retorce.

– Você quer que eu pare de dançar?

Ele olha para as próprias mãos.

– Não é isso que eu estou dizendo.

– É isso, sim – diz ela. E essa fala faz um corte fundo. Ele olha as suas entranhas se retorcendo, surpreso ao ver do que é feito de verdade. – Se eu parar com as massagens, não vou ter como continuar me dedicando à dança.

– Mas tem outras coisas que você poderia fazer em vez disso, não tem?

Ela fala devagar como se ele fosse criança, como se estivesse explicando pela milésima vez.

– Em duas horas de massagem eu ganho dinheiro para uma semana inteira. E é assim que fico com tempo livre para poder ir aos ensaios. Às aulas. Eu tenho o trabalho no Giuseppe's, porque devo isso ao meu tio. Mas eles não podem pagar tudo para mim, Pete. Você sabe como são essas coisas. – Ele estende a mão para o chá, ela lhe passa o copo. Ele toma um gole, pensativo. – Não tem motivo para sentir ciúme. – Ele chega o corpo para a frente no banco, tentando ouvir sem sentir raiva. – Para mim não é problema nenhum trabalhar como massagista, então por que você iria se incomodar?

– Mas você sabe que eu me incomodo – fala Pete, se sentindo minúsculo.

– Seja lá do que você tem medo que esses caras sejam, Pete, fique sabendo que não é nada assim. Tudo o que acontece é uma pessoa tocando o corpo de outra. – O vento está soprando com mais força. – Você entendeu? Não é nada que possa nos ameaçar. É só o meu trabalho. E eu não vou parar com a única coisa que já escolhi de verdade para fazer na vida só porque você está com ciúmes.

– Não é a dança que eu tenho problemas para aceitar. – Ele está se sentindo exasperado. Não tem argumentos para embasar o seu ponto.

– As duas coisas estão interligadas – diz ela. – Eu não vou parar. As massagens são o meu jeito de ganhar a vida. – E ela se vira procurando os olhos dele, mas não consegue encontrá-los. Ele continua com o olhar pousado no colo. – Eu só posso contar comigo mesma – fala ela. – Tem sido assim desde os meus 15 anos. Não tenho uma poupança, e não tenho como recorrer aos meus pais, você entende? Não posso pedir dinheiro para a minha tia, porque eles não têm mesmo. Já precisam lutar para manter o café funcionando. Eu sou sozinha, Pete, só posso contar com o que *eu mesma* tenho como conseguir. – Becky não chega a dizer *ao contrário de você,* mas Pete escuta a frase ecoar nos pensamentos dela.

Ele lhe devolve o chá.

Ele está no pub com os amigos, e é como um fantasma usando capuz. Não há nada para dizer, está ali só matando tempo. E os amigos já estão ficando enjoados da sua tristeza. Ele vai para casa e fica esperando terminar o turno de trabalho de Becky. São três horas da manhã. Ele está lendo. Tomando notas nos seus cadernos. Está bem. Sem pensar nos quartos de hotel, no rosto dos sujeitos, no corpo deles, nos paus nas mãos dela. Será que ela sorri para eles quando estão gozando, do mesmo jeito que faz com ele? Ele não vai pensar nisso. Ela batendo na porta de um quarto de hotel. Não vai pensar. A voz dela na sua cabeça. *Não tem motivo para sentir ciúmes.* Ele sabe bem que *não é uma ameaça.* Mas também não tem como dizer a ela que não vá trabalhar, que ele tem grana para cobrir o aluguel do mês e ela pode se dedicar só à dança. Ele não tem porra de grana nenhuma. *Não é ameaça.* Ele está sucumbindo. Dá uma bronca em si mesmo.

Uma hora depois ela liga para dizer que está na porta. Ele abre e sabe por onde ela andou, e é bom demais ver o seu rosto ali sob a luz dos postes da rua, aqueles olhos que ele ama, o sorriso tomando conta dos lábios que são os seus favoritos no mundo todo, mas ele sabe onde ela esteve e isso dói, e não há como evitar essa dor.

– Me dê a sua boca – diz ela, e ele faz isso mas sem fazer.

II

O amor as falhas todas releva,
Sempre para a alegria inclinado,
E sem lei, alado se eleva,
Dos grilhões da mente libertado.

As almas dos homens se compram e vendem
Na mais tenra infância, por ouro, se vão,
Aos matadouros, tudo o que é jovem;
Se entrega a beleza, em troca de pão.

William Blake, *Freedom and Captivity*

II

ESPAÇONAVE FRIA NA NOITE QUENTE

Harry está segurando um maço de dinheiro. Ela vai começar a contar as notas pela quarta vez. As meias que usa estão grandes demais, frouxas ao redor dos tornozelos. Ela detesta usá-las assim, mas não teve tempo de lavar a roupa e sempre usa as melhores meias primeiro. Ela está com um batom vermelho-vivo. Às vezes, quando vai contar seu dinheiro, ela gosta de passar batom e esticar o cabelo para trás, como o de um toureiro espanhol.

Leon está descendo as escadas que dão para a sala. As passadas dele são leves, mas Harry as escuta da mesma maneira que uma pessoa ouve as próprias pernas se mexendo. Sabe por instinto em que parte da casa ele está. Leon para na entrada da cozinha.

— Tudo certo? — pergunta Harry, sem tirar os olhos do dinheiro.

— Tranquilo — responde ele, indo até a geladeira e abrindo a porta para espiar lá dentro. — Quer uma cerveja? — pergunta.

— Pode ser — diz ela, contando as notas.

Leon puxa uma cerveja da geladeira, abre, passa para ela, depois pega outra para si mesmo e se joga pesadamente numa das cadeiras da mesa, de frente para o lugar onde Harry está.

— Quanto nós temos? — pergunta ele, sem erguer os olhos da sua garrafa.

— Seiscentos e setenta mil. — Harry sopra o ar pelos lábios franzidos. — Com isto aqui e mais o que está guardado. Em uns sete, oito meses conseguimos fechar a conta. Talvez antes.

Leon bate o salto do sapato contra o piso.
— Cacete! — diz, e estica a palavra por bastante tempo.

Leon tinha sido criado nos blocos de apartamento perto das lojas na parte de cima da rua de Harry. Em crianças, os dois eram inseparáveis. Brincavam de luta e jogavam futebol e faziam planos para enriquecer; eles iriam comprar um submarino para morar, e que seria puxado por um cardume de tubarões que atenderiam pelo nome quando eles os chamassem.

Leon era um garoto calado, com uma beleza marcante. Filho de mãe inglesa e pai de um povo nativo da Venezuela, ele tinha uma corrente constante de poder rugindo por baixo da sua pele. Aos 10 anos, passava as noites lendo sobre revoluções e guerras civis. Ficava escondido debaixo das cobertas com os livros que pegava na biblioteca, lendo à luz de lanternas, às vezes até a hora do café da manhã. A história exercia fascínio sobre ele, talvez porque não soubesse de nada a respeito da sua própria.

Ele nunca chegara a conhecer o pai, nunca tinha visto uma foto dele, nem ouvido o seu nome. Ele não sabia nem um pedaço de história a respeito do pai, embora à medida que fosse crescendo ficasse cada vez mais parecido com ele, e a figura da mãe fosse parecendo cada vez mais apagada e distante.

Eles tinham se conhecido numa outra era, os seus pais. O pai de Leon, Alfredo, fora para a Inglaterra quando estava com 18 anos, levado pelo famoso jornalista e ambientalista britânico James Peake, que passara três anos morando com o povo de Alfredo, os wotuja, aprendendo os costumes deles e registrando a sua batalha pela vida na região amazônica da bacia do Orinoco.

James era um rapaz inglês bem-intencionado, mas de uma falta de noção atroz, com uma fortuna herdada à sua disposição e um tremendo complexo de herói. O interesse antropológico que movia suas ações era genuíno, mas a reverência com que ele enxergava os povos nativos beirava a perversidade. No fundo, ele queria desesperadamente ajudar, mas tinha uma tendência a ser condescendente e a romantizar a tribo. Peake viu em Alfredo uma oportunidade de realmente "fazer a diferença", e se agarrou a ela com todas as suas forças.

Alfredo estava calejado depois dos anos testemunhando a destruição de tudo o que tinha como sagrado. Estes eram os últimos tempos sobre os quais os sacerdotes e os poetas do seu povo falavam. Ele havia sentido a floresta encolher e gritar. Tinha ouvido os tios contarem as histórias de quando os homens da grande empresa americana chegaram com seus contratos, de como tinham sorrido para os anciãos da tribo enquanto trocavam sacas da açúcar e arroz branco e grandes tonéis de gasolina por uma marca num pedaço de papel. E de como, semanas mais tarde, eles tinham voltado com seus caminhões e suas máquinas e aberto as minas. Ele vira a sua tribo padecer com doenças que os curandeiros não conseguiam tratar com as ervas que sempre haviam usado para cuidar do seu povo. Ele vira os mineradores rasgando a terra, desenterrando as raízes das árvores e matando os deuses que habitavam nelas e protegiam a floresta. Ele os vira rasgar o céu e atear fogo às nuvens. Vira o câncer chegar em imensas nuvens de fumaça preta que saíam da mina o dia e a noite inteiros, e viu crianças nascerem com manchas vermelhas no rosto, manchas que choravam e sangravam e eram a marca da morte nessas crianças.

Alfredo era um jovem, e como todos os jovens do mundo inteiro ele tinha olhos abertos para enxergar as injustiças e se doía com elas e não era capaz de ignorá-las. A sua revolta era furiosa e se debatia dentro do peito como se fosse um bicho. Ele ainda não tinha chegado à idade de dizer para si mesmo que não havia nada que pudesse fazer a respeito das coisas.

Num esforço para proteger a sua terra e o seu povo da destruição completa, Alfredo, instruído por James Peake, havia aprendido inglês. Ele mostrou ter talento para a coisa e leu até o ambientalista não ter mais livros para lhe emprestar. Sob a tutela diligente de James, candidatou-se a uma vaga na Universidade de Oxford. Ele iria assumir aquela luta da única maneira que considerava que poderia ter alguma chance de dar certo: usando as armas do seu inimigo.

Alfredo iria falar o idioma, aprender as leis e entender a lógica odiosa do seu opressor. E assim, pensava, ficaria melhor equipado para explicar a eles que estavam dizimando o seu povo e que a sua gente não teria como resistir por muito mais tempo. Ele estava convencido de que, quando tivessem noção do que estava acontecendo, quando compreendessem o custo da destruição, não haveria meio de quem quer que fosse o responsável pelo que estava acontecendo com seu povo ser capaz de preferir o dinheiro a vidas humanas. Não se ele tivesse recursos para fazê-los ver que a escolha era simples e absoluta assim.

A mãe de Leon, Jackie, tinha fugido de casa aos 15 anos para encontrar um tio que nunca conhecera, mas de quem ouvira falar a vida toda. Alistair McAlister era irmão gêmeo da sua mãe. Era um jóquei famoso com um casarão e uma esposa pop-star. E morava em Londres, onde todo mundo era lindo e rico. O espectro descorado que Jackie tinha como pai havia perdido o emprego e nunca mais achara a própria dignidade. Eles moravam numa cidade litorânea perto de Middlesbrough; um lugar onde não havia nada para ela. Só o mar e os pubs e o pai atrás de um emprego. A mãe, usuária pesada de drogas, tinha saído pouco a pouco da vida dos dois. Fazia muitos anos que já não morava em casa. Não chegaram a acontecer brigas nem portas batidas. Um dia ela simplesmente foi embora, sem dizer nada. O seu vício era uma coisa lenta e triste e silenciosa. Jackie a via de vez em quando sentada com os outros na rua principal, enrugada e magra feito a chuva. Jackie não achava que sentia falta dela, mas a ausência da mãe deixara o pai à deriva. O silêncio na casa era ainda mais forte que o cheiro de umidade.

Jackie se sentava com o pai para ver a vida dos outros pela TV. Os astros das novelas tinham casos amorosos e jaquetas de couro. Crianças iam à escola e tinham sonhos e aventuras. Os jovens tinham romance e tendências de moda. Jackie era uma adolescente solitária que não sabia em que acreditar. Numa noite escura de inverno, um comercial explodiu sala adentro. O tio Alistair sorriu para eles de um estúdio iluminado. Ele estava lançando um novo programa de variedades. Celebridades esportivas davam risada enquanto ele tentava derrotá-las na corrida do ovo na colher. Ele estava usando um terno caro e sapatos de verniz. As cores se chocaram como ondas contra os móveis capengas da casa deles. Os dois, sentados ali no sofá, de repente se viram afogados numa claridade efervescente multicor. O pai de Jackie soltou um *tsc* reprovador, mas ela sabia que havia uma dose de admiração na reação dele.

A mãe de Jackie sempre havia detestado o irmão e não fazia questão de ocultar isso. Jackie tinha estado com ele umas poucas vezes, e só quando era pequena demais para conseguir se lembrar. Era a maneira como Alistair havia desejado uma coisa na vida e nem por um instante pensado que não deveria ter essa coisa que incomodava tanto a mãe dela, era da força de vontade dele que ela tanto desconfiava. Mas lá estava ele. Na televisão. Jackie sentiu seu coração bater mais fundo, todo um grande subwoofer, sem mid-range.

As amizades que ela tinha eram fugazes, isso quando chegavam a existir. Jackie nunca tivera uma melhor amiga, um namorado ou mesmo amigos invisíveis. Ela era a garota quieta de gestos nervosos, a que cheirava mal e sofria *bullying* por causa disso. Em casa não havia quem lhe desse banho ou lavasse as roupas, e os seus olhos cinzentos velozes tinham que saber encontrar a própria comida. Mas num dia frio de junho ela acordou com um calor nas têmporas, talvez uma febre, talvez uma fúria. Quando deu meio-dia, Jackie se viu correndo pelas pedras úmidas da sua cidade natal rumo à estação do trem. No céu, notou um clarão repentino. Uma sirene gemeu no peito. Ela tinha certeza de que o clarão tivera a forma de um disco. Uma luz branca brilhante. Jackie sempre havia acreditado em alienígenas. Ela sabia que eles existiam em algum lugar por aí e que ficariam do seu lado. Olhou outra vez, mas o céu estava cinza e vazio. E ela soube que esse era o jeito de eles lhe dizerem que estava certa em ter tomado a decisão de fugir. Essa certeza lhe abriu um sorriso culpado no rosto enquanto Jackie passava apressada pela porta giratória. Com o corpo bem apertado contra o da mulher à sua frente, ela se esgueirou para dentro da plataforma sem ter uma passagem.

Jackie chegou a Londres sem nada. Ela passara a viagem toda se escondendo do homem que checava os bilhetes no banheiro do trem. Apavorada. Ela saltou para a gare imensa de St. Pancras e sentiu de repente o peso da sua fuga. Todos aqueles desconhecidos, desconhecidos altos e adultos, andando com caras sérias para um lado e para o outro. Correndo para embarcar em trens que Jackie imaginava que os levariam para lugares cheios de amor e de supermodelos. Ela começou a repreender a si mesma. Ouviu as vogais sincopadas do pai na sua cabeça e beliscou os próprios braços como forma de se castigar. Ela ainda tentou resistir, mas sentiu a coisa se esgueirando para perto. E começou a chorar.

Lily Peake, a esposa de James Peake, estava a caminho de casa depois de ter visitado o túmulo de sua mãe. Mergulhada em reflexões, ela caminhou pelo átrio da estação sentindo com mais força a presença da mãe do que jamais sentira enquanto ela estava viva. Em vida, a mãe fora uma fonte de constrangimentos para Lily. Uma criatura esquisita e que parecia tão inclinada para a fragilidade que ela mal suportava os encontros ocasionais que tinham, sentada diante de bolos com creme numa casa de chá de Londres. Mas a morte fez Lily ver a mãe sob uma nova luz. Ela percebeu que o que ela tanto cultivara não era fraqueza, mas honestidade. Caminhando pela estação, ela sentia um desejo insuportável de poder estar junto da mãe mais uma vez. De poder observar a maneira como as rugas ondulavam para revelar as expressões que ela tivera diante dos seus olhos desde que os abrira pela primeira vez. Em meio a uma desolação dolorida, ela percebeu que seria capaz de dar qualquer coisa para passar uma hora incômoda ouvindo as opiniões anacrônicas da mãe. Lily não conseguiu se conter; ela começou a chorar.

E lá estavam elas, a mulher chorando e a menina chorando. A menos de três metros de distância uma da outra. Jackie, com o corpo meio dobrado, mas ainda avançando pelo meio da multidão. Lily, mais controlada, mas deixando as lágrimas escorrerem livremente. E, de repente, pelo meio das suas lágrimas, os olhares das duas se cruzaram. Lily ficou chocada com aquela menina assustada. Uma criança de cara suja, chorando. Miúda de corpo e esquelética e desesperada, mas exalando uma calma que não via desde o último olhar trocado com a sua mãe. Lily Peake sempre havia acreditado em sinais. Ela enxugou os olhos e tratou de se recompor e ofereceu a Jackie um sorriso que puxou das profundezas do seu ser.

Jackie se assustou. Ela correu pela estação, e tropeçou em alças de malas e esbarrou em adolescentes mal-humorados. Os seus ombros ossudos espetaram cinturas rechonchudas, as pessoas gritaram com ela enquanto ela se esquivava e corria em direção à saída. Lily, ainda em choque e com os movimentos lentos, ficou olhando a menina escapar. Mas a sua mente correu depressa. Ela foi atrás da outra antes de saber que estava fazendo isso.

– Ei! – Lily escutou uma voz. – O que você pensa que está fazendo? – Era um homem imponente, com a careca brilhosa. Gordo e indignado, o conteúdo da sua valise espalhado no chão. Papéis importantes sendo soprados pelo vento dos trens de partida, esvoaçando para longe em todas as direções. Ele estrilou e bufou e gritou e, quando Lily abriu caminho pelo meio da multidão, ela viu que ele estava agarrando o ombro da garota.

– Olha só o que você fez!

A menina tinha um ar de pânico, parecia fraca. Lily correu para ajudar. Ela partilhava um pouco da tendência do marido de se colocar na posição de salvadora. Isso era produto da riqueza dos dois, da sua boa educação, do seu senso aguçado de moralidade, e também do seu genuíno, embora muitas vezes equivocado, impulso liberal por fazer o bem.

– O senhor deveria se envergonhar – disse ela ao homem gordo. – Segurando desse jeito uma pobre criança!

– Está com você, essa aqui? – O homem ainda estava segurando a garota pelo ombro. Com força. Jackie sentia o ombro doer embaixo do polegar dele. Ela não se mexeu.

– Ela está comigo, sim – falou Lily, piscando o olho para a garota.

– Bem, pois trate de controlar melhor a sua guria. Ela esbarrou em mim depois de ter saído do meio do nada, derrubou a pasta no chão e olhe só a bagunça que fez.

– Ah, nós sentimos muito pelo transtorno. Não é mesmo, querida? – Lily envolveu a menina nos braços, e quando ela fez isso o homem soltou a mão do seu ombro. – Só estávamos apressadas para pegar o trem. – E, tendo dito isso, Lily, com o coração batendo de um jeito como nunca havia sentido bater na vida, começou a correr com a garota. Juntas elas dispararam desajeitadamente para fora da estação e irromperam porta adentro do primeiro prédio que viram pela frente. Um pub. Cheio de fumaça e tecido xadrez e risadas altas. Recuperando o fôlego, sorriram uma para a outra.

– Bem – disse Lily, enxugando as lágrimas do seu rosto. – Já que nós estamos aqui, por que não aproveitamos para comer alguma coisa?

E Jackie se viu indo para a casa de Lily Peake nessa noite, e foi assim que, na manhã seguinte, ela conheceu Alfredo, o jovem amigo de James, marido de Lily. Alfredo era um estrangeiro que vivia no anexo instalado no sótão do casarão de frente para o parque. Dos canos, jorrava água farta aquecida pela fornalha que ficava no porão da residência. James trazia caroços de azeitona que sobravam na delicatéssen grega que havia no início da rua e os usava para alimentar a fornalha que aquecia a casa. Jackie ficou empolgada demais com tudo o que estava vendo; dias inteiros se passaram e ela teve certeza de que não tinha nem piscado os olhos um instante que fosse. Quando se deitava para dormir à noite, estava sempre exausta e confusa.

A presença de Alfredo lhe provocava excitação. Sempre que o via, ela sentia pontadas no céu da boca e no estômago. Ele era quieto como ela própria. E pisava o chão com cautela, como ela fazia.

Alfredo ficou fascinado por Jackie. Ela parecia tão deslocada quanto ele, e tão determinada e cheia de sofrimento também. Eles se sentavam à mesa do jantar com Lily e James Peake, o casal simpático, rico e sem filhos que havia acolhido os dois.

Eles se cruzavam no corredor da casa e sentiam o corpo um do outro mudar com a proximidade, algumas partes lá dentro querendo vir para fora. Ansiando por estarem juntos um do outro. Alfredo sentia a pequenez dela e tinha vontade de carregá-la nos braços. Sendo, ele mesmo, um homem miúdo. Ou nem bem um homem ainda, um menino.

Foi assim que os dois se apaixonaram. À sua maneira quieta de ser. Eles mal se falavam, mas ela escapou para o quarto dele à noite, incapaz de ficar distante.

E trocaram toques em silêncio, ávidos. Os olhos dele como poços de terra preta e úmida, os dela azuis e velozes como o vento.

No andar de cima, no seu sótão, Alfredo repetia frases e memorizava textos, preparando-se para o exame de admissão sob a orientação paciente e atenta de James. Lá embaixo, pela porta dos fundos, Jackie – varada de medo – escapuliu para a noite e correu e correu e correu.

Ela nunca encontrou o tio. Não chegou sequer a procurar por ele. Em vez disso, se virou sozinha – ficou sendo só mais uma adolescente, grávida e solitária pelas ruas desalmadas de Londres.

Leon cresceu para se tornar um garoto esbelto, tão baixo quanto seu pai sempre fora, com um rosto como os dos reis maias que ele via desenhados nos livros. Ele não sabia de nada a respeito de como os pais haviam se encontrado. Não sabia nada sobre a tribo do seu pai. Tudo o que conhecia na vida era Lewisham, a sua mãe muito calada, as irmãs filhas de pais diferentes. E a sua pele marrom, e as mechas cor de cobre que cresciam pelo meio dos seus cabelos pretos que as garotas adoravam procurar com seus dedos.

Ele não fazia ideia de que o pai havia entregado a vida a um chamado, nem sobre a luta que ele havia travado pelo seu povo. Só o que sabia era que o pai era um assunto que não podia ser mencionado. Ele não conhecia os muitos homens e mulheres que tinham carregado a sua luz desde o passado remoto, a mesma luz que ele próprio passara a carregar consigo. Até onde Leon sabia, ele era só aquilo via na sua realidade imediata.

Quando Leon e Harry fizeram 13 anos, ele aparentava ter no máximo 9, mas ela poderia se passar por uma moça de vinte. Havia algo no seu rosto que a fazia parecer bem mais velha do que era e, por isso, apesar do corpo miúdo e da pele macia de bebê, Harry era a única aluna da escola que conseguia comprar cigarro. E que coisa valiosa isso acabou sendo. Ou talvez fosse por causa da mulher que trabalhava na loja atrás do campinho. Harry entrava pela porta, deslocada e angulosa, as roupas dançando no corpo, os passos cambaleantes, o rosto repuxando de vergonha. E a mulher do caixa – com seus vinte e muitos anos, um sorriso de fim de noite, os cabelos azuis e os braços tatuados – sempre a tratava muito bem e a chamava de "linda", o que fazia o estômago de Harry se retorcer incontrolavelmente.

Harry e Leon começaram a vender cigarro a varejo para os colegas por 50 pence cada. Eles conseguiam esgotar dois maços com dez cigarros cada um em uma única hora de almoço mais farta, e iam para casa dez libras mais ricos. Isso, numa época em que dava para comprar um maço de Sovereign por 1,25 libra. O dinheiro ficava guardado numa lata no quarto de Harry. Fechada com um cadeado do qual os dois tinham cópias da chave.

A escola que eles frequentavam era do tipo mais normal que existe, cheia de sexo e drogas e *bullying*, de rompantes histéricos e de confrontos dramáticos. Metade dos colegas de Harry nunca tinha visto o mar, mas não havia um entre eles que nunca tivesse visto um baseado na vida.

Quando terminaram o colégio, de cigarro em cigarro eles tinham juntado dinheiro para comprar meio tijolo de skunk. E, depois que começaram a repassar a erva, as pessoas lhes abriram portas. Eles encontraram o seu papel social. E assim vieram as festas, os telefonemas, os dias zanzando de um lado para o outro nas suas bicicletas – Leon e Harry tinham 17 anos e eram populares. A vida finalmente estava nas suas próprias mãos. Eles tinham arrumado algo para dar sentido às suas vidas, um trabalho, alguma coisa à qual se dedicar. Quando completaram 20 anos, as trouxinhas de maconha tinham se transformado em papelotes de pó, e eles assumiram o risco que vinha com essa troca. À medida que o dinheiro foi engrossando, começaram a conseguir poupar uma parte e passaram a pensar no futuro. As suas economias não seriam jogadas fora para comprar roupas novas e cordões de ouro. Eles iriam ser donos do seu próprio negócio: um bar, um restaurante, a sua própria boate. Algum lugar que fosse só deles, onde ninguém pudesse perturbar os dois e onde todos os clientes que entrassem pudessem se sentir protegidos.

Harry e Leon foram aperfeiçoando o seu serviço, começaram a conseguir o melhor produto e a repassá-lo da maneira mais discreta. O amor que dedicavam um ao outro era o tipo de amor que floresce melhor nas partes mais decadentes da cidade, entre amigos que sonham com uma vida que inclua mais do que drogas baratas, sexo de merda, violência casual e a perspectiva de indiferença final que parece contentar a todos os que estão ao seu redor. Era um amor fraternal que ia além dos laços de sangue, porque tinha a ver com sobrevivência e com o desejo de uma vida melhor, e os dois confiavam um no outro cegamente.

Eles eram sempre muito espertos e muito cuidadosos; nunca compravam coisas caras demais para si mesmos, só vendiam para conhecidos, trabalhavam com alguns números diferentes de telefone, estavam sempre trocando o local do estoque. Tinham uma quantia que era a sua meta final, e depois que conseguissem juntá-la o seu plano era largar aquela vida. Eles queriam juntar um milhão.

Leon sempre fora um apaixonado por gastronomia; aos 19 anos, ele havia conseguido um emprego numa cozinha e começara a aprender a cozinhar. E algo na atmosfera do lugar o fazia se sentir mais ele mesmo do que em qualquer outra situação da sua vida. Ele adorava as facas, o ritmo do trabalho, o jeito como se começava com alguns ingredientes e, se fizesse tudo da maneira certa, no fim conseguiria produzir uma coisa que era muito mais do que a soma das suas partes.

E então ele se entregou por inteiro, cumprindo os horários de trabalho malucos que os chefs de cozinha têm que cumprir. Nos dias de folga, malhava pesado na academia. Ele deixou Harry à frente do negócio dos dois. Ela jogava suave quando tinha que jogar suave. E era esperta nas horas em que precisava ser esperta. Ela entendia as pessoas e sabia ler as intenções dela, e o seu jeito conquistava a todos. Harry era alegre, falante. Todos confiavam nas suas opiniões. Leon encarnava a força bruta da dupla. Ele enxergava o perigo por todos os lados, e sabia o que fazer para evitá-lo. Quase sempre, permanecia oculto nas sombras até o último instante.

Leon se dedicou à meta de estar preparado para qualquer coisa. Ele praticava três artes marciais diferentes e treinava o tai chi para ganhar força e graciosidade nos movimentos. Ele levantava pesos, e corria durante horas nas trilhas do parque. Pulava corda todas as noites por quarenta minutos. Lutava com qualquer um que quisesse um adversário para lutar. Logo, ganhou fama de ser um sujeito imbatível. Silencioso e atento. Do tipo mais assustador de todos. Mas ele nunca atacava, a menos que o atacassem antes.

Depois de alguns anos, o negócio ficou mais movimentado do que nunca, e Leon resolveu pendurar o avental. Foi triste ter que deixar a vida de chef, mas ele tinha um compromisso com Harry e com o plano dos dois. Além do mais, um dia, quando abrissem o seu empreendimento, Leon poderia comandar a sua própria cozinha.

Quando completou 30 anos, ele olhou em volta e se deu conta de que, sempre que saía para encontrar os amigos, chegava um momento da noite em que eles se penduravam no seu ombro, esfregando os olhos e contando como andavam infelizes com suas vidas.

– Tudo se resume – diziam eles, todos poetas elegantes depois do número suficiente de carreiras, tragos ou doses – só a pura rotina e coisas sem importância. Nunca acontece nada de novo. É sempre só trabalhar, comer, dormir, trepar, beber, dançar, morrer.

Mas Leon nunca vira a vida dessa maneira. Aos seus olhos a vida podia ser horrenda ou linda, muitas vezes as duas coisas juntas, mas jamais medíocre. Ele sabia que cada mínima coisinha que acontecesse precisava ser levada em conta, sentida, aproveitada, e que vinha para que se lutasse contra ou então por ela.

Na cozinha, os dois ficaram sentados em silêncio bebendo as suas cervejas por um tempo.

– Mas qual é o lance, então? – pergunta ele, os dedos brincando com o rótulo da sua garrafa.

– Bem, pelo visto... – Harry ergue os olhos, levanta as sobrancelhas – tudo vai sair absolutamente *perfeito*.

Leon olha para ela, cético. Eles precisam repor o seu estoque, mas Pico, o traficante que é seu fornecedor há quase sete anos, foi para cadeia, e então terão que encontrar o substituto dele. E Leon não está gostando da ideia.

– O produto é o mesmo – diz Harry –, da mesma fonte. É só o nosso contato que vai mudar. Só isso.

– E para você isso não tem problema nenhum? – indaga ele, ainda mexendo no rótulo da cerveja.

– Não – responde Harry. – Para você tem?

– Eu estou achando essa história meio esquisita, cara. Mas, na verdade... – Leon pousa a cerveja na mesa e passa a mão na cabeça, sentindo as ondas macias do cabelo. – Tudo parece esquisito se você começar a pensar demais no assunto, não é mesmo?

Harry concorda, fechando os lábios numa linha quieta.

– Que engraçado, foi exatamente isso que me ocorreu hoje mais cedo – fala ela. – Exatamente isso.

Leon tateia com a mão no ar em direção a Harry sem olhar para ela. Harry passa o seu cigarro para ele. Leon dá uma tragada, sopra, dá mais uma bem ligeira, devolve.

– Mas você nunca esteve com esse tal cara, esteve? – pergunta ele.

– Não – diz Harry, pegando o cigarro de volta.

– E não acha que vai ficar arriscado demais? Com Pico preso, e tal?

– O que você não sabe, cara, é da ironia da coisa. – Harry toma um gole preguiçoso da cerveja, abrindo um sorriso quando engole. – A polícia não faz a menor ideia de quem ele é! O Pico foi preso porque não pagou umas multas por estacionamento proibido!

– Não fode! – faz Leon.

– Falando sério! – Harry se empolga com a história. – O cara parava o carro onde bem entendia. Devia pensar, "que se foda se tiver que pagar 60 libras depois", porque é isso que acaba custando uma multa por estacionamento proibido. Sabe como é? Ele juntava as multas todas, depois entregava para o contador, e, de mês em mês ou sei lá, o cara ia resolver a parada. Não dava para esquentar a cabeça procurando vaga legalizada quando ele tinha um compromisso com clientes.

– É claro que não – concorda Leon.

– Só que o contador ficou fora umas semanas, saiu de férias com a família. E, na volta, acho que os dois tinham questões mais sérias para tratar, porque o lance das multas acabou esquecido durante vários meses. Até o dia em que alguém bateu na porta dele com a porra de uma intimação judicial!

Os dois sorriem, sacodem a cabeça. Saboreando a ironia.

– E por que ele não pagou e pronto?

– Eu não sei direito – diz Harry. – Mas escute só. – Ela faz a sua voz mais respeitável. – A coisa tinha chegado à casa das mais de *dez mil libras*, pelo visto... – Ela o encara com os olhos brilhantes, assentindo com a cabeça, os lábios franzidos.

– Como assim? – reage Leon, incrédulo.

– Pois é! – A voz de Harry é o berro de um trompete.

– Dez mil?! – repete ele, ainda sem acreditar.

– É o que estão dizendo. – Harry vira as palmas das mãos para cima, encolhe os ombros.

– Puta merda! – E Leon estica o "puta" para rimar com "multa".

– E o cara não queria levantar suspeita aparecendo com essa grana toda do nada, entende? Para todos os efeitos, o Pico trabalha como decorador de interiores freelance. Então foi melhor encarar o xadrez do que se arriscar, pelo visto.

– Cacete – faz Leon, digerindo essa informação. As mãos pousadas nos joelhos. O corpo debruçado para a frente. – Cacete!

— Foi essa a história que eu ouvi, pelo menos — fala Harry, começando a guardar o dinheiro dentro da sacola.

Leon estende a mão para filar a última tragada do cigarro dela. Harry passa para ele sem esboçar reação.

— E quem é esse tal cara, o substituto dele?

— Um cara aí, algum parente, sei lá. — Harry empacota os fardos de dinheiro com cuidado. Um de cada vez.

— Mas ele não tem nome?

— Rags. O nome do cara é Rags.

O coração dos dois bate no mesmo compasso tranquilo. Eles já fazem isso há tanto tempo que a sensação é reconfortante. É como tocar um instrumento que você já toca desde sempre. Só muda algo no clima geral da cena.

Leon olha para o chão, batuca com os pés.

— Você sabe de mais alguma coisa sobre ele?

— Nada ainda. Isso é que está meio estranho, não?

— Mas pelo jeito nós vamos ter que pagar para ver, não é? — Leon olha para a ponta do seu cigarro. Medindo a guimba para ver o quanto de fumo ainda tem.

— Tem só um lance, sabe. — Harry faz uma pausa de impacto, procura o olhar de Leon. — Eu nunca conheci mais *nenhuma* outra pessoa da equipe. *Nunca.* Era sempre só o Pico. Falei com algum segurança uma vez ou outra, uns cumprimentos rápidos ou sei lá, mas quem fazia a negociação era *sempre* ele. Você está me entendendo, Leon? Isso não parece esquisito? Hein? — Harry encara o seu amigo mais antigo, à espera de um conselho que ela sabe que será confiável.

Leon pensa um pouco. Remói a história na cabeça. Pesa as informações.

— Você tem certeza que não dá pra gente esperar um pouco? — sugere. — Até o cara ser solto, eu quero dizer.

Harry balança gravemente a cabeça.

— Para começar, eu nem sei quanto tempo ele pegou. E o nosso estoque zerou *e* a coisa está bombando no momento, o meu telefone *não para um segundo.* Se a gente for em frente agora, e seguir nesse ritmo, o que eu acredito que vai acontecer, a minha estimativa é que dê para cair fora dessa história daqui a seis meses.

Eles se encaram, separados pela mesa da cozinha. Arregalados. Pensando no significado dessas palavras. *Seis meses.*

– E eu digo cair fora *mesmo*. Depois disso, acho que a gente consegue limpar a barra e preparar tudo para comprar o imóvel até o *fim do ano*, cara. Pensa só nisso.

Os dois pensam. Duas décadas trabalhando por uma meta até que de repente um dia ela está ali, diante dos olhos deles.

Leon examina a sensação, tem um calafrio.

– Então a gente precisa mesmo ir em frente agora, não é? – diz ele, bebendo devagar a sua cerveja. Saboreando o momento.

– Exatamente – fala Harry. – Você tirou as palavras da minha boca.

TEMA DE BECKY

Becky aponta o queixo para cima, observa o sol frio refletindo nas janelas dos edifícios mais altos, derramando a sua gema pela pedra clara e pelas vidraças. As folhas das árvores já caíram, restam só uns pedaços rasgados ainda pendurados. Ela olha os galhos nus, salpicados dos brotos duros ainda dormentes. Os fractais de sol pintando tudo. Mal dá pra acreditar na beleza que é a mudança das estações.

Pete tem lhe ensinado sobre as visões políticas do pai dela. Ele conta que Darke queria devolver ao Estado todos os serviços privatizados. Que ele acreditava no desarmamento nuclear universal. E lhe explica a ideia dele de que a sociedade poderia ser gerida para o bem de todos, e não para o lucro de alguns poucos. Ele acreditava na importância de as pessoas se organizarem.

Pete lê para ela, porque quando lê por si mesma Becky não compreende as palavras, e quando ele as lê por algum motivo os textos fazem todo o sentido.

Tem sido estranho para ela travar contato com a voz do pai dessa maneira. Ouvindo as construções linguísticas que lhe soam vagamente familiares saindo da boca de Pete. Às vezes, ela fica tão abalada que o seu corpo chega a tremer. Inspirada e furiosa, desesperada para se encontrar com ele, para ouvir da sua boca que tudo não passou de uma armadilha. Para que ele lhe explique o mundo e de que maneiras ela pode salvá-lo. Mas esses impulsos são sempre seguidos pelo travo amargo da vergonha. Um canto fúnebre e espesso que arrasta Becky para baixo.

A mãe não lhe sai da cabeça estes dias. Becky olhou umas fotos feitas por ela pela manhã. Sente que está mais perto de Paula a cada ano. A mãe estava com 26 anos quando ela nasceu, e Becky está com 26 anos agora. Ficando mais velha, ficando mais próxima de si mesma.

Marshall Law ganhou dois MTV Awards pelo clipe da Cool New Band. Becky recebeu um telefonema da assistente dele no dia seguinte com a oferta de mais três semanas de trabalho no projeto seguinte. Que incluiriam ensaios sem remuneração, e um investimento brutal de energia em troca de nenhum crédito. Dividindo a quantia pelo tempo total, o pagamento oferecido daria menos do que um salário mínimo, como de hábito. Becky havia flagrado a velha histeria de sempre borbulhando no peito, a sensação de que precisava agarrar qualquer oportunidade que surgisse para um dia poder estar na posição de tomar suas próprias decisões. Ela sentiu quando o impulso subiu feito uma enchente pelo seu corpo, em direção à boca, a onda a ponto de quebrar dizendo: "Aceito, claro, obrigada pela oportunidade." Mas engoliu tudo de volta.

– Não vai dar – falou. – Eu estou com a agenda tomada.

O choque deixou a assistente de Marshall muda. Quando a voz da mulher enfim retornou, ela já estava despojada de qualquer tom mais ameno.

– Você sabe que o Marshall não vai voltar a procurá-la nesse caso, não sabe? – disse ela, ameaçadoramente. E esse foi o ponto final da parceria de trabalho entre Becky e Marshall Law. Depois de quatro anos participando das filmagens dele.

E ela se viu abandonada, tendo que procurar trabalho. Sem conseguir lugares em testes. As aulas que fazia eram no The Place, a mesma escola de dança onde concluíra sua formação. Becky costumava ir a todas que pudesse pagar; a sua meta era estar lá três vezes por semana, mas mesmo assim ela sentia a sua forma física começando a derrapar.

A cada ano, um dançarino que não esteja trabalhando fica mais propenso a ter lesões, e mais fora de forma. E nenhuma companhia a aceitaria no seu elenco se visse os trabalhos comerciais que vinha fazendo desde que se formara. Eles nunca iriam querer vê-la num teste ocupando o lugar de alguém com 18 anos. O seu currículo era ridículo e, para cada papel feminino que aparece no mercado, brotam centenas de candidatas. Não havia mais esperanças para Becky. Todas as pessoas a quem ela recorria suspiravam com os lábios crispados e baixavam o olhar.

O The Place havia organizado um festival anual de novos trabalhos e que seria, na visão de Becky, o seu empurrão final. Ela aumentou o ritmo das aulas. Começou a ir até lá diariamente. Podia sentir os músculos ganhando forma, os tendões de aquiles se alongando. Seria preciso pagar os bailarinos, alugar salas de ensaio, criar a coreografia e ensiná-la sem ajuda de ninguém. Mas o The Place lhe daria um palco para apresentar seu trabalho e um jornalista para escrever uma resenha sobre ele.

Becky disse ao pessoal da agência de massagens que estava disposta a atender clientes em qualquer hotel, a qualquer hora da noite. O telefone bipava com mensagens de texto mandando que estivesse do outro lado da cidade dali a uma hora e meia. Ela estava na mesa da sua cozinha pensando no espetáculo, ou assistindo à TV com Pete de pijama, ou bebendo uma água mineral no pub, e chegavam as mensagens que a faziam deixar sua vida de lado e embarcar na jornada de virar uma outra mulher.

Becky ganhou o dinheiro e alugou a sala de ensaios e pagou os bailarinos e ficou a ponto de desmaiar de exaustão, mas se sentindo muito mais viva do que antes. Com os músculos pegando fogo quando descia os degraus cinzentos do seu prédio; caminhando de costas para amenizar as câimbras nas batatas das pernas.

A peça que ela criou envolvia quatro bailarinas se deslocando em ondas e explosões que se interpelavam em cima do palco. Dor e pobreza e luta. Família e independência. O trabalho foi bem recebido, e, ainda que Becky não tenha conseguido qualquer financiamento por causa dela e não estivesse no elenco, o seu nome passou a valer um pouco mais no circuito dos testes. A impressão de quem olhava para o seu currículo era que, embora Becky tivesse trilhado um caminho pouco ortodoxo, ela possuía uma meta e um comprometimento claro com a sua arte.

Pete detestou todo o tempo que ela passou nos ensaios, detestou que Becky estivesse trabalhando todas as noites. Ele conseguiu o seu cartão de trabalhador da construção civil e arrumou um contrato temporário. Mas se ressentiu do clima de zoação dos colegas na obra. Ficou se sentindo um impostor no time do seu próprio sexo. Ele queria levar Becky para sair com o dinheiro que estava ganhando. Mas ela vivia sempre ocupada. O trabalho acabou depois de três semanas, e ele voltou ao seguro-desemprego.

Todas as vezes que os dois discutem, isso o faz chorar. Pete não sabe como acontece, mas basta a voz dela endurecer para ele começar a sentir um calor por trás do rosto, como se alguém o socasse de dentro para fora, e as lágrimas vão brotando e a garganta travando e ele começa a fungar feito um idiota. Ela congela quando escuta os soluços, vira instantaneamente uma pedra de gelo. Becky nunca chora na frente das pessoas, ela acha que fazer isso é tentar vencer pela manipulação.

Pete tem vergonha desse comportamento, mas não consegue entendê-lo muito bem. Sem Becky por perto, ele se sente alegre e bem e normal. Mas basta estarem os dois juntos para sua cabeça parar de pensar direito e ele se comportar feito um maluco.

Sempre que ela o interpela a respeito, isso só deixa Pete com raiva e constrangido, e ele se recolhe no seu silêncio e visualiza a si mesmo dando um tiro na própria cara. Repetidamente. Atirando dentro da boca, na têmpora, no olho. Repetidamente.

Bum.

Ele anda mexendo nas coisas dela. Becky sabe disso porque a pilha das cartas mais recentes para os seus pais que fica na caixa dentro do guarda-roupa apareceu toda fora de ordem, e o maço dos cartões de visita que mandou fazer para o trabalho de massagista está com a metade da espessura que deveria ter. Mas tem algo que a faz continuar indo em direção a Pete.

Eles se beijam nos supermercados e fumam baseados em banheiras cheias de espuma, mas o humor dele anda cada vez pior e ela começou a se afastar um pouco. Quando sente que ela está escorregando para longe, Pete entra em pânico e aumenta a pressão. Aparece sem avisar na porta do apartamento. Constrangido demais para tocar a campainha e talvez ter que falar com a amiga dela, ele espera na sacada escura do prédio, fumando. Imaginando os movimentos de Becky por quartos de hotel, ouvindo o amassar do corpo de outros homens sob as suas mãos. Com os olhos vermelhos de maconha e uma tosse insistente que faz seu corpo se dobrar ao meio.

Quando ela está no trabalho, ele soca as paredes até esfolar os nós dos dedos, e mais tarde, no pub, com os machucados soltando secreção e criando cascas, ele a odeia pelas coisas que o faz passar, mas mesmo assim mal pode esperar para vê-la, mal pode esperar para estar com ela nos seus braços.

A agência de empregos está acabando com ele. O amor de Becky está acabando com ele. Ter que ir para casa dormir no seu quarto da infância está acabando com ele. Tudo acaba com Pete, mas mesmo assim a vida continua a arrastá-lo para a frente; a manhã chega e ali está ele, acordado outra vez. Vivo.

Depois que teve a sua coreografia encenada no The Place, Becky compareceu a alguns testes abertos: cem garotas numa sala, arrancadas uma a uma do grupo e depois mandadas para casa. Nesses testes, o dia se divide em três partes, com uma aula de balé pela manhã para eles avaliarem o tipo de treinamento que as candidatas tiveram. Depois, elas têm que ensinar e apresentar uma coreografia para checarem a boa forma física e as habilidades interpessoais. E, por fim, uma improvisação, para ver se as bailarinas possuem técnica ou criatividade suficientes. Horas inteiras passadas sob pressão. O corpo parecendo uma catapulta puxada até o limite da sua capacidade. Alguns dos testes, era preciso pagar para fazer. Becky tinha passado três anos afastada desse mundo, mas estava tão desesperada para brilhar que se esforçava mais do que as outras candidatas. Mas nem todo o esforço compensava o fato de que ela havia passado da idade. Três meses mais tarde, mesmo depois de ter ido a testes abertos todos os dias, Becky não conseguira ser chamada para nenhuma seleção para ser parte de alguma companhia. Mas ela tinha ganhado visibilidade no mercado, era uma bailarina outra vez.

Enquanto o outono sacudia a sua juba dourada e seguia derrubando as folhas dos galhos, Becky recebeu uma ligação de um diretor de ensaios que estava com um espetáculo para estrear no Sadler's Wells. Eles estavam precisando de uma dançarina para o elenco de reserva.

Ela teve que assistir aos ensaios e aprender os passos de todos só olhando para eles. O coreógrafo não teria tempo para lhe ensinar as passagens. Os seus braços e as suas pernas se mexiam sozinhos na sala de ensaios. Junto com mais dois reservas, ela precisou aprender todos os papéis do espetáculo, sem nenhum apoio e ganhando ainda menos do que todo o resto do elenco. Os outros bailarinos da companhia os ignoravam, porque reservas não valiam o seu tempo e porque sabiam que em alguma instância eles estariam torcendo por uma queda, uma doença uma lesão. Mas, mesmo assim, Becky estava se sentindo mais feliz ali do que nos últimos anos da sua vida.

Quando Nima adoeceu, Becky entrou no lugar dela. A culpa fora de um vírus arrasador que andava circulando no ar. Ela teve um dia para se preparar. Nima estava muito fraca para lhe ensinar qualquer coisa, Becky precisou pegar todos os passos da parte dela completamente sozinha. Ryan e Mahesh caíram de cama na noite seguinte. Os três bailarinos reservas precisaram ficar a postos. Eles próprios meio baqueados pelo estresse e pela fadiga, mas cheios de empolgação. Em êxtase.

Becky está na entrada do Teatro Sadler's Wells terminando o seu cigarro. Ela deixa a ponta cair no chão, depois o amassa com o bico do sapato e volta a entrar pela porta do elenco, penetrando nas entranhas do edifício.

No corredor dos camarins, ela zanza um pouco, depois senta o corpo pesadamente no chão, puxa os joelhos para o peito, apoia a cabeça neles e fecha os olhos. Ela está tentando se acalmar, mas os seus pés não param de tamborilar o chão, o que significa que os joelhos estão cutucando sem parar a sua testa.

Os outros dois reservas entram pelo corredor. Becky ergue os olhos, se põe de pé.

– Oi, gente – cumprimenta ela, esfregando os músculos das pernas.

Patrice tem olhos castanhos e tranquilos, uma pele macia. O cabelo bem cortado forma cachos que se agarram junto à cabeça. As pernas são longas, os quadris altos e o peito amplo; ele tem uma boca pequena, muitas vezes franzida num muxoxo de reprovação. E o caminhar de um supermodelo. Marina, ao seu lado, é pequena e musculosa, com uma estrutura sólida, mas todos os contornos suaves. O seu cabelo vermelho se espalha formando um círculo perfeito quando ela o deixa solto. Ela não odeia ninguém, tem relacionamentos complicados com todo mundo que leva para a cama e escreve freneticamente em seu diário todas as noites, imaginando secretamente que um dia, depois da sua morte, haverá de ser publicado.

– Oi, Becky! – Todos os cumprimentos de Marina sempre saem na forma de gritinhos agudos.

– Você está legal? – pergunta Patrice, segurando-a pelos pulsos e sacudindo, para deixá-la mais relaxada. – Muito nervosa? – Ele baixa o queixo, os lábios fazem um bico em sua direção.

– Não, eu tô bem – diz Becky.

Os três ficam perfilados entre as paredes do corredor. Becky alonga as mãos para o alto acima da cabeça, entrelaça os dedos e vira as palmas abertas para o teto. Na ponta dos pés. Estica os músculos o máximo que consegue, mantendo a respiração abdominal, para depois dobrar a cintura e levar as mãos até o chão, empurrando as palmas para baixo e soltando o ar devagar. Os olhos fechados. Contando os segundos. Do outro lado das portas de vidro jateado que ladeiam o corredor, os bailarinos da companhia estão se preparando. Becky e Marina e Patrice ouvem vozes subindo e morrendo, ondas de risadas chegando e sumindo.

– Pelo jeito, tem gente que está se divertindo nos seus *camarins* – fala Patrice.

– Um dia – emenda Marina – nós vamos ter camarins também, e *nós* vamos nos divertir neles.

Becky olha o relógio. Marina repara no gesto.

– Vinte minutos – diz ela, com os olhos brilhantes.

– Há séculos que faltam vinte minutos. – Becky sacode as mãos de leve, gira o pescoço para um lado e para o outro, dobra a cintura para espalmar as mãos contra o chão outra vez.

Marina faz rotações com os ombros, girando os braços em círculos enquanto corre no mesmo lugar com passadas macias. Patrice se senta no chão com as pernas abertas para os lados; ele segura a sola do pé esquerdo com ambas as mãos, a testa indo tocar o joelho como se estivesse rezando.

Quando Becky sobe no palco, o negrume para além das luzes é completo. Tudo fica reduzido a movimentos ínfimos, muito precisos. Os músculos dela. A música. Os corpos no palco. O tempo perde a relevância.

Os aplausos a trazem de volta para o mundo. Ela está parada no palco respirando, olhando para fora, fazendo sua reentrada na vida, suando como um ser humano. Procurando por Pete assim que as luzes da plateia se acendem.

Os três bailarinos trocam de roupa e saem do teatro juntos. De braços dados. Pete está perto do balcão do bar que fica virado para fora, com os ombros curvados, o olhar perdido. O cabelo está ficando comprido; ele já passou daquela fase em que as mechas crescem para só os lados e agora está começando a cair nos olhos. Becky o observa, tentando deduzir o seu estado de ânimo. Pelo visto, já está chapado.

– Oi! – diz, debruçando para lhe dar um beijo.

– Beleza – responde ele, o beijo seco.

– Esses são meus amigos, Patrice e Marina. Esse é o Pete, meu namorado. – Marina sorri, Pete olha para o chão e depois de volta para Becky. – Tudo bem para você se a gente tomar alguma coisa aqui com eles? – pergunta ela.

Pete dá de ombros.

– Claro – diz. – Como você quiser.

Patrice estende a mão.

– Prazer em conhecer você.

– E aí, cara? Tranquilo. – Pete aperta a mão dele. Patrice olha por cima do ombro para Marina e faz um muxoxo.

– Você tem a mão firme – diz Patrice. Pete o encara, sem esboçar nenhuma reação visível. Só olhando. – Legal – diz ele devagar.

– E eu sou a Marina.

Ela ergue o rosto para ganhar um beijo, Pete se inclina meio desajeitado, hesita, resolve oferecer a mão em vez do beijo. Marina se afasta, rindo. – Opa! – diz. – Foi engano. – E aperta a mão dele.

– Foi mal – fala Pete. – É que eu não sou daqui.

– O que você achou do espetáculo? – pergunta Becky, o seu rosto se abrindo inteiro num sorriso esperançoso.

Pete olha por cima da cabeça dela para a parede que há mais atrás e não faz contato visual. Ele balança o corpo sobre os calcanhares.

– Muito bom – diz.

Becky pega um protetor labial do bolso, passa um pouco, esfrega um lábio no outro, espera que ele fale mais. Ele não fala.

– Entendi. Bom, valeu. – O sarcasmo dela é leve, mas inconfundível.

Pete não diz nada. Põe as mãos nos bolsos.

– Vamos beber? – propõe Patrice.

Mesmo no bar, os bailarinos se agrupam de acordo com o seu status. Os protagonistas estão no centro, na mesa do coreógrafo e do diretor, criando um "círculo de poder" literal, e os menos importantes gravitam ao redor. Becky, Pete, Patrice e Marina, que nem fazem parte da companhia, ocupam uma mesa de canto, no caminho para os banheiros. E recebem beijinhos ligeiros ou apertões nos ombros quando bailarinos e equipe técnica passam, indo ou voltando do toalete.

O bar está lotado. O salão é claro e espaçoso, com o pé-direito bem alto, e cortinas compridas de veludo emoldurando as janelas em arco. Becky, Patrice e Marina estão sentados bem juntos, as cadeiras muito perto da mesa, inclinados uns em direção aos outros. Pete senta com a sua cadeira mais afastada e observa os três conversarem sorvendo goles grandes da sua cerveja, limpando a boca depois de cada gole com uma passada do polegar e dos indicadores.

– Foi uma trabalheira louca – diz Becky, a voz trêmula de empolgação. – Eu ainda nem acredito que nós conseguimos. – Eles sorriem uns para os outros, orgulhosos e delirantes por causa da sua conquista.

– Eu fiz umas três merdas no palco, e tenho certeza de que uns e outros devem estar me odiando a esta altura – diz Marina, fazendo beicinho com o lábio inferior.

– *Eu* estou, por exemplo. – Patrice serve o Prosecco nas taças dos três. – Mas isso é só porque nunca aprendi a amar a mim mesmo de verdade.

– Ninguém está odiando você. Não seja boba – fala Becky.

Marina chega mais perto dos companheiros e olha na direção dos protagonistas no meio do salão, baixando o volume da voz.

— Aqueles ali odeiam todo mundo *o tempo todo*, e comigo a coisa é especial. No fundo, eles me acham uma desajeitada, e hoje eu *fui mesmo* desajeitada, e agora nenhum deles vai querer ir mais para a cama comigo.

Becky ri.

— Eles acham que todo mundo é desajeitado, e isso é porque qualquer pessoa é desajeitada perto deles. E acho que não vão mesmo para a cama com ninguém, só uns com os outros.

— Isso não é justo — diz Marina. — O caso deles é literalmente de superioridade genética. Não dá para brigar de igual para igual.

— Querida, a sua superioridade é *de outra ordem*. — Patrice ergue a taça para um brinde. — Você tem muita personalidade. — Ele mostra os dentes para ela.

— Não seja cruel! — Marida ergue a sua taça.

— Eu falo por amor. Você sabe disso. Agora vamos brindar.

Eles levantam as taças. Becky olha para Pete, chama para que ele participe. Ele sorri com os lábios cerrados, o sorriso afundando no rosto. E ergue o seu copo.

— Tim-tim, pessoal — diz Becky. — Parabéns para nós! — E todos bebem.

— Eu não consegui baixar direito o corpo no palco hoje. Não sei mais o que vou fazer. Treinei cinco, seis horas só hoje, ontem, como todos os dias, há séculos, mas na hora o corpo simplesmente não vai. — Patrice mexe nos cabelos enquanto fala.

— Você vai conseguir. É só tentar relaxar — diz Marina. Becky assente, concordando.

Uma pausa cai sobre o trio enquanto todos bebem suas taças. Eles ficam ouvindo o burburinho ao redor.

Marina, a que fica mais incomodada com o silêncio, é quem o quebra, como sempre.

— Mas e você, Pete? — pergunta. — O que você faz?

Pete a encara de volta. Ele encolhe os ombros.

— Nada especial.

Mais um silêncio se espalha. Ninguém se incomoda, só Marina.

— A centrífuga! – grita ela. – Eu já ia me esquecendo de contar, gente. Minha mãe me deu uma de aniversário. Vocês não têm noção, GENTE! Agora eu posso bater um pouco de açafrão com um montão de folhas de couve, um pouco de abacaxi e um punhado de amêndoas... Só um punhado, sabe. Estou tomando um copo desse suco *todos os dias,* e minha vida mudou. Falando sério.

— Ih, ela caiu na modinha detox – diz Patrice.

— Modinha é você – devolve Marina.

— *Eu*? Modinha? – Patrice baixa as sobrancelhas, passa a mão no queixo, faz mímica de quem está tentando entender o insulto.

Pete, em silêncio, observa a cena recostado na sua cadeira. Com os joelhos afastados até o máximo que consegue. A jaqueta está fechada até o queixo e ele segura o fecho do zíper na boca, só se mexendo para afastar o cabelo dos olhos de tempos em tempos, agarrado à sua caneca de cerveja como se ela fosse a raiz de uma árvore na encosta de uma montanha. Becky ri com os amigos, mas está com a atenção dividida por causa dele. A mão dela está apoiada na sua coxa, e dá um apertão de leve enquanto o olhar procura o seu.

— Está tudo bem? – Ela se inclina para perto de Pete e pergunta baixinho. Sabendo que a resposta é não. Ele assente com a cabeça. – O que aconteceu? – sussurra Becky. Ele desvia o olhar dela, fita as outras pessoas da mesa. Ela fica olhando para a lateral do seu rosto. Ele não reage. A mão aperta a coxa dele outra vez. – Pete?

Ele vira a cabeça e, sorrindo para ela, fala devagar, os olhos queimando de constrangimento.

— Está tudo certo.

— Você quer ir embora? – pergunta Becky baixinho.

Ele a encara sem expressão.

— Eu? – diz, inclinando o corpo em sua direção. – Hoje a noite é sua.

Marina termina de servir o Prosecco que resta na garrafa.

— Mais uma? – pergunta para a mesa. – E nem me venha com *eu não posso,* dona Rebecca Shogovitch, porque *eu* já devorei duas barras de chocolate e um bolinho de maçã hoje mais cedo. Para rebater o suco verde.

— Bom, na verdade eu acho que a gente já está indo embora – diz Becky, olhando para Pete, procurando a mão dele. Que não se mexe do seu colo, onde está largada. Os dedos de Becky seguram nos dele.

– Ah, mas ainda está cedo – retruca Patrice.

– Não... – O rosto de Becky está contrito, com ar de desculpas. – É que eu já tinha combinado uma outra coisa com o Pete. Então, acho que fica...

– Não se incomode comigo – diz Pete. – Eu estou tranquilo. – E dá um sorriso doce para ela. É um sorriso vazio, mas a única que sabe disso é Becky.

– Bom, então tá – diz ela. – Se você não se importa de ficar.

– Fiquem – fala Marina. – Ele não se incomoda, não é, Pete?

– Não mesmo. – Pete ergue as sobrancelhas até o meio da testa. A voz melada de tão doce. – Está tudo certo, amor. Vamos ficar mais.

Eles saem do metrô para pegar o trem da baldeação. Não disseram nada um para o outro desde que saíram do bar. Chegando ao fim da escada rolante, Becky se encaminha até a saída para fumar. Pete segue alguns passos atrás, com a cabeça baixa. Lá fora, ela se encosta na parede, acende o cigarro. Ele fica parado em frente a ela, encarando o cigarro.

– Você quer um? – pergunta Becky.

– Quero – diz ele. – Os meus acabaram hoje cedo.

– Por que você não comprou mais?

– Tô sem grana, esqueceu?

– É claro. – Ela passa o cigarro para ele. Ele pega, acende. Os dois fumam. Becky dá um suspiro fundo. Pete vira para se encostar na parede também.

– Eu fiz alguma coisa errada? – pergunta ela.

– Não. – Ele mal abre a boca para falar. Eles estão lado a lado, sem se tocar. Sem olhar um para o outro.

– O que está acontecendo? – pergunta ela.

– Não é nada. – A voz dele sai baixa e monocórdia.

Eles fumam em silêncio. Ficam olhando os táxis no ponto, os ônibus desligando os motores.

A voz dele é a tampa de um alçapão se abrindo sob os pés de Becky. Ele fala devagar.

– Era para a gente ter saído, só nós dois.

Ela joga as mãos para o alto, sem acreditar.

– Eu sabia! – Um jorro de riso desdenhoso escapa dos seus lábios. Pete banca o inocente.

– Sabia do quê?

– Eu sabia que você não ia querer sair para beber com os meus amigos. – Os olhos dela já estão cheios de lágrimas.

– Eles não são seus amigos. – O rosto de Pete está impassível.

– Eu gosto muito deles, Pete. – A voz dela sai trêmula.

– Deu para ver. – Tem um quê de rancor no tom dele.

– O que você quer dizer com isso?

– O seu jeito de falar estava diferente. Você estava tentando falar como eles. – Ele apruma os ombros e fuma e olha para o outro lado. – E eu vi o jeito como você ficou com aquele cara, deixando ele abraçar você daquele jeito no final. Estava me fazendo de palhaço, isso sim.

– Eu não sei do que você está falando. – Ela sacode a cabeça, pisca os olhos. Não vai começar a chorar. – Se é ao Patrice que está se referindo, o cara é *gay*, pelo amor de Deus! – Ela inspira o ar pelo nariz. Solta pela boca. Ele lança um olhar de desprezo. Desvia o olhar. – Se você não queria estar lá, por que não me falou isso? Por que não disse quando eu *perguntei* se queria ir beber, por que você não respondeu que achava melhor sairmos só nós dois? – Ela fica esperando por uma resposta dele.

Ele inclina a cabeça para trás, irritado. Esfrega a testa. Passa a mão na nuca, começando por fim a falar bem devagar, tentando manter a voz tranquila, mas deixando transparecer por trás de cada sílaba a ameaça do grito.

– Você tinha que ter *sabido* que eu não ia querer ir para aquele bar. Para uma merda de lugar daqueles, com aquele tipo de gente.

– Que tipo de gente, Pete? A noite de hoje era bem importante para mim. Eu queria passar a melhor impressão possível para as pessoas.

– Foi uma bela merda.

– O que foi uma bela merda?

– O ESPETÁCULO. Um monte de merda pretensiosa, isso sim. – A respiração de Pete está pesada. Ela o encara, sem acreditar. O peito dele sobe e desce. – Você passou um mês inteiro falando só dessa droga de espetáculo. A gente mal conseguiu *se ver*. Você nunca tem tempo para mim. Para *nós dois*. Mas para ensaiar sempre dá, ou para ver os seus amigos bailarinos riquinhos. – O tom da voz dele está subindo. Os olhos arregalados. – Só que o que o trabalho paga é uma miséria, então você ainda tem que ir para os hotéis no meio da noite bater punheta para caras desconhecidos, e tudo isso só para poder ficar lá no fundo do palco uma noite. Quase nem dava para *ver* você lá em cima, você mal fez dois passos na coreografia inteira e fica dizendo para si mesma que está realizando o sonho da sua vida. – Ele espeta os dedos nas têmporas, lança um olhar fuzilante para ela. – E tudo isso para depois sentar lá com a porra do seu espumante para falar da porra da centrífuga da outra. Isto não é *de verdade*, nada dessas porcarias. E elas só enchem o meu saco.

Becky arregala os olhos para ele. Sem mexer um músculo. Os braços cruzados contra o vento. Ele a encara, de repente mais calmo, sopra a fumaça num fio contínuo. Ela sacode a cabeça. Um minuto se passa.

Por fim, Becky encontra as palavras.

– Eu estou indo para a minha casa agora, Pete – diz ela. – E acho melhor você não ir junto.

– Tudo bem. – Ele dá de ombros.

Ela o encara mais uma vez. Esperando. Inclina a cabeça para um lado, morde o lábio. Ele não fala nada, só continua fumando, sem encará-la. Ela assente com a cabeça para si mesma e se afasta, voltando para dentro da estação para pegar o trem rumo à Zona Sul. Quando olha para trás antes de passar pela roleta, mal consegue distinguir os contornos dele. Pete não saiu de onde estava.

Ela entra no trem e mergulha num torpor. Imagens pipocam na sua cabeça, sombras e as luzes do palco, a plateia, as suas pernas parecendo dois lenços de papel muito frágeis momentos antes de ela subir lá, e depois como pernas de uma leoa no instante em que pisou o palco. O trem está lotado de baladeiros alegres voltando para casa depois da diversão. Ela fica olhando um casal trocar beijinhos no nariz um do outro.

Pete olha para o céu, a lua gorda e esfomeada. Com um brilho amarelo nas bordas. Ele está perdido e não consegue sentir nada. Gostaria de encontrar seus amigos, mas não consegue se lembrar de como fazer para que isso aconteça.

Ele está à deriva. Tardes amargas, ocasiões especiais estragadas, coisas não ditas. Becky vive desesperada por tanta coisa. Independência, aplauso. E não precisa de apoio, e para ela o amor pode ser uma questão de pegar ou largar. E está sempre vivendo de sobreaviso com relação a tudo. *Não venha querendo me fazer existir para as suas coisas, Pete. Nem ouse pensar que eu vou cortar meus sonhos pela metade para tentar fazer você feliz.* Palavras duras na cama em vez de palavras de amor. Olhares duros, testas franzidas. Ele está exausto, mas ela é pura eletricidade, fogo, com seus músculos de serpente e a sua raiva e a sua intensidade que o assombram. Você fuma maconha demais, não tem um objetivo na vida, parece até criança, ela lhe diz. E então trepa com ele e ele fica sem fôlego com aquele corpo. O corpo dela. E ele está perdendo tudo. Os seus amigos são uns chatos. A sua irmã. Os seus interesses são todos cinzentos perto das cores exuberantes que piscam em Becky. Há meses que ele não vê graça em coisa nenhuma. Tudo que não seja ela está acontecendo num outro canal. Mas acontece que eles estão lá junto com os dois, todas as noites, no quarto, perambulando, beijando uns aos outros, todos os homens de todos os quartos de hotel, com os paus para fora, esperando que Pete estrague tudo. Ele quer falar com ela sobre as coisas que anda sentindo, mas que palavras há para descrever isso tudo? É só barulho dentro da sua cabeça, tudo tão alto aqui, não dá para falar disso, tem barulho demais, e todas as vezes que tenta ele começa do jeito errado e termina bem assim.

Ela estava cagando para o que as pessoas pudessem achar. Na sua cabeça, trabalhar num bar seria mais degradante. Ou ter que puxar o saco de alguém num escritório.

A vida, para algumas pessoas, é só um terno lavado a seco e salas de reuniões e hotéis baratos em cidades sem rosto com prazos para cumprir e calmantes para desligar a cabeça ao fim dos dias maçantes. Meses a fio na estrada. Perseguindo metas. Vendas e clientes.

Ela estava com 18 anos quando aprendeu o valor do seu corpo, trabalhando de *tequileira* em bares fuleiros do centro, onde sujeitos que idolatravam os próprios sapatos caros na falta de amizades verdadeiras iam depois do trabalho para fingir que estavam bem mais alegres do que na verdade se sentiam. Ela vestia roupas curtas e aprendeu a afastar mãos bêbadas aos tapas quando os clientes confundiam a sua simpatia profissional com interesse sexual genuíno. E odiava aquele emprego. Ele não lhe dava poder nenhum. Só a obrigava a desempenhar um papel para vender doses de bebida sobre as quais ela não lucrava quase nada. *Aquilo*, sim, era indecente. O trabalho de agora não lhe parece nem um pouco indecente.

Se Pete trabalhasse com a mesma coisa, isso nunca seria um problema na sua cabeça.

Faltam algumas horas para o amanhecer e Becky está sentada no ônibus noturno, a testa contra o vidro escuro, assistindo às lembranças se desenrolarem nas ruas por onde vai passando. Beckys mais novas rindo, beijando, bebendo, chorando. Naquele tempo, as melhores pessoas que ela conhecia eram todas cheias de amor. Loucas de ácido, brincando com as próprias mãos, rindo como crianças do formato de objetos corriqueiros. Mas agora esses garotos e garotas são adultos, pais dos garotos e garotas que geraram, e passam seus dias supervisionando o vaivém das caixas no depósito de uma fábrica ou engordando na cadeira de uma agência de viagens, atendendo a ligações e caçando vendas, devorando sanduíches de carne com queijo todo dia na hora do almoço e despejando dois pacotinhos de açúcar em cada chá fraco que tomam durante o expediente.

O que torna aquilo que eu faço tão diferente das coisas que essas pessoas fazem? Ou do que Pete faz? As 50 libras por semana dele, ou sei lá quanto é o salário que está ganhando agora, só dão para um maço de cigarro e um pãozinho e um monte de preocupação a respeito de todo o resto. Eu, pelo menos, tenho um sustento. E ele bem que gasta o dinheiro que vem desse meu trabalho.

Becky resolve parar de pensar. Nada disso faz qualquer diferença.

Ela acorda logo depois do meio-dia. Enfim só. Mas não por muito tempo. Rolando na cama, puxa as cobertas até o queixo e fecha os olhos. Às duas horas, combinou que iria conhecer a família de Pete. Não consegue pensar em nada que fosse gostar de fazer menos neste momento.

A noite anterior repassa na sua tela mental: todas as coisas que ele lhe disse do lado de fora da estação. Ela ferve de raiva.

Cada célula do seu corpo está pesada. Os olhos se fecham e ela afunda no colchão, flutuando de volta para dentro do sono.

A campainha toca. Três vezes seguidas.

Pete está na porta, nervoso quando a vê abrir. Ele lhe entrega umas flores que catou no jardim da sua vizinha. A vizinha de Becky é uma senhorinha viúva, cujo jardim é a coisa mais importante que tem na vida. Ela a imagina junto da janela, escondida por trás da tela de proteção, olhando aquele sujeito alto e desgrenhado pisoteando seus canteiros e arrancando as rosas dos seus galhos.

Miriam atende a porta sorrindo e enxugando as mãos num pano de prato. Ela encara Becky radiante.

– Oi! – diz. – Você deve ser a Becky!

Becky sorri.

– Oi – responde. Querendo sair correndo.

Miriam tem um rosto suave e afável, com rugas delicadas dedilhando os contornos. Becky a cumprimenta com um beijo e a acompanha até a sala de jantar.

– Vamos sentando.

Becky ocupa a ponta da mesa, de costas para a parede, voltada para o meio da sala. *Eles têm uma sala de jantar.* David está perto da outra parede, segurando uma garrafa de vinho e remexendo uma gaveta atrás do saca-rolha. Pete ocupa a cadeira ao lado de Becky, Miriam fica de pé perto do aparador e, depois que vê que Pete e Becky estão acomodados vai se juntar a eles, sentando-se na cadeira em frente. David abre o vinho, põe a garrafa na mesa, abre mais uma, pousa ao lado da primeira, gira as duas até os rótulos ficarem virados para o mesmo lado, sorri e se senta à cabeceira da mesa, quicando de empolgação por estar recebendo visitas.

– E o que você faz mesmo, Becky? – Miriam debruça o corpo para a frente, as mãos na mesa, uma por cima da outra.

– Eu sou dançarina. – Becky repara na graciosidade de Miriam, na sua postura elegante. – Trabalho como garçonete, mas a dança é minha paixão. – A voz de Becky está carregada de exaustão. Querendo estar em qualquer lugar menos ali.

– Que diferente! – O rosto de Miriam se ilumina. – Uma dançarina! De qual estilo de dança? É como os que a gente vê no *Strictly*?

– Não exatamente – diz Becky, com um sorriso tímido. – Você assiste ao programa?

– Nós vemos sempre. David e eu adoramos, não é, David?

– É mesmo! – confirma David, alegre. – Nós adoramos.

– Eu estou participando de um espetáculo no momento. O papel é bem pequeno, mas mesmo assim é emocionante fazer parte da produção toda. – Becky fala com cuidado, a voz baixa.

– Um espetáculo? Na cidade? – O rosto de Miriam é como uma roda de tortura. Ela olha para Pete, Pete assente com a cabeça.

– Isso mesmo – fala Becky. – É bem emocionante. – E ela lança um olhar significativo para Pete, mas ele está examinando as próprias unhas.

– Minha Nossa! – Miriam afasta as mãos uma da outra e pousa as palmas sobre a mesa, paralelas. São mãos esguias e com um jeito delicado, as unhas bem-feitas, sem aliança de casamento, mas com um anel estreito de ouro com duas pedras verde-escuras foscas no dedo médio. Ela inclina o corpo em direção a Becky. – Eu adoraria ir ver! – David está atento a ela, sorrindo consigo mesmo. – Eu amava acompanhar a temporada do balé. – Miriam ergue os braços acima da cabeça, as pontas dos dedos se tocando. Rindo.

– É mesmo? – Becky sorri. – Há anos que eu não vou ao balé. Cheguei a ir uma vez... – A sua voz se estilhaça. Ela respira, engolindo os cacos pontudos. – Com a minha mãe. – Becky não quer abrir espaço para conversas sobre o que a sua mãe faz ou onde está no momento, mas agora a coisa já está dita. E ela segue adiante. – Quando eu era mais nova. Mas depois nunca mais fui.

– Ah, nós temos que combinar de ir. – Miriam está convicta disso. – A minha mãe também adorava as bailarinas.

Miriam não havia reparado no desconforto de Becky. Ela relaxa.

– Eu adoraria acompanhá-la – diz gentilmente.

– Pete, você foi ver o espetáculo dela? – pergunta David.

– Fui. – Pete ergue os olhos das próprias unhas, funga, assente com a cabeça.

– E...? – pressiona David.

Pete tira o cabelo do olho, batuca com os dedos dos pés no chão.

– Bom, foi legal.

– Ele não gostou muito – Becky explica para David.

– Não gostou, hein? – Miriam cruza os braços e lança um olhar de reprovação para Pete por um instante. – Eu não levaria para o lado pessoal, Becky, Pete tem essa tendência a não se abrir muito para as coisas que não conhece. Puxou ao pai nessa parte. É o que alguns chamariam de... – Ela faz uma pausa, arma um sussurro teatral: – *tacanho*.

Pete se recosta na sua cadeira.

– Mas qual é o cardápio, afinal, mãe?

– Você já vai ver – responde Miriam, procurando cuidadosamente em seu rosto algum sinal da crueldade que o pai dele costumava salientar. – Então você trabalha como garçonete de dia, e depois ainda sai para apresentar o seu espetáculo à noite? – Miriam pergunta, afetuosa. – Tem mais energia do que todos nós juntos, Becky!

Becky sorri, envergonhada. Querendo escoar pelo meio da trama do tecido da toalha.

– É verdade. – David dá um tapa no tampo da mesa. Miriam pula de susto. Pete olha para ele, confuso. – Uma garota esperta – diz para Pete. Pete não responde. Fica só olhando. David tenta devolver o olhar dele, mas não consegue. Ele pega o seu garfo e fica examinando os dentes com cuidado.

– E nos dias de folga, o que gosta de fazer?

– Nada de mais – diz Becky. – Como o dinheiro anda curto, nós não estamos saindo muito nem nada, não é mesmo? – Ela vira o corpo para Pete.

Ele sacode a cabeça, triste.

– Não muito.

– Mas os amigos a gente sempre encontra, não é?

– É verdade. – Pete passa o braço pelas costas da cadeira dela, aperta carinhosamente o seu ombro. Becky leva a mão até a dele. Miriam nunca viu o filho demonstrar afeto por pessoa nenhuma. Ela se derrete toda, vira uma poça e evapora.

– A gente vai até o pub, a festas e coisas assim. Quando o Pete está a fim.

– Que ótimo. – Os olhos de Miriam não param de crescer. – Ele leva você para as boates, gosta de exibir você por aí?

– É exatamente isso que eu faço – diz Pete, sem sorrir.

– E o que mais? Eu quero saber. É tão bom saber como é a vida dos jovens, não é, David?

– Mas nós também não dobramos o Cabo da Boa Esperança ainda, meu bem – protesta David, alegre.

– Claro que não, mas também já não temos mais 20 anos, para viver *dançando* e festejando com os amigos. Eu me lembro bem dessa época. Bons tempos, ah, se eram. Nessa idade gente vive para saborear cada minuto, não é, meus queridos?

– A gente tenta – fala Pete.

– E você faz aulas também?

– Faço, algumas vezes por semana. Em algumas semanas mais vezes, em outras menos, dependendo de como estou de dinheiro.

– Porque a vida de garçonete é dura, eu sei disso. Você depende das gorjetas. E tem sempre os mal-educados! – Miriam debruça o corpo para a frente, encantada com a presença de uma moça jovem na casa. A sua filha é tão masculina que é quase como se fosse um outro filho.

Becky ri.

– Nossa, nem me fale! Mas o trabalho é no café dos meus tios, então eu fico feliz por ajudar.

– Ah, que bom. Sendo um negócio de família, é sempre melhor. – Becky olha de relance em direção a Pete.

– E eu faço massagens também. Então, já é bastante coisa. Nós vamos levando.

Pete fica duro no assento.

– Ah, que ótimo. Você deu sorte mesmo, hein, Pete? – Miriam pisca o olho para o filho.

Pete detona a bomba que leva amarrada no peito e o seu corpo explode e deixa as entranhas respingadas pela sala toda.

– Muita sorte – diz ele. Apertando o ombro dela mais uma vez.

– Eu sou fã de todas essas terapias holísticas – diz Miriam, olhando para Becky. – Faço sessões de reiki de quinze em quinze dias. *E* já fiz regressão a vidas passadas. – Ela sorri, procurando a compreensão da outra.

– David acha que é bobagem, mas eu adoro. Não foi a primeira vez que experimentei.

– E o que foi que viu? – indaga Becky.

– Na primeira vez, eu me vi no Antigo Egito.

Pete fecha os olhos, suspira, e os mantém fechados por um segundo inteiro antes de voltar a encarar a mãe.

Becky assente com a cabeça.

– Entendi.

– Eu era um menino, um menino da nobreza, mas me vi correndo pelo bairro pobre. Tinha roubado alguma coisa, sabia que estava fazendo uma coisa errada e que iria pagar caro por aquilo.

– Que medo – comenta David. – Uma vez eu precisei fugir de uma gangue quando era mais novo.

Ninguém fala nada.

– Eu não sei o que tinha roubado, nem por quê, mas corri muito por becos sujos e amarelados, passando por trabalhadores, por mulheres carregando bebês amarrados na frente do corpo ou nas costas, por bancas de vendedores, carroças.

– Igualzinho na TV – diz Pete.

– Quieto aí, você. – Miriam ergue um dedo para ele. – Eu estou falando com Becky. – Ela lança um olhar significativo para ela. Becky prende uma mecha de cabelo atrás da orelha. – E estava quente, era quase meio-dia. Um sol de rachar. Um grupo de jovens jogava uma bola na sombra, e atrás deles eu vi um local em construção, e era uma pirâmide! Ainda não concluída, imagine! E eram corpos por todo lado. Eu fui me esquivando por frestas, atravessando portas e dobrando esquinas, mas eles me alcançaram. Eu senti uma mão agarrar meus cabelos e me puxar para trás. E essa minha vida deve ter terminado bem aí. – Miriam volta a se recostar na cadeira. Assentindo devagar com a cabeça, as sobrancelhas erguidas.

– É como eu sempre digo... – David mostra as palmas das mãos, suplicante, para a sala. – Cada pessoa é uma multidão.

Pete e Miriam mantêm os olhos fixos à frente. Becky o encara e dá um sorriso de apreciação pela sua sabedoria.

A campainha toca.

– Eu vou – diz Pete, arrastando a cadeira no chão de lajotas.

– Quantas vezes eu tenho que dizer, Peter? – Miriam ralha com ele. – Não arraste a cadeira no chão desse jeito.

Pete abre a porta e Becky escuta vozes. Ela corre os olhos pela sala de jantar. Pete volta seguido pela irmã. Becky ergue os olhos e a casa desmorona na sua cabeça.

– Harry, essa é a Becky – fala Pete, de pé entre as duas. Harry está parada no vão da porta. – Becky, essa é minha irmã, Harry.

Harry sente as suas entranhas se enroscarem. Seu corpo é como uma esponja seca. Becky sente os seus pulmões se expandirem, cada alvéolo bem cheio de ar. Ela de repente fica consciente de cada órgão do seu corpo, todos funcionando ao mesmo tempo.

– Oi – cumprimenta baixinho. – O cabelo cai na frente do seu rosto. Ela tira as mechas com a mão. – Muito prazer.

Harry debruça o corpo e a beija de leve no rosto.

– Oi. – O sorriso no seu rosto é gentil e discreto. Becky se sente grata por isso. Miriam remexe o corpo no assento para assistir à cena. Harry senta ao lado da mãe e dá a ela um sorriso cauteloso. Pete mordisca a unha do polegar. Harry não consegue respirar.

– Bem – diz David –, então já estamos todos aqui. – E bate as palmas das mãos, exultante.

– Então está certo – fala Miriam, levantando-se e saindo da sala. Ela volta usando luvas de cozinha, com cinco pratos empilhados nas mãos. – Estão bem quentinhos – anuncia alegremente.

Ela aqueceu os pratos. Becky nunca teve uma refeição em família, não desse jeito. Ela ajeita o corpo na cadeira, a sua postura ereta como sempre. E dá uma espiada em Harry disfarçadamente. O corpo miúdo está recostado na cadeira, e ela esfrega as bochechas com as duas mãos. Os olhares das duas se cruzam rapidamente e uma corrente elétrica percorre o espaço entre eles, deixando um rastro de cinzas ao passar. Harry desvia os olhos, as mãos inquietas agarrando a borda da mesa quando ela puxa a cadeira para a frente e se concentra em examinar os talheres.

Miriam sai novamente e retorna com uma panela grande, que deposita no meio da mesa sobre um descanso que estava ali.

– Eu fiz um ensopado, só isso. Nada muito sofisticado. Pete me garantiu que você não era vegetariana. E não é mesmo, é?

— Isso mesmo. Não. Eu como de tudo – diz Becky.

— Ótimo, é assim que eu gosto – fala Miriam. – Embora seja difícil de acreditar, com um corpinho desses – comenta ela, a caminho da porta outra vez. Becky se encolhe, vermelha. Fica olhando para o vinho. Miriam volta. – E um purê de batatas – fala. – Com alguns legumes também. – Ela leva as duas travessas para a mesa e as pousa sobre descansos combinando entre si, que também combinam com os guardanapos dobrados ao lado de cada par de garfo e faca. Becky repara em todos esses detalhes. – E eu fiz uma salada também. Só uma saladinha. – Miriam coloca uma tigela grande cheia de folhas coloridas do outro lado da panela do ensopado. – Ah, e eu já ia me esquecendo. – Ela dá uma corridinha para fora, e todos ouvem as suas passadas fazendo o curto trajeto até a cozinha e tornando a voltar. E reaparece na porta. – O moooolho. – Ela traz na mão uma molheira que combina com os pratos, põe na mesa e então, antes de se sentar, tira a tampa do ensopado e faz o vapor subir como num comercial de família feliz.

Pete inclina o corpo e põe o nariz por cima da panela.

— O cheiro está uma delícia, mãe!

— Bem, o tempo já começou a esfriar. – Miriam lança um olhar doce em sua direção. – E todos nós precisamos de comida nutritiva para ficarmos fortes.

— Tudo está com uma cara ótima, Miriam, obrigada – diz Becky. Lutando com uma dor que a arranha por dentro, tentando conter a raiva que incha por todas as refeições que ela nunca teve com os próprios pais.

— Ah, é só um almoço comum – diz Miriam, obviamente lisonjeada com os elogios. – E eu tive ajuda do David para preparar. Não foi, meu bem?

— Não, não, eu tenho que confessar que atrapalho mais do que ajudo. Sou uma negação na cozinha. – Ele faz uma pausa, toma um gole do vinho. – O que não se aplica a outros cômodos da casa, onde me saio muito bem.

Pete engasga um pouco com o seu vinho. Becky debruça o corpo para a frente para esfregar as costas dele enquanto começa a rir silenciosamente por trás da mão. Sentindo-se melhor. Harry parece mortificada. Sem saber para onde olhar. Miriam fica muito vermelha.

David não nota o desconforto ao redor.

— Tome um gole de água, Pete. – Pete o encara, consternado. David percebe o olhar, as engrenagens giram dentro do seu cérebro bem-intencionado.

Ninguém fala nada. – Meu Deus, não! – diz ele de repente. – Não, não, eu estava falando da sala. Da sala de televisão. Eu só quis dizer que me saio muito bem na hora de sentar no sofá e ver TV. Minha Nossa. Eu jamais iria... Apesar de quê, é claro. Nós somos todos adultos.

Ninguém fala nada. Becky abafa o riso. Enfia a mão dentro da boca. Pete bebe água, sacudindo a cabeça.

– Muito bem, então – diz David. – Mas quem é que vai querer ensopado? Passem os pratos de vocês. – Ele serve o almoço, e, depois que todos já estão com seus pratos de comida e mais vinho nas suas taças, faz o próprio prato.

Eles ficam sentados em silêncio. Ouvindo o barulho molhado das bocas mastigando a carne. O ponteiro dos segundos faz tique-taque.

Miriam é filha de um açougueiro. Teve uma vida inteira passada entre carcaças e nacos de carne; o baque dos bifes sendo cortados dos flancos dos animais. Os seus irmãos e tios embrulhando cortes em papel branco, o pai com seu avental. A primeira loja própria, em Leyton. O pai se chamava Raymond. A mãe era Annabelle. A mãe trabalhava como professora de uma creche e amava o marido e os filhos acima de qualquer outra coisa. Eles haviam se conhecido durante a guerra. Ray como piloto, Annabelle sinalizando para os aviões na pista, empunhando bandeiras coloridas que guiavam a volta das aeronaves para a terra firme. Os dois se casaram a bordo do porta-aviões onde estavam servindo, em algum ponto no meio do oceano Índico. Miriam foi a última filha a nascer, a caçula de uma prole e tanto. Muitos anos mais nova que os três irmãos maiores. Annabelle já tinha quase deixado de lado a esperança de ter uma menina.

Quando Miriam chegou, ela se transformou no orgulho e na alegria de sua mãe, e Annabelle fez o que pôde para manter sua filha longe dos gritos do abatedouro e do vaivém do cutelo do pai. Ela frequentou uma boa escola, e seus amigos eram crianças limpas e educadas. Eles viviam num subúrbio verdejante da Zona Leste de Londres numa casinha simples e acolhedora que tinha um jardim perfumado. Mas Miriam tinha uma atração pelo açougue. E acabava ficando por lá, implorando para os irmãos não contarem à mãe que a tinham visto.

Na hora de dormir, Annabelle se sentava à cabeceira da cama da filha, mostrando sua coleção de cartões-postais de bailarinas que guardava num envelope especial na gaveta da sua cômoda. Ela sussurrava o nome das bailarinas, e as peças que cada uma estava dançando nas fotografias dos postais.

– Para ser uma mulher, você precisa lutar, como uma bailarina luta. Tem que se esforçar muito... É um trabalho duro. E que, se você fizer direito, acaba parecendo natural. Mas a diferença entre nós e as dançarinas, minha querida, é que nós jamais recebemos aplausos pelas coisas que conseguimos fazer.

Miriam escutava em silêncio, como sempre fazia, mas não conseguia concatenar nenhuma daquelas palavras. O seu coração pulsava vermelho com o sangue de uma açougueira.

Enquanto os irmãos eram livres para trabalhar e estudar e sair com garotas e fumar cigarros, de Miriam se esperava que seguisse o exemplo da mãe e fosse uma moça cuidadosa e discreta e gentil. Com a chegada da puberdade, ela aprendeu a sentir vergonha. Começou a desejar ser diferente. Passou a odiar o barulho e o fedor dos açougues do pai. E ela passou a ver que a vida não era o que nós fazemos dela, mas aquilo em que decidimos perseverar. Miriam sentia que aquilo que era não bastava. Que ela não era uma garota como deveria ser, de certa forma.

Ela completou 17 anos e saiu da casa dos pais. Atravessou o rio e alugou um quarto na sobreloja de um pub em Camberwell. Ela arranjou um trabalho lambendo selos e enchendo envelopes num escritório de contabilidade. Detestava cada instante do seu dia, mas ele lhe rendia dinheiro para o aluguel e um bom troco para gastar. Ela arrumou outro emprego à noite como garçonete de um bingo, e começou a fazer uma poupança todos os meses para que, ao completar 18 anos, pudesse comprar uma motocicleta. A sua mãe detestava o quarto na sobreloja do pub, a motocicleta, os seus empregos. Ela não conseguia compreender o que tinha acontecido com a sua filha tão preciosa. Queria que Miriam conhecesse um bom rapaz e se aquietasse na vida.

Miriam lia com voracidade à noite, e escutava os discos dos seus artistas preferidos – The Jam, The Clash, Buzzcocks e Patti Smith. Ela usava calças justas de jeans preto e coturnos e jaquetas masculinas. Estudava cinema, estudava poesia. Ela estudava as pessoas que frequentavam o bingo. Nos fins de semana, fazia roncar o motor e levava sua moto até Brighton. Dormia com os homens que lhe agradavam, mas não queria a aporrinhação de ter um namorado. Tinha um grupo de amigas que adorava e que trabalhavam como enfermeiras e recepcionistas e modelos-vivos. Elas saíam juntas para dançar à noite e acompanhavam umas às outras até em casa depois do dia clarear.

Quando completou 22 anos, Miriam estava morando numa construção invadida sem água quente em King's Cross com dois carteiros marxistas, um condutor de metrô e um técnico de laboratório. Eles imaginavam o lugar como uma comuna, mas Miriam acabou se vendo incumbida da maior parte das tarefas domésticas, do preparo da comida e da matança dos ratos. Ela trabalhava como atendente da biblioteca da King's College no turno da noite. E estava economizando dinheiro para viajar. Queria conhecer as montanhas do Afeganistão. Passava os dias tomando conta dos filhos das famílias "bem de vida" de Hampstead e as noites no balcão da biblioteca, com seus livros de estudo.

Graham era aluno de Direito na King's. À noite, se agarrava aos livros no meio de uma nuvem de haxixe, decorando os casos. Primeiro, eles davam acenos de cabeça um para o outro e logo os cumprimentos se transformaram em sorrisos. Quando chegava a hora de fechar a biblioteca, Miriam começou a esperar ansiosa pelo momento em que teria que ir acordar Graham para avisar que precisava ir embora. Na terceira vez que isso aconteceu, ela o convidou para ir beber alguma coisa. Eles acharam um bar fuleiro aberto no fim de noite de King's Cross, e os risinhos excitados logo borbulharam.

Ele era desastrado e galante, e os dois começaram a se encontrar pelos corredores entre as estantes quando ela ia fazer a sua ronda da noite e devolver às prateleiras os livros que haviam sido consultados. E Miriam logo se viu olhando para os textos que levava para o trabalho sem conseguir absorver palavra nenhuma, à espera de que a silhueta dele cruzasse a roleta da entrada da biblioteca.

Ela propôs levar Graham na garupa da sua moto uma noite. Ele caiu antes mesmo que o motor arrancasse, e ao vê-lo estatelado no chão, tão frágil e constrangido, rindo como um bebê, Miriam sentiu nas suas entranhas alguma coisa que nunca tinha sentido antes.

Ela partiu para a sua viagem, ele terminou seus estudos. Os dois escreviam cartas compridas um para o outro. Graham se sentia frustrado com a distância. Ele queria que os dois fossem morar juntos, que começassem uma vida, que tivessem a vida que os casais devem ter juntos. Só que ela tinha um mundo que queria conhecer. E ele não sabia se voltaria para os seus braços ou não. Mas Miriam voltou. E, no instante em que estava instalada de volta, Graham se esqueceu de amá-la da mesma maneira.

Nos 22 anos seguintes, Miriam se lançou à missão de ser mãe e dona de casa, e encontrou nisso uma alegria que nunca havia sentido. Mas a garota que um dia havia sido ainda espreitava de dentro do seu peito, nos momentos em que tudo estava quieto.

A sua única filha, Harriet, sempre tinha tido jeito de moleque. Ela queria cortar o cabelo curto e não brincava com brinquedos de menina nem queria usar roupas de menina. Essa inclinação para o mundo masculino, inofensiva aos 8 anos, começou a parecer estranha à medida que Harriet foi crescendo. Aos doze, ela vivia se metendo em confusão; a violência seguia os seus passos de uma maneira que deixava Miriam chocada. Harriet era capaz de chegar em casa sangrando e com hematomas e simplesmente cambalear até a cozinha para pegar uma bolsa com gelo e depois subir para o seu quarto sem dizer nada. Ela se transformou numa adolescente muito reservada e independente. Miriam não sabia como chegar até a filha. Harriet detestava fazer compras; ela não suportava nem pisar numa loja de roupas. Ficava envergonhada de ir até a seção masculina onde estavam as camisas que gostava de usar, e, na seção feminina se sentia um peixe fora d'água. Nada nunca caía bem, e ela achava que era culpa sua. E ir ao cabeleireiro também era uma tortura. Miriam foi percebendo, aliás, que a sua filha nunca ficava à vontade na maior parte dos lugares públicos.

Ela estava certa de que era só uma questão de tempo até que Harriet conhecesse o homem ideal, da mesma maneira como Graham havia surgido na sua vida, e que então a filha se acomodaria aos papéis de esposa e mãe e perceberia que a felicidade verdadeira estava ali. A questão não era tanto que ela não acreditasse na convicção de Harriet sobre o fato de ser gay. Na verdade, Miriam não acreditava que as mulheres em geral pudessem ser realmente desse jeito.

Pouco a pouco, a chegada da idade foi transformando Miriam em uma mulher antiquada e cega pelo conforto da própria vida, uma mulher que repetia para si mesma que não havia nada de tão errado assim e que as coisas acabariam dando certo no final.

— Mas e então, como estão as coisas, Pete? Alguma novidade da agência de empregos? – David o encara por cima dos óculos, um pedaço de espinafre espetado para fora dos lábios, a boca ainda mastigando.

– Eu consegui duas semanas como carregador de móveis de escritório. Foi legal. Depois criei uma conta no eBay para a avó de um amigo e a ajudei a vender uns ternos do marido que tinha morrido. E ela me deu cinquenta pratas, então acho que foi legal também. – Ele se sente falando com o talo de espinafre.

– E você chegou a alguma conclusão sobre o que pretende fazer, err, mais a longo prazo? – David passa o guardanapo no rosto. O espinafre sai da sua boca. Fica grudado no queixo.

– Hum… Não – responde Pete. – Acho que não. – A família o encara, esperando. Ele olha para todos. – Não tem nada para mim no mercado. – Ele ergue as mãos espalmadas, falando num sotaque *italianado*. – Mas ah, o que se há de fazer? – A família come. Pete termina seu vinho. Serve mais uma taça. – Tem espinafre no seu rosto, David – diz ele.

– Ah – faz David. Miriam olha para ele.

– Tem mesmo – diz ela, e limpa usando o seu guardanapo.

Harry termina a última garfada do seu ensopado e pousa os talheres.

– Alguém viu algum filme bom no cinema ultimamente? – cantarola David. Ninguém responde. David olha um por um, esperando pacientemente.

– Não, eu não – diz Harry. – Algum de vocês viu? – Ela dirige a pergunta para Pete e Becky.

Becky olha para Pete.

– Não, a gente não viu nenhum. – E você, David, viu alguma coisa que o agradou?

– Não – diz David, pensativo. – Eu também não vi.

Becky termina de comer e pousa a faca e o garfo no prato. Limpa a boca com o guardanapo. Repara que ele combina com o friso decorativo da parede. Miriam também pousa os seus talheres.

– Eu só queria saber se algum de vocês mais jovens tinha algum filme para recomendar – diz David. – Só isso.

Pete põe os seus talheres no prato.

– Tem mais vinho, mãe?

David se levanta e caminha para o lado da sala.

– Tem, sim, temos mais uma garrafa aqui. Aquelas duas já acabaram? Estamos muito malandrinhos hoje! – Pete faz uma careta ao ouvir a expressão. David abre o vinho e serve mais uma rodada geral. Todos bebem.

– Bem – diz ele. – Este. Está. Fantástico. – Todos concordam.

– Já terminamos? – pergunta Miriam. Todos fazem que sim. Ela se levanta para tirar a mesa.

Becky salta da cadeira.

– Não, não – fala. – Eu faço isso.

– Não seja boba, querida. Você é nossa convidada, não precisa fazer nada.

Becky sacode a cabeça.

– Não – insiste. – Eu não teria me oferecido se não estivesse mesmo disposta a fazer.

Miriam, comovida, volta a se sentar.

– Mas você não vai saber onde guardar as coisas – diz ela.

– Ah, isso eu posso descobrir – fala Becky, empilhando os pratos e seguindo em direção à cozinha.

Miriam passa um olhar severo de David para Pete e para Harry. Pete dá um belo gole no seu vinho. Vira a taça. Deixa quase que só uma gota no bojo dela.

Harry se levanta com um salto.

– Deixa que eu ajudo! – diz ela.

– Assim é que se fala, Harriet! – David sorri.

– Mais vinho, querido? – Miriam volta a encher a taça de Pete. Com um olhar agora suave.

– Valeu, mãe – diz ele. Quase bêbado.

— Como seu pai está? — pergunta ela, no tom cuidadoso que sempre usa para falar desse assunto.

— Está bem. Resolveu ser voluntário no asilo. — Isso é mentira, mas Pete acredita nas suas palavras no momento em que as pronuncia.

— Ora, mas isso é ótimo. — Miriam parece quase ofendida de tão surpresa que está. — É muita bondade dele ter escolhido fazer isso.

Becky vai para a cozinha, deixando enfim o rosto relaxar, hiperconsciente de si mesma e das suas origens. A cozinha é nova em folha, tudo parecendo muito brilhante e de prontidão. *Um cômodo,* pensa Becky, *que tem muito a cara do David.* Ela pousa os pratos ao lado da pia, e abre a torneira por um tempo. Duas janelas retangulares na parede atrás da pia dão para um jardim de fundos pequeno e bem-cuidado, com árvores frutíferas em vasos, e um gnomo pescando perto da cerca.

Harry entra e põe mais uma pilha de louça suja ao lado da primeira e pega o pano de prato que está pendurado num gancho e joga por cima do ombro.

— Você lava e eu seco? — pergunta para Becky. O ar entre as duas estala e ruge de tanta tensão.

— Claro. Combinado — diz Becky. Esguichando detergente do frasco para dentro da pia que ainda não acabou de encher.

Harry pega os pratos e vai raspando os restos na lixeira. Tudo está lento e carregado de estática. Ela põe os pratos de novo na pilha. Vira o corpo para voltar à sala.

— É bom ver você outra vez — diz ela baixinho antes de caminhar até a mesa para buscar a panela do ensopado e as travessas. Becky sorri para si mesma e fecha as torneiras. Harry volta, deixa a louça na pia e vai se postar ao lado de onde ela está. — Mas das panelas pode deixar que eu cuido.

— Malvada — diz Becky, sem erguer os olhos da água da pia.

Harry não consegue parar de clicar instantâneos da outra com os cantos dos olhos. O corpo de Becky pintado de ouro pelo sol do fim de tarde, a boca aberta, sorrindo, a o raio de luz nos lábios dela, um relance ocasional das covinhas nas bochechas. O piercing no nariz. O coração de Harry está em brasa.

– Eu fiquei pensando mesmo se ia esbarrar em você alguma outra vez – diz Becky, e a tensão geme no ar, faz pressão em cima das duas.

– Que loucura isso, hein? – As duas riem. – Uma puta loucura. – Becky corre os olhos pela pia procurando uma esponja ou esfregão. Encontra o que precisa.

– Mas então, como você está? – indaga Harry. Falando numa voz baixinha.

– Sei lá. Tudo bem, eu acho.

– E como vai a sua dança?

Harry está parecendo mais confiante do que antes. Mais leve.

– Vai bem, tudo certo. E a sua?

– A minha dança?

– Uhum.

– Bom, eu continuo mandando superbem no *Bogle*.[7] – Becky deixa escapar um riso surpreso. Harry se concentra no prato que tem nas mãos. No pano de prato. No gnomo impassível lá fora. – Não acredito que dei de cara com você aqui – diz ela.

Becky sacode a cabeça, sorrindo.

Harry aponta para fora da janela. Seu rosto desaparece numa máscara confusa.

– E com gnomo e tudo no jardim – sussurra. – Com gnomo e tudo! – E o absurdo da situação toda atinge as duas como uma marretada e elas agora estrilam pra valer, estourando numa gargalhada incontrolável que cresce de baixo para cima, desenrolando novas camadas sempre que cada onda de riso ameaça morrer. Frouxas de riso, elas ficam agarradas ao balcão da pia até esgotar toda a graça. E suspiram como duas velhas depois de uma boa piada.

Harry enxuga os olhos e então se vira para Becky, com um ar sério de repente.

– Escute só, Becky – diz ela, baixinho.

Becky ri outra vez, a seriedade na expressão da outra lhe parecendo fazer parte da piada. Mas o rosto de Harry não muda, e o riso dela vai derrapando até parar.

---

[7] Subestilo do dancehall de origem jamaicana. (N. da T.)

– Desculpa. Tá. Hora de falar sério. – Becky pousa a esponja que estava na sua mão e se concentra.

– Aquelas coisas que eu falei pra você? Quando a gente se conheceu?
– Aham?
– Sobre o que eu *faço*. – Harry retorce desesperadamente as sobrancelhas, os olhos em pânico. – Para *ganhar dinheiro?* – Ela está sussurrando.
– Sei, eu me lembro. – Becky pesca os talheres dentro da água com sabão. – O que é que tem?

Pete não para de espiar em direção à porta, tentando espichar a visão pela extensão do corredor até dentro da cozinha. Ele escuta a onda de risadas inchar, quebrar e ir morrendo. E se sente arrasado por ela.

– Está tudo bem com você, filho? – pergunta David. Pete o encara. Arregala os olhos para o seu rosto pensando coisas cruéis. David empurra os óculos para cima do nariz de batata.

Pete se levanta sem falar nem demonstrar emoção nenhuma e caminha devagar para fora da sala.

David olha para Miriam, encolhe os ombros.
– Não entendi – diz.
Miriam dobra as mãos no colo, tomba a cabeça e respira fundo.
– Esse rapaz é do tipo complicado – diz à mulher. – Provavelmente porque viveu sempre muito enfiado nos livros.

Ela fita os olhos dele em pleno desespero.
– "Filho"?! – repete.
David joga as mãos para o alto e tapa o rosto.
– Ai, meu Deus, eu falei sem pensar. Meu Deus do Céu, será que ele ficou muito chateado?

Pete se esgueira pelo corredor sem pensar no que está fazendo, só se deixando levar. Ele vai na ponta dos pés, as costas coladas à parede, até que chega à porta da cozinha e espia pelas frestas para ver Harry bem perto de Becky, os lábios falando perto da orelha dela, os olhos brilhantes.

– Você contou ao Pete? – A voz da irmã é familiar demais.

— Não. — Ela sacode a cabeça. — É claro que não.

— Bom, então não conte. — O tom de Harry é de urgência. Suplicante. — Não diga nem uma palavra. Ninguém pode saber, Becky, por favor. Isso é muito importante.

— Fica tranquila. — Becky a acalma, com um olhar carinhoso. — Você não precisa se preocupar. A gente nem precisava ter tocado nesse assunto.

Uma onda súbita de calor ruge do peito de Pete até as extremidades do corpo. Os punhos formigam de tensão e o tórax e a nuca e o maxilar endurecem, como se as suas veias estivessem pulsando cheias de estática no lugar do sangue. A respiração não é mais respiração, é só uma foto, uma ideia de respiração, só que sem ar, sem respirar de verdade. A boca se abre e abocanha o ar, mas ele não chega até o sangue. A cabeça ficou dura por dentro. Ele observa o ambiente sem ser visto, se sentindo como um *stalker* ou sei lá, algum tarado espiando trêmulo pela fresta da porta, e Harry lá tão perto e aliviada e sorrindo, e Becky com a respiração acelerada, os lábios abertos; ela está sorrindo de verdade, a cabeça inclinada, e agora ri, o sabão na água cintilando à luz do sol, ela caminhando até onde ele está para mergulhar os pratos e Harry ali, dizendo alguma coisa, a voz baixa demais para ser ouvida, e Becky rindo com vontade. O cabelo cai do penteado, ela volta a prendê-lo. Piscando os olhos. A sensação de Pete é que Becky não ri desse jeito com ele há meses. Ela nunca se diverte com as coisas que ele tem para contar. O que Harry pode ter para dizer que ela está achando tão engraçado assim? Como foi que ela conseguiu fisgá-la desse jeito? Ele olha para a irmã e vê o seu corpo esculpido em alabastro. Sabendo que Becky fica com garotas além de ficar com caras. Talvez Becky tenha tesão pela sua irmã. Pete já viu que a irmã só pode estar com tesão em Becky. Nada fica seguro quando Becky está ao seu lado. Cada pessoa que existe no mundo vira uma ameaça. Ele seria capaz de tacar fogo no mundo todo para poder ficar com ela só para si. Mas, mesmo que fizesse isso, ela iria ficar mais interessada em ver as brasas queimando do que em lhe dirigir um olhar carinhoso. Enfim. Becky não gosta dele. Não gosta daquilo no que ele está se transformando. E ele não sabe como impedir que isso aconteça. Quando olha para as duas, a vontade que tem é de fazer alguma coisa terrível. Ele respira, o pânico inchando na garganta, agarrando as suas orelhas. Tudo berrando por dentro do seu peito. Ele dá as costas para a cozinha e caminha depressa e constrangido para dentro, estampando passadas culpadas pelo corredor até chegar à porta da frente. Batendo-a atrás de si. *Elas que fiquem uma com a outra*. Ele ampara o coração com a mão úmida. *Foda-se*. Segura a própria garganta.

 O ar frio parece quente e espesso demais para ser ar, a sensação é que está respirando mingau. Pete não consegue sorver o ar direito, parece que uma mão invisível está com o polegar tapando a sua traqueia. Ele era alguém que se importava com as coisas. Que queria melhorar o mundo. Queria desafiar as coisas. Compreendê-las. Agora parece complicado demais segurar na cabeça qualquer coisa que esteja além da realidade imediata. Ele não consegue pensar no porquê de não ter dinheiro, em por que vive sem trabalho. Só sabe que não tem nem dinheiro nem trabalho. Nem esperança de uma vida que valha a pena. Ele não consegue enxergar nada além de Becky na sua cabeça. Ele se debate, entra em pânico achando que não está sorvendo oxigênio suficiente, consegue sentir a garganta estreitando. Ele caminha depressa, tenta esquecer o pânico. Diz para si mesmo que já está respirando. Que não precisa pensar no assunto. Que já está fazendo a coisa certa. Está respirando.

 A batida da porta tira Harry e Becky da cozinha, e Miriam e David da sala de jantar. Os quatro estão no corredor, se entreolhando.

 – O que aconteceu? – pergunta Harry, olhando para Miriam.

 – Ele já foi? – pergunta Miriam. Nenhuma dá mostras de ter ouvido a pergunta da outra.

 – Pete? – Becky chama virada para a escada, mas não vem nenhuma resposta de lá.

 – Foi o Pete que acabou de bater a porta? – Harry pergunta para ninguém.

 – Ah, David. – Miriam dá as costas para ele.

 – Eu sinto muito, meu bem. – David vira o corpo junto com o dela, falando com as costas da esposa.

 – O que foi que aconteceu? – pergunta Becky.

 – Nós estávamos conversando, e eu chamei Pete de "filho". Só como um jeito de falar, você sabe. Mas acho que ele se aborreceu.

— É claro que ele se aborreceu! Coitado do Pete. — Miriam está com uma das mãos no quadril, a outra amparando a própria testa.

— Vai ver ele só foi tomar um pouco de ar — diz Becky. — Já deve estar até voltando.

Eles assentem. Miriam parece arrasada. Harry fica prostrada, se sentindo estranha sem o irmão ali, sem alguém para servir de anteparo entre ela e a mãe.

— Vamos pôr a chaleira no fogo, mãe? — pergunta Harry. — Para fazer o chá?

— Vamos. — Miriam concorda com o chá, mas não sorri para a filha. Ela se vira para Becky. — Eu preparei uma sobremesa. Se alguém ainda estiver com apetite para isso.

— Ah, eu aceito uma bela fatia de torta! — diz David, tentando desanuviar o clima entre os dois.

— Mas isso não está certo, de qualquer maneira — fala Miriam, indo para a cozinha aquecer o creme. — O garoto por aí sofrendo, e nós comendo torta! Coitadinho. — David vai atrás dela, a cabeça baixa. Becky não diz nada, só abre a porta da casa e olha para o final vazio da rua sem saída.

Harry se dirige devagar para a cozinha, atrás de David.

— Você já pensou em alguma coisa para o aniversário dele? — pergunta ela.

— Claro. Eu tive algumas ideias de presentes, mas não sei ainda o que ele vai querer fazer. Vocês conversaram a respeito?

— Eu estava pensando em dar uma festa para ele. — Harry encosta o corpo no balcão, esperando a água ferver. Miriam está em frente à geladeira pegando a torta. Se não olharem uma para a outra, elas conseguem manter a conversa acesa por muito mais tempo. — O problema é que, você sabe, ele detesta aniversário.

— É claro que não, ninguém detesta o próprio aniversário. As pessoas só ficam preocupadas com a chance de ninguém se lembrar de comemorar, só isso — explica Miriam pacientemente.

— Então você acha que pode ser uma boa ideia? — Harry joga um saquinho de chá para o alto e volta a pegar. E joga outra vez.

— Claro que é. Já está na hora de ele ter uma boa festa de aniversário. — Miriam olha de relance por cima do ombro. — Não faça assim com o chá.

Harry deixa o saquinho cair de volta numa das xícaras.

— Tudo bem, esse vai ser para mim, mesmo.

— Que tipo de festa você está pensando em dar?

— Bom, eu conheço o Pete. — Harry serve a água. — David pega o leite para ela com um exagero no gesto, trazendo a garrafa e até fazendo questão de tirar a tampa dela antes de lhe passar. Harry grita para o corredor um "VAI QUERER CHÁ, BECKY?". Espera por uma resposta, mas não escuta nenhuma. Ela continua: — Só dá para ter uma festa se for uma festa surpresa.

— Ótima ideia.

— É verdade. — David impulsiona o corpo para cima do balcão e senta com as costas viradas para a parede, os pés balançando no ar. — Eu ADORO uma festa surpresa. É TÃO divertido! Ele está fazendo alguma idade redonda?

— Não, não este ano — diz Miriam. — São 27. — Harry passa uma xícara de chá para ela. Miriam olha para a xícara. — O chá ficou um pouco forte demais para mim, na verdade. — Ela se vira para David. — Pode servir mais uma gotinha de leite, David, por favor?

David pula do balcão e corre para onde está o leite, que continua perto de Harry, pega a garrafa e derrama um pouco mais na xícara de Miriam. Eles sorriem um para o outro.

Harry é tomada por uma onda de raiva. Ela respira até senti-la passar. E entrega o chá para David.

— Ótimo — diz David. Harry assente, agradecendo.

Do lado de fora da casa, Becky olha para um lado e para o outro da rua, mas não o vê. Ela chama outra vez. Ele não responde. Ela tenta ligar para o seu celular uma última vez, mas cai na caixa postal. Voltando a entrar em casa, encosta o corpo na parede do corredor. Pode ouvir Miriam tagarelando sobre a torta.

Harry sai da cozinha. Acena com a cabeça para o telefone na mão de Becky.

— Ele atendeu?

— Não. — Becky morde o lábio. Olha para o celular.

Harry pega o casaco que estava pendurado por cima do corrimão da escada.

— Bem — diz ela. — Eu estou indo para casa, se você quiser companhia até a estação. — Harry está parada com a sua postura esquisita de sempre, os ombros como dois pregos onde o resto dela foi pendurado.

— Eu só preciso me despedir da Miriam e do David. — Becky passa por ela, encosta no seu braço na altura do cotovelo.

Na cozinha, Miriam e David estão discutindo se é melhor creme ou sorvete. Miriam vestiu seu avental e está segurando uma bandeja de torta de maçã.

— Obrigada pelo jantar — diz Becky perto da porta. — Eu acho que não vou ficar para a sobremesa.

— Você já está indo, querida? — Miriam pousa a bandeja.

— Se o Pete aparecer de volta, digam para ele me ligar, está bem?

— É claro que eu digo. E você faça o mesmo se o encontrar primeiro. — Elas sorriem uma para a outra. — Foi um prazer conhecer você. — Miriam caminha na direção de Becky, os braços estendidos, e puxa seu corpo para lhe dar um abraço. Becky repara que o avental que Miriam está usando combina com os guardanapos, e aperta um pouco mais o abraço. David, encostado na porta da geladeira e segurando um pote de sorvete, empurra os óculos para cima do nariz, sorrindo.

Harry caminha ao lado de Becky. Elas mantêm o passo sincronizado, olhando as pedras do calçamento. Nenhuma das duas sente necessidade de falar. Becky tira o cabelo do rosto, ajeita o colarinho ao redor do pescoço. Todas as coisas do dia parecem estar se fechando. Elas escutam cada carro que passa e cada trinado de passarinho. Harry balança os braços dos lados do corpo, caminhando com passadas preguiçosas. As mãos de Becky estão nos bolsos da jaqueta. Elas viram para a esquerda no fim da rua. Harry aponta.

— É a estação, bem ali.

Elas continuam andando, atravessam a pista e entram, olhando os horários dos trens.

— Onde você mora? — indaga Becky.

— Perto da Lewisham Way. Na Tanner's Hill. Você conhece?

— Claro, eu moro bem ao lado. Nos prédios por trás da High Street — fala Becky, sorrindo surpresa.

— Em Deptford? — A voz de Harry saltita de excitação.

— Isso — assente Becky.

— É incrível a gente nunca ter se esbarrado, né?

– Bom, talvez agora que você sabe que eu estou por lá. – Becky examina a tela. O cabelo dela tremula com a brisa que passa pela estação; o vento roça a sua nuca, ela tem um calafrio. – Tem um daqui a nove minutos.

– Vamos.

Elas descem a escada e sobem do outro lado. Becky sopra as mãos, que formam uma concha, e se recosta na parede da estação. Elas olham o relógio funcionando; um dos painéis está quebrado e mostra um 3 que mais parece um 8.

– Eles são muito legais, a sua família. – A voz de Becky está suave, ecoando baixo na plataforma vazia.

Harry baixa a cabeça e olha para os pés, constrangida.

– É, a gente tem altos e baixos.

– Eu achei tudo uma delícia. Todos se entendendo tão bem. – Harry solta um risinho. – Qual é a graça?

– Bem diferente de antes. – Ela olha nos olhos de Becky. Cai para dentro deles, se debate. Escala de volta para a margem.

– Como assim? – Becky sente o vento ficar mais forte ao redor delas, observa a silhueta de Harry.

– É uma história comprida.

– Bem... – Becky ergue os olhos para o relógio. – Nós temos sete minutos. – Ela fecha a jaqueta, o rosto calmo e relaxado.

Harry curva o corpo e se fecha sem perceber, depois lentamente vai voltando a ficar ereta. A sua postura nunca foi boa. Ela começa a falar, uma palavra de cada vez, como se os pés estivessem enveredando por uma trilha muito estreita.

– Eu fiquei sem falar com a minha mãe, tipo, dez anos. – As sobrancelhas de Becky levantam. Harry dá de ombros. – Ela não conseguia entender que... – Ela cai num silêncio. Procura as palavras, sem conseguir achar. – O meu jeito de ser.

– Que jeito? – Becky se recosta na parede e observa a nova amiga com atenção. Os dedos arranham o cimento entre os tijolos às suas costas, esfregando as migalhas vermelhas e empurrando para dentro do sulco.

– O meu. – Harry também se encosta e apoia a sola do pé na parede, quicando um pouco contra ela.

— Você não consegue falar a palavra? — Becky se debruça na direção dela, os olhos arregalados e redondos como os de um galgo. Harry morde o interior das bochechas, fazendo uma prega no rosto. É um tique leve que ela não consegue evitar, e que dá uma pista da intensidade dos seus sentimentos.

— O que foi? Não, não foi isso que eu estava querendo dizer. Para mim não tem problema nenhum. Está tranquilo. — Becky olha o perfil de Harry; os malares sob o sol de inverno. Ela está corando. Harry desvia os olhos, fita os trilhos vazios, vasculha o bolso procurando o seu tabaco. Fica concentrada na tarefa de enrolar um cigarro. Fala para o espaço da estação. — Eu fui morar com o meu tio quando estava com 15 anos. — A voz se racha bem na base das vogais. Ela fala baixo, com uma textura musical, numa sonata cascateante. Com a dureza modulada do sotaque da Zona Sul de Londres. — Ele era bom para mim. Mas não estava muito bem. Era viciado, acabou ficando doente. Ele faleceu há alguns anos. Foi no funeral que eu e minha mãe voltamos a nos falar. Mas agora está tudo certo. A gente se entende.

Becky gira o corpo a fim de ficar de frente para Harry. A última porção de luz do dia está escorrendo do céu. A pele dela fica mais densa à medida que escurece.

— Eu lamento por isso tudo.

— Ah, não faz mal. Está tudo certo. — Harry tira o pé da parede, se vira para encarar Becky e fica com o corpo apoiado no ombro, a lateral da cabeça roçando os tijolos. — Família é assim mesmo, esse tipo de coisa acontece. — Becky concorda com um aceno de cabeça, dobra os braços e passa uma das mãos no cabelo dela. — Não sei como Pete não tinha comentado nada com você — diz Harry, e o nome de Pete abre um poço no chão, com um vórtice de vento escuro dentro dele que puxa a estação toda em sua direção.

— Ele não costuma falar muita coisa sobre vocês. — Becky não tira os olhos do rosto de Harry. O seu corpo são cinzas e lama e barro. Tudo trêmulo de relevância. Ela está prestes a estender a mão para tocar o rosto de Harry quando o trem chega. Os estalos e o chocalhar empurram para longe a quietude da plataforma. O silvo da eletricidade e do aço. Becky olha o trem parando. Linhas amarelas e azuis cambaleiam virando formas, portas, rostos de pessoas.

— Você quer esperar o próximo? — pergunta Becky.

Harry pisca no vento soprado pelo trem, olha de esguelha para Becky, flagra o sorriso dela.

– Tudo bem – concorda baixinho.

Elas veem as pessoas saltando do trem, três garotos bem novos vestindo agasalhos esportivos pretos gritam uma gíria qualquer. Uma mulher bêbada está agarrada a um hambúrguer com as duas mãos e o movimenta cambaleante para dentro e para fora da boca, deixando cair alface picada e pingos de catchup no chão. Um homem de terno levando uma bicicleta dobrável para querendo amarrar o sapato. O trem vai embora, as pessoas se espalham e a plataforma volta ao silêncio. E elas sucumbem a ele, cada uma fechada na sua própria quietude por um instante. Harry joga o corpo para longe da parede e olha os trilhos deixados para trás pela composição que acabou de sair. O vento chicoteia a sua testa, ela fecha e aperta os olhos fechados para mergulhar o rosto na rajada, sacudindo a cabeça de alegria. Becky ri.

– É legal – diz Harry. – Experimente só. – E então Becky vai se postar ao lado dela e mete a cara no vento com os olhos fechados, debruçando o corpo para o ar em movimento, sentindo as rajadas passarem ao redor das orelhas, e sorri. – Viu só?

– É, é bom mesmo – concorda ela, mas o vento agora está morrendo.

– E a sua família? – Harry quer saber.

– O que é que tem eles?

– Como é que as pessoas são? Vocês se dão bem? – Becky estende a mão para pegar o cigarro que Harry enrolou, e Harry o entrega a ela. Becky acende. Olha para a curva dos trilhos lá longe.

– O meu pai está na cadeia. E a minha mãe foi para um convento. Ela é judia, mas virou cristã renascida. Os dois são malucos. Eu não falo nem com um nem com outro. – Ela joga as palavras como se fossem fósforos acesos. Que caem suavemente, queimando.

– Nem por carta?

– A minha mãe escreve umas, sim. – O cabelo dela cai na frente da testa, mais comprido de um dos lados; então balança, cobrindo os olhos e descendo pelo pescoço. Ela empurra as mechas com o dorso da mão. Que parece muito macio aos olhos de Harry.

– Mas você não escreve de volta?

– Não, eu ainda não escrevi. – Ela devolve o cigarro. Dois pombos pousam na frente delas, bicando as penas um do outro. Ciscando o chão atrás de ossos de frango. Eles acabam se contentando com a alface caída do hambúrguer.

– Isso deve ser difícil.
– É como as coisas são. – Becky encolhe os ombros.
– Você visita o seu pai?
– Não. – Becky sacode a cabeça. – Eu nunca fui lá.

Harry está mergulhada na história. Ouvindo com toda a atenção. As placas do relógio tremem, emperradas.

– E tem vontade de ir? – O vento começa a soprar outra vez, toma folhas secas nos braços e começa a girar com elas. O coração de Harry é como uma mão aberta e estendida.

– Às vezes, eu tenho, sim. Mas não sei onde ele está. – A voz de Becky vem de um lugar bem no fundo do seu estômago.

– Você sabe que teria como descobrir isso, se fosse o caso. – A de Harry tem um tom doce.

– É, eu sei.

O céu começou a se enroscar sobre si mesmo, passando de rosa--escuro para roxo. Mergulhando na escuridão.

– Mas você não quer descobrir, é isso?
– Acho que não. Não agora, pelo menos. – Becky sorri para Harry, se sentindo exposta.

– Quem foi que criou você? – As perguntas de Harry são ponderadas. Ela mantém os olhos no rosto de Becky o tempo todo. Exalando de lado a fumaça do cigarro.

– Eu mesma. As minhas amigas. Minha tia. – Harry revira na cabeça cada palavra que Becky diz. Adivinhando. Becky estende a mão para o cigarro artesanal outra vez, fuma um pouco, volta a se recolher para encostar o corpo na parede.

Uma lata é arrastada por uma rajada repentina de vento na plataforma. Tilintando feito um sino de igreja. Elas ficam olhando as copas das árvores que crescem para além da altura dos barracões de ferro corrugado que margeiam os trilhos, o anoitecer caindo sobre as costas das casas das pessoas. As estacas apodrecidas das cercas e o arame farpado e as pilhas de pneus velhos.

— Mas você sempre gostou de garotas, então?

O rosto de Becky é macio sob a meia-luz. A sua pele canta os crepúsculos e as auroras da pátria da sua avó. Harry sente a beleza de Becky na sua boca como se fosse uma sede.

— Quase sempre — reflete Harry.

— Nenhum garoto?

— Alguns. Mas nunca tive nada de importante com eles — explica Harry.

— E quem foi a sua primeira paixão, Harry?

Harry solta o mesmo risinho de antes. Deixa cair o queixo. Com o cenho franzido. Surpresa. Ela ergue os olhos para Becky, e o olhar de Becky está tranquilo e firme.

— Ellie O'Dowd, de uma série à frente da minha. — Ela fala devagar; cada palavra sai arrastada enquanto Harry saboreia o momento, olha o fantasma de Ellie deslizando pela plataforma. — Eu pensava na garota cada minuto do meu dia, cara. Desviava do caminho das minhas aulas só para poder dar uma espiada de relance nela. E ficava sem voz quando ela passava. — Harry sacode a cabeça, feliz. — Ela, tipo, vinha sentar no meu colo quando não tinha ninguém olhando, e brincava com a corrente que eu usava no pescoço. — Ela ergue os olhos rindo para Becky, tímida, mas não constrangida.

— Então você sabia desde sempre que era gay? — A voz de Becky é um míssil. Acertando em cheio o alvo de Harry. Explodindo com o impacto.

— É, acho que eu sabia.

— E como foi que você soube?

Harry fica pensando. Balança o corpo para a frente e para trás. Irrequieta.

— Bom, como foi que você soube que era hétero?

— Eu não sou hétero.

— Não é? — A voz de Harry sai mais alta do que ela tinha planejado.

Becky chuta alguma coisa no piso da estação.

— Eu gosto de gente, só isso. Acho bobagem ficar se limitando. — Harry mete as mãos nos bolsos, inclina o corpo para trás. Alongando. Olhando para um ponto no céu. Sorrindo de leve. — Quantos anos você tinha? Na época da Ellie?

– Sei lá. Uns 13, talvez?

Becky caminha até ficar ao seu lado. Os pacotes de batatas chips do chão começam a rodopiar e flutuar. O sistema de som jorra umas palavras abafadas.

– Aposto que você era gatinha – diz ela. O trem estronda em direção às duas. Elas olham as pichações se cristalizando nos painéis laterais à medida que os vagões reduzem a velocidade.

Quando Becky chega em casa já está escuro, e Pete está sentado no degrau na entrada do apartamento.

– Eu bati. Acho que não tem ninguém.

– Há quanto tempo você está aqui?

– Não muito. Você demorou pra voltar.

– Por que você me largou na casa da sua mãe daquele jeito? – A lua está quase cheia, emaranhada numas nuvens finas, bem alto no céu. Ele não responde. – Pete?

– Eu precisava sair de lá. Estava me deixando maluco.

– Você quer entrar?

– Eu posso?

– Acho melhor. – Ela suspira. – Vamos. – Estende a mão para ele, ele pega. Ela leva Pete para dentro de casa, ele arrasta os pés atrás dela. A cabeça tão baixa que ele fica parecendo só um par de ombros.

FEDOR

Um vento forte acordou de noite e destelhou os barracões no fundo dos quintais e sacudiu os galhos pesados das árvores por toda parte.

Leon olha para a manhã nova em folha. Alguma coisa formiga no seu corpo. Ele sente o cheiro de fogo aceso queimando no ar fresco renovado, cebola, pasta de curry, carnes no forno, óleo de motor, incenso. As sirenes gritam o seu canto de sempre ficando cada vez mais altas, mais frenéticas, passam, voltam a amainar. Ele ergue os olhos para o céu. Só consegue alcançar um pedacinho dele do pequeno pátio de tijolos de casa, as paredes altas dos dois lados criando um funil cúbico apontado para cima. O seu corpo estremece com o desejo de vê-lo todo aberto, ininterrupto. De vê-lo arqueado sobre as ondas do mar, sem nada que o detenha em ponto nenhum.

Harry entra, os cabelos ainda molhados do chuveiro, e encontra o amigo debruçado contra a moldura da porta, virando o pescoço para cima.

– Bom dia – diz ela, pegando a chaleira.

Leon vira a cabeça e olha por cima do ombro, mas o seu corpo continua virado para o pátio.

– Vamos até a praia – diz ele.

Harry vai se juntar a ele na porta.

– Qual praia? – Ela passa um braço ao redor do pescoço dele.

Ele aponta para o céu.

– Vamos. Um pouco de brisa do mar, para acalmar os espíritos.

Eles ficam lá parados vendo os pombos no arame farpado que enfeia o alto dos muros, separando-os dos trilhos do trem. Umas nuvenzinhas redondas se estufam como tiros salpicados sobre o azul.

Harry deixa o seu braço baixar de volta. Brinca com a maçaneta da porta dos fundos.

– Você está inseguro? Com o lance de hoje à noite? – pergunta sem olhar para ele, reparando no jeito como Leon massageia os músculos dos antebraços, num gesto que faz quando está nervoso.

Ele se vira, sorridente, e volta para dentro da cozinha.

– Vem, vamos dar uma volta na beira da praia, comer um peixe com fritas.

Harry fica parada onde está, os olhos erguidos para o céu, tentando enxergar a mesma coisa que Leon estava vendo. A ideia a ilumina por dentro. O prazer que traz levando embora o pavor que roeu suas entranhas a noite toda.

– Tá bom, eu topo – diz ela. A chaleira bamboleia no lugar, fervendo loucamente.

Eles estão virando a esquina da Deptford Broadway, logo depois do cruzamento com a High Street onde antigamente ficava a âncora, quando Harry chega o corpo para a frente no assento.

– Pare – diz ela. – Encoste aí. – Leon dobra à esquerda na rua seguinte e se encaixa atrás de um Vauxhall bem em frente ao Kingdom Hall, o salão dos encontros das testemunhas de Jeová. – Espere aqui um instante. – Harry salta do carro e corre de volta em direção à rua principal.

Becky está saindo de uma loja na High Street, com um saquinho de tabaco e umas Rizlas na mão. Ela tem o ar cansado e triste que as pessoas têm quando não sabem que estão sendo observadas. O anonimato de uma rua da cidade grande faz dela um local seguro para se baixar a guarda.

– Becky! – chama Harry, ainda correndo. Becky se vira, vê Harry e deixa cair as Rizlas.

Ela dobra o corpo para catar.

– Que susto. – Está rindo.

Elas ficam paradas uma na frente da outra, sem saber direito como se cumprimentar. Becky aproxima o corpo e beija o rosto de Harry. Harry pousa a mão muito de leve na cintura dela ao ser beijada.

– O que você vai fazer agora?

— Eu estava indo para o café, mas eles disseram que não vão precisar de mim por lá hoje, então não sei ainda.

— Maravilha! — O rosto de Harry é um anúncio do prêmio da loteria. Ela joga as mãos para cima, os braços abertos.

— O que é uma maravilha?

— Você vai poder ir à praia! — diz ela, como se isso fosse óbvio.

— Que praia?

— Eu e Leon estamos indo para o litoral agora mesmo. Talvez Sheerness, Camber Sands. — As suas palavras saem como as de um narrador de corridas. Becky ri do entusiasmo de Harry.

— Que Leon?

— O meu amigo. Vocês vão se adorar.

— Oi? Mas agora?

Mães passam por elas com suas sacolas plásticas estufadas, mais lotadas do que o último ônibus para casa. Os braços delas são como troncos fortes levando as batatas, a carne, os sacos de arroz e latas de feijão. Caminham de três em três, lado a lado, rindo, em direção à feira. Crianças atrasadas para a aula arrastam os pés, as gravatas do uniforme desatadas, mostrando umas às outras coisas na tela dos seus celulares. Os homens na porta da quitanda falam em árabe, francês, punjabi, dialeto pesado, tâmil. Os que vendem capas de edredom na esquina falam na cadência cantada do *vendedorês* londrino da Zona Sul. *Vem, madame, olha a caaapa, ê, pro travesseiro é só uma liiibra.* Estudantes bisbilhotam os aparelhos de som velhos, talheres baratos e enfeites antigos de latão nas caixas arrumadas pela calçada. Procurando quinquilharias para os seus projetos de artes. Mulheres conferem o tecido das camisas baratas com seus dedos experientes.

— É. Vamos? Leon está ali no carro. — Ela aponta.

Becky imagina os raios de sol sobre o mar congelante. O vento fresco.

— Pete arrumou trabalho para hoje. Está trabalhando de garçom num evento da Zona Oeste.

Harry assente com a cabeça. Levanta as sobrancelhas.

— Que bom saber disso — diz. — Mas você pode vir assim mesmo, não pode? Sem ele. Se estiver a fim? — As palavras dizem mais do que ela pretendia.

— É — Becky assente empolgada, falando devagar pelo meio do sorriso que brota na sua boca. — Por que não? — Elas passam caminhando juntas pela gritaria da feira, pelos bêbados e estudantes, pela arte no muro, desviando das velhinhas com seus carrinhos de compras, e encontram Leon observando as pessoas com seus ternos e chapéus e sapatos sociais conversando na porta do Kingdom Hall.

Ele cintila seu sorriso dourado para Becky, surpreso por ver Harry voltando com uma desconhecida.

— Oi! — fala. — Litoral? — E eles entram no carro e rumam para a praia. Becky no banco da frente, Harry atrás. Becky inquieta por causa da empolgação, dançando no seu assento.

— Litoral! — Ela abre a janela para sentir o vento frio da cidade. Sorrindo enquanto o sente soprar seu cabelo para trás. Ela vê a pista sumindo por baixo do carro quando eles viram para pegar a estrada. A House FM está ligada no último volume; a batida da música é quente, e os raios de sol, dourados. — Que delícia, isso — diz para Leon.

— É mesmo — responde ele. — A liberdade da estrada, né? — Ele tamborila os dedos no volante. — A melhor coisa.

O sol incha à medida que vai descendo. Eles sentam nas pedras com o peixe e as batatas chips, bebendo garrafas de cerveja. As pessoas passeiam com cachorros e se dão as mãos. Harry olha as ondas, cinzentas e verdes e quebrando suaves na mureta de concreto. O mar gelado da Inglaterra, rolando por baixo do seu próprio reflexo. O céu é o mar é o céu é o mar, para todo o sempre.

Leon encontra uma pedra triangular e usa a sua ponta para cavoucar o cascalho até chegar à areia, trabalhando no espaço ao lado dos seus pés. Eles escutam o bater e o triscar de pedra contra pedra. O vento chicoteando o convés dos barcos de pesca parados junto da praia. O matraquear alegre das gaivotas. Harry deixa a sua cabeça se aninhar no ombro de Becky enquanto mastiga as suas batatas chips, e Becky gira o rosto e sente o cabelo dela contra as suas bochechas. O cabelo de Harry tem um cheiro de limpo, é quente e doce. Becky aspira fundo, os olhos encharcados pelo mar sem fim.

Ela passa a mão pelas pedras, sentindo as hastes insistentes de capim que brotam através da areia. Ela pega os seixos e os deixa cair, deliciando-se com a maciez deles.

As ondas vão ao encontro da praia como cachorrinhos excitados. A mão de Becky vai descansar no joelho de Harry. E a preenche com um calor silencioso. Harry levanta o joelho e elas pressionam pele contra pele por um momento breve. Harry olha de rabo de olho para Becky. Aperta os olhos por causa do sol poente. O cabelo de Becky está remexido pela brisa, a camiseta larga que ela usa esvoaçando, seus pés pequenos metidos num par todo preto de Air Max 95S. Leon está fazendo uma pilha de pedras boas para fazer pular sobre as ondas. Concentrado. Ele cata as melhores que encontra e vai correndo em direção à espuma do mar. A mão de Harry encontra a de Becky, Becky vira a sua palma para cima e elas juntam as pontas dos dedos. Fazem carinho no pulso uma da outra. Pegando fogo. Todo som se afoga no grave daquele toque. Harry chega o corpo para trás de repente, rápida como a guinada de um carro. Põe as mãos atrás do corpo e apoia as costas nelas. Empurrando-as contra as pedras, onde ficam bem seguras. A mão de Becky toda aberta, ainda descansando sobre o seu joelho.

Harry olha para as ondas martelando a praia. Ela observa Leon na sua pose para atirar as pedras, o corpo todo retesado e alto, e sente uma pontada de medo pela noite que os dois terão pela frente.

– Como o Pete está? – pergunta ela, mantendo o tom leve da voz.

Becky inspira fundo, sacode a cabeça. Sem saber o que dizer. Um dia inteiro se passa no seu silêncio.

– A gente passa o tempo todo brigando.

Harry olha para ela, exagerando sua máscara de preocupação.

– Como assim?

Becky termina as batatas chips, amassa o papel, saboreando o cheiro de maresia e da gordura das batatas e do vinagre. Ela não se apressa em dar sua resposta, falando sem qualquer ênfase ou sentimentalismo.

– Eu tenho quase certeza de que ele só quer continuar o namoro porque tem medo do que vai acontecer com a sua vida se eu for embora.

O clima pesa como um andaime despencado. Decidida a não ficar imprensada embaixo das ferragens, Harry se põe de pé, ajeitando as roupas, puxando a barra do moletom para baixo e o cós da calça para cima. Ela dobra o corpo para pegar as suas batatas chips e a cerveja.

– Você sabe fazer pedras quicarem na água? – pergunta.

– Sei. – Becky faz que sim com a cabeça, apertando os olhos para olhar para ela.

– E pode me ensinar, por favor? O Leon detesta me ensinar coisas.

Becky se põe de pé numa onda graciosa de deslocamento, cada movimento seu uma dança, até mesmo na hora de levantar o corpo sentado na praia.

– Você vai ter que me ajudar a achar umas boas – diz ela. – O importante é que as pedras sejam bem achatadas, só isso. – E elas vão caminhando para a água, os olhos baixos, vasculhando o cascalho da praia.

Eles deixam Becky em Streatham, ela quis visitar um amigo que está trabalhando num estúdio de gravação por ali. Leon tem os olhos pregados no para-brisa, observando a rua apinhada e esperando o cruzamento ficar livre. Harry recosta a cabeça no banco do carro e deixa os olhos fixarem vidrados o movimento das pessoas. De braços dados ou sozinhas, ou segurando crianças e compras.

Uma mulher de muletas com um agasalho onde se lê RUN DMC. Um velho de rosto miúdo com uma calça de couro surrada e um chapéu de caubói vermelho. Uma garota metida num casacão de lã tentando acender o seu cigarro. Harry observa todas as pessoas. Duas jovens usando véus dançam e se empurram atrás do balcão de um café vazio. Mil cores diferentes e repentinas cantam pela vitrine da loja de tecidos. Um homem segurando um passarinho no punho fechado leva o bicho até os lábios e sussurra para ele quando os dois passam ao lado do carro.

– E então? – começa Leon, pisando de leve no acelerador e depois soltando o pé.

– E então o quê? – devolve Harry, num tom mais defensivo do que se dá conta. Leon espera, quieto. – Que foi? – Harry pergunta outra vez.

– Ela é legal – diz ele de um jeito significativo, sem tirar os olhos da rua.

Harry relanceia o olhar para ele, volta a encarar a pista.

— O que você está querendo dizer? – pergunta ela.

— Nada – Leon responde simplesmente. – Ela é legal.

— Ela está saindo com o Pete – diz Harry.

— Eu sei – fala Leon.

E os dois não dizem mais coisa nenhuma até chegarem a New Cross.

— É, foi um dia delicioso.

— Você está se sentindo preparado? Para fazer isso?

— Eu acho que sim. Você está? – Leon agarra o volante com mais força. As suas mãos começam a latejar.

— Claro. Sim, vai dar tudo certo. – Harry bafeja o vidro da janela e rabisca nele com a ponta dos dedos. – Eu acho ela uma delícia, Leon – diz ela devagar.

— Eu estou sabendo, cara.

— E o que vou fazer com isso?

— Nada – fala Leon, manobrando para estacionar o carro numa vaga na frente do apartamento deles e desligando o motor. Os dois ficam lá sentados no carro quieto. – Bom. – Leon olha o relógio. – Dá tempo de a gente descansar umas horinhas antes de sair.

O ASSALTO

É meia-noite na metrópole. Harry está ao volante. Leon vai no banco de trás, como se fosse num táxi. Eles escutam o rádio. Tudo muito ralo e monótono. Rock genérico, indie genérico, indie-rock genérico, dance genérico, rap-pop genérico. Os dois têm um novo calafrio a cada virada do dial. A Magic FM despeja suas baladinhas rock. Uma mulher esnobe na Talk FM está rindo das próprias piadas. Harry desliga o aparelho, abre a janela, ouve o barulho do motor. Eles param o carro a uma ou duas ruas do seu destino. Podem ver o bar onde marcaram o encontro pelo vidro de trás.

— Então é esse o lugar, hein? — Leon sussurra para o interior do carro. Ele mal movimenta a cabeça, mas Harry sabe que já registrou todas as entradas, saídas, janelas. É um bar de esquina com dois andares, meio acabado, mas com a lembrança de tempos melhores ainda agarrada à moldura das portas como um boá esfarrapado de mink no pescoço de uma corista veterana. Num letreiro acima da porta está escrito *Paradise*. Com a letra P formando um coqueiro.

— Deve ser. — Harry vira a chave do motor. Eles ficam no carro e observam a entrada pelo espelho retrovisor.

— O que você achou? — pergunta Leon. — O lugar é meio isolado, né?

Harry escuta as palavras dele, concordando.

— Mas tem um bom movimento — contrapõe. — Ou pelo menos é o que parece.

— Verdade.

Eles passam um tempo olhando. Na ampla área aberta da frente, grupos de pessoas se amontoam de pé ao redor dos bancos de madeira, fumando. As garotas usam saias curtas e casacos compridos, e os caras estão de jeans com sapatos sociais.

– Tem muitos seguranças também – fala Leon, apontando com os cílios em direção aos caras maiores que, ligeiramente afastados das outras pessoas, olham os clientes com as mãos enfiadas nos bolsos.

– O de sempre, então? – indaga Harry, aspirando o ar com vontade.

– É, cara. – Leon passa a mão pelo vão entre os bancos, a palma virada para cima. Harry se aproxima e bate nela de leve com a sua.

– Eu vou estar bem na sua cola, mana – fala Leon.

Harry salta do carro, deixando a chave na ignição. Ela está usando uma calça escura, jaqueta e uma camisa clara com os punhos amassados de tanto serem dobrados. E uma capa comprida azul-marinho, aberta, com a gola virada para cima. O cabelo preso para trás. Ela segura uma valise na mão esquerda e um cigarro aceso na direita. Anda até o Paradise como se estivesse a caminho da estação do trem, parando suavemente na parte aberta da entrada do bar e correndo os olhos em volta. Ela pergunta para um dos seguranças qual é a programação da noite. O sujeito sorri; tem por volta de 60 anos, cabeça raspada, o corpo como uma muralha.

– Ah, você sabe. DJ, pista de dança, bebida barata. Um pouco de soul, um pouco de house, um som para dançar, sabe como é. Está bem divertido, gatinha.

– E vocês cobram entrada? – Harry quer saber.

– Nah, hoje é de graça. Não tem que pagar entrada nos dias de semana.

– Valeu. – Harry acena com a cabeça para ele e passa em direção à porta.

– Hum, posso olhar a bolsa? – O segurança toca de leve no ombro dela, quase sem encostar a mão, – mas, mesmo assim, é o que basta.

– É claro que pode! – Harry sorri, doce feito uma flor, abre a valise e encara o segurança, sustentando o olhar dele. – É só papelada. Estou vindo direto do trabalho.

– É claro – diz o segurança, sem nem olhar para o conteúdo da valise. – Divirta-se, então. – Ele desloca os olhos para um grupo de garotas que dão corridinhas no lugar para espantar o frio enquanto racham um cigarro.

Do lado de dentro, o balcão é comprido. Duas atendentes se movem atrás dele, com a mesma determinação e o jeito de lobas. Do outro lado do salão, grupos de adolescentes mal saídos da menoridade dão tapas nas costas uns dos outros e xingam em voz alta enquanto rapazes mais *fashion* e mais velhos com suas barbas e camisas retrô abraçam as namoradas com ar displicente, correndo os olhos em volta atrás de alguma coisa melhor. Atrás deles, algumas mulheres já na casa dos trinta e muitos e com ar de quem estavam há séculos sem sair de casa soltam risadinhas histéricas e se comunicam por gestos paradas perto do bar, enquanto outras amigas que estão no mesmo grupo dançam juntas com movimentos duros e risos falsos enquanto esperam que seus drinques fiquem prontos.

A iluminação do salão fica por conta de lâmpadas palito de néon e estrobos baratos. Há mesas nos cantos e ao longo da parede dos fundos, e a pista de dança está margeada por corpos imóveis, ainda não bêbados o suficiente para esquecerem que estão se sentindo muito gordos nos seus vestidos novos. Cinco ou seis adolescentes doidos de comprimidos e de ácido fazem carinho no rosto uns dos outros e se sarram inocentemente na pista de dança. Nas mesas, uma dupla de mulheres está tendo um papo sério. Nenhuma pode ouvir bem o que a outra está dizendo, mas isso não faz diferença. O DJ está usando óculos escuros e toca um dance sem alma, uma besteira feita para as paradas de sucesso com efeitos de vocoder, um dubstep pasteurizado entremeado por agudos de sintetizador. As pessoas jogam as mãos para o alto. *Essa eu conheço! EBA, tá tocando a MINHA música!*

Harry se senta junto do balcão, mexendo a cabeça no ritmo, a valise pousada no chão entre os pés. Ela pode senti-la contra a lateral do sapato. Os dedos desabotoam a gola da camisa e deixam o pescoço pegar um pouco de ar, e ela se apoia com os cotovelos no balcão, procurando o olhar da atendente. Ela espera, olha ao redor, e tem a atenção atraída de volta para a garota. Harry dá uma conferida no corpo da moça, observa os ombros, a cintura. A atendente sustenta o olhar dela, medindo-a de cima abaixo, e manda um sorriso sombrio em sua direção antes lhe de dar as costas para servir outra pessoa.

Leon espera um tempo no banco de trás do carro, o corpo bem baixo no assento, observando o bar pelo vidro de trás. Depois de uns minutos, seis, talvez oito, ele sai e passa para o banco do motorista, dirige até um pouco mais adiante e estaciona o carro. Ele alisa a camisa e o cabelo e verifica a faca, a lâmina chapada por baixo da axila dentro da bainha, afiada o suficiente para cortar até madeira. Ele caminha até a porta do bar, fingindo falar no telefone. De tempos em tempos soltando um "Tá, eu sei, mas... Espera. Espera aí...", o que lhe dá um pretexto para andar distraidamente em círculos enquanto na verdade aproveita para estudar a parte aberta por todos os ângulos, reparando nos painéis mais frouxos da cerca, na corrente solta na porta dos fundos, no calçamento manchado de sangue por baixo da janela do canto direito.

Ele lança um sorriso cansado para os seguranças, prende o celular entre a orelha e o ombro, mantendo a axila bem fechada por cima do cabo da faca, e gesticula com as duas mãos. Leon se disfarça debaixo de um ar de frustração e desânimo, trocando acenos de cabeça simpáticos com os leões de chácara do lugar.

— Mulheres... — diz para eles, enquanto os sujeitos apalpam do alto a baixo as laterais do seu corpo, assentem concordando, sorriem, reviram os olhos.

— Não, amor, eu não estava falando com você. Não foi nada... Por favor, não era... — Os seguranças dão risinhos, Leon entra no bar.

A pista começa a se encher com manchas vagas de garotas com as suas performances desajeitadas variando entre o sexy *fake* e o sexy irônico, todas desejando secretamente passar uma imagem sexy de verdade. Expressões sarcásticas exageradas são trocadas enquanto elas reproduzem os movimentos de dança que viram outras pessoas fazerem em outras pistas de dança de outras boates mais descoladas ao longo das suas vidas inteiras. A solidão é o que predomina com folga no ambiente, apesar dos casais se beijando e de todos os grupos de moças com os braços ao redor dos ombros umas das outras.

Leon repara no homem que se aproxima do banco ao lado de onde Harry está. Ele lança um olhar um pouco mais demorado que o necessário para a lateral do rosto de Harry, e Harry repara nisso. Leon mantém os seus olhos exatamente onde eles precisam estar, atentos a cada centímetro do corpo da sua melhor amiga. No espaço entre uma piscada lenta dos estrobos e outra, todos os anos em que eles seguraram a barra um do outro passam em *stop motion* na sua tela mental. Ele vê os quartinhos apertados cheios de fumaça de maconha e risadinhas adolescentes, as conversas em código. As tardes que eram como eternidades no ponto do ônibus com as batalhas de *freestyle* sobre um tema qualquer. A vez que a mãe o chutou para fora de casa porque o seu namorado novo não ia com a cara dele, o empurrou na cozinha machucando as suas costelas e partindo seu lábio, e Harry o abraçou pelos ombros e não falou nada enquanto foi caminhando ao seu lado. Ela o levando para casa e fazendo uma cama para ele no chão do seu quarto e os dois indo até o parque fumar haxixe depois. No carro de Talia, com os vidros abertos ouvindo "It's a London Thing" a caminho da rave no Lighthouse. Cabelo raspado dos lados e pulseira de ouro. Uma dupla de tontos. Leon observa, como sempre faz. Pronto.

O sujeito ao lado de Harry tem pernas e braços finos, mas uma pancinha descuidada faz pressão nos botões da camisa; o cabelo é escuro, comprido e ensebado nas laterais da cabeça. Ele está usando um terno azul de um tecido meio brilhoso, tem os ombros largados como gatos depois de caçarem. Leon não gosta nem um pouco do jeito dele.

– Harry? – pergunta o homem. A voz rasga a música e gela as veias da nuca de Harry.

– Eu. – Harry dá um gole da sua cerveja e não vira o corpo.

– Eu sou o Joey. Amigo do Pico.

Harry não diz nada por um tempo, os olhos na atendente que se mexe do outro lado do balcão; ela reúne forças, vira ligeiramente para o cara e sorri um sorriso que mal mexe os seus lábios, mas mesmo assim é um sorriso.

– Eu estou no lugar do Rags hoje. Você pode vir comigo, Harry? – A voz de Joey é opaca e monótona, mas traz um grito embutido. Ele começa a se afastar sem esperar pela resposta de Harry. Ela termina sua cerveja e pousa a garrafa com cuidado no balcão antes de abrir caminho pelo meio da massa de gente e ir atrás de Joey, observando as pessoas que parecem todas um pouco mais bêbadas agora do que quando ela entrou, pressionando o corpo uns contra os outros.

Sem ser visto, Leon se pôs de pé também e está apoiado na parede. Ele vê o homem abrindo uma porta na qual não tinha reparado, do outro lado do bar. Ele se move pelo meio das pessoas e encontra a porta com o dedão do pé bem a tempo de impedir que ela se feche. Ele a segura, respira, dá uma checada nos seguranças – três perto da saída de incêndio, dois no balcão e um outro junto da pista de dança, falando com uma garota. Mais três do seu lado esquerdo. Ele passa pela a porta e cola as costas à parede, tão fria que parece úmida. Há uma escada que desce; o bar tem um porão lá embaixo. Ele escuta as passadas deles. A voz de Harry dizendo: "Tudo bem, sem problemas".

E a voz do outro sujeito:

– O Pico vai passar um tempo fora da jogada, como você está sabendo. E é bom conhecer as pessoas ao vivo, olho no olho. Eu sei que você é nossa cliente fiel e respeito isso, mas a questão é que na verdade a gente não se conhece, não é mesmo? Eu nunca vi você na vida. Então acho natural que a coisa tenha que começar pelo princípio.

Harry desce o último degrau para o chão de ladrilhos do porão. Um aquário enorme e baixo se estende ao comprido no ambiente, todo iluminado por dentro com um néon roxo embutido. Um filhote de tubarão nada pelo meio de navios naufragados de plástico, pedaços de coral e peixes tropicais. De cada lado do aquário há dois sofás compridos de couro branco e um par de poltronas pretas também de couro. *Pico iria detestar este lugar.*

Pico era um peruano exuberante e muito estiloso de gosto impecável, com uma esposa carismática chamada Angela, quatro filhos lindos e uma queda por fazer coleções de borboletas. Ele e Ange tinham construído um nome respeitado no mundo da decoração de interiores, Pico como decorador freelance e ela como consultora na maior empresa do ramo de Londres. Juntos, eles tinham cuidado do visual das lojas reformadas da New Bond Street. Ele lidava discretamente com o seu negócio paralelo – conseguia sempre o melhor produto e só vendia para uns poucos clientes de confiança. *Pico jamais se deixaria flagrar num lugar como este.* Os cabelos da nuca de Harry se arrepiaram.

Em cima da tampa do aquário há uma montanha enorme de pó, uma nota de cinquenta libras enrolada, uma gilete para fazer as carreiras. Harry corre o olhar ao redor, vê o pôster com Marilyn Monroe de lingerie ouvindo música num toca-discos. Não há iluminação afora as luzes do aquário. Ela vê uma escrivaninha, um cofre, uma estante vazia e um baú num canto.

– Por favor. – Joey aponta o sofá. – Fique à vontade, trate de sentar e relaxar um pouco.

Harry sente um pinicar na parte de trás das pernas. *Quem é esse sujeito? Com esse bar de quinta categoria e todos aqueles seguranças lá fora e uma porra de um tubarão num aquário?* Ela se senta, sentindo puro desconforto, com o rosto absolutamente impassível.

– Mas, então, eu ouvi dizer que você tem uma revenda concorrida.

Harry não diz nada, espera pela próxima parte da frase; Joey acha o silêncio meio intimidador. Não consegue resistir ao impulso de quebrá-lo.

– Só que, na sondagem que andei fazendo por aí, ninguém nunca ouviu falar de você, sabe? – Ele espera mais uma vez, mas Harry se mantém em silêncio. Ela o observa, as pernas cruzadas no sofá de couro branco. Sem se mexer. Joey pigarreia, desvia os olhos do olhar de Harry, continua. – Ninguém sabia me dizer nada a seu respeito. Nadinha. – Harry o encara, o tubarão nada na água do aquário. – E então eu fiquei querendo me informar melhor. Basicamente. – Joey apoia as mãos nos joelhos, debruça o corpo para a frente. – Quem é essa tal de Harry e como você consegue repassar tanta droga sem ninguém saber de quem se trata? Você por acaso é da polícia, Harry? – Harry não fala nada. – Será que trabalha para os russos? – Ela continua sem falar. Joey levanta os braços, vira as palmas das mãos para frente, sacode a cabeça. Leva as mãos de volta para os joelhos, se debruça ainda mais para fora do assento. – Você é surda, Harry? – Harry fica calada. Olhando para a água. As luzes. A pele dos peixes menores. – Tudo bem, cara. Tá certo. Eu conheço o seu tipo. – Joey acende um cigarro. – Uma garota discreta, acertei? Que gosta de manter a sua privacidade. Quanto a isso, não há problema, eu respeito e tudo. – Ele fuma, se recosta outra vez no sofá, o terno brilhoso guinchando contra o couro à medida que o corpo escorrega. Os olhos pulam para encontrar os de Herry. – Isso não foi um peido – diz ele. – Foi o barulho do couro. Harry não diz nada, continua só olhando, mas lhe dá um sorriso compreensivo. Joey se recompõe. – Não me entenda mal. Eu só preciso saber um pouco sobre você antes de fechar o negócio, sabe como é? Porque se Pico vai mesmo ficar fora por um ano inteiro, é melhor a gente se acostumar um com o outro, não é mesmo? Não é? – Harry aguarda. *O que ele está tentando me dizer?* – Você quer beber alguma coisa, Harry? – Joey se põe de pé, a calça do terno embolada no meio das coxas. Ele anda até a escrivaninha. Em cima do móvel há algumas garrafas, embaixo um frigobar. – Tenho vodca, bourbon, cerveja, o que você vai querer? Para mim, vou servir um conhaque.

Harry diz a si mesma para segurar a onda. Que só o que está acontecendo é que esse sujeito brega que trabalha num bar de merda obviamente se acha muito elegante só porque não tem bom gosto nenhum, e que ele deve ser algum parente de Pico, o marido de alguma sobrinha ou sei lá, um amigo de amigo cheio de expectativas e querendo ser o rei do pedaço, e que então Pico deixou que ele tomasse conta do negócio por uns meses até tudo voltar ao normal, pensando: "Ora, que mal pode haver?" E que o cara não está querendo deixá-la nervosa, que é só um sujeitinho esquisito e sem classe ressentido com o mundo. Harry inspira fundo. Mas ela não consegue fazer a sensação ir embora, o desconforto, a tensão ao redor dos tornozelos, o movimento do tubarão na porra do aquário.

– Beleza, boa escolha, cara – diz ela. – Eu aceito um também.

Joey arreganha os lábios, satisfeito.

– Ela sabe falar! – Ele dá a volta na mesa e se exibe servindo os dois copos de conhaque com duas pedras de gelo em cada um, um dedo de soda. Um jato de angostura. É uma demonstração trabalhosa. Como a de uma criança que armou um teatro para apresentar aos pais.

A batida do andar de cima está sacudindo as fundações do edifício. Harry tem a sensação de que a qualquer momento a pista de dança vai arrebentar o teto, e que todos os adolescentes e todas as turmas de colegas de escritório em despedidas de solteiro vão cair bem em cima dela. Ela assiste à cena na sua tela mental, escuta os gritos das pessoas. Vê o tubarão se fartando dos pneuzinhos de todas as cinturas antes de morrer sufocado. Joey lhe passa o copo, sorrindo como um garoto no parque de diversões, e volta a ocupar o assento em frente a ela.

Harry faz um aceno de cabeça em sinal de agradecimento, bebe um gole do drinque.

– O produto que você está vendendo é o mesmo? – pergunta a Joey.

– Ah, claro, é coisa fina. De primeira linha. Melhor ainda.

– Então não é o mesmo? – indaga Harry, franzindo a testa.

– Bem... – Joey esfrega a unha do polegar com o dedo médio. – É de um outro lote, mas no fundo é a mesma coisa, sim. Vem da mesma origem.

Harry assente.

– E você tem o suficiente para me fornecer a quantidade de sempre? Pico lhe avisou?

– Sim, sem problemas. Não precisa se preocupar com essa parte. – Joey tenta cruzar as pernas, mas não consegue mexer o corpo dentro do terno justo. Ele pega um maço de cigarros do bolso sobre o peito e o coloca na tampa do aquário entre eles. – Quer um? – pergunta.

Harry recusa, pega um do seu próprio maço, mas aceita quando Joey lhe estende o isqueiro. Eles ficam sentados, fumando.

Joey levanta, caminha até o baú do canto, abre a tampa. Mesmo na luz fraca do porão, Harry percebe que o baú está lotado de cocaína. *Por que ele me deixou ver onde guarda o estoque?*

– Está vendo, minha amiga – fala Joey. – Quantidade não é problema. Um quilo, dois, cinco, pode pedir quanto quiser que está tudo certo.

Joey espera até que Harry registre a impressão causada pelo seu estoque. Harry não fala nada. Não faz nada. Joey se magoa um pouco. Resolve deixar para lá.

Ou ele é um idiota completo ou vai me roubar e acabar comigo. Harry torce para Leon não estar muito longe.

– Você quer experimentar, então? – diz Joey. – Uma amostrazinha? – Ele puxa um tijolo de dentro baú, do tamanho de uma criança de 2 anos. – Só para provar para você que é a mesma, entende, vou lhe dar uma prova do pacote que vai ser seu. Você experimenta antes de comprar, e é satisfação garantida ou blá-blá-blá.

Joey sorri e fica parecendo que teve um derrame, o sorriso rasgando o seu rosto. Harry se mantém neutra, à espera de que ele diga algo mais objetivo, que lhe faça uma pergunta direta. Joey deixa cair o tijolo de coca pesadamente sobre a tampa do aquário, e Harry fica com medo de que o pacote quebre o vidro, caia lá dentro e mate os peixes. Nada acontece. O embrulho simplesmente fica ali pousado entre os dois por um tempo.

Joey funga alto, passa o dorso da mão no nariz. Remexe o corpo no assento. O couro reclama. – Ó o barulho outra vez!

– Pois é – concorda Harry.

– É que tem uma coisa, amiga – fala Joey –: com o Pico fora da jogada, o esquema mudou um pouco. – Harry termina o seu cigarro, deixa a cinza cair no chão, espera. – O preço agora é o dobro.

Harry fica olhando Joey sorrir para ela. Agora pelo menos a coisa está bem clara. O cara está querendo roubá-la. *Babaca.*

– Esse pó tem uma qualidade infinitamente melhor que o que o Pico vendia. Ele tem que ser trazido por rotas diferentes. Eu sou um cara honesto, só estou tentando ganhar meu dinheiro honestamente. – Ele arreganha os seus dentes de lápides, passa os dedos no cabelo ensebado, enxuga a mão no paletó. – Você pode decidir cancelar a compra e ir embora se quiser, querida. Eu não vou fazer nada para impedir. Só estamos nós dois aqui embaixo.

Joey olha em volta, funga alto outra vez, segura um cigarro entre os dedos sem acender. Olha para Harry, atento, o corpo se debruçando em sua direção, os ombros abertos.

– Mas fique sabendo que não vai achar coisa melhor por aí, e você conhece bem o mercado. – Ele faz uma pausa, agora sério, girando o cigarro por acender entre os dedos da mão direita. – *Esse* produto... – Ele aponta com o cigarro para o tijolo em cima do aquário – acabou de ser desembarcado hoje cedo. Ninguém pôs um dedo nessa cocaína desde que ela saiu da Bolívia. – Ele espera até a ficha dela cair. Puxa um pouco para baixo o gancho da calça, mexe as coxas no couro do sofá. – Uma coisa que consegui apurar na minha sondagem foi que você gosta de trabalhar com cliente bem-informado, só com os medalhões, não é? Os que pagam um preço alto por produto da melhor qualidade? É isso mesmo, não é? Aquele tipo de cara que, quanto mais paga por uma coisa, mais curte a experiência. Não é assim com os seus diretores de empresa?

Joey sorri outra vez, agora com os lábios fechados. Ele mete o dedo mindinho na orelha, remexe um pouco lá dentro. Descobre uma pepita de cera, cava até ela, consegue alcançar, pesca para fora.

– Desculpe – diz, olhando para Harry antes de limpar a mão no paletó.

Ela se mantém em silêncio, bebe o conhaque com soda. *Este é o melhor conhaque com soda que eu já tomei na vida. Isso eu tenho que admitir, seu babaca de merda.*

Os traços de Joey são grosseiros e pesadões, os lábios parecendo duas salsichas. O rosto tem marcas fundas de acne. Ele está usando botas de pele de crocodilo, tem coxas grossas equilibradas em panturrilhas mirradas. Está suando nas têmporas, com o meio das pernas projetado para onde Harry está, a cabeça assentindo de leve, equilibrada como uma maçã caramelada em cima do pescoço fino e esquisito.

– O que você me diz, então? – fala ele. – Porque eu passei o dia pensando no assunto, meu bem, e a única maneira que vejo para esse lance dar certo entre a gente é se começar tudo do zero. Eu e você. Um jogo novo, com novas regras. Vamos dar outra vez as cartas, está me entendendo? Criar um esquema diferente.

Harry observa, bebe o drinque, que desce duro pela sua garganta. Joey fala sem parar.

– Olhe – diz ele. – Para ir direto ao ponto. Eu vou continuar lhe fornecendo o melhor pó que se pode comprar, e você vai pagar pelo meu trabalho. Simples assim. O único lance é que vai sair o dobro do que pagava para o Pico. Você duplica a grana e fica tudo certo. Sem choro nem vela. – Ele tira uma caneta do bolso e rabisca o número num papel que desliza pela tampa do aquário, erguendo as sobrancelhas enquanto faz isso. – E fique à vontade para experimentar antes se quiser, como eu já lhe disse.

Ele aponta para a pilha de cocaína ao lado do número rabiscado. Harry não pega o papel, mas estica a mão para apanhar mais um cigarro. Acende, inspira fundo a fumaça. Ela observa Joey, o tubarão, a cocaína na mesa, repara na presença de Leon contra a parede atrás do sofá onde Joey está sentado, escondido, a respiração misturada à batida da música do andar de cima. *O cara é um piadista. Isso a gente tem que admitir.*

– Escute, Joey – diz Harry, com calma, como se estivesse cansada da coisa toda. – O preço é fixo, pelo que eu estou sabendo. Se você quer vender o produto, a gente fecha o negócio agora pelo preço que eu pago ao Pico desde que comecei a tratar desse lance com ele, sete anos atrás. Se não for para fechar desse jeito, eu não tenho interesse.

Os olhos de Joey ficam levemente esbugalhados; tem alguma coisa, alguma mudança, acontecendo no rosto do sujeito. Ele solta um riso que parece o barulho de um carro derrapando. E que fica no ar por um tempo enorme. Harry trinca os dentes ao ouvir o som dele.

– Eu gostei de você! – fala Joey. – Gostei de verdade, Harry. Você é uma garota engraçada. – Ele ri outra vez. Para de repente. – Muito bem – fala. – O que a gente vai fazer é o seguinte. – O sorriso se espalha como uma alergia pelo rosto dele. – Você me passa todo o dinheiro que trouxe, e eu passo para você *meio quilo*. Estamos combinados? – Joey espera, pensa, mordisca as unhas por um tempo. – *Ou então*, me passa essa valise e eu deixo você ir embora daqui sem quebrar todos os seus ossos. – Ele encolhe os ombros, revira um pedaço de unha na boca, cospe fora. – A gente também pode fazer desse jeito, sua vaca de merda. – Joey olha para ela, de cima a baixo. – Quando foi a última vez que você deu para um homem, Harry? – fala ele, a voz caindo para um tom que sai do fundo da sua garganta. – É meio estranha essa sua decisão de trabalhar sozinha, não é? Sendo isso aí que você é.

E então a ficha cai de uma vez só, como um soco dado por um desconhecido na rua. *Esse não é o cara. Não é o sujeito que eu vim encontrar. Ele é só um aventureiro de merda. Pode ser qualquer pessoa.* Harry fica sentada impassível e sente o seu estômago revirar. Arrependida por eles terem decidido ir até lá. *Agora só sobrou um desfecho possível para fazer esta noite esquisita acabar.* Ela fecha os olhos por um instante. Pode sentir a dor de cabeça chegando, a pressão por trás de cada globo ocular. Devia estar usando os óculos, mas não consegue se acostumar com o próprio rosto com eles, e a ideia de pôr lentes de contato lhe dá arrepios. *Será que a Becky usa lentes de contato?*

No tempo que esses pensamentos levam para atravessar a sua mente, que a brasa do cigarro leva para queimar uma fração de milímetro, que a sua mão leva para ficar dois centímetros mais próxima da valise aos seus pés, Leon já descolou o corpo da parede, agarrou Joey pelo pescoço com um mata-leão e está tentando imobilizar o cara no chão.

O tempo em velocidade normal volta, os ecos da câmera lenta ainda rugindo dentro da cabeça de Harry. Ela se recompõe num estalo. Vê Joey e Leon lutando no chão, os corpos tão próximos que é impossível para qualquer um dos dois desferir socos no outro. Leon se desvencilha, levanta e puxa Joey para cima consigo, chutando com força os quadris dele, a cintura, e lhe dá quatro socos rápidos, na cara e depois outra vez no peito. Joey está zonzo, sem saber onde cair, os olhos revirando, o soco no peito tão forte que deixou uma marca de sangue na sua camisa. Leon continua martelando. Harry assiste a tudo, fascinada. O corpo de Joey despenca. Ele fica estirado, depois rola, gemendo como um trem passando ao longe. Leon chuta o ombro dele, as pernas, toma impulso para atingir a cabeça.

– Não – diz Harry.

Leon olha para ela, que continua sentada no sofá, sem se mexer.

– O que foi? – pergunta ele. – Não vale a pena fazer as coisas pela metade.

Harry dá um suspiro, se levanta e faz a coisa sem pensar; ela vai até o baú, tira um dos pacotes que estão lá e espreme dentro da sua valise. Deixa o resto, se concentra no dinheiro. Vai enfiando os maços na cintura da calça, no forro da jaqueta. Ela enfia dinheiro por baixo da camisa, até debaixo das axilas. Joey está gemendo no chão. A cara toda amassada, parecendo um desenho no carpete. Harry olha para ele, quase com compaixão. Joey ergue os olhos em sua direção, o olhar vazio atrás de algum sentido.

Harry põe um cigarro entre os seus lábios, acende para ele, dá um tapinha afetuoso na sua bochecha.

– Vai ficar tudo certo – diz. – Você vai ficar bem, companheiro.

Ela abotoa o casaco, pega a alça da valise. Leon sacode a cabeça para ela, leva um dos dedos até os lábios e a empurra para a saída de incêndio que tinha visto mais cedo.

O frio da noite puxa os dois de volta do torpor. Sem dizer nada, eles caminham o mais depressa que conseguem sem sair correndo. Depois vêm as chaves, a porta do carro, o rangido que ela faz ao abrir, o rangido que faz ao fechar. Leon na frente, Harry no banco de trás. Eles arrancam sem acender os faróis, atentos à movimentação dos seguranças. Chegam ao fim da rua. De faróis acesos, atravessam o cruzamento, pegam a esquerda na rotatória. Eles deslizam noite adentro.

Os olhos de Leon brilham no retrovisor. Ele vira a cabeça. Harry, o corpo rígido, sente Leon se virando, olha para ele, os olhares se encontram de relance. Uma sugestão de sorriso. Leon volta a encarar a pista. Os dois inspiram fundo antes de se renderem a um ataque infantil, incontrolável, de riso que deixa Harry estirada no banco de trás.

– POOOOOOORRRRAAAAAAAA! – Leon bate no volante com a base da mão.

– Você é maluco, Leon. – Harry está deitada ao comprido no banco, uma perna para cima, com o joelho dobrado, a outra com o pé pousado no chão do carro. Recuperando o fôlego. Ela trata de se sentar de volta. Tem dificuldade para isso. Os restos de riso deixando seus músculos frouxos.

– Ele estava tentando *enganar* a gente mesmo, cara. Ou você não tinha reparado nisso?

Harry esfrega o rosto. Depois das risadas, a realidade mostra a sua cara, e a náusea e a adrenalina golpeiam as suas entranhas como touros bravos.

– Eu não devia ter pegado a grana. – A voz de Harry sai baixa, assombrada de medo. Ela bate nas costas do banco da frente com as mãos espalmadas.

Leon sacode a cabeça. Fala com toda a calma.

– Você fez o que tinha que fazer.

– Isso vai nos trazer problema, Leon. – Um aperto na garganta, a voz ficando aguda. Uma raiva subindo pelas beiradas da sua cabeça.

– O que você quer fazer? Voltar lá? Levar tudo de volta? – Leon olha para ela de relance pelo retrovisor.

A cidade flutua do lado de fora das janelas, igual a todas as noites.

– Merda – diz Harry, cheia de um medo novo. – Merda merda merda merda. – Mas a excitação já está se arrumando no camarim do seu peito e se preparando para se mostrar ao mundo; o dinheiro que está enfiado dentro da sua camisa, no forro da jaqueta, no cós da calça, são maços de notas de verdade. Ela inclina a cabeça, fecha os olhos. Conta até dez. Volta a abri-los, sorrindo um sorriso estranho.

– QUE SE FODA! – berra, agarrando as costas do banco onde Leon está. – O que a gente vai fazer agora, cara? – A sua voz sai rachada de emoção.

– Eu não sei, Harry – responde Leon, a voz dele mais firme, mas com um agudo fora do comum. – Eu não tenho a menor ideia.

AO VENCEDOR, AS BATATAS

São cinco horas da manhã. As luzes do Giuseppe's estão acesas. As persianas foram fechadas, mas o brilho das lâmpadas se esgueira pelas frestas, projetando fachos inclinados como jazzistas com ternos de calças largas pelo meio da rua escura.

Ron está sentado numa cadeira no canto do salão, mais distante da entrada. A cabeça grande recostada contra a parede, as pernas esticadas para a frente, cruzadas na altura dos tornozelos. As mãos estão cobrindo o rosto. Um dos cotovelos está apoiado na mesa e fica escorregando para fora o tempo todo. Ele parece abalado por algum motivo, a sua figura sólida carcomida por dentro, até a barriga geralmente empinada parece agora apontar para o chão. O cabelo castanho está todo bagunçado, espetado para fora da cabeça, repartido de um jeito torto. Ele passa os dedos sem parar pelas mechas, e agora elas estão todas para cima, como uma onda prestes a se quebrar.

O irmão dele, Rags, está sentado do outro lado do salão, um dos pés apoiado na cadeira em frente, preparando mais um drinque para os dois. Eles ficam em silêncio por um minuto. Dois.

– Eu vou perder o café? – pergunta Ron ao irmão. A voz arrastada de álcool.

– Eu duvido muito – responde Rags, afetuosamente.

Rags é mais alto do que o irmão, e mais bonito também. A sua fronte é larga, com o nariz reto e um par de olhos brilhantes num tom de verde-escuro. A sombra de barba por fazer de uma noite difícil que começa a despontar na linha do seu maxilar. O queixo aponta agradavelmente para a frente. Ele observa o irmão com o mesmo amor avassalador com que sempre olhou para ele. Rags sempre sentiu uma necessidade desesperada de melhorar a vida de Ron, e a angústia que vem da incapacidade que temos de proteger qualquer pessoa de si mesma.

– Eu vou perder, *sim*. – Ron está quase chorando, a voz tão aguda que mais parece um miado. – O Pico agora vai descer como uma marreta em cima de todo mundo, e eu vou ficar sem o café. Este café é a minha vida. E ele vai me tirar isso. – A sua voz sucumbe. O rosto se enterra ainda mais fundo nas mãos.

– Não vai ser desse jeito, cara – diz Rags. – Se você me deixar explicar direito o que aconteceu, vai ver que não.

– EU NÃO QUERO SABER! – grita Ron, as palavras molhadas na sua boca. – Eu não quero saber o que aconteceu. Eu posso ver que o fim está próximo e que não vai demorar a chegar, então não quero SABER de porra nenhuma. Nem pense em querer me explicar.

– Tudo bem – diz Rags, simplesmente, sabendo que a questão principal no momento não é tentar acalmar o irmão. O melhor é só esperar até que ele mesmo se acalme. Levantando-se de onde está, ele caminha até a pia, onde há um saco de gelo dentro da água fria. Rags põe dois cubos em cada copo e volta para a sua cadeira. Ron respira ruidosamente, com o nariz amassado contra as mãos. Rags serve duas doses generosas de gim, saboreando a maneira como o gelo vai rachando.

– Você tem algum aí com você, Rags? – indaga Ron, com a cara enfiada nas mãos.

– Não para você, que você não faz mais essas coisas. – Rags está falando com os copos de gim.

– Eu estou bêbado – anuncia Ron, dramaticamente. O cotovelo escorrega no tampo da mesa, ele o traz de volta para o lugar onde quer que fique.

– E daí? – Rags começa a espremer meio limão dentro de um copo com um garfo.

– Não vou mais conseguir ficar acordado sem cheirar – diz Ron, explicando a coisa com cuidado, como se fosse a pista importante de algum caso misterioso. – Se eu não cheirar uma carreira agora, vou pegar no sono.

— Não tente me enrolar. — Rags ergue o copo com o limão até a altura do rosto e procura algum gominho no meio do líquido com um olhar arguto.

— Quero ver falar isso depois que eu tiver vomitado o chão todo e você tiver que limpar porque eu vou estar desmaiado. — O cotovelo de Ron escapa para longe outra vez e a axila dele se esparrama aberta na mesa. Ele a deixa como está, derrotado.

— Você quer mesmo cheirar? — Rags encontra dois gominhos, que pesca com o garfo.

— Não me obrigue a implorar.

Rags olha para ele.

— Tudo bem — diz —, tá aqui, então. — Ele tira um embrulhinho compacto do bolso do jeans e se prepara para atirá-lo em Ron.

— Não jogue — diz Ron, com as mãos na frente do rosto, sem olhar. — Trate de se levantar e trazer até aqui.

— Levante você e venha buscar — retruca Rags, voltando a atenção para o saquinho de açúcar mascavo que está ao lado dos copos.

— Eu não posso — fala Ron. — Não me force a fazer isso. — Ele continua escondendo o rosto, empurrando a escuridão reconfortante das mãos contra os seus olhos que não param nas órbitas. — Eu sou o seu irmão caçula — ele engrola as palavras numa voz doce. — Você tem que me proteger.

— Ah, você só se lembra dos laços de sangue quando está precisando de um favor. — Rags mede uma colher de chá exata do açúcar e acrescenta ao drinque.

— E em que outra hora eu iria lembrar? — pergunta Ron.

— Todos os dias dessa sua vidinha miserável, Ronald Shogovitch. Se não, era melhor não lembrar em hora nenhuma — completa ele, mexendo furiosamente com a colher. Sorrindo por causa do esforço.

Ron respira fundo e tira as mãos do rosto e fica sentado onde está, de repente exposto ao mundo, os olhos piscando. Ele fecha as pálpebras, volta a abrir devagar, testando o ambiente. Pouco a pouco, aos gemidos, se põe de pé e caminha até ir sentar em frente à cadeira do irmão. Com mãos pesadas, sem jeito, começa a dividir a cocaína numas carreiras grossas e tortas. Rags não diz nada, fica com a atenção totalmente focada nos seus copos de Gin Fizz.

Por fim, Ron cheira a sua carreira e tosse e recosta na cadeira e espera que a sua visão fique mais aguçada. Ele pensa ter visto uma sombra cruzar a janela.

— A porta ficou trancada, não ficou? — pergunta.

Rags assente. Acrescenta a água com gás. Olha para os drinques prontos, avalia o trabalho. Satisfeito, sinaliza com a cabeça para que o irmão pegue o seu copo, pega no bolso interno da roupa o canudo de prata que usa para cheirar e se debruça sobre a mesa para degustar a sua carreira.

Ron pisca os olhos e engole saliva. Sacode a cabeça algumas vezes. Pode sentir os contornos das coisas retornando. Sorri.

— Voltei — diz ele.

— Já está conosco outra vez? — Rags pesca as migalhas com a polpa do polegar e esfrega nas gengivas.

— Sim, depois de um breve intervalo posso dizer que estou oficialmente de volta — fala Ron. Ele deixa as mãos nas coxas, fazendo saltar os joelhos num vaivém frenético.

— Ótimo — diz Rags, erguendo o copo. — Seja bem-vindo, então. Você estava fazendo falta. — E dá um gole teatral no seu drinque.

— Rags? — Ron faz os joelhos pararem.

— Sim? — Rags o encara.

— Você pode me contar o que aconteceu? — Ron sustenta o olhar do irmão.

Rags mergulha fundo nos seus olhos.

— Você tem certeza de que quer mesmo saber?

— Estou me sentindo pronto para isso. — Ron assente com a cabeça.

— Está certo, então. — Rags toma mais um gole e se encolhe, curtindo o azedo do limão. — Muito bem. — Ele espera. Recosta o corpo e ergue os olhos para o teto. Franze os lábios. — Muito bem... — diz outra vez. — Nós fomos roubados.

Ron olha para ele, esperando pelo resto. Rags devolve o olhar. Encolhe os ombros sem chegar a mexê-los, fazendo o gesto só com os olhos.

— Disso eu já sei — fala Ron, debruçando o corpo em direção ao irmão. — Já sei há quatro horas, desde que você me tirou da cama e me arrastou até aqui. Mas o que eu quis dizer foi... — Ron recosta o corpo de volta na cadeira, gira o pescoço para um lado e para o outro, pensa no que exatamente estava dizendo mesmo, se lembra. – Eu estou pronto para saber o que foi que aconteceu. Você já pode me contar exatamente o que houve, eu estou pronto para ouvir. A ansiedade agora está sob controle.

Ron estende a mão para o maço de cigarros perto do cotovelo do irmão. Rags empurra o maço para ele, e passa o isqueiro com a outra mão.

– Está bem – diz. – Ele esfrega o rosto com a palma da mão. Enxuga o nariz. Assente com a cabeça. – Bom, eu estava lá na tal da boate de merda no sovaco mal lavado que é a Zona Sul de Londres. Como você já sabe. No Paradise, como chamam o lugar. Esperando para encontrar a tal da Harry que o Pico disse que ia aparecer.

– Mas por que lá, Rags, e não em algum lugar que você já conhecesse? – pergunta Ron baixinho.

Rags se irrita com a interrupção, era justamente o que ele já ia começar a explicar.

– Eu não sei, Ron. Foi lá porque me disseram pra ir até lá.

– Falando sério, Rags. Por que lá? – Ron remói o pensamento por um tempo. Ele não consegue achar uma resposta. Rags estende a mão para o cigarro de Ron, pega dele, fuma, não passa de volta. – Quem é o dono da tal boate? – pergunta Ron.

– O lugar é de um contato meu – responde Rags.

– E você confia nele? – pressiona Ron.

– *Nela*. De olhos fechados.

– Tem certeza? – Ron aproxima a testa da dele.

– Tenho – retruca Rags. – O nome é Lucy. A gente se conhece há anos.

– Lucy do quê?

– Pode acreditar no que eu digo. – Rags ergue o dedo em riste, aponta em direção ao irmão. – Ela não teve nada a ver com essa história.

Ron aponta para o dedo apontado de Rags.

– Mas por que ela deixou você usar o bar, então? Eu só estou querendo organizar meus pensamentos, entenda…

– Olhe aqui. – Rags agarra a mão do irmão e empurra devagar até deixá-la chapada contra a mesa. – Ela tem um monte de seguranças de olho no lugar, porque rola um ringue clandestino de luta nos fundos.

– Que tipo de luta?

– De todo tipo – diz Rags. – Lutas de bichos, de crianças, homens, mulheres. Às vezes de tudo isso junto.

– Cacete. – Ron estreita os olhos.

– É um lugar pra lá de esquisito, isso com toda a certeza. Mas é seguro. Uma coisa que a gente pode afirmar é que segurança não falta lá. – Rags aperta os lábios numa linha fina, encolhe os ombros.

– Mas toda essa segurança pelo jeito não deu conta do recado, não é, Rags? Hoje mais cedo, eu quero dizer, no nosso caso. – Ron olha para ele com um ar de reprovação.

Rags se encrespa.

– Você quer que eu conte o que aconteceu ou não quer?

– Eu não estou fazendo nada. – Ron abre os braços. Inocente.

– Está, sim, está me interrompendo.

– Não estou.

– Você acabou de fazer isso. – Rags encara o irmão, indignado.

– Tá certo, mas não vou mais. De agora em diante – promete Ron, com um sorriso doce. – Rags lança um olhar especulativo para ele. – Eu quero saber, estou pronto para isso. O que foi que houve?

Rags olha para ele. Procurando algo. Satisfeito, recolhe as pernas para baixo da cadeira, esfrega a nuca com a mão. Começa outra vez.

– Mas, então, eu cheguei lá no bar. E estava lotado.

– Numa terça-feira? Lotado?

– O que foi que você *acabou de dizer* que não ia fazer mais? – Rags atira uma das mãos no irmão, a palma voltada para cima.

– O que é que foi? – Ron arqueia os ombros para cima, balança a cadeira para trás e cruza os braços. – O lugar estava lotado numa *terça-feira*?

– Ron. – Rags imita a pose do irmão sem se dar conta, se recosta na própria cadeira, cruza os braços. – Esse tipo de bar fica lotado *todas* as noites. Bebida barata, drogas baratas, música barata, sexo barato. As pessoas não vão mais para cama às dez da noite hoje em dia, parceiro. Não tem mais essa de saber se é dia de semana ou não, a vida é só ralar no trabalho direto e ter a alegria passageira de um teco de pó pra curtir uma balada e uma passada pelos genitais suarentos de alguma outra pessoa. – Rags olha duro para o irmão. Irritado.

Ron leva um dedo esticado até os lábios. — Eu não vou dizer mais nada. Foi mal.

Rags hesita, procura o fio da meada.

— Bom — diz. — Tinha esse cara que trabalha lá, um sujeito chamado Joey. — Ele faz uma pausa, espera a interrupção, que não vem, a fala prossegue. — Ele é um tremendo de um ressentido. Trabalha com a Lucy, mas é tratado por todo mundo como idiota porque, até onde todo mundo sabe, ele é mesmo um idiota completo. Um cara cheio de si, mas que nunca faz nada direito. Bom, hoje mais cedo, por volta de umas três ou quatro da tarde, eu tinha que transportar uma boa quantidade de pó. A Lucy mandou um dos garotos dela me encontrar, de uniforme da escola e tal, e eu enfiei o moleque no carro e fui com ele até o Paradise. Carona pra voltar da escola, saca? Tudo bem discreto. Nós chegamos bem, e eu levei a parada para dentro da boate. E, cara, era *muita* coisa. O plano era fazer uma proposta para a tal da Harry, entende, a garota que vinha por indicação do Pico. Eu ia dizer pra ela ficar com *toda* aquela carga. Que a gente não sabia quanto tempo o Pico iria ficar fora da jogada, então ela levava mais de um quilo adiantados e depois acertava o negócio diretamente com o cara, através da Ange.

— Que Ange? — Essa interrupção sai espontânea, genuína.

Rags se irrita, mas releva.

— Você conhece a Ange.

— A mulher do Pico? — indaga Ron.

— Isso — assente Rags.

— O nome não era "Bela"?

— *Ele* chama ela assim, mas o nome de verdade é Ange. — Rags vê o irmão abrir toda a boca e segurar as bochechas com as mãos. — Qual é o problema?

— Você está de sacanagem comigo? — solta Ron. Enterrando a cabeça nas mãos.

— O que é? — insiste Rags.

— *Eu* chamo a mulher de Bela, desde o primeiro dia em que a gente se viu. Jurava que esse era o nome dela. — Ron bate na parte de trás da própria cabeça.

— Bom, Ronny, você é mesmo uma besta — diz Rags.

Ron começa a rir.

— Eu devo ter repetido "Bela" mais de trezentas vezes. Nunquinha que chamei a criatura de Ange.

Rags espera até ele terminar de rir.

— Podemos? – pergunta.

Ron faz que sim, parando de rir.

— Então o babaca do Joey me levou até o porão. Porque a Lucy tinha pedido pra ele me mostrar o lugar, e coisa e tal. Ele guarda a chave, praticamente é só esse o seu papel no esquema. Peixe pequeno, saca? Aquele cara encarregado de abrir o bar todas as noites e arrumar as cadeiras, essas coisas. E então ele me levou até o porão que eles têm lá, um lugar super-esquisito. Com um tubarão num aquário e tudo.

— Sei – assente Ron.

— A Lucy tem essas manias – explica Rags.

— De gostar de peixe?

— Provavelmente – fala Rags. – Mas então o tal do Joey me levou para a sala do porão.

— Com o tubarão?

— Isso. E eu achei que ele tinha me deixado sozinho lá, mas obviamente o cara estava escondido em algum lugar e viu quando eu descarreguei a parada. Eu deixei uma grana lá também, só o faturamento do dia que estava comigo, para que ficasse num lugar seguro. A boate tem uma porra de um segurança por metro quadrado, afinal. E eu, muito imbecil, achando que estava tudo *tranquilo*. Mas, voltando ao assunto, eu tinha outras coisas para resolver. Avisei à Lucy que voltava dali a algumas horas, ela pôs um cara vigiando a entrada para o porão. Eu fui embora, resolvi minhas coisas, jantei. Voltei lá pelas onze. Você tá me acompanhando?

— Claro, tô acompanhando.

— Certo. Então o Joey vai comigo até o porão, eu vejo que está tudo lá na boa, tudo do jeito que eu tinha deixado. Ele me pergunta a que horas a tal da Harry devia aparecer e como ela era. Eu respondo que um pouco depois da meia-noite, lá para meia-noite e meia, e que ela iria aparecer sozinha. Que eu só sabia disso. E aí ele me leva até uma salinha em cima da pista de dança e fala que eu podia esperar ali e ele levaria a Harry até mim. E foi o que eu fiz, por uma hora mais ou menos. Talvez mais. Numa boa, tomando um drinque, olhando o movimento.

— Você gosta dessas coisas — fala Ron, mergulhado na história.

— Gosto mesmo — concorda Rags.

— Mas e aí?

— Bom — Rags toma um gole do gim —, aí teve uma hora que eu pensei: "Que porra de demora é essa?" Fui atrás do Joey e o cara não estava em lugar nenhum, nem no bar, nem na pista de dança, e a porta do porão estava trancada.

— Não entendi.

— Pois é, não dava pra entender mesmo. Exatamente. Aí eu fui perguntar pra um dos leões de chácara se alguém tinha uma chave extra do porão, porque o sujeito que iria cuidar do esquema pra mim tinha sumido. *Beleza*, o sujeito falou, *tá tranquilo, é só vir comigo*. E a gente zanzou pela boate uma meia hora até achar quem tinha a tal da chave, depois zanzou mais um tempão num monte de corredores sinistros naquele porão, até que *finalmente* chegou até a tal da sala que eu queria. E ele abriu a porta.

Rags faz uma pausa de efeito. Ron debruça o corpo para a frente.

— E quem estava lá dentro era o Joey, parecendo uma porra de um quadro do Picasso, com a cara toda desconjuntada, largado no chão e choramingando. E nada da grana, e mais ou menos um quilo e meio da parada bruta faltando.

Ele para de falar. O silêncio engole os dois. Ron sacode a cabeça. Levanta da cadeira e zanza pelo café. Rags só olhando.

— Vá sentar — diz. — Assim você me deixa nervoso.

— Eu tenho direito de andar se eu quiser — diz Ron, sem olhar na cara do irmão, caminhando para cima e para baixo no corredor entre as mesas. Até parar de repente. Com o rosto verde de raiva. — Como você foi ser TÃO BURRO DESSE JEITO? — rosna ele para o outro.

— Oi? — A voz de Rags pula duas oitavas para cima. — Eu? — Ele aponta para o próprio peito, furioso. — Eu confio *plenamente* na Lucy, você está entendendo? Achei que não ia ter problema nenhum deixar a parada com ela.

— Em que momento da história desta porra deste planeta NÃO IA TER PROBLEMA deixar uma quantidade dessa de dinheiro EM QUALQUER LUGAR? Sua BESTA. Seu IDIOTA de merda. Seu... Arh... — Espumando de raiva, balançando as mãos na frente do rosto, sacudindo a cabeça, Ron vai até onde o irmão está e começa a puxar o punho fechado para trás.

— SE VOCÊ ME DER UM SOCO, RON, A GENTE VAI TER QUE COMEÇAR UMA BRIGA. É ISSO QUE VOCÊ QUER FAZER MESMO? — Rags grita para o irmão, sustentando o olhar dele.

Ron solta um riso que é como um latido. Os olhos como címbalos, tinindo sem parar.

— É! É isso mesmo que eu quero, seu merda. Seu imbecil de...

Rags se põe de pé num estalo, a cadeira cai para trás, ele agarra os braços de Ron e os trava nos lados do corpo. E segura bem desse jeito.

— Você está com raiva, é normal reagir assim. — Os narizes a dois centímetros um do outro.

Ron tem a respiração pesada de um cavalo assustado.

— É claro que eu estou com raiva. Nós nos metemos numa merda das grossas — choraminga ele.

— A culpa não foi minha — explica Rags, com o máximo de paciência que consegue reunir enquanto segura o irmão que se debate.

— E de quem foi, então?

Rags não responde, só lança um olhar enfático para o rosto de Ron, inspirando e expirando profundamente, indicando que Ron deveria fazer a mesma coisa. Ron começa a respirar junto, e Rags sustenta o seu olhar até ver que a loucura já foi embora deles. Os dois ficam lá sem dizer nada, respirando, por uns bons minutos. Encarando um ao outro. Quando enfim se dá por satisfeito, Rags bate de leve no ombro de Ron e solta o irmão. Depois, caminha de volta até o lugar onde estava sentado, pega a cadeira do chão e se senta delicadamente outra vez. Cruzando as pernas e apoiando a parte de trás da cabeça nas mãos cruzadas. Ron volta a zanzar para cima e para baixo. Agora mais devagar.

— Vê se entende, parceiro — começa Rags, em um tom de desculpas. — Eu também ainda tô vendo se a ficha termina de cair. Nunca tinha *pedido* para ter essa responsabilidade toda. Nunca cheguei para o Pico e falei "Pô, cara, por que você não vai passar uns oito meses na cadeia e me deixa ter uns picos de pressão alta pra animar um pouco a vida?", entende?

— Não faz diferença se você tinha pedido pra ter responsabilidade ou não, o que eu estava dizendo era, porra, onde você estava *com a cabeça* pra fazer um troço desses? – Ron está com o rosto enterrado nas mãos, esfregando os olhos.

– Eu decidi sem pensar, tá bom?

Ron reage triunfante, joga os braços para os lados.

– Está vendo só? – diz. – Era exatamente isso que eu estava dizendo.

– A minha vida anda muito... Você sabe, desde que a Amy foi embora. Eu não estou muito... Você entende o que quero dizer.

– Meu Deus do Céu, Rags, não acredito que você vai misturar ESSE ASSUNTO na história!

– O que é que tem? – Rags toma um gole do drinque. – Eu só estava dizendo. – Ele engole ao mesmo tempo que fala, as palavras saindo meio gargarejadas.

Ron o fuzila com o olhar por um instante, perplexo, antes de pegar o seu copo da mesa e, segurando-o majestosamente no ar como se fosse um troféu, usá-lo para sublinhar sua fala.

– Então foi a tal da Harry que fez tudo, hein? Não foi?

Ele para e se vira para Rags, com as sobrancelhas mais inquisitivas que consegue fazer.

– Bom... – Rags descruza as pernas e volta a cruzar, alonga as costas contra a cadeira. – Nós conseguimos apurar, depois de um inquérito pra lá de entediante, que o desgraçado do Joey tentou *roubar* a Harry, a questão toda foi essa. – Rags abre os braços, incrédulo. – Foi isso que aconteceu. – Ele deixa as mãos no ar, sacode a cabeça e as recolhe de volta para o colo. – A ideia dele era cobrar o dobro do preço para a guria, a tal Harry, e embolsar a diferença. Ou então ficar com a grana toda se conseguisse dar um jeito para isso. Só que quando a Harry não topou ele entrou em pânico e falou: "Tá, então passa o seu dinheiro para cá." E foi nessa hora que...

Ron se mete, estalando os dedos ao sentir a ficha cair.

– Foi nessa hora que a Harry meteu a porrada nele, roubou o cara e se mandou.

– Exatamente. – Rags respira fundo. Passa a mão pelos fiapos da barba por fazer.

– A Harry, que é uma *garota*?

– Isso.

– Ela meteu a porrada no cara, *sozinha*?

– Isso.

– Quem é essa tal dessa Harry?

– A Supermulher, pelo que andam dizendo.

– E, conhecendo o tipo de amizade que o Pico tem com ela, que nós sabemos que é bem íntima... – Ron volta a caminhar pelo café. – Dá para imaginar que ele vá se mostrar bem compreensivo quando ficar sabendo do caso todo. – Ron dá um gole estudado no drinque, mantém a bebida na boca e passeia com ela lá dentro antes de engolir.

– É, é o que está parecendo – fala Rags, aprovando o raciocínio.

– Puta merda. – Ron olha para ele. – Manda mais uma carreira, faz favor.

Rag assente, iniciando os trabalhos.

– O Joey já teve o que merecia, lá na hora mesmo. – Ele abre o papel, tira uma pedra, esfarela com seu cartão de crédito, vai transformando as pelotinhas em pó. – E nos contou tudo. Com direito a uma descrição da tal da Harry. Magra, não muito mais que um metro e meio, um fiapo de garota com ar esquisito. E perigosa, pelo visto. Joey disse que ela pulou do nada para cima dele. Que num instante eles estavam conversando, e no minuto seguinte Harry lhe enfiou a porrada antes de meter um cigarro na sua boca e cair fora. Faixa preta de alguma arte marcial, sabe como é. Cabelo castanho, mais para curto. Um rosto diferente. Com o nariz esquisito ou sei lá. Ou seria uma boca estranha? Ela até daria para o gasto, o Joey disse, se decidisse se arrumar um pouco. Mas, claro, é completamente doida.

Ron assente à medida que escuta, *doida, ar esquisito, pulou do nada*.

– Mas então, a gente vai atrás dela?

– Bem... – Rags ergue os olhos da carreira que está ajeitando, franze o nariz num gesto que parece estranhamente fofo vindo de um rosto grosseiro como o dele. – Não.

– COMO É QUE É? – Ron berra as palavras como se elas fossem uma invocação para algum deus adormecido. As paredes ecoam o grito de volta.

Rags tem um sobressalto, passa a mão pelo topo da cabeça.

– Parece que a ideia do Pico é entubar essa história, ao menos por enquanto. Esperar as coisas se acalmarem, sabe, esperar até ele sair da cadeia e voltar a assumir o negócio. – Ron olha para o irmão, sem mexer um músculo. Uma das mãos está segurando a sua garganta. Rags o ignora. Continua falando. – O Pico acha que...

– Você falou com o Pico? – Ron o interrompe.

– Eu liguei para ele assim que a coisa toda aconteceu. – Rags baixa a cabeça em direção à carreira. – Ele conhece a Harry. Tem certeza de que isto tudo foi um... – Ele faz uma pausa, cheira o pó com uma fungada forte e rápida, joga a cabeça para trás, franze as narinas, limpa a ponta do nariz com os nós dos dedos – que foi um *mal-entendido* que poderá ser resolvido na boa, mas ele não quer que *a gente* se meta mais na história. Aliás, ele está puto da vida com a gente.

– Com *você*, né? Não com *a gente*!

– Com todo mundo. O cara falou pra cacete, tipo: "Eu não posso dar as costas por cinco minutos que essas porras desses blá-blá-blá." E que ele tinha deixado a gente tomando conta da parada, e que a gente, você sabe...

– Tinha deixado você – insiste Ron.

– Bom, ele acha que foi *a gente* que fez merda.

– E aí eu vou ficar sem o meu café, é isso? – A voz de Ron cresce, escala garganta acima e se atira da boca para fora.

– Não. Se você continuar pagando tudo certinho, eu não vejo motivo para ter que sair daqui. O café está indo bem.

– E o que mais ele disse?

– Que tudo bem, a gente perdeu uma grana preta. Mas que isso não é o fim do mundo. – Rags olha calmamente para o irmão.

– Não é o fim do mundo? – Ron está indignado.

– Não é o fim do mundo. – Rags não entra na pilha.

– Mas e a tal da Harry?

– A gente não sabe quem é a figura, de onde que ela vem. Nem o Pico sabe muito bem de nada. Obviamente, ele quer descobrir o paradeiro dela. Porque, afinal de contas, não é possível que existam muitas garotas vendendo pó por aí chamadas Harry, não é mesmo?

– Não, não é.

– E é óbvio também que ele vai querer a grana de volta, mas essa barra não é *a gente* que vai ter que segurar. É o tal do Joey que vai pagar o pato, você está entendendo?

– De onde o cara vai tirar essa grana toda? – Ron volta a se sentar, na cadeira em frente à de Rags.

Rags dá de ombros.

– Lucy garantiu que ele vai pagar ao Pico tudo o que deve a ele. – Os dois refletem sobre o que isso quer dizer, têm um calafrio de leve. – Mas, obviamente, *se por acaso* a tal da garota aparecer... – Rags deixa a frase morrer, deixa que Ron preencha a lacuna.

– Ninguém vai censurar ninguém?

Rags assente.

– Exatamente.

Eles ponderam a questão. Ron termina o seu drinque.

– Isso está bom mesmo – diz.

– Eu sei. Gin Fizz é imbatível.

– Vamos tomar mais um? – pergunta Ron.

– Pode ser. – Rags baixa a cabeça e sopra o ar com força. Esfrega a nuca com a mão. Segura os próprios ombros.

Ron olha para ele.

– Que susto, cara, você quase me deixou MALUCO. O Pico tinha deixado a gente no comando, Rags, *a gente* é que estava no comando, e uma coisa dessas foi acontecer. Eu nem sei o que pensar.

Rags se levanta e caminha até o irmão.

Ron olha para ele, confuso.

– O que você tá fazendo? – pergunta.

– Vou te dar um colo de irmão – diz Rags.

– Eu não quero colo – fala Ron.

– É claro que quer. Você está sempre querendo colo. – E ele debruça o corpo por cima do irmão e o envolve num abraço desconfortável, dobrando o pescoço num ângulo esquisito e exagerando na força dos tapinhas que dá nas costas dele.

Ron se encolhe todo.

– Sai fora. – Rag ignora a reação. – Tá me machucando. – Ron se debate. Empurrando o outro para longe.

Rags ri, ergue os punhos fechados.

– Então tá bom – diz. – Vai ser lutinha? – E começa a gingar ao redor da cadeira de Ron.

Ron o afasta espanando com a mão.

– Não enche.

– Está tudo tranquilo – diz Rags para ele. – Você só precisa relaxar um pouco.

– Relaxar? Seu babaca. Você vai me chamar quando eu estou ferrado no sono, me traz para cá, diz que deu a maior merda, e eu vi a porra da minha *vida* passar num filme na minha cabeça. Achei que a gente estava ferrado! Vai levar um tempo pra voltar ao clima de "manos paz e amor", cara. – Ron vai cuspindo enquanto fala, de tão alterado que está. Uma espuma branca se acumula no canto da sua boca.

Rags caminha até a pia que fica atrás do balcão, joga uma água no rosto.

– A gente está ficando velho demais pra isso tudo – fala ele, numa voz gentil para o irmão.

– Eu pago uma bela de uma grana pra esse Pico todos os meses – Ron diz, o nariz congestionado por causa dos resíduos da cocaína. – Se ele pode deixar passar uma história dessas, porque não deixa *o meu caso* pra lá, Rags?

Rags caminha de volta até ele, apoia o cotovelo no ombro do irmão. Debruça o corpo.

– Porque vocês dois fizeram um trato, e você é um homem de negócios decente. Um homem que cumpre com a palavra dada, e isso é uma coisa boa. Essa tal dessa Harry vai receber o que merece. Se você souber de qualquer coisa, é claro, pode fazer o que tiver que fazer. Mas por hoje já está ficando tarde. – Ron acena com a cabeça para o céu, que começa a clarear lá fora. – É melhor ir para casa, preparar uma boa xícara de chá para a Linda, fazer um carinho nela e se meter na cama.

Ron olha para o rosto do irmão, inclinado para muito perto do seu, e tem que lutar contra o impulso de soltar um grito. O seu cérebro está todo condensado e duro e excitado demais.

– Está certo? – indaga Rags.

– Está certo – Ron cospe de volta. Quicando.

– Bom garoto. – Rags bagunça o cabelo dele, um gesto que Ron detesta desde que se entende por gente.

A manhã chega depressa. Fria e vazia como um desconhecido na hora do rush. Com a cara amassada. Com os olhos fechando de sono, Leon e Harry se encaram separados pela mesa de uma lanchonete 24 horas em estilo americano numa região da cidade onde eles nunca estiveram antes. Estão nos arredores de um parque muito verde salpicado de monumentos e esculturas. As lojas próximas vendem vestidos esvoaçantes e pilões de cozinha com design assinado. Para eles, é um lugar tão bom quanto qualquer outro para tomar o café da manhã.

Embora tenham passado uma vida inteira juntos, e boa parte dela só os dois, sem mais ninguém, a impressão de Harry é que nunca tinha olhado para Leon assim diretamente no rosto antes. Ela fica sem saber onde focar. Eles desviam os olhares, espiam pelo vidro do lugar para o carro no estacionamento lá fora. A grana feito um defunto no porta-malas.

Harry checa o seu telefone pela décima vez no mesmo minuto. Leon ergue uma sobrancelha por cima do seu milk-shake. Ele debruça o corpo e toma o celular de Harry, que estende o braço para entregar o aparelho, mas o segura com os dedos um pouco firmes demais, de modo que os dois ficam sentados com as mãos estendidas e o celular bem no meio do caminho entre eles.

— Harry — fala Leon, de mansinho, e ela baixa a mão, um pouco surpresa. Leon tira a bateria da parte de trás do aparelho e remove o chip. Ele deixa cair o chip e a bateria dentro do seu copo d'água. Harry assente, fazendo um "obrigada" com a cabeça. Eles ficam olhando o chip afundar.

Os pratos de comida estão intactos na frente dos dois. Leon pediu uma porção de panquecas com frutas e calda. Harry pediu ovos com bacon. Ela toma um café preto, grosso de tanto açúcar. Ele, um milk-shake de morango. Eles passaram a noite toda rodando de carro, parando em bares aqui e ali para fazer hora. Gastaram umas boas duas horas na seção de eletrônicos de uma megaloja 24h no subúrbio da cidade. Saíram de lá com um aparelho de TV novo e uma panela de pressão de primeira linha. Agora estão nos confins da Zona Oeste e arrependidos por não terem parado mais perto de casa. O dia acabou de começar e o céu pálido está rajado de amarelo. O sol está a caminho, e mandou suas primeiras cores na frente para anunciar a chegada. Harry olha para elas. *Devem ser quase oito.*

— Você acha que eles vão me matar? — pergunta ela, baixinho, para Leon.

— Nos matar — corrige ele.
— Ninguém sabe que você existe.
— Pode ser que não, mas eles teriam que me matar primeiro.
— Você é maluco, Leon.
— Qual é, cara? Sai dessa onda errada. — A voz de Leon soa firme.

Harry bebe o seu café e escuta a música que mal escoa pelos alto-falantes. Discreta demais para ser ouvida. Ela detesta quando tocam música nesse volume. Tenta ignorar a sua presença, mas não consegue desligar os ouvidos dela. Ela se volta para os ovos com bacon. Come de um jeito hesitante, sentindo a comida com os dentes à medida que vai mastigando. A vida no piloto automático — você fica ocupado demais resolvendo as coisas para pensar de verdade no que está acontecendo. Ela olha para fora, para além do carro, e vê a rua que margeia o parque, os cafés turcos ainda fechados, os ônibus lotados de trabalhadores mesmo de manhã tão cedo. Os primeiros corredores martelando seus tênis pelo perímetro gelado do parque, as silhuetas néon e cinza avançando decididas, comprometidas com a ideia de melhorar a si mesmas.

Ela termina a garfada, enxuga os cantos dos lábios com o guardanapo. O estômago despertando para a fome agora que começou a receber a comida.

— Nós vamos ter que ir embora.

A voz de Harry soa branda e gentil. Tão baixinha que Leon consegue ouvir melhor as conversas nas mesas em volta do que o que ela diz. O seu coração está apertado vendo o pânico dela. Ele queria poder pensar em alguma saída.

— Os caras armaram *para cima da gente* — diz. — Se você conseguir falar com o Pico...

Harry o interrompe.

— É, mas não tem como. Eu só sei qual número ele está usando quando é o Pico que faz o contato.

— Tá, mas você podia *tentar*. Pode ser que ele entenda o seu lado.

Eles empurram garfadas de comida goela abaixo. Amassam ovo e massa e frutas com molares pesados.

— Tem um dinheiro grande aí no carro. A gente pode ir para qualquer lugar.

– Mas para onde a gente iria? – Leon pesca os mirtilos com o garfo. Que caem antes de chegarem à sua boca. Ele tenta outra vez. Eles caem outra vez.

– A gente teria que tomar cuidado, com esse dinheiro todo.

– Sempre tem um jeito. O dinheiro pode ser trocado aos poucos. Eu tenho um camarada em Barcelona que pode ajudar com essa parte.

Harry estende a mão, pega o garfo de Leon, espeta alguns mirtilos e o devolve.

– Isso não está legal, cara. Eu não estou me sentindo bem. – Harry se sente zonza, com a sensação de estar distante de tudo. – A gente pegou dinheiro à beça – sussurra ela, a voz arranhando a quietude da lanchonete. Os olhos arregalados. A testa riscada por linhas fundas. – E o que vamos fazer com aquele tijolão da parada?

– Nós vamos vender. De uma tacada só.

– Vender *para quem*?

– Eles não sabem quem são os nossos clientes. – A voz de Leon é um ronco bem baixo.

O dia na praia está gritando na cara de Harry. Ela lá, sentada nas pedras. E a sua família? O que vai dizer a eles? Será que vai ser seguro mantê-los ali, se ela sair da cidade?

– Eu tinha que ter tomado mais cuidado – choraminga ela. – Só digo isso. – A sua voz sai encharcada de tristeza. – Porque agora a gente vai ter que ir embora, Leon. Vai ter que cair fora da cidade pra valer.

O pensamento passa veloz pelos dois e eles ficam sentados lá, boiando no rastro deixado por ele.

– Então, sua boba, pensa bem – Leon ralha com ela. – A coisa não é tão ruim assim, é? Vai ser uma aventura. A gente pode ir para qualquer lugar.

Harry lança um olhar especulativo para ele, ainda sem tanta certeza.

Mesmo de manhã tão cedo, já há outras pessoas salpicadas pelas mesas. Um sujeito sozinho, com roupas de operário, come um bife com ovos. Um grupo de três turistas ávidos olha as fotos nas suas câmeras enquanto toma xícaras de café. Uma mulher e um garotinho estão dividindo um sundae gigantesco. Ele está usando uma pulseira de identificação hospitalar e um pijama do Batman. Harry vê essas coisas todas e se sente murchar para dentro de si mesma, como um pula-pula inflável depois que o parque de diversões fecha. *Ser uma pessoa com uma vida normal.*

– Tá, vamos pensar direito nessa história. O que eles sabem sobre a gente? – O rosto de Leon é concentração pura.

– Com sorte, nada? – responde Harry como se estivesse num programa de TV. Querendo escolher a alternativa correta.

– O Pico sabe onde você mora?

– Não – responde Harry.

– Não. Muito bem.

– Ele nunca foi lá.

– É claro que não.

– Mas eles devem ir atrás da gente de qualquer maneira. Não devem?

– Vai dar tudo certo. A gente só precisa manter a calma. – Leon alonga o corpo, juntando as mãos no alto da cabeça, depois volta a baixar. – Nós sempre tomamos cuidado. Ninguém sabe quem você é. Ninguém viu o carro. Todo mundo que nós conhecemos acha que você trabalha com recrutamento de talentos. – Harry está olhando para o tampo da mesa, toda ouvidos. – Todos os clientes que compram com você só sabem o seu nome e seus números de telefone. – Leon dá um tapinha no copo de água onde o chip e a bateria estão mergulhados. – Fora que... – ele se lembra – pensando bem, uma boa parte das pessoas com quem a gente faz negócio acha que você é homem mesmo. – Harry encolhe visivelmente no assento. – Sem querer fazer piada do assunto – recua ele. – Mas essa é a verdade. – Harry está viajando de cansaço, voando muito alto. – Escute. – Leon reencontrou o fio da meada. – O que nós fizemos foi basicamente livrar a nossa cara de uma emboscada. A grana que você pegou foi uma compensação.

Harry deixa a explicação fria de Leon acalmar o seu pânico. Ela saboreia as palavras como se fossem leite.

– É mesmo. É verdade. – E rebate com um gole de café. Depois ergue os olhos, assustada. – Mas você acha que os capangas dele vão enxergar da mesma maneira?

Leon não se deixa abalar.

– Esses são os fatos – diz ele, numa voz neutra.

– Os caras têm *armas,* Leon, eles não são de brincadeira. Nós mexemos com gente sinistra. Tem uns caras lá que já foram militares e tudo mais. – Ela faz uma pausa, os pensamentos tão gelados na cabeça que lhe dão um calafrio. – A gente pode morrer por causa dessa história. – A voz de Harry é uma vidraça quebrada deixando a chuva entrar.

Leon segura o braço da amiga por cima da mesa. Lança um olhar intenso para ela.

– Isso é nos contos de fadas, minha irmã. Fica tranquila. Ninguém vai morrer. – Ele olha para ela cheio de paciência e de amor. Harry procura algum fiapo de medo no rosto dele. Não acha nenhum. – Coma os seus ovos – diz Leon.

– Como é que você consegue ficar calmo desse jeito, seu coração de lata?

– Um de nós dois tem que ser a parte calma da dupla. – Ele solta o braço dela e recosta o corpo na cadeira. Seu cérebro parece grande demais para caber no crânio. Ele está com uma sensação esquisita no estômago e um zumbido agudo no ouvido esquerdo.

– O quê, então tudo foi um surto meu? – pergunta Harry, tímida.

Leon sorri.

– Um pouquinho só.

Ela assente, trata de se recompor, come uma garfada dos ovos. Difícil. A ideia de ovos num prato de repente lhe parece uma coisa monstruosa, e Harry volta a baixar o garfo.

– Foi mal – diz. – Me desculpa, cara.

Ele abana a mão, encerrando o assunto. Depois ergue os olhos e fica observando o teto, coisa que Harry sabe que quer dizer que Leon está pensando. Ela raspa o ovo de cima da torrada e come só o pão.

– Pico é um decorador de interiores bem-sucedido que tem bons contatos no Peru. Não é nenhum bandido. Nem assassino. Ele é só um oportunista. Um cara esperto. Que adora a esposa e a casa que tem. Eu não acho que você precise se preocupar em virar defunto nem nada do tipo. – Harry ergue os olhos da sua torrada e encara Leon com um ar incerto. – Que foi? – pergunta ele na defensiva. A voz um pouco tensa.

– Eles vão querer o dinheiro de volta.

– E daí? Você acha que a gente tem que devolver? Ir até lá, devolver a grana toda, e continuar como se estivesse tudo normal?

Harry fica encabulada. Estende a mão para o milk-shake de Leon e toma um gole, pensativa.

– Não, é claro que não – murmura.

Leon está ficando frustrado. O que aconteceu já aconteceu, e o que eles têm que fazer agora é pensar de um jeito pragmático. Harry sempre acaba se preocupando demais nos momentos de crise.

– O que é que você quer fazer então? – pergunta ele.

Cansada, Harry pesa as alternativas.

– Eu quero ficar com o dinheiro.

Leon assente com vontade, aliviado.

– Obrigado – diz.

– Tá – fala ela, séria, os olhos secos por causa do cansaço. Tensa. – Eu quero sair dessa história de uma vez. Parar de mexer com pó. Viver a vida.

– Pronto, aí está. É isso que a gente vai ter que fazer. – Leon pousa a sua mão na mesa para Harry pegar. Ela faz isso. Eles apertam as mãos. Seguram nos dedos um do outro por um momento longo. Leon recolhe a sua mão, seca a boca com ela. A noite da véspera puxa os pés deles, enrosca os braços ao seu redor, apoia a cabeça sangrenta nos seus ombros. Leon bebe o seu milk-shake com os olhos fechados.

– A gente está precisando dormir – diz Harry. Ele concorda, assentindo com a cabeça, abrindo os olhos depressa. Harry mata o resto do seu café. Já frio a essa altura. – Estou com cara de quem tem condição de dirigir? – pergunta ela. Leon olha. Harry faz o seu ar de *sóbria, tranquila.*

– Está, claro. – Leon pesca umas notas no bolso. Deixa trinta libras em cima da mesa. Eles se levantam, caminham tranquilamente para o carro, sorrindo para o garçom ao passar.

Quando chegam ao apartamento, a manhã já está completamente instalada. Leon cumprimenta os vizinhos com acenos de cabeça enquanto Harry procura a chave. É só uma valise. Cada freada de carro é um matador chegando. Cada passada ao longe é a polícia. O coração de Harry está mais acelerado do que uma raposa depois de farejar a presa.

O dia já vai alto, a rua ficando lotada de trabalhadores que acordam cedo. Ron e Rags estão atrás das persianas fechadas do Giuseppe's querendo que ainda não fosse de manhã.

— Escute aqui – diz Rags. Tendo abandonado o intrincado ritual do Gin Fizz, ele agora está bebendo o gim puro com um pouco de água da bica. — Eu acho que está na hora de encerrarmos os trabalhos.
— Por quê? Aonde você vai?
— Bom, eu preciso dar um trato no visual. Marquei um cinema de tarde com uma garota que conheci na semana passada. E depois, se tudo der certo, devemos emendar com um vinho num restaurante legal e quem sabe umas ostras. — A cara de Rags se parece com o desenho de alguma criança bêbada. Nada se encaixa com nada. O álcool, o estresse, a falta de sono e as carreiras de pó criaram um nervosismo latente e vago que ameaça transbordar a cada movimento. Ele fica de pé e se alonga e caminha determinado até o balcão, contornando-o para se olhar no espelho que fica acima da bancada de trabalho. — Nada que uma chuveirada não possa dar jeito.

Ron está arrumando mais uma carreira. Indo com sede ao pote, como se não tivesse se passado só um minuto desde o teco anterior. É *a força do hábito,* ele pensa consigo mesmo.

Rags sai de trás do balcão, volta para a mesa onde estava sentado, pega o casaco das costas da cadeira e joga por cima do ombro.

Ron se abaixa e manda o pó da carreira nariz acima. Tudo por trás do seu rosto é puro concreto. A maior parte da cocaína cai de volta na mesa. Irritado, ele mexe vigorosamente nas narinas usando o dedo indicador e o polegar.

— Merda de nariz – fala.
— Cara, arrume essa bagunça e vá para casa ficar com a Linda.

Ron ergue os olhos para o irmão.

— Linda? Eu não posso deixar ela me ver desse jeito.
— Por que não? – indaga Rags, sem entender. – Para mim você está parecendo ótimo.

Ron sacode a cabeça.

— Não – diz. – Ainda falta cuidar de mais uma coisinha.
— Você não vai cuidar de nada agora. Vá para casa dormir.

Rags vasculha o bolso interno do casaco. Tira de lá uma cartela de comprimidos, espreme uma pílula azul da embalagem e a deixa carinhosamente em frente ao irmão.

— É Valium – diz. – Não precisa se preocupar.

Ron está com as duas mãos no tampo da mesa, os ombros tensos, a cabeça baixa, o peito apertado, o corpo parecendo um edifício bombardeado.

— Valeu.

— E trate de ter um dia legal, entendeu? Nada de ficar trancado aqui dentro com as janelas fechadas, ou os capangas vão acabar aparecendo. Vá para casa. Descanse. — Rags puxa um par de luvas pretas de couro do bolso e as calça. — Nós vamos achar a garota. Não pode ser tão difícil assim fazer isso.

Os irmãos se encaram, refletindo sobre essa declaração.

— Pode ir, então. Sai fora — diz Ron com carinho.

— Obrigado pelos drinques. — Rags destranca a porta.

— Não tem de quê. — Ron fica em pé e se espreguiça, conferindo o estrago no salão do café.

Rags abre a porta e passa por ela.

— E não faça nada sozinho, está bem? Você me liga se descobrir qualquer coisa?

Ron tranca a porta depois que Rags vai embora e se senta à mesa junto da vidraça, espiando a rua por uma fresta das persianas fechadas. Faltam poucas horas para o dia ter se instalado plenamente.

Ele levanta, respirando fundo, e leva os copos até a pia. Liga o rádio enquanto lava um por um. "China in Your Hands."

CÍRCULOS

Harry está no banheiro, com a cabeça apoiada na mão, debruçada sobre a pia. A água fria se lança contra as suas bochechas até ir de encontro aos olhos fechados. Ela ergue o rosto; a água escorre do nariz e das sobrancelhas, a gola da camiseta toda molhada. O corpo está dolorido. Ela sente todos os músculos reclamarem. Harry encara a si mesma no espelho e não desvia o olhar. Um rosto molhado, pálido e manchado pelo estresse espia de volta. Com as faces encovadas. Tufos de cabelo rebelde espetados para cima. A boca de lábios finos aberta. Ela olha lá para dentro. Abre o máximo que consegue, até sentir o maxilar doendo, depois fecha os punhos e os leva para junto do rosto, fecha os olhos e deixa extravasar tudo por um momento e a boca aberta grita sem som. Ela sempre soube do que Pico era capaz. E passou a vida toda tomando muito cuidado.

Ela não tem namorada, nem filhos, se sustenta vendendo drogas para uma gente que acha insuportável. Pode sentir a cidade desabando sobre si mesma. Acorda todas as manhãs e olha os perfis do Facebook de pessoas de quem nunca gostou e vê as fotos dos seus casamentos e suas corridas beneficentes e das festas dos filhos e das loucuras que aprontam na balada com os amigos.

Se eles viessem atrás dela, hoje mesmo. Se tivessem seguido os dois de alguma maneira. Se tivessem descoberto quem é ela e viessem atrás dela hoje e entrassem na sua casa e a agarrassem e levassem para o seu carro e arrancassem com o porta-malas cheio de tonéis de gasolina, qual teria sido a razão de tudo aquilo?

Ela tira a camiseta. Olha para o corpo de sutiã. Espia constrangida e vê a si mesma. Como se não estivesse lá antes de ser flagrada por aquele olhar.

Ela desabotoa o sutiã e o deixa cair. E olha. Sempre surpresa ao ver o que mora dentro do espelho. E que parece tão distante de quem ela sente que é.

Ela se lembra de quando estava com uns 12 anos, mais ou menos. Olhando no espelho desse mesmo jeito. Sem camisa, levantando os braços para cima da cabeça e segurando os pulsos e puxando com toda a força para tentar fazer os brotos dos seios desaparecerem.

Harry continua sendo essa mesma criança.

Que sente a presença do perigo. Que antevê as batidas de frente com os seus olhos mentais.

Imagens pipocam quentes na sua cabeça. Os momentos mais constrangedores da vida. Todos os amores que teve. Pilhas de cocaína. O olhar de Leon. O dia em que comprou o Ford Cortina. A brisa do mar e os brincos de Becky balançando quando ela riu, fazendo surgir aquelas covinhas divinas. Tanto trabalho que ela teve, e para quê? Na verdade, está andando em círculos. Nem um pouco mais perto do que queria originalmente. Não de verdade. A solidão, sua velha conhecida, começa a se enroscar nos tornozelos, e se aninha por ali.

Costumava passar através dela como um raio quando as garotas estavam perto e a vergonha da coisa toda a atirava contra as paredes do prédio da escola, a cabeça pendendo, solta. Os seus ossos pontudos ficavam aparentes nas manchas escuras da pele depois de mais uma briga. *O que você é?*, perguntavam eles, rindo. Atravessavam a rua correndo para dizer: *Ei, com licença. O que você é?* Às vezes até mesmo sem rir. Cresceu com isso como se fosse uma parte sua, uma parte secreta. E, enquanto todas as pessoas que conhecia começaram a se lançar em explorações pelo corpo umas das outras, ela não conseguia suportar a ideia de ficar sem roupa. Coisas secretas foram feitas com os garotos da rua. Ela os deixava tocar seu corpo. Ficar por cima dela, totalmente vestidos. Os mais velhos ficaram sabendo e ela deixou que fizessem de tudo. Sem nunca contar a ninguém. Ela não sabia para o que mais poderia servir. Achava que quando crescesse iria se tornar um homem.

Havia coisas que desejava saber. O que acontecia por baixo das roupas das garotas? Existiam outras pessoas que eram como ela?

Foi nos seus 14 anos. Os braços e as pernas ondulantes delas metidas em tops minúsculos no verão e no meio das moitas nos fins de tarde. As garotas, com a curiosidade aguçada, a atraíam para lá e se sentavam com ela. Puxavam a sua camiseta pelos ombros. Deixavam que ela as beijasse, e beijasse mais forte até sua respiração ficar pesada, os lábios se abrindo feito nuvens prestes a chover.

O que ela tinha com Leon era confiável. Eles dividiram a cama enquanto cresciam. Brigaram um com o outro. Protegeram um ao outro. Leon foi um garoto que sofria nas mãos dos outros antes de conhecer a própria força. Os namorados da mãe viviam batendo nele. Ele ouvia provocações dos valentões que rondavam a loja de doces da esquina. E sempre preferiu a companhia dos livros. O que Harry deu a Leon, e o que ele deu a ela, foi uma parceria que permitiu que os dois crescessem para se tornarem pessoas muito mais fortes do que teriam sido sem a presença um do outro.

Ela adorava sentir o corpo delas corcoveando debaixo do seu, os olhos se arregalando de desespero, encarando-a sem acreditar. Tremendo com a força que a coisa alcançava. Mas todas elas só chegavam a ser suas por uns poucos instantes. Todas acabavam voltando para a vida real no fim das contas. E ela ia dar de cara com elas num ônibus semanas mais tarde, de mãos dadas com os namorados e jogando o cabelo de um lado para o outro.

Ela se chamava Talia. Era uns bons centímetros mais alta do que Harry. Os seios, como luas, comandavam os seus movimentos, a atraíam para perto e mexiam com os seus humores. E a curva dos quadris dela, ah, a curva dos quadris. A Curva dos Quadris era um altar. O cabelo era preto e brilhante e espesso como petróleo e caía pelas costas e ao redor dos ombros dela. Os braços magros tinham marcas de cortes. Ela trabalhava no balcão da tabacaria. Tinha uma marca de nascença no pescoço que se parecia com uma caveira com dois ossos cruzados. Talia era uma lenda no bairro. Diziam que a sua irmã era prostituta. Que o pai era um assassino. Nada disso era verdade. As pernas eram lava fervente quando ela caminhava. Ela tirava o juízo de Harry e sabia disso, e começou a sorrir por cima do ombro sempre que as duas se cruzavam na rua e uma noite numa festa Harry tomou coragem e foi para mais perto enquanto as duas estavam dançando, e ela nunca tinha dançado assim com nenhuma garota antes. Talia se pendurou nos ombros de Harry, correu a ponta dos dedos pelas suas costas, colou o corpo ao dela e riu de leve. Vórtice fundo escuro vício completo. Talia. Não existia mais nenhum outro ser humano no mundo. A história durou cinco anos.

Depois do coração partido, a solidão. Depois da solidão, uma nova mentalidade, uma ética de trabalho que passou a permear tudo. Um jeito desencanado que era novo no lidar com as mulheres.

Ela nunca frequentava bares gays. Nunca dizia em voz alta as palavras. Algumas garotas simplesmente pareciam saber, e chegavam e desferiam beijos como se fossem golpes de espada. Mas a solidão disso era insuportável. Sorrir para uma desconhecida, pensando quem sabe ela, talvez? Todos os seus amigos eram homens e ela se sentava com eles e ficava ouvindo falarem merda sobre garotas, e as coisas que eles diziam doíam nela e o modo como diziam doía também.

Houve outras mulheres. Dias escaldantes de verão em que nada se movia exceto o corpo delas. Deitadas impossivelmente perto, aprendendo a se acomodar às vontades uma da outra e com vozes que iam se erguendo em gritos molhados e altos de alegria. Mas ela nunca se apaixonou outra vez. Concentrava as forças no seu sonho. Dedicava todo o seu tempo a comprar dividir vender. E a vida era boa. Ela ria das coisas e cheirava carreiras de pó na borda da mesa de sinuca do pub. Impressionando garotas que sentiam a sua estranheza e queriam puxar Harry para junto do seu próprio deslocamento.

Tudo isso ela vê. Nua no espelho.

Ela quer ser mais do que tem sido. Quer pegar Becky pela mão e zanzar pelas ruas da cidade doida de ecstasy e ir dançar outra vez nas raves como costumava fazer, ou então mastigar cogumelos no meio do mato debaixo do céu das nuvens do sol e da chuva e trepar tardes inteiras. Ela quer parar de andar só em círculos. Quer ser uma adulta e ter uma vida. Quer estar apaixonada e sair para viajar e comer comida de verdade à noite. Tem se sentido comprimida demais e pequena demais há muito tempo. Harry quer poder se esticar inteira sob as mãos de uma outra pessoa.

Becky colou na sua cabeça como uma nuvem de vespas presa numa sala de aula pegajosa. É bem a sua cara resolver querer logo uma garota impossível. Ela acha que as duas se entendem, mas a verdade é que mal se conhecem.

Quem sabe a coisa toda não vá dar em nada, afinal? Talvez Pico se mostre compreensivo; os dois fazem negócios há tempos e ele sempre pareceu gostar de Harry; os dois tinham uma amizade, ou alguma coisa parecida com isso. A ideia de largar a Zona Sul de Londres, a família, o delivery de comida caribenha onde ela pega o peixe no vapor das sextas-feiras, o muro na frente de casa onde os velhos se reúnem com suas túnicas e chapéus todas as noites para conversar naquele seu árabe tão melódico. Os amigos. As suas ruas, vielas e becos. O irmão caçula. Por mais que ele seja um chato. *Coitado do Pete.* A mente de Harry fica dilacerada de tanta culpa e pavor.

Ela vê a pele ao redor dos mamilos se eriçar no frio do banheiro. Retesa os músculos do abdômen. Dá um soco fraco na própria barriga. E se eles chegassem agora. Bem agora. Se entrassem arrombando a porta, não haveria nada que ela pudesse fazer.

Talvez seja bom ligar para a mãe e dizer um "eu te amo" a ela.

UM MARTELO

Dale é enorme; tudo nele tem o dobro do tamanho dos atributos de Pete. Quando os dois são apresentados, Pete se sente na presença de alguma besta mitológica que ficou presa numa calça jeans de grife. Sem charme, a boca mole, sorrisos raros, falastrão. A pele suja com marcas de pereba e cicatrizes. Mas Pete passou uma vida inteira tendo como parceiros garotos assim, e sabe que no fundo eles são gente boa. Ele só não consegue entender como um sujeito desses pode ter brotado de dentro de David.

– É um prazer conhecer você, cara – diz Pete quando eles se cumprimentam no corredor, e Dale lhe lança um olhar de cima abaixo. Ele encara Pete com um ar de quem seria capaz de erguer a casa inteira com as mãos. Era para ser uma noite tranquila, mas Pete tem a sensação de estar sendo avaliado num encontro às escuras. Miriam, com as mãos entrelaçadas na frente do corpo, sai com ar atarefado da cozinha e sorri para os dois.

Dale come depressa e sem mastigar a comida. Ele não escuta as pessoas e fala o tempo inteiro. Pete mastiga devagar e observa ao redor com o mesmo ar atentamente desinteressado de sempre. David, como de hábito, parece feliz. Mas por trás dos olhos calmos e ávidos por agradar Pete pode ver um pânico de raízes profundas, o pavor de que a qualquer momento as coisas saiam terrivelmente erradas. E isso o faz ter carinho por David. Em olhos assim ele pode confiar.

O jantar é demorado e cheio de becos sem saída, e Pete não consegue captar o que se espera dele e de Dale ao redor daquela mesa. Será que eles deveriam criar laços fraternos?

– Pete gosta de muitas bandas, não é mesmo, Pete? – diz Miriam para a mesa.

— É, muitas — confirma Pete.

— Dale também gosta de bandas — fala David, mais para Miriam do que para qualquer outra pessoa.

— É mesmo? E que estilo de banda você prefere, Dale? — indaga Pete, entediado com a pergunta mesmo antes de chegar ao fim dela.

Dale ergue os olhos do seu bife.

— Outro dia eu fui a um bufê liberado de carne.

— Bufê liberado? Eu também gosto. — Pete está falando com os próprios talheres.

— Foi um amigo que me deu a dica — continua Dale, inquieto no assento. A cadeira range sob o seu peso.

— É mesmo? — Pete dá um sinal de que está ouvindo, embora não tenha necessidade de fazer isso. Dale não precisa da sua participação para achar que o que está dizendo é interessante.

— Imagine só — fala, com os olhos arregalados. — Um bufê liberado *de carne*. — Ele deixa a pausa no ar. Olha para o bife no seu prato para sublinhar o que disse. Volta a encarar os companheiros de mesa. — E os bifes são feitos na hora! Você chega, o garçom vem e dá para ir pedindo *tudo* o que quiser comer. O único detalhe é que, se não conseguir terminar, você paga pela comida que fica no prato. Mas quem *coseguir* comer paga só 12 libras por, sei lá, umas 100 libras de carne no fim das contas. — Ele assente com a cabeça, as sobrancelhas levantadas. — Eu comi uns quatro bifes só lá, e levei o resto nos bolsos para casa! Passei os três dias seguintes comendo bistecas embrulhadas em guardanapos. — Ele aponta em direção a todos, assentindo com a cabeça.

— Rá. Foi muita esperteza sua, Dale. — David mastiga o seu bife, pensativo. — Economizou um bom dinheiro.

O silêncio aborda a mesa como um garçom solícito demais. Fica pairando ao redor, fazendo todos se sentirem observados.

— O meu pai era açougueiro, não sei se vocês sabem. E eu sempre gostava de ficar olhando ele cortar os bifes. — Os olhos de Miriam parecem ficar meio vidrados enquanto ela se deixa transportar de volta para o açougue movimentado do pai. Os irmãos fazendo a pausa para o chá. O cheiro da carne fresca e de sabão. — Mas mesmo com essa minha história de família, nós acabamos nos rendendo ao hábito como todo mundo, não é, David? E comprávamos carne no Tesco's. – Ela sorri para ele.

David pesca o sorriso e prega no peito, como um distintivo de melhor aluno da aula de natação.

– É verdade – concorda ele –, mas depois que começou aquela história de carne de cavalo nós pensamos que poderia ser melhor arranjar um fornecedor local, vocês sabem, alguém que fosse mais confiável. – A voz dele soa como se estivesse sendo projetada de dentro de um tronco apodrecido; ela tem um quê de fleumática, uma certa umidade. – E o que vimos foi que acabou ficando mais barato também. – Peter tem um calafrio quando a voz de David sobe para a cavidade nasal. – Porque só compramos mesmo a quantidade que vamos usar. – Todos concordam com movimentos de cabeça.

Miriam pousa a faca e o garfo na borda do prato e lança um olhar comprido para a janela, sublinhando a frase com gestos altos das mãos.

– É uma pena mesmo! Eu ainda me lembro do tempo em que a gente podia ir até as lojas e conhecia os donos, e sabia que a mercadoria iria ser de boa qualidade. Dava para *confiar* no que se comprava. Esse tempo não existe mais, essa época em que você podia ter certeza de que tinha comprado exatamente o que queria comprar. Hoje em dia tudo se resume a bandejas de isopor nas prateleiras. E pode ter qualquer coisa dentro delas.

David estende a mão para a dela e faz um carinho nos nós dos seus dedos.

Dale ergue os olhos do seu prato, cutuca os dentes com a ponta da faca para tirar um fiapo de alguma coisa.

– Eu não sei por que as pessoas fizeram essa confusão toda – diz ele, encolhendo os ombros. – Carne de cavalo é considerada uma iguaria, não é? Em certos lugares? Para mim era até uma vantagem, se vocês querem saber mesmo. – Miriam concorda com a cabeça, sorri para Dale. – Você pagava o preço da carne comum – diz ele – e levava uma carne *melhor*.

Ela assente.

– Eu nunca tinha pensado por esse lado.

– Alguém quer mais uma cerveja? – Pete pergunta para a mesa, levantando-se para ir até a geladeira.

— Ela estava cheia demais — avisa David. — Nós deixamos as cervejas num balde lá fora, para ficarem bem geladas. — Pete lança um olhar cansado para ele e vai andando para o vestíbulo da entrada.

Miriam debruça o corpo e sussurra, com ar de urgência:

— O aniversário dele é na semana que vem. — David também se debruça, excitado. — A irmã está armando uma festa. Quer ir, Dale? Você tem que ir, a família toda vai. E os amigos dele também. Mas é festa *surpresa*, entendeu? Precisa ficar de bico calado.

— Claro, eu vou sim — responde Dale em voz alta. — Adoro uma boa festa.

— Que tal a gente ver um filme? — propõe David. — Vamos olhar o que está passando na televisão, e quem sabe ver um pouco de TV em família.

Pete já sentiu qual é o lance. Vai ver Dale não tem nenhum amigo, ou que Miriam está preocupada com a sua falta de amigos. Seja como for, dá para sentir. Alguma coisa urgente e esperançosa e grudenta no ar.

— Eu tenho uma ideia — fala ele. — Já está ficando tarde, e eu aposto que vocês dois vão querer ir para a cama cedo. É melhor eu levar o Dale para tomar uma cerveja no nosso caminho para casa, assim deixamos vocês descansarem.

Os olhos de Miriam se acendem.

— Que ideia ótima, meu filho!

— Eu topo a sugestão, Pete. — Dale bate com a mão espalmada na mesa e empurra o corpo até ficar de pé. — Só não vale ser num bar de striptease, hein? Não no primeiro encontro! — Uma rodada geral de risadas. *Família feliz.*

Na porta, David aperta a mão de Pete e lhe dá um apertão afetuoso no ombro. *Isso é um abraço vindo por aí?* Pete fica parado, sem jeito, recebendo o carinho do outro. *Não pode ser... não, espera... Merda... É um abraço, sim.* E ali, envolvido pelos braços nervosos de David, ele sente de repente uma proximidade com seu pai. Mesmo mal suportando o seu velho. Pelo menos Graham não costuma afogá-lo em abraços carnudos na porta de casa.

Eles encontram um pub perto da estação. Nenhum dos dois tinha bebido ali antes. Os dois empurram as portas e Dale cumprimenta com a cabeça o barman. O sujeito está vestindo uma bermuda comprida com bolsos nas laterais e uma camisa polo com escudo de um clube esportivo. Ele faz piada com os clientes habituais, e a atendente revira os olhos. Os dois, trabalhando sem parar, tomam conta do território. Pete dá uma olhada ao redor. *Música ao Vivo! Hoje! Mitch!*, diz o quadro-negro acima do bar. À esquerda, no canto do salão, um homem beirando os 60 anos, usando camiseta do Jack Daniels e uma calça jeans preta, está com uma guitarra elétrica em punho. Ele dá play num laptop minúsculo pregado com fita adesiva a uma estante de partituras e começa a tocar sobre uma base gravada em casa composta de bateria, baixo e a sua própria voz nos *backing vocals*. É um medley de músicas dos Beach Boys. Dois velhos assistem de pé ao show, acompanhando baixinho as letras. Um sujeito mais jovem, de cabelo comprido e jaqueta de couro, balança o corpo fora do ritmo perto do balcão do bar. Ao lado dele, dois amigos com camisas de cores berrantes e cabelo com topetinho contam um ao outro histórias que já ouviram. Quatro mulheres de meia-idade estão sentadas nos tamboretes do bar batendo os pés e acompanhando com palmas ritmadas. Os cabelos formam nuvens perfeitas, e os brincos fazem suas orelhas cintilarem. Numa mesa, perto da porta que dá para o pátio dos fumantes no fundo do estabelecimento, um grupo de moças mais jovens com blusas arrumadas e jeans justos fofoca e toma vinho tinto.

Mitch termina o seu medley e fala no microfone:

— Bom, vocês acabaram de ouvir uma seleção de músicas que falam de surfe, e se a minha querida atendente do bar quiser mandar uma cerveja surfando para o lado de cá eu agradeço muito! — Ele arreganha os dentes para o apito de microfonia e para o silêncio geral. — Então vamos animar as ondas aí atrás do balcão, pessoal? — convoca, entusiasmado.

O perigo de um microfone aberto. Pete está fascinado. *Por que esse aparelho faz as pessoas dizerem coisas tão esquisitas?* Mitch é ignorado pelos clientes e a moça do bar olha para ele, confusa.

— Isso foi um pedido de cerveja, Mitch? — diz ela.

— Ah, esse jeito que ela tem de olhar para mim! — Mitch fala para o salão, embora o salão esteja ignorando a sua presença. — Eu conheço esse olhar lá de casa.

Ele está desesperado por um aplauso, por risadas, justificativas. Já faz trinta longos anos que canta essas mesmas músicas nos mesmos pubs. Um silêncio não seria capaz de detê-lo. Ele puxa o cós das calças por cima da barriga, ajeita o cabelo dos dois lados e começa uma versão psicodélica e com um quê meio vago de tango de "Black Magic Woman". Na parede às suas costas há um pôster com a cara em close de um gorila carrancudo e a frase VAZA!. Na parede oposta, a foto de uma frase escrita com pregos quebrados: QUANDO VOCÊ SÓ TEM UM MARTELO, TODAS AS COISAS SE PARECEM COM PREGOS.

A atendente do bar tem um rosto simpático, brincos enormes pendendo das orelhas e um piercing no lábio. Ela está usando uma calça de moletom e um colete curto que chega até acima do umbigo. As partes internas dos seus braços são riscadas por tatuagens, e tem uma palavra escrita em letras celtas de cada lado do quadril.

Mitch termina a sua música. Ninguém bate palmas. De repente, todas as conversas parecem altas demais e todo mundo para de falar.

– Obrigado, senhoras e senhores! – Alguns dos clientes mais velhos batem palmas educadamente.

Dale e Pete estão sentados de frente um para o outro com canecas de chope e uma dose dupla de uísque cada um, e iniciaram o desafio de manter a conversa viva. O começo passa pelas preliminares de sempre – futebol, o trabalho de Dale, o clima. Trabalho de forma geral. Futebol. A falta de trabalho de Pete.

– É verdade – concorda Dale. – Isso é uma droga de uma armadilha mesmo. Você pega o seguro-desemprego para segurar a barra, mas depois não consegue mais se livrar dele. Se arruma trabalho, de meio período ou o que seja, o salário é pior do que o que o governo paga. – Dale fala alto e depressa.

– Nem me fale. – Pete encara o seu chope. Sacudindo a cabeça. – É um absurdo mesmo.

– Eles fazem isso pra manter todo mundo que nem cordeirinho. – Dale vira o uísque de uma vez só, sem tirar os olhos de Pete. E engole sem fazer careta. O copo todo. – Esse é que é o lance. Para eles é mais fácil se todo mundo ficar falido e pra baixo e sentindo que não consegue arrumar nem trabalho pra um dia só. Se a gente não consegue se orgulhar do que ganha do próprio suor, como é que vai protestar, criar confusão?

— É verdade. Vendo por esse lado. — Pete está com os cotovelos na mesa, debruçado por cima dela, a cabeça baixa.

— Você soube do caso da pasta de dentes? — pergunta Dale, sentado bem ereto, os ombros ocupando o encosto da cadeira.

— Que caso? — Pete ergue os olhos para encará-lo, a mão direita em volta da caneca de chope, girando a bebida de leve.

— Do flúor, na pasta de dentes? — As mãos de Dale estão apoiadas nas coxas, os cotovelos apontando para fora.

— O que é que tem o flúor? — Pete endireita o corpo e fica menos enterrado na sua cadeira. Apruma as costas. Franze o cenho para escutar.

— Bom, a ciência comprovou que flúor *não adianta* nada. Ele *não traz benefício nenhum para a limpeza dos dentes*. — Dale debruça o corpo para a frente, assentindo com a cabeça.

— Então por que fazem pasta com flúor? E põem flúor na água? — Pete quer saber.

Dale olha para ele, ergue um dedo, aponta.

— Porque ele nos deixa mansos.

— O flúor faz isso? — Pete bebe o uísque, faz careta por causa do álcool forte.

— É. — Dale coça a nuca, passa a mão na cabeça. — Louco, não é? Você já leu sobre a glândula pineal? — emenda ele, baixando a voz.

— Não — responde Pete, baixando as sobrancelhas. — Que glândula é essa?

— Ela é o seu Terceiro Olho — sussurra Dale, batendo no espaço no meio da própria testa. — Uma glândula que tem no cérebro, no ponto exato onde o Terceiro Olho fica. É a parte que armazena as visões e a compreensão mais elevada. O jeito que a gente tem para acessar as verdades maiores. — Dale assente com a cabeça, o dedo fincado na testa.

— Entendi — faz Pete, assentindo também.

— E o flúor... — Dale faz uma pausa de efeito. — O flúor calcifica a glândula pineal. Deixa ela bloqueada. — Os olhos dele estão arregalados, a voz é um sussurro desesperado. – Faz com que ela pare de ser capaz de enxergar além do aqui e agora, de acessar os mundos mais profundos. – Dale fecha os olhos e inspira fundo. A testa está enrugada, congestionada. Ele se acalma, abre os olhos e encara Pete. – E aí você tem que fumar DMT ou alguma coisa assim, cara. Porque tem que ter acesso. – Ele dá mais um tapinha na testa.

Pete assente devagar. Uma pausa se instala enquanto os dois ruminam o assunto. Eles tomam goladas grandes das suas canecas, as costeletas molham de chope. Eles enxugam o rosto com o dorso das mãos. Dale olha para ele bem nos olhos.

– Você curte um pó?
– Oi? – Pete baixa a caneca.
– Uma cafungada?
– Claro, vamos nessa.

Eles tapam as canecas com as bolachas de chope, deixam em cima da mesa e Pete segue Dale até o banheiro enquanto Mitch dá play no seu laptop.

– Esta agora é do Neil Young, e diz mais ou menos assim…

Emendou direto, repara Pete. *O cara é bom.*

As cabines são pequenas e Dale é enorme. Pete se posta cambaleante contra os azulejos da parede e assente com interesse enquanto Dale vai falando e catando o pacotinho no bolso.

– Tinha um cara, acho que saiu na *Vice* ou coisa parecida, que tomava doses controladas de veneno de cobra todos os dias por 25 anos.
– É mesmo?
– É. Ele criava as cobras em casa, uns bichos de trinta metros de comprimento ou sei lá, por um metro de largura. Isso exagerando a coisa, é claro, mas você está me entendendo?
– Claro, claro, mas como ele fazia para tirar o veneno? Deixava as cobras morderem?
– Não. Ele meio que espremia a cabeça delas e fazia o veneno jorrar das presas, recolhia em tubos de ensaio e mandava pra dentro.
– Ele bebia?
– Isso. Quer dizer, talvez essa coisa de beber tenha sido só para a filmagem, mas o lance era que… – Ele encontra o pacotinho e abre em cima da tampa fechada da privada. Dobra o corpo. *Um cara gigante.* Pete

só olha. *Dobrado em posição fetal.* Ele passa a mão no nariz, antecipando o momento.

— Ele pegava quantidades controladas do veneno e tipo, cozinhava com uma outra solução que agora eu não lembro qual era, para depois injetar. Você sabe, direto na veia. No vídeo dá pra ver o cara gritando "Cacete, isso ARDE MUITO! ARDE MUITO!", mas foi só que depois ele foi ao médico e descobriu que… — Dave ajeita duas carreiras grossas em cima da tampa da privada. Da espessura de um dedo. Compridas como um cigarro. *Porra,* pensa Pete. — O cara tinha os pulmões de um moleque de 18 anos. E o resto todo em plena forma também, tinindo. Só que era um sujeito normal, que não fumava nem nada, mas bebia álcool, e não fazia exercício. E aí ele viu que era o veneno que tinha feito isso. — Dale olha para Pete por cima do ombro. Pete assente com a cabeça, impressionado. — Tirou trinta anos do coração dele.

Os dois cheiram as carreiras. Um depois do outro, agachados, os joelhos a dois centímetros do chão do banheiro. Cheiram e seguram.

De volta à mesa, as coisas já parecem bem mais animadas. Dale pede a rodada seguinte. Uísques primeiro. Depois o chope.

— Vai um MDMA? — pergunta Dale.
— Por que não? — retruca Pete. — Hoje é quarta-feira.

Dale corre os olhos em volta para checar se não tem ninguém olhando, com um pacotinho na concha da mão. Os dois lambem os dedos mindinhos e pescam uma migalha brilhante do pó bege para dentro da boca, esfregando os cristais nas gengivas. Pete tem um calafrio, põe a língua para fora numa careta, toma um gole da sua bebida e faz o líquido passear dentro da boca, a testa franzida, tentando escapar do gosto. Dale não tem nenhuma reação perceptível.

— Mas então você tem uma garota, não é isso? — pergunta a Pete.
— Isso. — Pete dá uma golada do chope. — Tenho, sim.
— E os pombinhos vão se casar?
— Não, nem fodendo.
— Por que não? Se eu tivesse uma namorada, dava um jeito de me casar na mesma hora. — Dale tem o hábito de apontar agressivamente o dedo

para as pessoas, mesmo quando está dizendo alguma coisa essencialmente fofa. – Você não ama a sua garota? – Ele ainda não conheceu alguém em quem possa confiar o suficiente para se apaixonar. E esse é um ponto que o incomoda na vida.

– É claro que amo – fala Pete, um pouco bêbado, a cocaína deixando seus lábios frouxos. Dale está sentado com as pernas a um quilômetro de distância uma da outra, uma mão sobre o joelho e a outra espalmada na mesa. Ocupando o máximo de espaço possível. Pete é mais contido. Magro e alto e encurvado, as costas largadas contra a parede. Os joelhos juntos por baixo da mesa. – Eu amo – diz ele. – Amo, sim. Eu amo a garota.

– É claro que ama, parceiro. – Dale assente com a cabeça. Gentil. Compreensivo.

– Só que as coisas andam meio... – Pete pega uma das bolachas de chope, pica em mil pedaços, arruma os pedacinhos numa pilha organizada. Dale espera que ele continue a falar, só observando. – Não andam muito bem, você entende? Está complicado. – Essa é a primeira vez que Pete fala com alguém diferente de Becky sobre os problemas que está tendo com ela. Ele não sabe como explicar a coisa sem ser com as palavras dela. Está se esforçando para encontrar a sua própria visão da história.

Mitch continua cantando. Dale cruza as pernas apoiando o tornozelo no joelho oposto, e examina o cadarço da bota. Quando se dá por satisfeito, deixa o pé gigantesco cair de volta no chão.

– A gente só briga o tempo todo. É *só* briga e mais briga – diz Pete, com raiva, exasperado.

– E por quê?

– Eu sei lá. – Pete abana a mão em frente do rosto, encolhe os ombros como se na verdade não fosse nada sério.

De volta à cabine do banheiro, tudo acelerado e em câmera lenta ao mesmo tempo. Mais presente do que antes, e também mais distante. Pete se encolhe num canto enquanto Dale ocupa o resto do espaço.

– É o trabalho dela – diz ele. – O trabalho dela é um puta de um problema.

— Ela se estressa demais no emprego, é isso? — indaga Dale, se agachando para abrir o pacote e cortar um pedaço da pedra com a beirada do cartão de crédito. Ele o arrasta para fora do papel e para cima da tampa da privada. — Ela não consegue se desligar dos problemas?

— Não, não é isso. — Pete mete as mãos nos bolsos, recosta a cabeça para trás, apoiando na parede. — O problema não é com ela. É *comigo*. Eu não suporto a porra do trabalho dela.

Dale o encara, registrando o que ouviu. Baixa os olhos de volta para a cocaína, aponta a sua nota enrolada como se fosse o focinho de um tamanduá. Aspira. E segura. Dobra a cabeça para trás. É isso aí.

— Por quê? — pergunta Dale, segurando a respiração com a cabeça ainda para trás, sem querer desperdiçar uma migalha, lançando um olhar interrogativo para Pete.

Pete se agacha. Ele estica a nota enrolada para a ponta da carreira, procura na superfície de cerâmica algum grãozinho perdido. Cheira. E segura. E levanta. Ele pisca, esfregando as mãos nas calças. Está de pé na frente de Dale, a dois centímetros do outro no espaço reduzido da cabine. Ele não sabe como vai dizer isso. Dale observa, paciente. Pete olha para os próprios sapatos. — Ela é massagista.

Dale espicha o lábio inferior para frente com a surpresa. Coça a cabeça.

— Massagista?

— É, você sabe.... — fala Pete, erguendo as sobrancelhas. — Uma *massagista*.

— Ah, tá — faz Dale, assentindo. — Ela é prostituta?

Pete enterra a cabeça nas mãos.

— Não — fala. — Não. Não. Não. — Dale ergue um dedo em riste, aponta em sua direção com as sobrancelhas erguidas, questionador. — Não — diz Pete outra vez. — São coisas diferentes. Ela não dorme com os caras. Ou pelo menos diz que não.

— E o que é que ela faz com eles então?

— Só a massagem mesmo, de corpo inteiro ou sei lá. Eu não sei qual é a técnica exata. Sueca, shiatsu ou o que seja. Só sei que para os caras a coisa tem um final feliz, você está me entendendo?

— Mas não tem mais nada além disso.

— Não. Eles não podem tocar nela. A coisa é cheia de regras. Ela faz lá a massagem, e depois, tipo, bate uma punheta para o cara.

Dale põe as mãos nos quadris, olha para a luz meio bruxuleante da luminária no teto.

— Que situação difícil, parceiro – fala ele. – Que situação.

Com gotas de suor pinicando nas têmporas, e calafrios na nuca, Pete se senta de volta na mesa dizendo a si mesmo para agir naturalmente.

— E eu não consigo segurar a onda, cara – fala ele. – Fico preocupado.

— É claro que você se preocupa. – A boca grande de Dale se abre e engole metade do chope da caneca.

— Bom, ela vive me dizendo que não tem nada de mais, que eu posso confiar, que ela me ama e esse tipo de coisa.

— E você confia nela? – Dale franze o nariz, abre e fecha a boca.

— Confio – diz Pete, tirando a franja que cai por cima dos olhos. Sentado com as costas retas.

— Bom, eu não quero tirar onda com a sua cara, parceiro – fala Dale –, mas está claro que não confia coisa nenhuma.

A afirmação é um tapa na cara de Pete, e o derruba como uma onda quebrando na sua cabeça.

— Como assim, está claro? – pergunta ele, com jeito tímido.

— Porque, meu camarada, se você confiasse mesmo na garota a situação não iria ser um problema, iria? – Dale abre o buraco que tem na cara e o resto do chope desaparece dentro dele. Ele encolhe os ombros para Pete enquanto engole. A espuma fica grudada no seu lábio superior. Brilhante. – Você acha que ela transa com os caras? – Dale faz a pergunta num sussurro. O tom é conspiratório.

Pete está com a cabeça apoiada nas mãos, os cotovelos no tampo da mesa. Ele esfrega a nuca, ergue os olhos.

— Você acha? – O seu ciúme está caminhando com o peito estufado em direção aos dois, os polegares enfiados nos passadores de cinto da calça, aos gritos.

De volta ao bar, agora, a dupla está pedindo doses de rum.
– E mais duas doses de sambuca escura, por favor. E dois chopes.

De pé bem perto um do outro, eles viram as doses de sambuca. E fazem caretas felizes.

Vão se sentar outra vez à mesa e dão uma olhada nas pessoas ao redor.
– Eu gostei daqui – fala Dale.

Mitch está cantando Chuck Berry.

Os velhos do balcão balançam os quadris e as mulheres com sorrisos roxos de vinho jogam os braços para os lados e sacodem os joelhos. Dale mexe a cabeça no ritmo da música, Pete só observa.

– JÁ SEI! – grita ele, por cima da música.

Agora tudo está parecendo mais alto do que uma hora atrás.

– SABE O QUÊ? – Dale grita de volta.

– POSSO CONFIAR EM VOCÊ, DALE? – A voz de Pete tem um tom de urgência, os olhos estão brilhando.

– É CLARO QUE PODE, CARA. – Dale sorri para o novo amigo, assentindo.

– EU ESTOU SENTINDO QUE POSSO – diz Pete.

Dale aponta para o seu rosto. Pisca um olho.

– É ISSO AÍ! – grita. – PODE CONFIAR.

– EU TENHO O PLANO PERFEITO. – Pete vê a ideia se desenrolar no espaço entre as canecas de chope. Fica olhando para o tampo da mesa, empolgado.

– ENTÃO ME CONTA! – Dale debruça o corpo como um cachorro põe a cabeça pela janela do carro, a língua ao vento.

– *VOCÊ* PODE MARCAR UM HORÁRIO COM ELA, QUE TAL? – grita Pete.

– EU? – A voz de Dale de repente fica imensa no salão silencioso. Constrangidos, eles olham em volta e juntam mais a cabeça. – O que você está querendo dizer? – Dale está hipnotizado pela história.

– É perfeito! – diz Pete, eufórico. – Ela não conhece você. – Os seus olhos não param quietos. – Todos os meus outros amigos, ela já conhece. E eu não confio neles, de qualquer maneira. – Ele olha para Dale, que arreganha os dentes feito louco.

– O que eu vou ter que fazer? – Os olhos dos dois estão acesos com o mesmo brilho.

– Eu pago – fala Pete. – Vou deixar um dinheiro com você, para reservar um quarto em algum lugar. Aí você marca hora com ela, e ela vai até lá.

Dale assente. Sorrindo, com água na boca.

– Ela faz a massagem, e tudo mais, e depois você me conta como foi. Entendeu?

– Você quer que eu tente alguma coisa com ela? – pergunta Dale, numa voz grave, séria. – Que tente conseguir, tipo, o serviço completo?

Pete pensa no assunto, considera a possibilidade, olha para o amigo e afetuoso confidente.

– Quero – diz com ar grave.

Pete está impressionado com a generosidade desse homem, com o seu companheirismo.

– Só para me tranquilizar. – Ele está sério e pensativo. – Eu sei que ela não vai topar. Sei que posso confiar. Mas só preciso ter certeza, é isso.

Eles assentem um para o outro. Pete espana o cabelo que cai no olho.

– Isso – faz Dale. – Puxa, é isso mesmo. Combinado.

– Olhe, esse é o cartão dela. Fique com ele. – Pete estende o cartão de visitas que roubou do quarto de Becky. Ele o levava guardado na carteira, um lembrete incômodo para olhar nos momentos em que estava se sentindo a pior das criaturas. O cartão tem uma foto em close das costas nuas e dos quadris dela e, no canto inferior direito, o nome *Jade* com um número de telefone.

Dale pega o cartão.

– Deixa comigo, parceiro. Eu vou ajudar você. Para deixar sua cabeça em paz. – Os dois olham para o cartão na mão enorme de Dale. Ele o enfia no bolso da camisa, dá alguns tapinhas por cima.

– Você pode pagar essas, parceiro? Eu saí com pouco dinheiro... – Pete não consegue despregar os olhos do chão.

Dale passa o braço maciço ao redor dos ombros de Pete.

– Não se preocupe, cara – diz ele, pescando uma nota de 20 do maço dobrado que tem no bolso e entregando ao barman.

Os dois pegam as bebidas e o troco, e Dale pisca para uma mulher com quem tinha falado mais cedo quando eles passam a caminho de mais uma carreira no banheiro masculino.

– Acho que ela está na sua, cara – diz Pete.

– Sério? – pergunta Dale, olhando para trás por cima do ombro para flagrar o olhar dela.

– Ela gostou de você. – Pete cutuca as costelas do outro com o cotovelo.

– Eu sempre tive uma queda pelas mais velhas – fala Dale.

– Eu acho que ela trabalhava na cantina da minha escola. – Pete vira o corpo e empurra a porta da cabine com o ombro.

– Uma gostosa. – Dale lança mais um olhar em direção ao bar antes de seguir Pete para dentro da cabine. – Eu queria saber se ela ainda tem aquela redinha que usava para prender os cabelos.

Mitch chegou à sua última música. "Sweet Caroline". Ele estende o microfone para a plateia cantar o refrão. Dale e Pete, de braços dados, cantam a plenos pulmões.

– SWEEEEEET CARROLLLIIINE. – Uma rodada entusiasmada de aplausos explode no fim da canção.

– Muito obrigado, vocês foram uma plateia incrível – fala Mitch, numa voz insípida.

Os casais estão começando a ir embora. Um sujeito grandalhão acena para os amigos e caminha na frente da namorada rumo à porta.

A garota está usando um casaco azul-vivo bonito e faz uma parada para dar um beijo de despedida em Mitch.

– Parabéns, querido, foi maravilhoso – diz.

– Muito obrigado, Michelle.

Ela vai até a saída, onde o namorado está esperando. Ele abre a porta, já quase vai passando, mas depois dá um passo de lado para deixar a garota passar primeiro.

Uma buzina de palhaço está pregada por trás do balcão. O barman a aperta duas vezes.

– Aêêê, mandou bem, Terry! – fala ele. Fom-Fom. Terry levanta as sobrancelhas e meneia a cabeça para o barman e vai embora, sorrindo, atrás da namorada.

– Até a próxima, rapazes! – o barman grita para os velhos que estão se levantando dos seus bancos. Ele aperta a buzina mais algumas vezes enquanto eles põem os chapéus e saem para a noite lá fora.

Dale e Pete caminham aos tropeços em direção à rua principal. Concentrados em achar o ponto do ônibus, pensando em rotas para chegar em casa.

– Foi uma noite e tanto – fala Dale.

– Demais, é verdade. – Pete aperta a mão dele. Fungando, desesperado para engolir, a boca seca demais. A sensação é de ter ficado com um caroço preso na garganta. Ou vários. Quando ele era pequeno, um garoto da escola dizia que se você comesse o caroço da maçã nascia uma macieira na sua barriga, e que os galhos acabavam saindo pelas suas orelhas.

– A gente se vê então, cara – diz ele, fazendo sinal para o ônibus. Que encosta junto dos dois.

– Isso. Vá pela sombra – fala Dale, vendo Pete subir no ônibus.

– Você também, parceiro. – As portas se fecham e o ônibus arranca. Pete acena para Dale pela janela. Mais uma saudação do que um tchau. E depois se senta, a cabeça indo para a frente e o corpo para trás. Ele fica olhando a noite e conta os postes de luz para conseguir não vomitar.

Pete salta do ônibus em New Cross, vai até a Lewisham Way, vira para a esquerda passando por baixo da ponte da ferrovia, atravessando o parque em frente aos blocos de apartamentos e subindo a ladeira. Vê a sua casa no fim da rua. Ele entra usando a mesma chave que carrega consigo há dez anos. O pai está dormindo no andar de cima. As luzes da sala estão acesas, e na mesinha de centro há uma garrafa de vinho vazia ao lado de uma pilha de jornais e duas caixas pela metade de curry com arroz frio. Ele cata o lixo, apaga as luzes e vai até a cozinha. Pode ouvir o farfalhar dos ratos enquanto caminha para lá. Joga a comida e a garrafa fora, pega uma cerveja da geladeira e sobe para o seu quarto.

Pete se senta na cadeira da escrivaninha, pega o caderno e começa a desenhar. Só linhas e formas; o mesmo personagem cartunesco que sempre acaba surgindo quando ele pega a caneta e o papel. Um rosto comprido e assombrado, com um capuz por cima da testa enrugada e um par de olhos tortos espiando quem olha para o desenho. Ele escreve a sua assinatura de pichador algumas vezes, fica de saco cheio e larga de lado a caneta. E observa enquanto ela cai e rola até parar. O movimento lhe parece lindo. Pete baixa a testa até o tampo da escrivaninha numa homenagem a ele, mas a sensação não é boa como ele pensou que fosse ser.

Sentado no chão, ele arranca as meias dos pés. Livra finalmente as pernas da calça jeans. Levanta outra vez e pega a cerveja e fica olhando as fotos pregadas na parede. Retratos de amigos que já não vê faz um ano. Sentados juntos numa rave, sorrindo por baixo dos seus capuzes. Garotos e garotas magrelos de olhos escuros, os rostos cheios da batida da música. As garotas vestindo tons chamativos de néon, os garotos em roupas largas pretas e azuis. A cocaína está repuxando o espaço por trás da sua testa. Uma pontada súbita de dor atravessa o peito. Ele leva a mão ao coração e fica respirando até a dor passar. *Eu me sentiria mais feliz sem ela?* Ele termina a cerveja, se deita debaixo das cobertas sem escovar os dentes. Fecha os olhos e fica olhando as formas mutáveis dentro do seu cérebro.

Em algum momento ele deve ter pegado no sono, porque quando acorda é o dia seguinte. Pete se levanta, as pernas trêmulas, e vai até a torneira beber água – a noite passada já bem distante. Tudo o que ele consegue se lembrar é de Mitch tocando a guitarra e dos azulejos brancos da cabine do banheiro.

Daqui a sete dias ele vai completar 27 anos. A idade em que morrem os astros do rock. Se morresse aos 27, Pete não deixaria nada para trás. Nenhum legado. Nada digno de nota. Nada que sirva para distingui-lo de maneira nenhuma dos inúmeros outros corpos entre os quais a sua vida foi passada. Mais um na multidão. Um cara qualquer.

Ele se senta à mesa da cozinha e bebe a água. É a mesma mesa onde ele comia o jantar quando tinha 4 anos. Ele pode ver os seus eus mais novos, ocupando todas as cadeiras e largados pelos cantos. O garoto de 10 anos empolgado e que tinha resposta para tudo. O atormentado rapazinho de 12, metido em confusão com as gangues da rua, o pichador de 14 que era capaz de dar a vida pela sua turma de amigos desajustados. O deprimido de 18, com olheiras de ketamina. O cínico de 20, se sentindo péssimo com a vida de universitário.

Tantos anos de esperança e drogas e empregos de merda e grandes ideias, o seguro-desemprego, a bebida, a maconha, a desilusão. Os funerais aos quais comparecera. As promessas que tinha quebrado para garotas que nunca tiveram importância nenhuma. O menino que havia sido, inteligente e cuidadoso. Nos clubes do livro, nas aulas de caratê. Tocando violão na hora do almoço.

Ele põe a água do café para ferver.

— Está na hora — fala. — Chegou a hora de dar um jeito nisso. — E entra numa montagem em câmera lenta de imagens dele mesmo correndo no parque e ficando em forma. Levantando pesos na academia. Vestindo terno num escritório. Rindo com a turma de amigos no bar. A cabeça nas mãos, ele fica ouvindo o café que começa a gorgolejar. Ao olhar para a janela, vê que está chovendo. Uma chuva dura, gorda. Pete olha a chuva por um tempo. *Foda-se.* Ele serve o café, vai para a sala, liga a TV. É um programa diurno de entrevistas. Na tela, quatro mulheres pedantes estão sentadas atrás de uma bancada diante de uma plateia num estúdio.

— Como nós vamos confiar nos nossos parceiros — diz uma delas, com um gesto das mãos que abarca o auditório — se não podemos nem confiar em nós *mesmas*?

Dale espera no seu quarto do Hotel Hacienda. Há algumas horas, ele ligou para o número que estava no cartão e combinou uma sessão com a massagista chamada Jade. A última hora ele passou arrumando o quarto já impecável, tomando um banho e vestindo a sua calça da sorte. Ele olha o relógio, caminha pelo quarto e olha pela janela a rua movimentada lá embaixo. Ele pega todos os saquinhos de chá e sachês de açúcar e examina cuidadosamente um por um antes de pôr de volta nos seus potes.

E tira a calça da sorte. E a dobra. Veste o roupão que está pendurado nos ganchos do banheiro. Não que seja o tipo de cara que use roupão. Ele se olha no espelho, respirando para acalmar os nervos e espantar o pânico. E se afasta do espelho acarinhando a barriga, amparando a si mesmo. Ele sente que pode estar tendo palpitações.

Becky salta do metrô e caminha contra a maré de corpos em direção ao Hotel Hacienda. Uma mansão de primeira, com direito a banhos de espuma e prazer total. E lençóis opulentos. Do lado de dentro, um empresário degenerado exibe o cartão de crédito e o esmalte dos dentes para o jovem pai que trabalha no bar antes de seguir para o seu quarto levando uma garrafa de vinho num balde de gelo para despir as meias de cashmere e enfim parar de encolher a barriga. Becky detesta esse lugar. Ela se prepara para a troca de identidade. Deixa Becky na rua lá fora e passa pela porta do hotel como Jade. Passa confiante pela recepção e caminha direto para o elevador. Torcendo para que ele não seja do tipo que precisa da chave do quarto para funcionar. Já houve vezes que ela teve que esperar dentro do elevador fechado até alguém chamar em outro andar ou entrar com a chave de algum quarto, o que é sempre constrangedor.

Ela checa a informação no telefone: *James*, 316. Foi uma missão demorada, atravessar a cidade na chuva. A sujeira do metrô ainda está agarrada à sua pele, e os efeitos de andar espremida no meio da multidão, dos anúncios piscantes e das checadas no Twitter continuam acelerando seus pensamentos. Ela torce para que quando bater na porta esteja no quarto certo. Um tremor de nervoso paira no ar e belisca o seu estômago por dentro, como de hábito. Ela não luta contra esse sentimento, mas confere a maquiagem na parede espelhada do fundo do elevador e respira fundo.

Dale finalmente ouve a batida na porta. Ele abre com cuidado. Ela é alta, com o cabelo quase preto e com um brilho avermelhado intenso. Mechas caem em volta do rosto e para perto dos ombros por trás das orelhas. Os olhos são castanho-escuros e intermináveis, os cílios sobem e descem como as pernas de um bando de coristas. Os lábios são cheios e explodem bem no centro da boca, os malares altos. Ele sorri, e a sua boca está seca. Não consegue sentir os próprios pés.

Becky vê um sujeito robusto com olhos esbugalhados e cara de bobo metido num roupão felpudo; as pernas grossas despontando de um jeito estranho da sua parte de baixo. É um cara pesadão. Tem o peito largo, mas está intimidado pelo nervosismo. Ele olha para ela com um jeito encabulado.

– James? – pergunta ela. Ele faz que sim. – Oi – diz com um sorriso. – Eu sou a Jade.

Ele dá um passo atrás quando ela entra no quarto, e é Becky quem fecha a porta atrás de si. O cara fica sem saber se dá um beijo no rosto dela ou oferece um aperto de mão. E fica parado lá. O cérebro vazio como um balde quebrado. Becky se mexe com suavidade, o seu trabalho é fazer o cliente relaxar, criar um clima de tranquilidade para os dois. Ele engole com força e ri para o nada. Ela fita o seu rosto com um ar gentil.

– O que você veio fazer em Londres, James? – pergunta.

– Eu moro aqui – diz Dale. Atrapalhado. Pensando se por acaso deveria ter preparado alguma mentira.

– Aqui no hotel? – Becky está sorrindo para ele.

– Não, é só trabalho. Aqui na cidade. – Ele está entrando em pânico. Sente os tornozelos gelados.

– Você já fez esse tipo de massagem antes? – pergunta ela. A voz está o mais suave possível. Ele sacode a cabeça. Olha para as próprias mãos. – Tudo bem – diz ela. – Não precisa ficar preocupado. – E abre um sorrisinho que morde o coração dele e o pica em mil pedaços.

– Aquilo é para você – fala ele, apontando para uma pilha de dinheiro na mesa de cabeceira.

– Obrigada – responde ela, pegando as notas, segurando e dobrando na mão. – Eu vou lhe explicar como vai ser, está bem? – Ela sustenta o olhar dele. Tudo com muita calma.

– Mas você... – Ele procura as palavras. – Faz algum extra? – pergunta. – Você faz algum extra? – Ele encolhe os ombros, tenta sorrir do jeito que a boca seca permite.

– Não – diz ela. – Não tem nenhum extra. – E ele assente.

– Tudo bem, tranquilo – diz Dale. Sentindo-se vulnerável. Ela detém todo o poder. Ele está parado, constrangido, a alguns passos da porta.

– Eu vou deixar a luz mais suave, acender umas velas, depois vou até o banheiro me arrumar. – Ela passa por ele para entrar no banheiro, pega uma toalha do suporte, volta para o quarto e a estende na cama. – Será que você pode tirar o roupão e se deitar? – pede ela. Ele assente, sem tirar os olhos dela. Ela tira três velinhas em suportes de metal de dentro da bolsa e acende, deixando uma na mesa de cabeceira, uma na escrivaninha e uma em cima do frigobar. Depois, apaga as luzes e vai para o banheiro.

Dale tira o roupão e se deita na cama. O coração está martelando, o suor brotando pelos poros. Ele pode ouvir o sangue bombeando dentro dos ouvidos. Ele sorri para si mesmo, zonzo de excitação. Todos os pensamentos sobre Pete sumiram. Dale está hipnotizado por essa mulher e pela maneira como ela se mexe.

No banheiro, Becky manda uma mensagem de texto para a agência avisando que chegou em segurança e que está tudo bem. Ela conta o dinheiro, vê que a quantia está certa e o guarda dentro da bolsa.

E liga a água do chuveiro. Ela olha para as coisas no banheiro e tem a sensação que sempre a invade ao olhar as coisas de um desconhecido, todas arrumadas e dispostas assim. A pontada de excitação por ter sido convidada a adentrar a privacidade de alguém. Ela se lava cuidadosamente. Procurando evitar a maquiagem, sem molhar o cabelo. Usando um gel de banho de cheiro adocicado que encontra por lá. Essa é a última fase da sua preparação. A hora em que ela se livra do ônibus noturno e do trânsito e dos telefonemas de Pete. É como estar no camarim. Uma troca de marchas mental.

Ela sai do chuveiro e veste o robe que sempre usa. Volta para o quarto e Dale está deitado, nu, de bruços. A nádega esquerda sacudindo em espasmos. Ele se pergunta se ela por acaso reparou.

– Muito bem, James – diz Becky. – Agora você só precisa relaxar.

– Tudo bem – ele murmura para o colchão.

– Eu vou pedir para você não tocar em mim. Deixe que só eu cuido das coisas, está bem? – ela fala. Ele assente com o rosto enfiado na cama e o colchão absorve o movimento, mas Becky vê. Satisfeita, ela pega um frasco de óleo na bolsa e começa pelos pés dele. Ele deixa escapar um sopro agudo. E ri, constrangido.

– Está tudo bem – diz ela. – É só você relaxar. – A voz, um sussurro.

Ela levanta as pernas dele e massageia devagar. Todos os seus movimentos são mais suaves do que Dale esperou que fossem ser. Becky vê esse trabalho de massagista como um ofício muito parecido com o da dança. Ela usa muita força física para imprimir a quantidade exata de delicadeza necessária para fazer a coisa dar certo. Ela tem que passar como água por cima do corpo deles, e para isso precisa saber se conter. A ideia é que eles não percebam a performance.

Becky esfrega o corpo contra a parte de trás das pernas dele. Massageia as costas com os seus seios. Pensando cuidadosamente em que parte sua deve tocar a pele dele e em qual ponto. A coisa toda, uma dança. Dale está impressionado com a agilidade e com a delicadeza dela. Ele nunca foi tocado dessa maneira. Os olhos estão fechados, e dá para sentir cada parte do corpo dos dois se conectando.

Depois de meia hora, ela pede, com uma voz baixa e macia feito o óleo, que ele se vire. Ele mexe o corpo, a barriga se arrasta, vira para cima e ela roça o seio no rosto de Dale e senta o corpo nu em cima do dele. Ele está sem fôlego, não consegue acreditar nos seus olhos. E a encara, os olhos como dois poços famintos pregados no rosto. Ele estende uma mão desesperada e agarra a coxa dela. Ela para de se mexer. Tira a mão dele e a apoia na cama. E o encara, severa. Ele não estende mais a mão.

Becky se mexe por cima dele. Tudo é muito suave, ela vai construindo o clima entre os dois e, naturalmente, o faz chegar até o ponto inevitável. Quando finalmente chega a pôr a mão no seu pau, o gozo vem depressa. Ela sorri para ele, ele respira com arfadas rápidas, trêmulas. Perdido no olhar dela.

– Fique aqui – diz ela. E ele fica.

Ela pega uma toalha de mão para ele no banheiro, caminha até a cama de volta. Ele observa o seu corpo, todas as partes em movimento. Ela pousa a toalha nas suas partes baixas e a deixa lá para que ele se limpe enquanto vai recolhendo as suas coisas. Ele, deitado em silêncio, procura pela própria voz. E ela sai suave e aguda, meio gaguejante ao final das palavras.

– Isso foi a coisa mais maravilhosa que eu já vivi – diz ele.

– Eu vou me vestir agora – fala ela. Ele assente. A cabeça afunda de volta na cama.

Ela toma mais um banho e se veste dentro do banheiro. E sai para encontrá-lo deitado e quieto, já não mais nervoso. Os olhos estão cintilantes e frouxos.

– Nós vamos nos ver outra vez? – pergunta ele.

– Se você ligar para a agência e for o meu turno, pode ser. – Ela corre o olhar pelo quarto mais uma vez para se certificar de que pegou tudo. Checa a bolsa só para ter certeza. – Tenha uma boa noite, James – diz, fechando a porta atrás de si.

De volta à rua, o ruído dos carros é alto, buzinas e rádios ligados, as vozes aos gritos se misturando umas às outras, ombros se empurrando apressados para depois se desviarem e empertigarem, a música tocando. E tudo está aceso, os letreiros de néon piscando em branco e azul e o brilho amarelado dos bares abertos até mais tarde difuso contra as calçadas molhadas de chuva. Ela acende um cigarro, esfregando as têmporas.

FINAL FELIZ

Pete olha para a luz que perfura as persianas. Sentindo gosto de podre nas gengivas. Ele se vira e fica olhando Becky dormir. Ele quer que ela acorde sem que tenha que acordá-la. Está sentindo pena de si mesmo. Ele pensa que se ela o amasse de verdade teria levantado mais cedo, preparado um café e levado para ele na cama. A sua garganta está doendo e a boca tem um gosto ruim e ele adoraria um bom café muito quente. Ele estende a mão, segura a cintura de Becky e ela machuca o corpo inteiro de Pete. Ele puxa os contornos dela, desesperado e morrendo para tê-la até que a vê piscar para o novo dia, se espreguiçar como uma onça e sorrir com os olhos cheios de sono.

– É o seu aniversário! – diz ela num gritinho agudo, e monta por cima dele para beijar o seu rosto.

Harry acorda, encharcada de suor e com o corpo virado ao contrário na cama, e fica deitada e imóvel, as mãos na cabeça, respirando profundamente. Ela deixa as pernas caírem pela lateral da cama, sente o frio contra as canelas. E sacode o corpo, o coração aos pulos, os olhos piscando. Os pesadelos recuando enquanto ela caminha até a cômoda junto da janela e pega uma camisa, correndo a palma trêmula da mão pela barriga, os quadris, os seios, inspirando e expirando fundo. Ela abre o guarda-roupa e procura a valise com os olhos. Continua lá. Ela se agacha. Abre cuidadosamente e olha para o dinheiro. E sente o corpo reagir, a eletricidade provocada pela quantidade de notas. Um êxtase meio zonzo, culpado. Já faz uma semana. Ninguém veio atrás deles ainda. Ela não deu um passo sem a valise ao seu lado. A ideia de que talvez eles não tenham que ir embora corre à toda velocidade pela sua mente, antes que Harry consiga detê-la.

Na cozinha, ela põe a chaleira no fogo e se esconde por trás da cortina para espiar a rua, reparando em carro por carro. Hoje é o aniversário do irmão caçula, e a droga da festa surpresa que ela está organizando para ele de repente parece uma perspectiva assustadora. Ela anda a ponto de surtar, com medo de fechar os olhos no banho e quando abri-los dar de cara com um assassino dentro do banheiro, armado com tubarões. A ideia de ter que sorrir junto com a família toda nesse estado de nervos lhe provoca arrepios. Ela queria ter localizado todos os amigos antigos de Pete, mas diante das circunstâncias teve que se contentar com os três de quem encontrou os números de telefone, pedindo para que eles levassem mais gente.

Harry escuta passadas na entrada e segura a respiração, ouvindo a chave roçar a fechadura. A tranca estala e cede, e ela vê a porta se abrir. E só solta a respiração depois que vê o rosto de Leon enveredar pelo vestíbulo.

— Oi, sou eu.

— Como foi a corrida?

— Boa. — Leon caminha pesadamente até a pia da cozinha para beber água. — Eu ainda estou respirando — diz ele, abrindo a torneira e torcendo o rosto por baixo dela.

O Hanging Basket é um pub que fica numa antiga via romana que vai dar numa rotatória. O prédio majestoso, com altura de quatro andares, se ergue sobre Deptford. Com uma fachada de tijolos escuros e carcomidos. Plantas em vasos, móveis quebrados, jardineiras e poltronas com marcas de cigarros nos braços ficam espalhados no terraço do prédio, as suas silhuetas espiando inclinadas em direção à rua lá embaixo. O que esse pub tem a oferecer é um acalmar do sangue. O calor e o medo que o álcool traz. Amizade. Um flerte aqui ou ali. Música.

Uma balaustrada separa os fumantes da rua. Eles apoiam as costas ali com os corpos ao vento e jogam histórias uns para os outros como bolas de futebol furadas. As portas são pesadas, exigem um empurrão dado com o ombro, e, como as melhores pessoas de todas, se abrem para os dois lados. Cumprimentos são gritados do extremo oposto do salão e depois repetidos em close, bochechas macias contra lixas quentes de barba por fazer. A moça risonha do bar beija os clientes preferidos na boca, com seu cabelo espesso e escuro como o rum. Mãos com micose nas unhas se agarram aos seus copos, espremendo todo o riso rascante deles. A equipe do bar é de heróis, os clientes habituais são lendas vivas e os bêbados são poetas.

Esse é o Basket. As pessoas buscam abrigo ali. Pessoas que usam roupas coloridas e têm a cabeça raspada pela metade e jaquetas de couro e vivem em prédios ocupados ou barcos velhos ou em furgões. Ou então homens grisalhos de ombros largos que trabalham o dia inteiro e se sentam com seus jeans salpicados de tinta, bebem a sua Guinness e jogam conversa fora. Ou então artistas jovens e sensíveis lendo sozinhos com suas canecas de cerveja amarga. Ou então malucos dispostos a qualquer coisa, desses que vasculham o salão com o olhar enquanto mastigam seu jantar, usando bonés e tênis, gesticulando e cutucando, inclinados a perder a linha de leve. Punks modernos e bêbados antigos e garotas duronas descoladas relaxando da labuta diária. Se você está precisando de amor, veio ao lugar certo. Veio buscar direto na fonte.

Hoje Gloria está no comando do pedaço. O salão ainda não está tão cheio. Por trás do balcão, ela olha para Miriam, que está agachada ali trás também enquanto David, postado à entrada do bar, estica os olhos para elas, ficando nas pontas dos pés.

– Ainda não está bom – diz ele. Miriam chega um pouco para a esquerda.

– Assim melhorou? – grita ela, sem se levantar.

– Um pouco. Mas dá para ver o topo da sua cabeça – diz David.

O namorado de Gloria, Tommy, está sentado junto do balcão desenhando no seu caderno. Ela vai até lá e para ao seu lado, a cabeça debruçada no ombro dele.

– Tudo certo? – pergunta ele.

– Tá. Tudo bem. Só vim espiar. – Ela mexe com os cabelos na nuca dele. – Precisa cortar esse cabelo – diz. Ele não ergue os olhos do desenho.

— Eu não fico dizendo quando você tem que cortar o seu — diz ele —, então por que é que você faz isso comigo?

Ela aproxima o rosto e beija a nuca dele.

— Mas está precisando mesmo.

Ele estende o braço para trás e a agarra pela cintura. Ela põe os braços ao redor dos seus ombros, debruça o corpo por cima dele. Ele faz o banco onde está sentado girar para que os dois fiquem frente a frente, apoia os joelhos nos lados dos quadris dela. Ela pressiona o rosto no pescoço dele, cola a bochecha à lateral do seu rosto, fecha os olhos e pesca o lóbulo da orelha dele entre os lábios.

— O que você está fazendo? — pergunta ele.

— Nada — diz Gloria. Ele se desvencilha dos braços dela. Segura-a pelas orelhas e beija sua boca.

Miriam continua testando várias posições atrás do balcão.

Gloria assiste à cena, sem entender muito.

— Estou só me preparando — Miriam anuncia numa voz cantarolada, alegre. — Vendo se meus joelhos dão conta do recado! — Ela amontoa o corpo debaixo do bar e grita para David: — E agora, amor?

David avança dois passos para dentro, olha para o balcão de vários ângulos.

— Está perfeito! — grita de volta. Ela ergue o corpo, ele levanta os polegares das duas mãos. — Ali ficou ótimo, meu bem! Eu não vi nadinha.

— Dá para esconder pelo menos umas quinze pessoas aqui embaixo, enfileiradas — fala Miriam. — Não dá, Gloria? Ou será que tem alguma norma de segurança que vai atrapalhar a nossa diversão?

Tommy risca depressa, desenhando as pessoas no pub sem olhar para o caderno. Miriam, Gloria, o velho que faz um caça-palavras na mesa em frente. Cobrindo as suas páginas com rostos, mãos, e a imagem em close de um par de tornozelos cruzados.

Charlotte empurra as portas e entra.

— Ih, aí vem problema — fala Gloria, jogando o corpo dramaticamente contra o balcão.

— Meu Deus do Céu — diz Charlotte. — É hoje que eu largo esse emprego.

— Você não quer fazer isso — fala Gloria.

— Não, eu não quero. — Charlotte se aproxima para beijar a bochecha de Gloria, e dá um abraço desajeitado na amiga por cima do balcão do bar.

— O que você vai beber? — Gloria se segura no balcão e inclina o corpo para trás.

— Um vinho branco, por favor. — Charlotte se espreguiça e deixa escapar um gemido com as mãos esticadas para o teto. — E uma tequila. — Tommy tenta desenhar os dedos dela esticados como estão, mas perde o momento certo. — Oi, Tommy — cumprimenta ela.

— E aí, Charlotte? — Ele sorri para ela antes de voltar a observar David e Miriam.

Charlotte cumprimenta com a cabeça, olha ao redor.

— O que está acontecendo por aqui? — pergunta, enquanto Gloria se inclina para pegar o vinho da geladeira.

— Nada de mais. Por que você quer largar seu emprego? — Gloria põe o vinho na sua frente.

— Meu dia foi uma droga, tem uma aluna lá que é um pesadelo e eu não sei o que fazer com a garota.

— Você era o pesadelo, há um tempo.

Charlotte dá uma conferida nos enfeites.

— O pessoal caprichou mesmo.

Gloria revira os olhos.

— Nem me fale.

— Bandeirinhas?

— Pois é. — Elas olham as bandeirinhas e as correntes de papel sofríveis e a faixa que diz ANIVERSÁRIO!!! em maiúsculas douradas.

— A gente perdeu o FELIZ — fala Gloria.

— Bom, desse jeito a pressão fica menor. — Charlotte bebe o vinho, se encosta no balcão. — Assim soa menos imperativo, né? Fica só a constatação.

Ron e Rags estão caminhando para o pub.

— Tem certeza que é para a gente aparecer mesmo, Ron?

— Ela me ligou três vezes esta semana só para saber se nós íamos.

— Não é meio esquisito?

– Está preocupada achando que não vai aparecer ninguém, eu acho.
– Coitada.
– Ele é um bom rapaz. – Os dois param na entrada, terminam os cigarros. – Mas não é exatamente um sucesso em termos de popularidade, é?
– Eu gosto dele – fala Rags.
– Eu só estava dizendo.
Eles empurram as portas e cumprimentam Gloria.
– Viemos para a festa – diz Ron, encostando no balcão, exibindo o sorriso mais simpático que consegue.
– Legal. E o que vão beber? – pergunta ela.

Harry está na mesa perto da lareira. Bebendo uma garrafa de cerveja e ouvindo Danny, o namorado de Charlotte, falar da sua banda. Ele está repetindo as mesmas coisas sobre novas demos e novos empresários há dez longos minutos, mas Harry não está prestando atenção de verdade. Ela pensa no que vai acontecer quando Becky chegar. Tenta decidir de que jeito vai cumprimentá-la. E se está tudo bem com ela. O seu corpo fica tenso com a perspectiva de ver Becky passando pela porta a qualquer momento. Ela abafa essa sensação. Volta o seu foco para a boca em movimento de Danny.

Ron e Rags pegam suas canecas de cerveja e passam ao largo da lareira, a caminho da mesa de sinuca.

Miriam está ao lado de David e Dale, avaliando a faixa que diz ANIVERSÁRIO!!!.

– Eu gostei – diz David. – Ficou bem alegre.

Miriam não está tão certa disso. Mas as bandeirinhas são bonitas. Ela passa o peso do corpo de um pé para o outro e esfrega as mãos, enlaçando os dedos e soltando e voltando a enlaçar outra vez. Hoje vai ser a primeira vez que ela verá Graham depois de oito meses. E ela não sabe se ele vai conseguir se comportar. No instante em que pensa no seu nome, ele chega.

– Oi. – Parando na sua frente, ele dá um sorriso. Está usando uma calça jeans nova. Mais justa do que ela teria aconselhado a comprar se os dois continuassem juntos.

– Oi! – Ela mostra os dentes, sem jeito, depois se aproxima para beijá-lo no rosto. *Seja gentil,* pensa. *Por favor, Graham.*

David estende a mão, o seu sorriso como um quebra-vento.

– Eu sou o David – diz. – É um prazer finalmente conhecer você.

Graham pensa que deveria ter vindo cheio de explosivos amarrados no corpo, para explodir os dois.

– Oi – fala. – Que ótimo conhecer você, David.

Dale está parado no lugar, olhando por cima da cabeça do pai para Charlotte e Gloria no balcão. Ele baba um sorrisinho frouxo parecendo uma cueca suja largada no chão do seu rosto. E não desvia os olhos quando as duas o encaram, bravas.

Gloria recebe a mensagem de texto de Becky.

– Todo mundo se esconde! – grita ela. – Ele já está chegando!

Todos correm para trás do balcão.

Miriam e Graham ficaram bem no meio, de repente se vendo lado a lado e com a respiração arfante de excitação.

– O nosso garotinho! – Graham se aproxima para dizer no ouvido dela. – Está fazendo 27 anos! Foi nessa idade que nós viramos pais, não foi, boneca?

O sorriso de Miriam é tenso.

– É verdade – diz. – Que coincidência.

David, que demorou mais para dar a volta no balcão, está agachado perto da Rags, esticando o pescoço para tentar ouvir o que Graham e Miriam dizem um para o outro. Rags solta risadinhas, e Ron, com o braço apoiado nas costas do irmão, ri também. Harry está com o corpo dobrado, ao lado dos dois, espremida contra os ombros portentosos de Rags. Ela precisa se mexer para encontrar uma posição confortável e quase cai. Quando estende a mão para firmar o corpo, acaba agarrando o joelho de Rags.

– Quanta intimidade, hein! – comenta, sorrindo.

Rags dá um tapinha nas suas costas.

– Não precisa se preocupar – diz.

– Nós somos os tios de Becky – Ron explica para ela, aos sussurros.

– Irmã do Pete – fala Harry.

– Ah, claro. – Eles trocam acenos de cabeça e beijos nas bochechas agachados como estão, rindo da coisa toda. – Prazer em conhecer.

Leon corre porta adentro, soprando a última baforada de fumaça. A valise na mão.

– Cheguei atrasado? – pergunta, se dirigindo a ninguém em especial.

– Venha aqui para trás, depressa – diz Gloria, pulando para o lado para lhe dar espaço.

Leon vai ficar ao lado de Nathan, um dos amigos do Pete.

– Tudo bem, cara? – cumprimenta, empolgado.

Nathan meneia um "oi" com a cabeça.

– Isto dá uma dor desgraçada nas pernas, depois de um tempo – reclama Nathan.

O primo de Becky, Ted, e a namorada dele, Sally, estão agachados no fim da fila, sorrindo um para o outro e de mãos dadas.

– Você acha que ele desconfiou de alguma coisa? – pergunta Sally.

– Não, com certeza não.

Danny e Charlotte, Dale e o amigo de Pete, Mo, estão por trás da primeira fila, agachados sobre os calcanhares. Todos com a respiração suspensa.

Do lado de fora do pub, Becky está em meio a um exercício de paciência. Pete fuma sem pressa, mexendo nos cabelos.

– Eu gosto do pub e tudo. – Ele está resmungando já faz duas horas, checando o celular sem encontrar mensagem nenhuma. – Mas não é exatamente um lugar especial, é? – Ele deixa cair a ponta do cigarro e pisa nela com o bico do tênis.

– Vamos fazer um brinde, Pete. – Ela pega a mão dele e puxa em direção à porta. Ele vai arrastando os pés.

Pete anda de má vontade até o bar, olhando para o pub vazio ao seu redor. Sentindo que nunca teve nenhum amigo na vida inteira. Ele para um pouco antes de chegar e balança o corpo sobre os calcanhares, inspecionando os barris de cerveja, mesmo sabendo de cor as marcas que eles têm nesse pub.

– O que vai ser? – pergunta Gloria.

Ele pensa um pouco.

– Erm...

– FELIZ ANIVERSÁRIO, PETE!!!! – Os convidados brotam de trás do balcão. Os braços para cima.

O queixo de Pete cai. Ele abre um sorriso. Pela primeira vez em séculos Becky o vê sorrindo de verdade.

– Cacete! – diz ele. – Eu não acredito nisso! – Os olhos brilham quando vai identificando todos os rostos.

– POOOOORRRA! – fala Pete, e ergue Becky do chão e dá um beijo nela. O coração de Harry esfaqueia a própria barriga com uma lâmina cega. – Foi você? – pergunta ele. – Foi você que armou isso tudo? – Todos vão saindo de trás do balcão e fazem fila para lhe dar abraços.

– E aí, pai? – fala Pete, dando um tapa no ombro de Graham. Graham agarra o rosto do filho entre as mãos grandes e planta um beijo forte na sua cabeça.

– Você está ótimo, filho.

– Bom, você também está, pai. Está muito elegante.

– Eu vim com a minha melhor camisa – diz Graham. – Para ficar à altura da ocasião.

Miriam e David estão por perto e sorriem das bordas da conversa.

Pete está enlaçando Becky com um dos braços.

– Que maravilha! Uma maravilha, mesmo. Todo mundo aqui... – Ele corre um sorriso pelo salão. – Olhe só para todos vocês!

O namorado de Gloria, Tommy, e o primo de Becky, Ted, que conhece Pete da época da escola, estão abrindo uma garrafa de Prosecco e organizando as taças.

– Quantos nós somos? – indaga Tommy.

– Sei lá. Espera aí. – Ted fica na ponta dos pés para contar as cabeças. – Acho que vamos precisar de mais uma garrafa.

– Mas vão ser quantas taças, afinal? – Tommy encara as que estão espalhadas no balcão, perdido.

– Vá servindo que depois a gente vê, cara – diz Ted.

Charlotte e Becky ajudam os dois a distribuir as taças. Depois que todos receberam as bebidas, eles erguem os braços para fazer um brinde a Pete. Ele está recostado no ombro de Becky. Becky está sorrindo logo abaixo da altura do cotovelo dele, mas tem um ar cansado, distante.

Rags está se divertindo à beça.

– DIS-CUR-SO, DIS-CUR-SO! – grita, dando risada. Leon e Harry se juntam ao coro.

Pete pigarreia, parecendo à beira do choro.

– Isto é mesmo demais – começa. – Eu não sei o que dizer... – Ele para de falar, faz um gesto de quem está assoberbado levando uma das mãos no peito, o rosto marcado pela emoção. – Eu quero agradecer à minha mãe e meu pai por terem me fabricado... – Todo mundo ri.

– Vai, cara, diz alguma coisa que preste – fala Nathan, dando um tapa nas costas dele.

Pete pensa um pouco, assente com a cabeça, ergue a taça.

– Tudo bem. – Ele pigarreia. – Eu só queria dizer... – Ele faz uma pausa de efeito, olha para o rosto de todos no salão. – Vamos encher a cara, cacete!

Todos urram e batem com os pés, mostrando seu carinho por ele. As taças erguidas. Os sorrisos tão largos que alguém poderia cair dentro deles.

Danny enlaça Charlotte com o braço.

– Demais, né?

– É – diz ela. Mas não tem tanta certeza. Ela viu o jeito como Becky ficou zanzando no plano de fundo da cena sem dizer muita coisa, só brincando com a própria taça e se mantendo afastada das rodas de conversa.

Harry atravessa o salão e vai se juntar ao grupo em volta de Pete, enlaçando seu irmão caçula com o braço.

– Feliz aniversário, moleque – diz ela, apertando a mão nele com força.

– Ah, valeu – responde Pete, com um tapa nas costas dela. A bebida está circulando farta, e os espíritos estão altos. – Desculpe por não estar conseguindo encontrar muito com você ultimamente – fala baixinho.

Harry olha para o chão, assentindo.

– É, eu também peço desculpas – diz, ainda abraçada à cintura do irmão. – Mas a vida faz essas coisas, eu acho. Você está gostando da festa, então?

– Foi você? Você que armou tudo isso? – Pete ri, espantado.

– Eu achei, sei lá, que você ia gostar de poder curtir com todos os seus amigos e a família num mesmo lugar. – Harry dá um beijo na bochecha do irmão e faz carinho na cabeça dele algumas vezes, bagunçando o cabelo, depois voltando a arrumar.

Pete se desvencilha, rindo.

– Para com isso, idiota – diz ele, a voz pesada de álcool e camaradagem fraterna.

Graham sorri para Harry e prende a filha num abraço de urso.

– Oi, meu bem – diz. – Quando é que você vai aparecer para me fazer uma visita, hein?

Harry dá tapinhas seguidos nas costas do pai.

– Vai ser logo, pai. Eu vou até lá, prometo.

– E como você está? – pergunta Graham, estudando a filha. Espanando seus ombros, esfregando os braços, segurando-a pelos pulsos, admirando a sua primogênita.

– Está tudo certo, pai – diz Harry. – Eu estou bem.

Ron se aproxima do grupo, enlaça os ombros de Pete com o braço.

– Feliz aniversário, meu camarada! – declara. – Agora você virou um adulto de verdade, hein? Já não é mais aquele moleque infeliz que passava o dia vagabundeando no meu café para ficar olhando a minha sobrinha, hein?

Pete já está meio zonzo, e tocado pela avalanche de carinho.

– Esse é o Ron – explica para o grupo –, tio da Becky. Ron, esses são meu pai, Graham, e minha irmã, Harry.

Ron sorri e troca um aperto de mão com Graham.

– Olá, Graham, prazer em conhecê-lo. – E se vira para Harry. – Oi – diz, encarando-a antes de aproximar o rosto para beijar deliberadamente uma bochecha depois da outra, a lixa da barba por fazer ardendo mais que uma queimadura de sol. – Harry? – Ron pergunta a ela.

– Isso aí. É. – Foi a resposta.

A intensidade do olhar dele a deixa abalada. Ele não para de olhar direto na sua cara, os olhos brilhando como espadas ao sol.

Ron pode sentir o peso da fúria nas suas veias.

– Que bom conhecer você também – diz ele, tentando dar um tom charmoso à voz, mas dizendo a frase num cantarolar rouco, dissonante. Do outro lado do salão, perto do jukebox, Leon sente os seus ombros se retesarem.

Dale perambula alegremente pelo pub. Ele fica olhando para Pete e Becky juntos perto do balcão. Becky ergue os olhos e flagra o olhar.

Ela reconhece o sujeito, mas não consegue lembrar bem de onde. Dá um sorriso vago e volta a se concentrar no Prosecco que está servindo, mas sente os olhos dele se demorando sobre o seu corpo e começa a ficar incomodada.

– Quem é aquele cara ali?

Pete se vira, bêbado, feliz.

– Ah, aquele é o Dale – diz. – Acredite ou não, o sujeito é filho do David.

Becky volta a olhar para ele, surpresa, o rosto de Dale não mostrando nem uma gota da avidez por agradar que David tem.

Pete chama o outro para perto, sorrindo amistosamente.

– Dale! – grita ele. – Vem até aqui, parceiro. – Pete fica olhando Dale se aproximar, sorrindo com todos os dentes. O nariz se remexendo inquieto no rosto, feito um garoto louco para fazer xixi. Ele admira a extensão do peito do outro. – Esse é o Dale – diz Pete para Becky. – Dale, essa é Becky, o amor da minha vida.

Becky faz uma careta e dá uma cotovelada nas costelas de Pete.

– Que brega – diz ela.

– Por quê? – Pete se finge de ofendido antes de plantar um beijo no pescoço dela, depois outro.

De repente, assim em público, Pete está se derretendo de amor por ela. Quando, apenas uma hora antes, não podia nem segurar na sua mão. Becky se pega olhando para trás, checando para ver se Harry reparou nos beijos.

– Prazer em conhecer você, Dale – diz ela, voltando a olhar para os dois.

– Na verdade, nós já nos conhecemos – fala Dale. A voz rouca. O coração, uma barra de manteiga. Espessa e trêmula dentro do peito.

Becky olha sem expressão para a cara esquisita e maciça do sujeito.

– Obrigado por ter vindo, parceiro – diz Pete, afetuoso. Eu nem estava desconfiando de nada. Falando sério, achei que fosse só sair para beber alguma coisa, só eu e ela, e olhe só para tudo isso. Que surpresa, hein? Foi uma surpresa mesmo.

– Você estava trabalhando – diz ele, ignorando Pete.

– No café? – sugere Becky.

— Não, não foi no café. Foi no seu outro trabalho.

Becky sente a inclinação do piso mudar. Ela está sendo empurrada ladeira acima em direção ao vácuo. Existe uma regra tácita entre pessoas que participaram de uma interação íntima de cunho profissional: se por acaso se encontrarem no mundo lá fora, elas terão o respeito mútuo de nunca falarem a respeito. Becky encara o homem, seus olhos são duas adagas.

O estômago de Pete se rasga em dois quando a história toda volta gritando à sua memória.

— Não é o momento para falar disso – diz ela em voz baixa, mas com violência misturadas às palavras.

— Você está lembrado, não está, Pete? – pergunta Dale. A névoa do álcool clareada de repente pela explosão.

— O quê? – Pete está com a voz trêmula, no seu registro mais agudo. Ele sacode a cabeça para Dale, mas Dale não está olhando. Os olhos dele estão pregados em Becky, intensos.

— É, você se lembra – diz ele. – Você foi me encontrar no Hotel Hacienda. – Pete empurra Dale, mas Dale não para. Nem mesmo se encolhe. O empurrão é absorvido pela massa do corpo do outro. – Você disse que se chamava Jade e eu disse que me chamava James.

Becky está quieta. Ela olha para Pete, que está cobrindo a boca com a mão, balançando o corpo. Em volta deles, as pessoas estão todas bebendo, cantando umas para as outras, trocando xingamentos carinhosos. Risadas baixas estouram pelo salão do pub como se fossem solos de acordeão.

Pete vence o choque.

— Vamos, Becky – diz. – Que se foda essa história. – E começa a conduzir a namorada para longe de Dale, mas ela firma os pés no chão e se livra dos braços dele.

Dale debruça o corpo pela frente dos ombros ossudos do amigo. Pete põe o corpo entre os dois, mas nenhum deles dá sinal de notar a sua presença ali, só têm olhos um para o outro. Becky repassa mentalmente os clientes da última semana. A menos que aconteça alguma coisa especialmente interessante, ela se esquece deles assim que sai dos quartos de hotel. Ela olha para a cabeça em forma de remo, as feições grosseiras e anônimas.

Uma lembrança pisca de relance, o corpo esquisito e os olhos de predador. Ele era o que tinha pedido os extras.

– Pete andava preocupado – diz Dale –, querendo saber exatamente como você era, sabe, nas sessões com os clientes. Então ele me pediu esse favor, pediu que eu fosse conferir. – Ele assente com a cabeça e pisca o olho para Becky. Dá um tapa nas costas de Pete por trás, e agarra o ombro dele. Pete afunda sobre si mesmo. – Não é isso, Petey? – Dale chega ainda mais perto de Becky.

O corpo dela está pegando fogo. O esqueleto de Becky continua de pé, mas todos os tecidos, os órgãos, as tripas, tudo virou carvão.

– Pete? – A sua voz não é a sua voz. A sua voz é a voz da mãe no dia em que as duas foram embora do apartamento e os flashes dos paparazzi transformaram a rua numa boate.

Ron está na entrada do banheiro, secando o rosto com o seu lenço. Harry voa porta afora vindo do toalete feminino, o nariz coberto pelos dedos da mão direita. Ela funga, alto e demoradamente. Uma fungada que começa na boca e vai terminar no fundo do cérebro. Ron tira o lenço do rosto e Harry o vê parado ali quando deixa a porta se fechar atrás de si.

– Ah, oi – diz, com um sorriso largo no rosto.

– Muito bem, Harry. – Ron baixa a cabeça, fala baixo, saca um sussurro rouco acompanhado de um sorriso conspiratório. – Você por acaso tem um papelote extra? – Ele bate na lateral do nariz. – Eu apreciaria muito.

Harry exibe os dentes.

– Claro. Tranquilo – diz ela, pescando o pacote no bolso e passando para ele. – Fique à vontade. Eu vou fumar lá fora. – Ron assente, segura o papel no punho fechado, ainda úmido da água da torneira. – Encontro você no bar daqui a pouco? – Ela aperta de leve o braço dele.

– Claro, está ótimo – diz Ron. – Eu vou fazendo os pedidos.

– Boa.

– O que você está tomando? – pergunta ele.

– Pode ser uma caneca de Sea View – diz Harry, sorrindo.

Ron envereda pelo banheiro masculino, fecha a porta da cabine, abre o papel. Ele estuda a cocaína. Tão densa que é quase bege. Em pelotas úmidas, fedorenta. O cheiro tão forte que o seu estômago reage antes mesmo que o nariz perceba o que está sentindo. A mexida por dentro é o sinal de alerta. Ele raspa uns grãos com a unha do mindinho, vê o pó se espalhando com a pressão. Ele leva uma pitada pequena até o nariz e inala. Era óbvio. Ron reconheceria esse produto em qualquer lugar.

David está junto do balcão, o primeiro botão da camisa aberto, bebendo a sua cerveja devagar. Graham está bêbado e inclinado bem para perto dele.

– Escute aqui – diz ele –, eu só estou falando pra você tomar conta dela direito. Porque eu conheço esse seu tipinho, com esse... – Ele para de falar e faz gestos que David não consegue decodificar. Curvando as mãos no ar, balançando as palmas e balançando a cabeça de um lado para o outro. – Esse cabelo. – Ele fala cuspindo. – E o seu...

– Está tudo certo, Graham – interrompe David.

– Como assim, tudo certo?

– Eu lhe devo um pedido de desculpas – diz David calmamente.

Graham para de gesticular. Olha desconfiado para David.

– Pedido de desculpas, é? Sei. – Na sua cabeça, está sendo galante e superior. Na realidade, está com o corpo cambaleante, as sobrancelhas franzidas para cima, o rosto vermelho e manchado, o dedo apontando vagamente como um cata-vento numa tarde parada.

– Eu não sabia que Miriam era casada quando nós nos conhecemos – diz David. – Depois que descobri isso, eu decidi respeitar e me manter afastado. Mas estava muito apaixonado, e depois que ficou óbvio que as coisas com você não estavam tão bem e que o meu sentimento poderia ser correspondido, bem, eu decidi abrir meu coração.

Graham está se expandindo lentamente. Ficando cheio de ar.

– A questão, Graham, é que só quero o melhor para ela. E Miriam acha muito importante que nós possamos nos entender civilizadamente. Ela gosta muito de você. E eu iria adorar se um dia... Bem, acho que uma amizade seria pedir demais, mas você está entendo aonde eu quero chegar, não está? – David termina de falar, deixa as sobrancelhas baixarem.

Graham processa as palavras dele através de um filtro intrincado de desconfiança e álcool. Ele pensa por um instante.

— Eu não confio em você, David – fala, o corpo cambaleante. – Você não é um sujeito confiável. E isso é tudo o que eu tenho a dizer sobre esse assunto. – Ele se afasta para ir atrás de Miriam e se atirar aos pés dela.

Lá fora, o vento sopra forte e frio, e o céu está furioso. Harry fuma o seu cigarro e recosta a cabeça contra os tijolos. Pensa em como Becky está linda esta noite. E como é bom ver Pete alegre também.

Ron passa pelas portas cuidadosamente. Sentindo o piso através das solas dos seus sapatos. Concreto. Vamos ficar firmes. Ele chega até bem perto de Harry antes que ela perceba a sua chegada. Ele está de pé ao seu lado.

Harry sorri para ele.

— Tudo certo? – pergunta.

Ron não fala nada. Harry se sente desconfortável, mas continua esperando. Os olhos fitando um ponto à frente.

Ron ergue o olhar para as nuvens, inclinando o corpo para trás, até ficar só com os calcanhares no chão e depois de volta para as plantas dos pés, e então recosta o corpo na parede. A fala sai num rosnado lento.

— Eu sei o que você fez, meu bem.

A voz soa escura como o céu. As pontas dos dedos de Harry começam a formigar; espetadas simultâneas de alfinetes e agulhas atacam cada uma das falanges. A pulsação dela se põe de pé e começa a correr.

— Do que você está falando? – Harry olha de soslaio para ele.

Ron vira o rosto em sua direção, uma mão no braço dela, logo acima do cotovelo, e a encara com uns olhos de água suja. Espessos e oleosos. Cheios de coisas mortas.

— Eu sei quem você é.

— Sem essa – diz Harry, o braço apodrecendo debaixo do seu toque. Ela tenta se desvencilhar, mas Ron agarra com força.

— Chega de enrolação, mocinha.

— O que está acontecendo aqui? – pergunta Harry, falando calmamente. Gentil. Ron observa o rosto dela, procurando por alguma coisa. Harry sustenta o olhar pelo tempo que consegue, mas sente suas forças se esvaindo.

— Eu trabalho para o Pico – diz Ron, imitando o tom de voz dela.

O corpo de Harry é arremessado para o ar em grande velocidade e cai numa pilha de destroços ao pé de um penhasco. Ela pode sentir cada osso se quebrando em um milhão de lascas. Com a mão dele ainda no seu braço, ela espera passar o choque inicial e tenta compreender o que essa informação quer dizer. Ela olha para o rosto do homem. Não consegue concatenar no cérebro como *isso* está acontecendo *nesse lugar*. Com a sua família inteira a poucos metros de distância. Com o cuidado que tomou a vida toda para separar bem as coisas… A sala esquisita no porão da boate espreita de dentro da sua mente. O tubarão nada dentro dos olhos de Ron.

— Pico? — A voz sai forte enquanto Harry puxa o braço para longe da mão de Ron. Ela pronuncia o nome como se não significasse coisa nenhuma.

— É.

— Faz muito tempo que eu não vejo o Pico. — Harry põe as mãos nos quadris, fixa um olhar a meia distância, faz o ar mais despreocupado que consegue. Franzindo de leve a testa enquanto faz mímica de quem está tentando se lembrar da última vez que se viram.

— Pode parar com isso, Harry. — Ron ergue um dedo em riste. — Eu sei o que está acontecendo aqui, está bem? Ninguém precisa ficar fazendo teatrinho. — Harry endireita as costas, corre o olhar em volta. Será que Leon está escondido nas sombras? Ela não tem como saber. Ron continua: — Eu sei que você veio aqui comemorar, e não vou estragar a sua noite de hoje. Mas escute bem o que eu vou dizer, preste muita atenção.

Harry não se mexe. Ela encara Ron, a figura corpulenta dele perfeitamente imóvel, como um elefante na ponta dos pés. Alguma coisa nas bochechas, no queixo dele, tem um ar que lembra um pouco Becky. Um quê. A perspectiva de um soco forte a ponto de lançar o seu corpo para baixo de um carro passando na rua; está tudo muito próximo agora, o fim da história. Ela pode sentir. Claro como água. Ele vai deixar seu rosto desfigurado? Está tão perto que ela sente o cheiro da cocaína no seu nariz. A cerveja nos lábios. A loção pós-barba. O dinheiro dentro da carteira. A valise na mão de Leon.

— Você tem uma dívida comigo, Harry. As coisas que roubou eram minhas, entendeu? E nós vamos ter que ter uma conversinha sobre isso. — Ele está em cima dela, a voz num grasnado baixo, o rosto tenso e torturado como o de um gênio do xadrez perdendo a partida. Veias saltadas riscam a pele do pescoço e da cabeça. Ele lhe dá um sorriso, mas o movimento morre ao chegar aos lábios e o cadáver é pesado demais para ser levantado.

Harry não diz coisa nenhuma, estuda o seu rosto com um asco fascinado. *Ele vai pegar todo o meu dinheiro? Vai quebrar os meus ossos e pegar todo o dinheiro que eu economizei e nós vamos ter que recomeçar tudo do zero outra vez?* Ela o encara, se sentindo muito pequena. Ele parece estar falando bem sério. *Ele vai me matar?* Harry sente o corpo leve por causa da adrenalina. Como se algo enfim estivesse acontecendo de verdade e a perspectiva do perigo a faça ter certeza de que está respirando. Viva, enfim. Ela corre a mão pelo cabelo e coça a cabeça. Devolve o olhar de Ron, as pernas tremendo.

Becky não sente nada além da raiva. Ela olha para Pete sem reconhecê-lo. Sem conseguir enxergá-lo. Ela só vê nojo e culpa e dedos apontados e meses de silêncio e manipulação emocional.

Pete está murcho dentro das roupas, o corpo assolado pela culpa. Ele encara a namorada, seus olhos como sepulturas abertas, e gesticula a sua inocência freneticamente. Sacudindo a cabeça, jogando os braços na direção dela e a fazendo recuar.

— Não foi nada disso — diz ele. — Não foi isso que aconteceu, Becky. — E a voz sai tão aguda que mal se faz ouvir. Um rangido de desespero. O grito de dez dedos dos pés batidos em topadas.

— Você é um merda — diz ela, a voz não muito alta, mas o corpo sim. O corpo dela está gritando. A festa finge não reparar enquanto Becky se empina como um cavalo furioso, lança um olhar superior para o sorriso subserviente dele e se afasta, ficando mais alta a cada passo que dá.

— Becky, espera? — Pete tenta estender os braços, pegá-la pela cintura. Estava abraçado com ela cinco minutos atrás. — Volte aqui!

Ela para de caminhar, vira, ergue o dedo e aponta para ele.

— Seu *mentiroso* de merda! Você armou para cima de mim. — O seu corpo está tremendo inteiro. Ela deixa o dedo cair. Fecha os punhos. — E eu me ABRI TOTALMENTE com você. Seu... — A voz morre. Ela sente uma tontura. — Não dá — diz, esquivando o corpo quando ele vai em sua direção. — Não.

Dale está olhando para as formas dela, fascinado. Excitado por estar próximo outra vez.

– Nem tente tocar em mim, Pete – grita Becky quando ele lhe estende a mão. Chaka Khan toca no jukebox. *I feel for you...*[8] – Não consigo nem olhar para você – diz Becky. Tremendo. Com as mãos na cabeça.

– Becky, escuta. Espera... Por favor. – Os braços ondulam no ar, a testa está franzida. Ela olha de cara feia. Ele se sente metamorfosear naquilo que Becky está vendo. – Eu te amo, Becky – fala, mas as palavras soam ocas. Vazias. – POR FAVOR? – grita Pete.

Ela sai andando. Furiosa. Gloria sai de trás do balcão e corre para alcançá-la, mas Becky sacode a cabeça.

– Eu preciso ficar sozinha – diz ela. Gloria para de seguir. Charlotte está atrás das duas.

Pete faz menção de ir para a porta, mas hesita. Ele se vira, procura por Harry, por alguém. Dá de cara com Dale, enorme e parado e sorrindo na sua direção. Pete se atira para cima de Dale. Toda a força do seu corpo treme nas mãos.

– Eu vou matar esse cara! – grita ele. – Eu juro que...

Eles se chocam como uma pedra atirada contra uma garrafa, e se arrebentam. Pete agarra o pescoço de Dale, mas Dale tem o tamanho a seu favor e dá uma cotovelada na cabeça de Pete e o chuta para longe. Pete é magrelo, mas está bêbado e cheio de fúria e volta a atacar desferindo dois socos fortes e rápidos no nariz de Dale. O grandalhão senta o corpo no ar e cai, arrastando Pete junto.

Graham, ao ver o que está acontecendo, corre no meio da sua bebedeira para ajudar o filho e entra na confusão. Ele esbarra numa fileira de copos e se encharca de cerveja. Escorrega na cerveja derramada e derruba uma garrafa do balcão. Na queda, a garrafa bate na sua cabeça e ele fica lá sentado no chão, zonzo, soltando gritos engrolados para encorajar o filho até que acha forças para se pôr de pé e se atirar para cima de Dale.

---

[8] Eu sinto por você... (N. da T.)

David fica indignado quando vê Graham tentando se meter na briga. Ele se atira em direção ao outro, no chão, e se posta encarando-o de cima, sentindo o coração martelar dentro do peito.

— Vai! — fala Graham. — Pode bater! Você pode me machucar! — Depois, cambaleia até se pôr de pé e dá um soco que atira David em cima do jukebox, fazendo Chaka Khan começar a cantar tudo de novo, desde o começo.

Graham vai para cima dele e está pronto para chutar a sua cabeça quando vê Miriam, horrorizada, vindo do banheiro feminino.

Ron é um cara firme e focado. Harry pode ver a curva dos seus globos oculares, duas luas injetadas de sangue.

— Então você pode ir lá para dentro brindar com o seu velho e comemorar que o seu irmãozinho caçula ficou um ano mais velho. Mas... — Ele arregala um olhar duro para ela. — Mas, Harry, você vai ter que pegar todo aquele dinheiro que roubou, e toda a cocaína também, e vai ter que levar a grana para o Giuseppe's e entregar para mim. É isso que você vai ter que fazer. — Ron está com a sua mão enorme na frente do rosto de Harry, o indicador em riste, apontado para cima. — Eu sei quem você é, Harry, sei onde o seu pai mora, sei a porra do número do Seguro Nacional do seu irmão, está me entendendo? E não estou de brincadeira com você, certo? — A outra mão agarra o pescoço de Harry. Ron segura a garganta dela por um instante, e aperta. Com um sorrisinho se insinuando no seu rosto.

Harry está ficando tonta, com pontadas de dor que fazem as suas entranhas retorcerem.

— Sem essa, cara, você não é de nada — grasna ela. A cabeça latejando com a falta de oxigênio. A garganta doendo por causa da mão dele. Ela o encara tentando manter a calma, segurando a respiração.

Ron aperta com mais força, se divertindo com a coisa. Olhando para Harry como um gato faz com um passarinho machucado. Ele afrouxa os dedos no seu pescoço, deixa que ela respire, pega o ombro dela com a outra mão e aperta com força. Enfia os dedos no músculo, chegando até o osso. Sorrindo.

Becky corre para fora do pub, caindo em direção à rua. Vê Harry falando com Ron. Vê o rosto do tio, o ar de ameaça nos cantos da sua boca. Harry está aguentando firme, ou pelo menos tentando fazer isso. Ela corre até lá, enlaça o braço no de Harry e sorri para Ron.

– O que está acontecendo aqui? – diz. – Uma reuniãozinha paralela? – Ela tira Harry de perto. – Foi mal, Ron – fala por cima do ombro. – Eu estou precisando falar com ela um instante.

Harry não fala nada. *Cadê o Leon?* Ron fica onde está, implacável e imóvel como um iceberg.

A respiração de Becky é cortante, entrando e saindo dos pulmões. Elas dobram a esquina, reduzem o passo.

– Está tudo bem com você? – pergunta Harry. Becky sacode a cabeça. – O que foi que aconteceu?

– Eu não quero falar sobre isso. – Ela segura o braço de Harry com mais força e a guia para atravessar a pista e seguir até a rua principal. Depois de uns cem metros, Harry interrompe a caminhada, indo para baixo do toldo de uma quitanda fechada e puxando Becky a fim de fazê-la parar do seu lado. Esfregando a mão na garganta.

– Por que você parou?

– Eu preciso contar uma coisa – fala Harry, olhando ao redor atrás de Ron, de Leon. Olhando para trás por cima dos ombros, examinando a direção de onde elas vieram e girando o corpo para inspecionar cada figura que vem pela calçada, se encolhendo quando os rostos passam. Os olhos dela estão arregalados e insanos como os de um bezerro a caminho do matadouro.

– Qual é o problema? – Becky examina o rosto contorcido de Harry. Harry olha fixo para o céu, sentindo as lágrimas pinicarem. – Você arrumou algum problema com meu tio? – arrisca ela.

– Foi – diz a outra, pegando um cigarro e enfiando ao contrário na boca. Becky detém a sua mão antes que acenda o isqueiro. Harry olha para ela, confusa, e Becky tira o cigarro da sua boca e vira para o lado certo. Harry assente um "obrigada", parecendo ao mesmo tempo preocupada e grata. – Eu acho que ele vai me matar – fala, acendendo o isqueiro.

– O que foi que você fez?

Harry sente o corpo suando apesar do vento frio. O cigarro faz seu estômago revirar. Ela treme de leve.

— Eu preciso ir embora — diz num sussurro. Becky chega mais perto para conseguir ouvir melhor, uma vez que a rua está barulhenta. — Preciso sair da cidade. — Becky estreita os olhos. — Esta noite. — Ela tenta não soar dramática demais. Becky fica ali, olhando o ar perturbado do rosto dela. Harry empurra os nós dos dedos contra a testa, segura a parte de trás da cabeça com a outra mão.

— Está tudo certo — Becky diz para ela, e Harry assente de cara fechada. Arregala os olhos para a rua ao redor em busca de silhuetas escondidas nas sombras, consciente de cada vão escuro de porta ao seu redor.

Ela devolve o olhar de Becky e sente o soco na garganta que sempre a atinge quando encara o rosto dela. Ela luta para tomar ar, se agarra a cordas imaginárias e obriga o corpo dobrado a ficar de pé novamente. O coração chocalhando dentro das costelas. Vem tempestade por aí; Harry sente o cheiro da chuva subindo do asfalto.

— Você vai comigo? — Ela tenta dizer isso tranquilamente, mas a voz sai alta e rápida. Isso está na sua cabeça há séculos, mas agora o tempo está se esgotando.

Com a respiração suspensa, ela espera. Tudo fica muito lento. Ela olha para o queixo de Becky, as orelhas de Becky, o ombro esquerdo de Becky. Pode sentir os olhos de Becky colados nela feito câmeras. O tempo passa de um jeito cruel, cada segundo trazendo um perigo maior.

Becky repara nas pequenas curvas ao lado das narinas de Harry, as rugas do sorriso, os olhos assustados mais brilhantes do que duas pedras úmidas. A linha angulosa dos malares, a curva das bochechas. O rosto miúdo e afável, pequeno, duro e bonito. Ela parada ali mordendo o lábio inferior, as costas retas, o cigarro na mão, os nós dos dedos contra a testa. Becky caminha devagar em sua direção. Chega o mais perto que consegue e fica a dois centímetros do corpo de Harry, respirando, olhando para o pescoço dela, as bochechas, as sobrancelhas. Elas se abraçam por um minuto retumbante, agarrando com força uma à outra, como se pudessem cair caso afrouxassem as mãos. Harry se afasta. Olha arregalada ao redor. Não tem ninguém vindo. Ela volta a olhar, sem fôlego, para os lábios de Becky, e tudo se evapora. Harry vê o beijo de Becky antes de senti-lo. Devagar, no começo. Um beijo exploratório, lambidas ligeiras e quentes na boca uma da outra. A mão de Becky na sua gola como Harry sempre havia sonhado, a ponta dos dedos envolvendo o pescoço, encontrando as orelhas, o alto das bochechas miúdas. Elas se beijam sob a luz das vitrines e dos postes da rua, sem pestanejar, as duas respirando como animais.

As nuvens se abrem. A chuva cai pela rua toda.

Becky ri nessa hora, e isso pega Harry de surpresa e ela quer seguir com o beijo, mas antes que possa tentar fazer isso Becky agarra sua mão e elas correm em direção à rotatória. As duas dobram à esquerda sem fôlego e lá está Leon, sentado no carro com o motor ligado. O dinheiro na maleta no banco de trás.

Ela solta a mão de Harry e dá a volta para o banco do carona, abrindo um sorriso ligeiro e sombrio que sacode o sangue da outra antes de entrar no carro e fechar a porta.

Harry tenta pensar, sentindo as nuvens lançarem seus dardos nas suas costas. Ela olha de relance por cima do ombro para as vozes gritando na entrada do pub. Leva a mão à testa, tamborilando os dedos contra o crânio. Fugir? Ou ficar e tentar resolver a situação? Qualquer que seja a escolha, eles estão arriscados a perder tudo. Mesmo que devolvam as coisas, não vai ser mais seguro ficar na cidade. Ela olha para Becky dentro do carro. Pensa no irmão. O braço está latejando no lugar onde Ron agarrou. Ela ainda pode ver os olhos inflamados dele, e sentir o polegar apertando a sua traqueia. O que ele será capaz de fazer? Harry não consegue pensar. Ela abre a porta e entra no banco de trás, ao lado da valise.

Eles encostam em frente ao apartamento de Becky. Ela entra e corre até seu quarto, olhando para todas as coisas que tem e não precisa ou não quer ou não entende mais a utilidade. *Passaporte. Calcinhas e sutiãs. Carregador do celular. Coisas de banho. Quantas roupas? Essa calça jeans? Carregador do celular. Passaporte. Cadê a jardineira azul? Qual casaco? Calcinhas e sutiãs.* Ela pega uma mala e enche depressa, andando pelo quarto, vendo tudo como se fosse pela primeira vez; todas as coisas que são coisas de Pete e todas as coisas que são as suas coisas e ou foram presentes dele ou têm a ver com ele ou trazem alguma lembrança incômoda. O fantasma de Pete está logo atrás enquanto ela faz a mala; ela pode sentir a presença dele, soluçando na gaveta das calcinhas enquanto ela procura mais pares de meias. Ela está de partida. Está indo embora.

Lá fora, no carro, Harry agarra os próprios joelhos. Balançando o corpo por causa do pânico. Cada músculo tenso e dolorido. O corpo reduzido a uma massa de carne moída, a boca varada pelos tiros que foram os beijos ardentes de Becky.

VOLTANDO

um ano depois

Becky desce do avião em Gatwick e atravessa o portão do desembarque sem respirar.

Londres.

Ela vai como um zumbi até o balcão sem rosto de um café, faz o seu pedido e ocupa uma mesa se sentando na cadeira de estofado brilhante. Sob a luz lavada e artificial do aeroporto, ela se lembra da balsa onde eles cruzaram juntos o canal.

Já estavam havia oito horas em território francês quando ela fez a ligação para o seu tio Ron.

– Eu saí da cidade – falou para ele. – Está tudo bem. – Sem querer dizer onde estava. Ele gritou, a chamou de irresponsável. De mimada. Que era louca igual à mãe. – Por favor, não machuque o Pete nem os pais dele – pedira ela.

Becky nunca se envolvera nos assuntos do tio. Sabia que eles mexiam com alguma coisa suspeita. Quando era mais nova, costumavam aparecer coisas na casa; trezentas velas perfumadas ou quinze caixas enormes de sabão Fairy Liquid ou um caixote de controles remotos genéricos para TV. Sem que Becky soubesse de onde as coisas tinham aparecido. Elas chegavam e iam embora geralmente no espaço de uma semana. Ron tinha sustentado Becky e sua mãe, e ela seria eternamente grata. Jamais pensaria em atrapalhar aquilo que tinha garantido o seu alimento quando ela não tinha outros meios para consegui-lo.

Mas essa situação era diferente. Ela se apoiou no friso de metal da cabine telefônica; o contato congelou as suas costas e se fez sentir através do tecido do casaco. Eles estavam nos confins do interior da França, numa cidadezinha em algum lugar do noroeste do país. Era inverno e havia gelo no chão. Harry estava zanzando de um lado para o outro a uma distância respeitosa. Olhando para a floresta mais à frente, pequena na paisagem fria.

– Eu não sei o que aconteceu – disse Becky –, mas, por favor, Ron, por mim, deixe Harry e Pete e a família deles em paz. – Ron fez o telefone ficar roxo de tanto xingar. Aos berros e gritos. Chamou Becky de coisas que ela nunca tinha sido chamada. Mas ela sabia que esse era um bom sinal. Que o silêncio dele costumava ser bem mais perigoso. Tanto barulho queria dizer que ele estava ouvindo o pedido dela. – Eu não sei quando vou voltar – disse Beckie. – Diga à tia Linda que eu a amo. – E ela pôs o telefone no gancho e os gritos dele pararam abruptamente e os passarinhos cantaram na quietude gelada.

Elas tinham passado oito meses na estrada. Procurando se manter distantes das fronteiras. Nenhuma das duas jamais tinha ficado sem nada para fazer antes. E não conseguiam parar de se tocar: insuportável, elétrica, fanaticamente.

As pessoas bufavam e soltavam muxoxos vendo as duas se beijarem encostadas nas bombas de gasolina. As pessoas olhavam de cara feia e gritavam em flamengo ou alemão ou francês enquanto elas pagavam pelos sanduíches secos e a sopa aguada de mais um posto e faziam hora, indo para lugar nenhum juntas. Os Pireneus, Toulouse, Amsterdã e Utrecht. Hamburgo, Berlim, Colônia. Os lugares passando por baixo das duas. Tocando e abraçando e beijando e olhando o corpo uma da outra e gritando de prazer. Elas se sentiam em segurança. Leon tinha seguido para Barcelona com três quartos do dinheiro e deixara Harry com o resto, que ela levava na valise surrada. Elas foram trocando por euros em maços de 500 em casas de câmbio diferentes, e faziam depósitos regulares na conta bancária que Leon havia aberto. Becky frequentava aulas de dança, Harry lia biografias de donos de boates famosos e se sentava tranquilamente em sessões de cinema.

Elas entraram num estado de sonho. Um tempo que seria recordado no sofrimento de mais tarde como o mais feliz de suas vidas, um tempo pesado que deixava as duas tontas de o carregarem consigo.

Elas chegaram à Bélgica, onde frequentaram boates decadentes e riram com homens magros que balançavam a cabeça no ritmo do techno lento por trás de um bigode intrincado, e alugaram quartos em prédios antigos com sacadas que se abriam para estacionamentos ou praças movimentadas com feiras livres ou para a zona da luz vermelha da cidade. Passaram dias na cama e deitaram uma ao lado da outra para olhar o mundo pelas portas da sacada. Semanas e semanas e semanas trepando e dormindo e mergulhando em banheiras e trepando e fumando e trepando e acordando com fome e olhando uma para a outra e pensando no café da manhã, a luz pelas cortinas, a luz na água quando caminhavam à beira do canal sem dizer muita coisa e depois a caminho da próxima parada, no carro, de mãos dadas, a música mais chata do mundo tocando no rádio e a sensação de que isso não fazia a menor diferença, de que até parecia bem legal. Elas bebiam café em mesas altas nas calçadas de cidadezinhas com nomes bonitos onde as mulheres carregavam sacolas de compras e bebês e usavam roupas de trabalhar e os homens passavam os dias bebendo.

Elas correram pela Autobahn ouvindo Kraftwerk. Comeram salsichões e beberam cerveja preta em bares das partes mais altas da Baviera onde o ar cheirava a pão e a neve, e elas se embolavam uma na outra quando chegava a noite e iam dormir.

Elas atravessaram os Alpes. Harry não conseguiu se conter e começou a chorar na primeira vez que pôs os olhos nas montanhas que subiam até o céu e mergulhavam para a terra ao mesmo tempo, para sempre refletidas no espelho perfeito daqueles lagos italianos.

Leon já tinha voltado para Londres, para ficar de olho em tudo. Havia um endereço de e-mail, e elas checavam regularmente a caixa postal.

O verão começou e tudo estava ficando cada vez mais intenso.

Harry se fechou em si mesma. Começou a roer as unhas. Becky se perguntava onde tinha ido parar a sua vida. Louca para dançar. Todos os anos que havia investido na sua formação. Para isso? Para fugir daquela maneira?

Ela começou a escrever uma carta comprida para a mãe, e no fundo da sua cabeça havia a ideia de que, se chegasse a terminá-la, esta carta ela iria enviar.

A notícia chegou em junho. Elas estavam num café com internet em Montepulciano. O rosto de Harry ficou verde como um vidro enquanto ela lia.

Pico tinha saído da prisão. E queria se encontrar com ela. Harry sentiu que todos os dias que haviam se passado desde a partida delas não tinham levado a lugar nenhum. Seu corpo surtou de pânico. Era uma úlcera ambulante. Ela bebeu sem parar pelo resto desse dia e desmaiou no saguão do hotel. Becky a encontrou às nove da noite, imprestável, a cara amassada como a de um bebê recém-nascido, e a levou até o elevador.

Harry teria que viajar para um hotel em Fribourg na terça-feira seguinte, onde Leon estaria esperando.

A manhã chegou clara e quente. Becky passou o dia mergulhada nos seus pensamentos. Ela foi caminhar pela cidade antiga, achou uma galeriazinha e tomou sua decisão olhando vitrais com imagens de santas iluminadas. Ela se sentiu descascada. Trêmula e distante da sua própria essência. Estar nos braços de Harry era como um vício, aqueles braços que se estreitavam, a apertavam e esmagavam num aplainamento impossível. Parada ali, olhando para aquelas figuras das santas, para aquelas mulheres alquebradas com suas posturas servis e de beatificação, ela ficou horrorizada. Ela não enxergava as mulheres naqueles retratos, só a ideia delas. Becky se sentiu da mesma maneira. Não era ela mesma. Era só o que a visão de Harry enxergava a seu respeito. Observando e vendo o tempo passar. O legado de outra pessoa. Não as mulheres retratadas, mas a pessoa que havia derramado o chumbo e as retratado ali. Alguém que havia feito algo de lindo e aterrador e deixado ali para que ela visse. Becky circulou pela sala devagar. A boca se abrindo diante de vastas imagens de sacrifício e contrição que pareciam entoar a palavra "propósito".

Nessa mesma noite, Becky se deitou por cima do seu amor e segurou o seu rosto e beijou seus olhos e disse a ela que iria voltar para casa.

As duas dirigiram até o litoral italiano e fizeram suas despedidas diante das ondas do mar. Beberam vinho e comeram uma *pasta* e fumaram cigarros e não falaram muito sobre o que iria acontecer depois.

Becky lhe disse que seria melhor se elas aproveitassem bem a sua última noite juntas em vez de ficarem discutindo e chorando.

– Vamos nos dar esse tempo juntas, depois deixamos cada uma livre para partir.

Harry estava patinando sem sair do lugar. Nada parecia claro. A boca como um animal enjaulado. E, em todos os lados para onde olhava, Pico estava à espreita; o seu bigode, os dentes brancos brilhantes. Pico, Pete. Ron e Pico. Pete e Ron e Becky. Leon. Pete. Pico. Becky. Becky. Pico. O interminável carrossel mental. Os seus ossos estavam moídos e transformados em pó. *Não vá embora,* pensou ela. Mas não falou nada.

Elas foram para a cama e não tocaram uma na outra.

Becky olha para todos os rostos sob a luz de plástico do aeroporto, todas as famílias e todos os entes queridos se reencontrando na área de desembarque, e ela passa as mãos ásperas no rosto e morde os lábios para conter as lágrimas. Dura como sempre foi. Mas voltando para casa.

Pete acorda numa cama inundada de sol. As ripas quebradas da persiana deixam a manhã entrar em ondas irregulares. Tábuas nuas do assoalho levam a uma porta aberta, há um tapete marroquino vermelho esfarrapado. Uma cantoria atravessa as paredes. O som de pessoas em conversas alegres e risos matinais. No quarto onde ele está há uma estante apinhada de livros. Uma mesa junto da janela, com uma cadeira de madeira em frente. Um pôster emoldurado com um desenho de Kandinsky. Um retrato de Haile Selassie. Fitas e faixas de tecido estão penduradas em ganchos e arrumadas ao redor de um espelho. O texto do *Desiderata* está escrito em linhas fluidas no teto. Há roupas espalhadas pelo chão. E folhas de papel. Desenhadas a carvão. Um frio congelante no ar. Ele ouve um martelar pesado de botas na escada que castiga os ossos do edifício precário. Ele está num casarão imponente, caindo aos pedaços. Ocupado recentemente, invadido por anarquistas espanhóis e aprendizes de soldador. Todos tinham parecido gente boa aos olhos de Pete na noite anterior.

Qual era mesmo o nome dela? Ele fica deitado, imóvel, examinando o próprio umbigo.

Ela está parada no vão da porta, nua por dentro de uma camisa comprida com só dois botões fechados. Tendo uma conversa com alguém que Pete não consegue ver. Num idioma que ele não está conseguindo identificar. Turco, talvez. Berbere. Ela tem padrões geométricos tatuados em tinta branca cobrindo os quadris e serpenteando ao redor das pernas. Está rindo. Um reggae francês toca num alto-falante distante. Há barulhos de fritura e portas batendo, e o cheiro de torradas e de café. Faz muito tempo que Pete não convive com tanto ruído.

Sorrindo, ela fecha a porta às suas costas. O ruído agora fica abafado. Ela se aproxima pelas tábuas nuas do assoalho e pousa uma caneca de café quente no seu peito. Ele dobra as mãos em volta da louça para aquecê-las.

– Café? – fala ela. – Aqui não temos leite. Veganos.

– Não – fala ele. – Tudo certo.

Ela se senta na cama, cruza as pernas e inclina o corpo para espiar pelas persianas quebradas. Segurando a sua caneca junto ao corpo. Pete fica olhando a fumaça e a barriga dela, nua. Ele se levanta, procura no chão as cuecas. Ela observa. Ele se agacha, procura, consciente do próprio corpo sob o olhar dela. Ele finalmente acha as calças, puxa desajeitado pernas acima e fica de pé no quarto frio. Eles se avaliam calmamente um ao outro na luz leitosa da manhã.

Pete tem oscilado entre dois estados ultimamente. O primeiro é o mais comum: chapado, caminhando pelas ruas da sua juventude, desorientado de skunk, trincado de pó, querendo martelar o corpo ao de desconhecidas e se atirar pelas janelas tremulantes de ônibus em alta velocidade. Mas o segundo estado é o mais recente e se instala nas horas em que ele menos espera. Ele se pega zanzando tranquilamente, sem peso algum, apreciando o néon que vaza das vitrines das lojas de frango, vendo a maneira bonita como ele ilumina o rosto pálido das crianças deslocadas que rondam a rua principal. E se vê em algum ponto entre uma autocomiseração furiosa e cheia de culpa e uma suavidade nova, um sentimento doce e conformado. Alívio. Por estar finalmente sozinho.

A melhor coisa é a ótima sensação de não se achar um inútil. E ele gosta dos amigos que tem outra vez.

A sombra dela espreita de todos os cantos. Ela está em todas as mulheres com quem ele fala. O rosto odioso da irmã faz com que ele quebre coisas quando está bêbado.

Pete sente falta dela. E a falta é como uma boca de rato roendo suas entranhas devagar. Mas ele está começando a perceber como as pessoas são boas e divertidas. Está voltando a se lembrar do som do seu riso.

E agora trabalha. Em dois empregos. Cinco dias por semana. De recepcionista noturno num hotel barato. Ele passa as noites lendo. E comprou óculos novos. Que o fazem se sentir uma outra pessoa.

O seu turno começa às onze horas todas as noites e acaba às sete da manhã, e ele dorme até as três da tarde para depois seguir para o trabalho desgraçado de lavador de panelas na cozinha de um pub. Quando termina lá, ele vai direto para o hotel. Pete nunca teve essa energia toda na vida. Ele gosta do cansaço. E de ter alguma coisa para fazer. O dinheiro continua inexistente. Impostos, conta de luz, de telefone.

Há mulheres por toda parte. Agora ele sabe como falar com elas. Talvez esteja ficando mais velho. Ele parece saber o que elas estão lhe dizendo antes mesmo de pronunciarem as palavras.

Ele a entende melhor a cada dia. Consegue vê-la mais claramente agora que ela não está mais ali. Às vezes, quando está com as mulheres, Pete sente que está se transformando nela. Acontece quando menos espera; ele tira as suas roupas e vai para perto da mulher tirar as dela, e de repente se sente tão intensamente como Becky que esquece como o próprio corpo se mexe e precisa reaprender o que é beijar.

Pico cumprimenta Harry como se fossem velhos amigos. Segura o braço dela logo acima do cotovelo e a puxa de leve para beijar as suas bochechas. Faz sinal para que se sente ao seu lado. O restaurante é majestoso, tudo branco e brilhante. Um imenso teto abobadado de vidro, espelhos cobrindo as paredes. Os garçons usam paletó com colete e sapatos sociais. Harry ocupa o lugar ao lado de Pico e olha ao redor. Ela fica pensando que tipo de relação as outras pessoas no restaurante devem achar que eles têm.

Pico faz o pedido pelos dois. Ele vira o rosto para encarar o garçom e lista as exigências sem um "por favor" ou "obrigado", como um homem muito habituado a ser servido. Pede frutos do mar e salada e um vinho branco caro. Harry está sentada em silêncio, sem sorrir. Ela observa a borda do colarinho do garçom. A risca perfeita do repartido do cabelo. Pico estica os braços por cima do encosto do banco onde eles estão sentados. O tempo passa como se estivesse ferido, se arrastando pelo chão do restaurante.

Pico começa a falar baixinho no ouvido de Harry.

– Eu estou sabendo do que aconteceu, você não precisa falar nada, entendeu? Agora já está tudo certo. – O hálito dele é quente e com cheiro de limpo, alguma coisa tipo cardamomo ou alcaçuz. – Agora que eu saí, nós vamos começar do zero. – O sotaque é redondo e maduro como uma fruta. – Chega de preocupação. – Harry engole, afogueada e tímida. A sua garganta parece estar cheia de insetos. – O tal sujeito... Joey? – Os Js do Pico são Ys. – Joey. Ele quis roubar você, não foi? Eu fiquei sabendo. – Ele examina o perfil de Harry com cuidado. Respira suavemente por um instante demorado, como um opticista se aproximando com o maçarico aceso, antes de tirar o braço do banco e pegar na mesa o pão, o azeite e uma garrafa de vidro de vinagre balsâmico que tem o formato de gota invertida. Com a sua camisa branca, seu bigode estreito. As abotoaduras que são bandeiras de St. George banhadas a ouro.

– Você pode acreditar ou não, é escolha sua. Mas... – Ele arregala os olhos, corre os dedos até a ponta do bigode, dá um sorriso bondoso para Harry. – Eu ia pedir para você ficar à frente do negócio enquanto não me soltavam. – Ele pigarreia, o azeite ainda nas mãos paradas. Harry sente uma onda de calor e náusea passando pela cabeça. Um prato com ostras partidas chega numa bandeja com gelo, e o jeito como elas tremem nas suas conchas é igual ao do seu estômago. – Mas a questão é que nós agora temos uma dívida. – Pico corre os olhos pelo salão, recosta o corpo no assento estofado e observa o mundo branco fulgurante de louça impecável e guardanapos e mulheres ricas discutindo suas questões enquanto garçons subservientes lhes levam pratos de carne vermelha.

Harry fita os próprios joelhos e organiza os seus pensamentos antes de erguer os olhos para a parede do lado oposto e falar num turbilhão apavorado de sons, a voz aguda demais dentro do seu peito.

— Eu não quero ficar devendo nada para você, Pico. Não quero que a gente tenha uma dívida.

Um silêncio espreita a mesa como um lobo esfomeado. Pico franze o cenho. Derrama uma poça cuidadosa de azeite amarelo e vinagre balsâmico preto num pratinho branco criando um símbolo de yin-yang que ele admira antes de moer pimenta-do-reino por cima. Ele passa um pão macio na poça e o dobra, ainda pingando, levando-o para sua boca bem-cuidada. Ele mastiga, engole e limpa os cantos dos lábios.

— Muito bem — diz ele. — Escute. — Ele tamborila o polegar e o indicador na mesa. — Uma pessoa precisa mesmo pagar suas dívidas, Harry — fala numa voz triste. — Você vai trabalhar comigo, é isso que eu proponho. Eu estou atrás de alguém que possa me ajudar mais diretamente. É difícil confiar nas pessoas com... esse dinheiro todo envolvido. Isso tira todo mundo do eixo. O dinheiro. — Ele dá um suspiro profundo. Harry observa a borda serrilhada da faca no seu guardanapo, as ostras intactas, frias e gosmentas. — Você volta, e vai trabalhar para mim.

O coração dela está quebrado e ela não consegue se mexer e fica querendo que Becky estivesse ali para lhe dizer o que fazer. O seu corpo começa a tremer. Pico sente. Ele fica surpreso.

— O seu cara quis armar para mim, Pico — diz ela, a voz num rosnado. — Eu confiei em você e no nosso combinado, mas foi isso que aconteceu. — A voz dela fica mais alta, o salão oscila. Ela fala para os ouvidos dele. — O dinheiro que eu peguei foi a minha compensação, pelo risco que você me fez correr. Se eu não estivesse preparada para lutar, o sujeito podia ter me matado. — As palavras saem cuspidas, ela está tremendo. — Esse dinheiro é o meu seguro de vida. Eu não quero trabalhar para ninguém. Quero cair fora. Quero sair dessa história. — A voz dela agora está pesada e espessa, salpicada de rouquidão. Há semanas que fuma sem parar e está com a garganta doendo e assustada demais para beber a água chique do restaurante. Ela encara Pico com um par de olhos escuros e ferozes e ele solta um riso bem-humorado. E inclina a cabeça para recostá-la no ombro de Harry. E dá tapinhas no seu braço, amigável como um homem faz com um bicho de estimação. Ele fica nessa posição e o instante se congela numa imagem distorcida. Harry, desconfortável como sempre. Pico rindo e dando tapinhas no seu braço. Ele endireita o corpo, sorrindo com vontade, para plantar um beijo de leve na cabeça de Harry e bagunçar o cabelo dela com a mão.

— Essa foi boa – diz ele. – Foi boa, só você mesmo. – Ele ri um pouco. – Tem gente que morre por menos. Mas você não tem medo de mim, pelo jeito. – Ele respira fundo e leva a taça até os lábios, bebendo pensativamente. – E o que nós vamos fazer então, Harriety? – Pico pergunta numa voz suave. Voltando a pousar a taça na toalha impecável e estendendo o braço pela frente dela para pegar uma ostra.

— Deixe eu sair dessa, Pico. Eu lhe dou metade do dinheiro de volta. Mas você vai ter que pôr um ponto final nessa história. Eu quero voltar para casa. Quero jogar uma pedra em cima de tudo isso. – Ela pisca devagar. Espera.

— Para casa? – Ele debruça o corpo em sua direção.

— Isso. – Ela estende a mão para uma taça, derrama a água fria e clara na boca. Segura na entrada da garganta, deixa que ela acalme a sua garganta dolorida.

— Se for para casa, é para trabalhar para mim – fala Pico, sorrindo. – Se quiser ficar por aqui, tudo certo. Mas, voltando para Londres, você vai trabalhar para mim.

Harry mexe o corpo no assento, massageia a mandíbula.

— Não – diz ela. – Eu não quero trabalhar para você, Pico.

A postura de Pico muda. Alguma coisa endurece nos seus olhos, algum botão é virado nos seus circuitos e ele parece ocupar o dobro do espaço que estava ocupando um momento antes.

— Eu entendo quando você diz que foi uma armadilha. E o tal do Joey teve o seu castigo, pode acreditar. Ele pagou, pagou mesmo. – Pico estala as juntas dos polegares e dos mindinhos. – Mas você recusa? Recusa minha oferta de trabalho? Quando sugiro que vá trabalhar para mim? Foi por amizade que eu fiz isso, e você me diz "não"? – A voz dele soa baixa e monocórdia. Harry está gelada. – Acha que eu não sou um homem sério?

Harry espera, quieta. Ela sabe bem que o melhor é não falar até que seja absolutamente necessário. Pico espera também. O silêncio em pele de lobo chega outra vez. Caçador. Um garçom surge, mas Pico o manda embora com uma abanada da mão. O gesto parece tão grosseiro aos olhos de Harry que ela sente uma pontada no estômago. Pico bebe o vinho.

Come uma garfada de folhas verdes cortadas. Rumina como um animal da fazenda, e Harry estranha o contraste disso com a delicadeza geral dos modos dele.

Ela se segura na perna da mesa. Com Becky na cabeça. O seu coração é um porta-malas vazio desde a manhã em que ela foi embora. Harry não tem mais nada para proteger, e isso a deixa mais forte do que antes. Sem Becky, para que serve o dinheiro? Sem Londres, o que é o seu sonho? Ela dá de ombros.

– Você pode fazer o que quiser comigo, Pico. – Ela ergue o olhar. – Eu estou fora deste trabalho. – Ela encara o rosto dele de perfil até os seus olhos doerem. – Chega – diz. Ardendo em chamas.

A sua Londres está mudada.

Becky olha em volta procurando todas as coisas de que teve tantas saudades, mas nada é do mesmo jeito. A sinuca não existe mais; as fundações foram envolvidas por tapumes e o prédio está quatro andares mais alto do que antes, sendo transformado rapidamente em mais um residencial de luxo. O misto de loja de noivas e salão de beleza semiabandonado onde ela fazia as unhas e comprava sua maconha – o lugar que tinha o mesmo manequim triste na vitrine vestindo um mesmo vestido de lantejoulas azuis há anos – agora virou um café envidraçado com paredes de tijolo aparente e luminárias pendentes sobre as mesas. Becky se pergunta o que terá acontecido com Naima, a mulher que cuidava do salão. Ela tinha sido amiga da mãe dela e sabia o seu nome desde antes que a própria Becky soubesse.

A piscina pública foi demolida, junto com o prédio público onde funcionava a creche que ela frequentou. E a delegacia. Tudo já virou ou está virando prédios novos de apartamentos. Enquanto os apartamentos em si permanecem vazios e apagados. Com janelas quebradas, fachadas arrancadas. As entranhas à mostra. Papéis de parede e sofás velhos e bancadas de cozinha tremendo na chuva. A região toda com segurança, agora. Câmeras plantadas como corvos no alto das cercas. Ela fica parada olhando tudo. Com vontade de pegar alguém na rua e sacudir pelos ombros e gritar: *O que foi que aconteceu aqui?*

Becky observa os desconhecidos com quem cruza cada vez mais cheia de pânico. É a sua imaginação ou essas pessoas têm um rosto mais redondo? Mais brilhante? Mais saudável? Mais robusto? O que está diferente? As ruas estão movimentadas como sempre, mas a sensação é de vazio.

Ela entra no Sunshine, tentando segurar o pânico. Eles iam tomar café da manhã ali todos os sábados quando estavam de ressaca e Becky não tinha ânimo para encarar os tios. Ela sente uma nostalgia desesperançada dessa época e olha hesitante ao redor, feliz por ver que pelo menos o café ainda está igual ao que sempre foi. Retratos de cachorros vestidos como aristocratas decoram as paredes de azulejos marrons. Artigos dos jornais locais desbotam nas suas molduras. As cadeiras plásticas pregadas às mesas. As pessoas comendo em pratos imensos que têm o dobro do tamanho de um prato normal. O cozinheiro queimou umas torradas e está abrindo e fechando a porta da cozinha para arejar, mas a porta está emperrando e raspa no piso a cada vez que é fechada, obrigando o sujeito a fazer uma força que transforma a coisa toda numa cena dramática. Becky escolhe a mesa perto da janela e fica ouvindo as conversas das pessoas, se dando conta só nesse momento de que durante todos os meses compridos que passou fora ela não pôde ficar ouvindo as conversas dos desconhecidos em volta. E mergulha nelas.

– Aqui, meu bem, você deixou cair isso.

– Deixei? Não é minha.

– Bom, eu é que não vou querer. Já tenho muitas na minha bolsa. – A garçonete pega a caneta e vai embora.

– Eles me escreveram uma carta, dizendo que o aluguel sobe no fim de março. E eu pensei: "De que adianta?"

– Minha Nossa.

– Foi isso mesmo que eu pensei. Eu pensei que é isso que eu vou dizer, vou mesmo: que é ridículo. Que eles não podem esperar que...

– Não.

– É ridículo e ponto.

– Você quer o meu cogumelo?

– Eu não gosto tanto assim de cogumelo.

O cozinheiro abre e fecha a porta. O rosto dele está encharcado de suor. A garota que teve as torradas queimadas come o feijão que iria para cima delas com uma colher de chá.

— Eu estou com a carta aqui comigo.

— Ele chegou a dizer que estão tão mal que pensaram em fazer os dois juntos. Mas que não sabem se eu aguentaria.

— Não?

— Eu passei mais de 26 anos morando lá e nunca ninguém falou comigo desse jeito.

— E aí eu olhei na cara dele e falei: "Você já viu o laudo do médico? Para começo de conversa, eu tenho cólicas."

"My Girl" está tocando no rádio. Lembranças de chorar no cinema, de Macaulay Culkin e das abelhas.

— Ele é um cara grandão, acho que professor. É, professor.

— E eu pensei: "Tudo bem, mas você sabe o que eu passo, amigo?"

— Eu tenho próteses de titânio nos quadris, tem parafusos dentro do meu corpo.

Ela se deixa envolver, como se estivesse mergulhada numa banheira. Bebendo seu chá. Um sujeito de chapéu de aba larga e com um suéter de lã com os dizeres *Centro Equestre Kent Park* no peito está com um tabloide aberto na mesa e tem as mãos espalmadas por cima, empurrando cada dobra do papel cuidadosamente para a margem da folha. Lendo a seção de esportes.

— O que você vai fazer no fim de ano? Já pensou nisso?

— Sabe, eu tenho até medo de pensar.

Duas mulheres mais velhas, uma com um casaco de capuz verde-limão e a outra com uma jaqueta de lã marrom e creme, discutem as ofertas do Sainsbury's.

Becky seria capaz de chorar. "Shakespeare's Sister" está tocando no rádio. O cheiro de torrada queimada começou a se dissipar.

— Meu Deus do Céu, dá para FECHAR ESSA PORTA?! — Um homem com salto plataforma em um sapato só (por razões ortopédicas, não por estilo) e o cabelo ruivo escorrido, formando uma careca no alto da cabeça e um rabo de cavalo pequeno atrás, lê um folheto da prefeitura sobre impostos. A filha dele é linda e está com os cabelos presos num arco vermelho, e tem uma pilha de torradas queimadas em cima da mesa ao seu lado. O cozinheiro, um turco de ar atormentado, está sendo alvo de uma gritaria geral. Ele leva outro prato de torradas para a menina do arco. Ela agradece. Becky percebe que ela não é filha do sujeito de sapato ortopédico coisa nenhuma. Ela tem pelo menos uns 20 anos. Ele está passando a mão nas pernas dela. A garota é a cara da ucraniana que fazia massagens na mesma agência de Becky alguns anos antes. Linda de um jeito perturbador. Ela tem um pacote de pastilhas de frutas aberto ao lado do seu prato, e alterna os bocados de feijão e as pastilhas. O homem que está sentado com ela lê o folheto. Ela sorri para ele. E pede para a garçonete embrulhar as torradas. As que queimaram vão ficar guardadas para depois.

Becky fica olhando as pessoas passarem e poderia jurar que está vendo a si mesma mais jovem, de braços dados com Gloria e Charlotte, passando com seus cigarros acesos. Mas não são elas. São outras adolescentes explodindo de autoconfiança e cantarolando a letra obscena do pop-rap americano gritado pelos alto-falantes dos seus celulares.

Becky termina o seu chá, paga e dá um sorriso sincero para a mulher. Ela sente o seu coração derreter ao ser chamada outra vez de "*babes*"[9] daquele jeito.

Becky chega até o Hanging Basket e para na entrada. Ela se recosta na balaustrada, fuma um cigarro e não olha para ninguém que está passando. A última vez que esteve ali foi na noite em que foi embora.

São três horas da tarde e um grupo de amigos bons de copo está cantando Van Morrison nos bancos do lado de fora. Um dos caras tem um violão e está de pé, dedilhando as cordas, a cabeça jogada para trás e um dos pés no assento do banco. Os outros cantam junto com ele, sorrindo. Varados de vida e de dor, e dos dias muito, muito solitários, eles seguram o próprio coração e os copos e cantam para aliviar a sua alma surrada. O rosto emaciado cheio de rugas fundas. Becky relanceia os olhos para a mulher com a cabeça raspada, o garoto adolescente bonito, o sujeito forte de rosto quadrado que não se entrega nunca, o bêbado tranquilo e quieto com dreadlocks grisalhos que chegam até os tornozelos, as barrigas salientes, os ombros magros, olhos brilhantes, olhos fechados, olhos vermelhos,

---

[9] Algo como "amore". (N. da T.)

dentes faltando, dentes de ouro, dentes tortos, os ternos elegantes e as roupas velhas e os sapatos surrados que ela conhece desde sempre. Os jovens bêbados bonitos com seus cachorros e seus capuzes, as tatuagens e os piercings, de coturnos pesados, um ar sexy como o de um amor novo, parecendo anúncios ambulantes da vida que você nunca teve coragem de viver. As mulheres de cabelos crespos com a sua boca suja e sua língua ferina. Com as suas mãos nos quadris, seus decotes e seus perfumes, e as vidas que se alongam até muito longe como trilhos de ferrovias atrás de cada uma. Sempre risonhas. Elas mandam beijos soprados em direção a Becky; ela retribui o gesto. Segura nos cotovelos delas ao passar. Elas balançam o corpo no ritmo da música. Hoje vão beber até cair, alegres e acabadas. Esse lugar é uma joia encravada nos grilhões da Zona Sul de Londres.

Becky empurra as portas. A alça da sua bolsa engancha na maçaneta e ela precisa dobrar o corpo de um jeito estranho para se desvencilhar. As portas batem nas suas pernas quando fecham de volta. Ela entra, prendendo o cabelo atrás das orelhas. Fica puxando as roupas, encabulada, e ajeita o cabelo outra vez. Nada mudou, tirando os *flyers* pregados nas paredes. Becky olha para tudo, se perguntando o que deveria sentir. E, então, lá está ela.

Gloria está falando com uma mulher na casa dos 50 anos que está apoiada de costas no balcão do bar. A mulher sacode a cabeça, joga as mãos para o alto. Gloria ri e serve mais uma taça de vinho para ela. Quando faz isso, bate os olhos em Becky e quase derruba a garrafa, mas já está trabalhando em bares há tempo demais para fazer uma coisa dessas.

– Oi – fala Becky, acenando como um turista que posa para a fotografia.

– Sua idiota, não fique aí parada – diz Gloria, pegando o dinheiro do vinho e saindo de trás do balcão para lhe dar um abraço.

– Ai, meu Deus – geme Becky, mergulhando nos braços da amiga.

– Becky Becky Becky Becky. – As duas se separam para olharem bem uma para a outra, depois voltam ao abraço. Uma parte do rosto de Becky está amassado contra uma presilha do cabelo de Gloria ou outra coisa que machuca, mas isso não tem importância porque elas precisam desse abraço. Só que machuca mesmo. Gloria aperta com força dizendo "Ai meu Deus ai meu Deus ai meu Deus" e Becky não sabe o que fazer com as mãos. Ela junta as duas na frente da barriga enquanto Gloria dá um passo para trás.

– Deixe eu olhar para você – diz ela. – Onde foi que você se meteu, garota?

Becky sacode a cabeça.

– Ainda não, G. Eu preciso de mais um tempinho, tá? – Ela leva uma mão até a cabeça, Gloria enlaça o braço ao redor do seu ombro e a puxa para perto, plantando um beijo na sua testa antes de voltar para o seu posto no bar.

Becky está na frente do balcão, Gloria atrás dele. Elas se encaram. Becky de repente fica se sentindo boba, nervosa.

– O que você vai querer? – pergunta Gloria.

– Sei lá. A gente vai beber?

– Eu acho que a ocasião pede, né?

– Uma vodca com limão e soda, então – fala Becky, tamborilando com os dedos no bar enquanto Gloria se vira para preparar os drinques. Uma grade baixa contorna a extensão do balcão, próxima ao piso. Becky está com um dos pés apoiados nela, debruçando o corpo apoiado nos cotovelos, olhando ao redor. Carros passam do lado de fora, a TV está ligada e Gloria pousa os drinques à sua frente, ficando parada do outro lado com os braços cruzados. Uma das mãos vai até o lóbulo da orelha e faz girar sua argola.

– E você, o que tem feito? – pergunta Becky.

Gloria leva um tempo para responder; a sensação é que a força da gravidade foi triplicada.

– Eu continuo aqui, não continuo? Trabalhando. A mesma coisa de sempre. – Gloria pega um saco de salgadinhos de queijo e cebola de dentro da caixa e atira para Becky. – Ainda é o seu preferido? – Becky faz que sim. Abre o pacote. Começa a comer. Dois, três de cada vez. Bebendo o drinque em goles curtos, sincopados. – E você? – indaga Gloria. – O que *você* andou fazendo?

Becky sacode a cabeça. Come os salgadinhos. Gloria ergue as sobrancelhas.

– Eu trabalhei um pouco, a gente viajou de carro. Depois alugou um apartamentinho para morar.

— Você e a Harry? — Gloria gira a argola na orelha.

— É — Becky assente outra vez.

— E você acabou de voltar? — pergunta Gloria.

— É. — Gloria acha que a amiga parece magra e cansada e distante dali.

Becky desaba um pouco os ombros por cima do balcão. Todos esses meses se passaram e ela não consegue saber por onde começar ou nem se precisa mesmo começar.

— Você está com uma cara ótima — fala ela. — Parecendo saudável.

— Eu comecei a praticar boxe — conta Gloria.

— Boxe? — repete Becky.

— É que andei tendo uns problemas. — Gloria sopra o ar fazendo barulho, pisca os olhos depressa algumas vezes.

— Como assim, problemas? — quer saber Becky.

— Não foi nada de mais. Só uns caras, uma noite dessas. — Ela encolhe os ombros.

— Aqui? — Becky corre os olhos pelo pub, só com a clientela de sempre.

— Em outro pub, mais adiante na rua.

Becky observa Gloria. Os olhos grandes que varrem o salão atrás de clientes que estejam chegando ao fim das suas bebidas. O corpo estável feito pedra, de contornos bem-definidos e compactos. Alta e forte e de um tom castanho-dourado. O rosto amplo, afável, como o de uma deusa antiga. *Gloria.* Becky sente a pulsação acelerar e passar ribombando pelo seu corpo inteiro ao pensar na amiga correndo perigo.

— O que foi que aconteceu? — pergunta ela. — O que eles fizeram? — A voz sai pesada e rápida.

— Nada — responde Gloria, calma. — Eu me defendi bem. — Ela fala num tom de constatação, como se não fosse nada de mais. E gira a argola, e joga o peso do corpo para o quadril direito.

— Você se defendeu?

— Foi.

— Caramba. — Becky sacode a cabeça. As duas ficam em silêncio por um instante

— Com uma garrafa — diz ela, ajeitando o cabelo.

— Com a porra de uma *garrafa*? — Becky está horrorizada. O rosto amassado numa careta.

– É. – Gloria suspira.

O pânico de Becky espreme as suas palavras, que saem estranguladas e num tom esquisito.

– Mas ficou tudo bem com você?

– No final, ficou. Ficou tudo bem, sim. – Gloria sorri para Becky, a voz tranquila como sempre. Becky torce a cara, sacode a cabeça. – Eu fiquei bem. E estou gostando do boxe. Tommy vive dizendo que vai fazer comigo, mas nunca aparece por lá. E o cara está engordando, viu, só não vá contar a ele que eu te falei isso.

Becky observa as mãos de Gloria, os anéis de ouro em três dos dedos, a tatuagem estreita que contorna o seu pulso.

Ela se vira para atender um cliente.

– Pode falar, meu bem, o que vai ser?

AGRADECIMENTOS

A o meu produtor Dan Carey, que foi a primeira pessoa a ouvir a respeito dessas ideias e me encorajou a transformá-las numa história.
À minha agente, Becky Thomas.
À minha editora, Alexa von Hirschberg.
A Alexandra Pringle, da Bloomsbury.
À minha editora nos Estados Unidos, Rachel Mannheimer.
Eu passei um mês escrevendo na 57ª em Whitstable, então obrigada a Katie Gordon por me ceder o espaço.

Eu escrevi boa parte da versão final nos fundos do furgão da turnê rodando pela Europa e pelos Estados Unidos, então tenho que agradecer a paciência e o apoio dos meus companheiros de banda e da equipe. Obrigada ao Alex Gent, Anth Clarke, Archie Marsh, Caragh Campbell, Clare Uchima, Dan Carey, Ed Feilden, Francesco Caccamo, Gareth Routledge, Georgia Barnes, Hannah Tee-Dub, Kwake Bass, Liam Hutton, Raisa Khan, Sebastian Renaud e Toby Donnelly, que me acompanharam nessa turnê pelos últimos dezoito meses. Amo vocês todos, galera da Welfare Unit.

Elaine Williams, obrigada pelas conversas sobre Paul Gilroy, as manifestações de Lewisham e crimes com facas. Você é demais, e para mim é uma sorte ter você como amiga.

Agradeço a Lucy McGeowen pelo valioso relato em detalhes dos anos passados como atendente de cafés. Valeu, irmã.

Tive uma ajuda imensa de três bailarinas: Daisy Smith, Jenifer Leung e Julie Cunningham. Muito, muito obrigada pela generosidade de vocês e por terem me cedido o seu tempo. Eu tenho que dizer que uma parte das ideias de Becky sobre dança e o trabalho como coreógrafa saiu diretamente de conversas que eu tive com essas três. Principalmente com Daisy Smith.

À equipe, aos clientes e amigos do pub The Birds Nest.

Comecei a contar as histórias que levariam a esta história na minha primeira peça, *Wasted*. Eu quero agradecer ao pessoal da Paines Plough por ter financiado essa peça, e em especial a James Grieve e Stef O'Driscoll, que foram os diretores e me deram todo o apoio nesse período. Agradeço também ao elenco de *Wasted*: Alex Cobb, Alice Haig, Ashley George, Bradley Taylor, Cary Crankson e Lizzie Watts, que deram vida aos personagens. E à equipe técnica do espetáculo.

Brand New Ancients foi o passo seguinte. Quero agradecer ao Battersea Arts Centre, e a David Jubb e Sophie Bradey em especial, pelo apoio durante a escrita e apresentação desse texto. Devo também um "obrigada" aos músicos e à equipe que tocaram comigo durante a turnê: Alex Gent, Ben Burns, Christina Hardinge, Emma Smith, George Bird, Ian Rickson, India Banks, Joanne Gibson, Kwake Bass, Matt O'Leary, Natasha Zielazinski, Nell Catchpole, Raven Bush, Sarah O'Connor e Tara Franks.

Agradeço o amor e, apoio que sempre tive da minha família. Meus pais, Gill e Nigel Calvert. Minhas irmãs, Laura, Sita, Ruth e Claudia. Meus irmãos, Jack, Matt e Martin. E os pequenos Bess e Zigg. E todos os meus primos incríveis. E todos os meus tios e tias. E os meus avós, que eu amo e de quem tenho saudades.

Agradeço ao meu irmão Jimmy Davey e aos meus grandes, grandes amigos que não foram mencionados aí em cima: Adam Bloomfield. Billy Carabine. Callum Locke. Dawna King. Evie Manning. Freddy Vernon. George Latham. Kieran Barry. Kitty Zinovieff. Luke Eastop. Maisy Siggurdson. Niaomh Convery. Sophie McGeevor. Sam Soan. Obrigada mesmo, pessoal.

Eu agradeço ao sudeste de Londres: mesmo que esteja mudando tanto, você ainda é o meu motor e a minha âncora.

Agradeço a Murphy; o meu lobo.

Charissa Gregson, Emma Brook, Rebecca Danicic, obrigada pelo seu tempo e a sua atenção, pela sua paciência e pela força que me deram.

Assia Ghendir, obrigada pelo seu amor.

E, para terminar, quero agradecer a ajuda que recebi de India Banks, neste romance e em todas as coisas que já escrevi. E em especial pela orientação para que eu entendesse Becky melhor, e pelo apoio para escrever o capítulo "Um martelo".

1ª edição	junho de 2016
impressão	Lis Gráfica
papel de miolo	Pólen Soft 70g/m²
papel de capa	Cartão supremo 250g/m²
tipografia	Adobe Garamond Pro